Leopold Federmair

PARASITEN DES 21. JAHRHUNDERTS

Essais aus beiden Welten

Leopold Federmair

PARASITEN DES 21. JAHRHUNDERTS

Essais aus beiden Welten

OTTO MÜLLER VERLAG

Die Drucklegung dieses Buches wurde gefördert von
den Kulturabteilungen von Stadt und Land Salzburg sowie vom
Land Oberösterreich.

www.omvs.at

ISBN 978-3-7013-1289-4

Satz: Media Design: Rizner.at
Druck und Bindung: CPI books GmbH, Leck-Germany
Covermotiv: Collage von Thomas Hartz aus der Serie „Parasit“
Pigmentdruck 90 x 60 cm, 2017

www.thomashartz.com
Grafische Gestaltung: Leopold Fellinger

INHALT

VORWORT

Welche zwei Welten? Zunächst einmal die beiden, in denen im 21. Jahrhundert so gut wie jeder lebt, und zwar gleichzeitig und weltweit: die digitale und die „analoge", die virtuelle und die reale, die sekundäre und die (immer noch) primäre, in der wir essen, trinken, schlafen, lieben, uns als beseelte Körper bewegen.

Zwei Welten, aber in Wahrheit sind es noch mehr, es sind viele Welten. Nur daß sich oft zwei aus dieser Vielheit gegenübertreten, Gegensätze bilden und/oder einander ergänzen. Wir können nicht alles auf einmal überblicken, nicht alles gleichzeitig haben. Das wäre eine schlechte, abstrakte Globalisierung, deren digitaler Nebel die Einzelnen und ihr konkretes Leben umspinnt, so daß sie vor lauter Wald die Bäume nicht mehr sehen.

Eine zweite Bedeutung der Formulierung verweist darauf, daß ich meine Lebenserfahrungen in sehr unterschiedlichen kulturellen Kontexten gemacht habe und dazu neige, sie miteinander zu konfrontieren, zu vergleichen, in den Texten nebeneinander zu montieren. Ich kann nicht behaupten, daß ich *alle* Welten kenne, bei weitem nicht. Aber einige kenne ich, soweit man sie eben kennen kann – „Was weiß ein Fremder?" –, und diese Außenperspektive erlaubt manchmal Erkenntnisse, die allzu große Vertrautheit mit dem „Meinigen" nicht zuläßt. Diese Erfahrungen wirken dann zurück und verfremden den Blick auf das Meinige, das – für mich – Ursprüngliche: Oberösterreich, Österreich, Mittel- und Westeuropa.

Michel de Montaigne ließ sich von einem Mann, der zwölf Jahre lang in Brasilien gelebt hatte und nach Darstellung des Autors ein naiver Charakter und eben deshalb glaubwürdig war, ausführlich über die Sitten und Gebräuche in jener „neuen Welt“ berichten. Auch Montaigne kannte einiges von der Welt, hatte Reisen in Italien gemacht und davon berichtet, war aber höchst neugierig in Bezug auf neue, fernere, exotische Welten. Trotz aller Naivität scheint sein Gewährsmann die südamerikanischen Gesellschaften, die er kennenlernte, in etwas rosigem Licht dargestellt zu haben. Das spielt für die Qualität der *Essais* aber keine Rolle, denn erstens ist der Blick, ob naiv oder reflektierend, immer subjektiv, und zweitens kam es im 16. Jahrhundert darauf an, der geläufigen Verachtung der „Wilden“ etwas entgegenzusetzen. Ähnlich wie später Rousseau hegte Montaigne die Vorstellung, im Anfang der Zeiten, vor aller Zivilisierung, hätten die Menschen ein paradiesisches Leben ohne „künstliche Zwangsmittel“ geführt.

Im 21. Jahrhundert bestünde nun dank fortgeschrittener Zivilisierung und Technisierung die Möglichkeit, sich im Alltagsleben von vielen dieser Zwangsmittel zu befreien. Das Gegenteil ist der Fall. Als wollten wir alle das Parkinsonsche Gesetz vom unweigerlichen Wachstum der Bürokratie bestätigen, ziehen wir die sozialen Daumenschrauben immer weiter an. Auch diese Sehnsucht nach einem einfacheren, dabei aber reflektierten Leben teile ich mit Montaigne.

Ob er tatsächlich immer nur „sich selbst gemalt“ hat und sein einziger Gegenstand war, wie Montaigne im Vorwort zu den *Essais* behauptet, kann man getrost bezweifeln. Hier wird wohl auch das Understatement eine Rolle spielen. Montaigne steigert dieses klassisch-rhetorische Mittel bis zu dem Paradox, daß er dem Leser, an den er sich eingangs wendet, von seinem Buch abrät, weil dessen Gegenstand nicht sonderlich interessant sei. Die Rezeptionsgeschichte sollte erweisen, daß er interessanter war als das meiste, was in jener Epoche geschrieben wurde. Aber nicht nur deshalb, weil er oft Innenschau hielt, sondern wegen seiner Neugier auf die diversen Welten.

Der Essai – heute meist in der englischen Schreibweise – ist ein eminent und essentiell subjektives Genre. Interessant wird er dann, wenn die Persönlichkeit des Autors dies und jenes aus den Welten, den zeitgenössischen wie den historischen, durch Bücher vermittelten, aufgenommen hat und zu bewerten und durch seine Sprache und seinen Geist transformiert wiederzugeben weiß. Indem Montaigne von sich selbst erzählte, schrieb er über beide Welten – mindestens. Der Subjektivismus des Essays kann im 21. Jahrhundert, das sich so gern und so total dem Trug von Objektivierung und Optimierung ausliefert, als Kampfmittel gegen einen Zeitgeist dienen, der der Mehrheitsgesellschaft selbst gefährlich werden könnte, je mehr diese Tendenz kraft Automatisierung zur zweiten Natur wird. In diesem Sinn ist der Essai ein ebenso parasitäres wie notwendiges Genre.

In Ricardo Piglias Tagebüchern und in einem seiner Romane kommt eine „Bar beider Welten" vor, irgendwo am Rand des Randes der Welt, in Mar del Plata. Frequentiert wird sie vom jugendlichen Autor und von einem „Engländer", einem virtuellen Schriftsteller, den es absurder Weise in diese argentinische Provinzstadt verschlagen hat. *El bar Ambos Mundos*, die Konjunktion von alter und neuer Welt, wie sie Spanien einst verfolgte. (Heute gibt es sogar in Tokyo eine Bar, die sich so nennt.) Auf deutsch hat der Ausdruck zwei Bedeutungen: Wer zuviel hin und her schwingt, sich zuviel an mehreren Orten gleichzeitig aufhält, könnte die Orientierung verlieren und am Ende mit leeren Händen dastehen, ohne die eine, ohne die andere Welt, ein im atlantischen oder indischen Ozean versunkener Kolumbus. Verloren im transversalen Liniengewirr, in der gespenstischen Leere des Netzes: Dieser Gefahr zu wehren, hat sich der Verfasser der vorliegenden Essais vorgenommen.

I
LOB DES PARASITEN

Es ist noch nicht lange her, da erhielt ein südkoreanischer Spielfilm mit dem Titel *Parasite* den Oscar für den besten Film des Jahres, also die berühmteste Auszeichnung, die es weltweit auf diesem Gebiet gibt. Ich war, als ich den Film sah, fasziniert wie die meisten Zuschauer, doch fiel es mir schwer, bei den gegen Ende immer grausameren Szenen, die das Werk vollends zum Horrorfilm werden lassen, den Blick auf die Leinwand geheftet zu lassen. Diese Parasiten da, für die man zu Beginn des Films Sympathie oder wenigstens Mitleid empfinden konnte, werden Schritt für Schritt zu Schlächtern. Die Underdogs, die sich aus dem Elend erhoben haben, erweisen sich, sobald sie etwas wie Macht und Einfluß bekommen, als noch weit ärger als jene, denen sie einst ihren Wohlstand neideten. Letzten Endes sind alle Beteiligten Parasiten, die Reichen, die sich auf die Dienste der Armen stützen, um ihren Reichtum zu mehren, und die Armen, die die ganze Hand an sich reißen, sobald ihnen ein kleiner Finger gereicht wird. Im Normalfall spielt sich das ganze Geschehen als Austausch ab, die soziale Maschinerie schnurrt dahin, tagein, tagaus, die Dienste werden recht und schlecht bezahlt, so haben alle ihr Auskommen, ihren angestammten, überlieferten, schwer zu verlassenden Platz in der sozialen Hierarchie.

Parasite ist zunächst nichts anderes als ein Sozialdrama, das man als Kritik an der zeitgenössischen Konsumgesellschaft und den immer noch wachsenden Ungleichheiten verstehen kann. Etwas mehr als hundert Jahre vor diesem Film wurde ein ganz anderes Werk über einen Parasiten geschrieben, eine viel seltsamere Erzählung; so seltsam, daß sie in den Kanon der phantastischen Literatur eingegangen ist, wo sie heute einen der Spitzenplätze einnimmt. Die Rede ist von Franz Kafkas *Verwandlung*. Die Familie, die wir da kennenlernen, ist irgendwo in der Mitte der Gesellschaft angesiedelt, nicht arm, aber auch nicht sonderlich reich. Das Parasitentum Gregor Samsas ist anderer Natur als das der Familie Kim, die sich nach und nach bei einer anderen, weniger zahlreichen, aber weitaus wohlhabenderen Familie einschleicht. Anders nicht nur deshalb, weil Gregor ja zur Familie gehört, sondern wegen seines zugleich naturhaften und imaginären Charakters, absurd und von einer anderen, nicht-logischen Konsequenz. Gregor findet sich eines Morgens, noch im Bett liegend, „zu einem ungeheueren Ungeziefer verwandelt". Von jetzt an ist er ein Schmarotzer, die Familie wird ihn aushalten, wird ihn ertragen, seine Schwester kümmert sich um ihn, doch zum Wohl der Familie kann er künftig nichts beitragen, er ist überflüssig, nein, schädlich, ein Familienschädling und damit ein Volksschädling von der Art, wie sie Hitler und seine Kameraden in den Winkeln der deutschen Gesellschaft aufspürten, um sie zusammenzutreiben und... Die Versuchung liegt nahe, Kafkas Erzählung als allegorische Vorwegnahme späterer Ausrottungsstrategien gegenüber den Juden zu lesen; gleichzeitig aber weiß man aus Kafkas Tagebüchern und Briefen, wie sehr er sich selbst am Rand der Gesellschaft sah und darunter litt, auf einem feinen Grat zu balancieren und zugleich in einem unterirdischen Bau zu hausen, dem Bau seiner Sprachkunst nämlich, und wie er sich doch keine andere Existenz vorstellen konnte und wollte als diese. Das, was er tat und tun mußte, gegen alle Ansprüche der Familie, der Gesellschaft, wie auch gegen die inneren Blockaden, von welchen die Dokumente ebenfalls Zeugnis ablegen, war das einzige, was er beizutragen hatte, der „Mehrwert“, den er aus sich zu ziehen verstand. Ein paradoxer, wertloser Mehrwert. „Legs auf den Nachttisch!“ (Der Vater mit verächtlichem Blick auf das erste Buch des Sohnes.) Die Texte als Schmutz, von dem sich die soziale Familie nicht reinigen kann – und heute auch nicht mehr reinigen will, weil sie erkannt hat, daß Kafkas Gesamtwerk etwas über sie sagt, das anders nicht gesagt werden kann, und eben dieses Werk sie in gewisser Weise erst konstituiert. „Wir müssen es“ – das Ding, den Nicht-Menschen, das Unwesen – „loszuwerden suchen“, hieß es damals. Heute wird es in Schulen und Hochschulen gehegt und gehätschelt, von Weltautoren fortgeschrieben: *Samsa in love.*

Von diesen Figuren, diesen realen, real leidenden, von einer Meute verfolgten oder in sich zurückgezogenen, selbstzerstörerischen Außenseitern, von den Juden, Sinti und Roma, den Homosexuellen, den Hexen, den Henkern, den Minderwertigen, den Arbeitsscheuen, den Überqualifizierten, den Geistesgestörten, den Arbeitslosen des elektronischen Zeitalters, den Aussätzigen und Unberührbaren finde ich in einem umfangreichen Buch, das diesen Titel trägt, *Der Parasit*, kaum eine Spur. Stattdessen Spaßmacher und Wortedrechsler, die sich bei den Reichen zum Bankett einladen. Die bei deren Gelagen mitnaschen und nichts dafür geben, buchstäblich nichts, sie drehen den Wohlhabenden, die vielleicht darüber lachen, eine lange Nase. Fabeln, Legenden, allerlei Geschichtchen, selbsterfundene und überlieferte, oft aus der Antike, von der Zeit, als die Philosophen noch etwas zu sagen hatten. Michel Serres hat dieses vorsätzlich disparate und verspielte, mehr oder weniger referenzlose, „unrealistische" Buch in den siebziger Jahren des vergangenen Jahrhunderts geschrieben. Man sollte es als Roman mit all den Flausen lesen, die sich Romane erlauben dürfen, solche wie Italo Calvinos *Wenn ein Reisender in einer Winternacht*, wo der Leser ebenfalls vom Hundertsten ins Tausendste geschubst wird. Und trotzdem vermisse ich die Figuren, die Leidenden, vermisse die Ernsthaftigkeit. Das Parasitendasein ist kein Honigschlecken!

Zwanzig Jahre, nachdem er sein Patchwork-Buch fertiggestellt hatte, schrieb Serres für eine Neuausgabe ein Vorwort, das mir in wenigen Sätzen luzider scheint als die Hunderten Seiten, die folgen, so daß es mir als Anstoß und Einführung in mein eigenes Parasitenwerk geeignet scheint: Ich zweige es ab wie damals der halbwüchsige *villero*, den ich in einer Vorstadt von Buenos Aires beobachtete, als er mit einer unscheinbaren Siphonpumpe Benzin aus dem Tank eines allzu stattlichen Autos absaugte. Die Entwicklung eines Kindes, seine Erziehung, seine Bildung und Ausbildung, schreibt Serres, laufen darauf hinaus, aus uns einen „Akteur des Austauschs zu machen, indem sie uns nach und nach von unserem ursprünglich parasitären Verhalten abbringen". Auf diese Art entsteht Gesellschaft, werden sozial verträgliche, mehr oder minder gemeinschaftsdienliche Individuen erzeugt. Zunächst aber sind Kleinkinder – und schon die Föten – Parasiten, vollkommen abhängig von ihrer unmittelbaren Umgebung, die sie auf das selbstverständlichste aussaugen. Das Parasitentum ist die Vorform des Sozialen, das im Lauf der Zeit zurückgedrängt wird, und bleibt gewissermaßen dessen Voraussetzung, später auch seine Gegenform. Daran erinnern euch die erwachsenen Parasiten, die ihre Position selbst gewählt haben oder nicht anders können. Die Bettler, die

Verrückten, die Alkoholiker, die Hikikomori, die sich wie Gregor Samsa für den Rest ihres Lebens im Zimmer verschanzen, die Ausländer, die Schwulen – nein, die nicht mehr, die haben sich zur angesehenen Untergruppe gemausert, dürfen sogar heiraten und Kinder aufziehen. Aber vielleicht die Pädophilen? Oder müssen wir diese zwanghaften Störenfriede des Gesellschaftskörpers entfernen, wenn wir unsere Kinder vor Bedrohungen schützen wollen (aber schützen wir sie im allgemeinen nicht zuviel)? Und natürlich die Künstler, die Schriftsteller, die Taugenichtse, die nicht heimkehren wollen, und die Philosophen – nein, die auch nicht mehr, denn wenn sie nicht professoral werden und ein entsprechendes, wohlverdientes Gehalt beziehen (denn auch sie geben und nehmen), dann sind sie Medienstars, Kommentatoren, Konsultanten von Entscheidungsträgern, oder zumindest Workshopveranstalter, Betreiber eines Philosophencafés. Alle gehören dazu. Alle!

Alle? Wenn alle dazugehören, geht die Zugehörigkeit flöten, sie verliert den Zusammenhalt, der im Innersten negativ ist, eine Leerstelle, eine Abwesenheit, ein blinder Fleck ohne Sinn. „Ich hab mein' Sach auf nichts gestellt": Goethe, der Arrivierte, der Angekommene, wußte davon. Goethe, der alte Säufer. Die Parasiten, die nicht Zugehörigen, sind schon da, bevor menschliche Kollektive gebildet werden, und sie werden diese überleben. „Indem sie ihn negieren, bereiten sie den Austausch vor", und so helfen sie, „das soziale und kulturelle Gebäude zu errichten" (noch einmal Michel Serres). Ein parasitärer Künstler ist einer, der unfähig oder unwillens ist, erwachsen zu werden. Ein Erwachsener, der ewig Kind bleibt. Ein Kind, das klarer sieht und unumwundener spricht als die Erwachsenen. Ein Stotterer, der eine neue

Sprache hervorbringt. Jemand, der in der Muttersprache eine Fremdsprache erzeugt. Der Mißverständnisse nicht aus-, sondern einräumt. Der kommuniziert, indem er sich einigelt. Der den Sinn aufs Spiel setzt, indem er mit den Zeichen spielt, aus denen, wenn er Glück hat, etwas anderes sprießt, ein vorsintflutlicher Nachsinn vielleicht.

Der gewissenhafte, aber auch ein wenig anarchistische Richard Rorty, einstmals bestallter Professor am Trinity College und an der Stanford University, hat das ähnlich gesehen. Er schrieb und dachte und sprach recht normal, aber Diskurse, die er „nichtnormal" nannte, hatten es ihm angetan. Diese nichtnormalen Rede- und Schreibformen fußen zwar auf den konventionellen, überlieferten, kurz: normalen Diskursen, doch sie saugen sie aus, verletzen das Copyright, verstoßen gegen Denkschemata und Vorstellbarkeitsgrenzen, zehren davon wie der ungebetene Gast beim Bankett und bezahlen am Ende dann doch, obwohl es die längste Zeit nicht danach aussieht, in einer ganz anderen Währung, mit Späßen, mit guter Laune, mit Unverständlichkeiten, mit heißer Luft und unerträglichen Furzen – nein, im Ernst, sie bezahlen mit Kunstwerken, deren Wert man, wie bei Kafka, van Gogh und Konsorten, erst im nachhinein, Jahrzehnte später, erkennt. „Er kreuzt und diagonalisiert den Austausch" (noch einmal Serres, den ich hier ein wenig plündere). Der Parasit handelt nicht, sondern ändert flugs die Währung, die Sprache, die Ebene, auf der wir uns befinden. Er knüpft transversale Beziehungen, überrascht mit Anknüpfungspunkten, trennt das Untrennbare auf, macht unsichtbare Knoten, wechselt plötzlich das Thema, schweigt peinlich und –

unterbricht.

II
IRONIE OFF!

Anthropologische Mutation

1972 schrieb oder, genauer gesagt, kopierte der Dichter Rolf Dieter Brinkmann folgende, zunächst in einem Brief nach Deutschland geäußerten Sätze in sein römisches Collagebuch: „Es wird nicht mehr lange dauern, bis hier das 20. Jahrhundert mit allen seinen Schrecken auch voll und ganz eingetreten ist. / Was ist der Schrecken des 20. Jahrhunderts?: Es ist die starke Automatisierung des Lebendigen (…), ich habe es immer bezeichnend empfunden in Köln an der Ecke Ehrenstraße: ‚Der sprechende Automat' sobald man das Geld in den Zigarettenkasten geworfen hatte und automatisch kam heraus/: ‚Vielen Dank!'"*

Was würde der Dichter heute sagen, wo in einem fort aus allen Richtungen lebendige und künstliche, in jedem Fall digital gespeicherte und abgerufene Stimmen an unser Ohr dringen, die uns bitten oder bedanken, warnen oder locken, Floskeln und Zahlen formulieren, uns auf den nicht angelegten Sicherheitsgurt aufmerksam machen, auf einen abbiegenden oder rückwärts fahrenden Lastwagen, einen Artikel im Supermarkt, wo man an der automatischen Kassa auch Tierstimmen hören kann? Würde er sich in Alexa und Siri verlieben? Hätte er sich, wie die meisten Zeitgenossen heute, an all diese Automatiken und Künstlichkeiten längst gewöhnt? An das Wasserrauschen auf den Toiletten? An das künstliche oder lebendige – läßt sich nicht entscheiden – Frauenstimmchen im Aufzug, das uns mitteilt, jetzt gehe es nach oben oder nach unten?

---

* Brinkmann: *Rom, Blicke,* S. 205

Wollte man im Jahr 1972 in einem Lokal Musik hören, schlenderte man cool zur Jukebox (wie in Brinkmanns Erzählung *Wurlitzer*), die nach zwei, drei Minuten in Schweigen fiel, wenn man sie nicht weiter fütterte. Die Dauerbeschallung durch seichte Pop- und Kaufhausmusik war noch nicht Realität, Kopfhörer, Ohrstöpsel, Bluetooth noch nicht gebräuchlich. Ist denn das alles so schrecklich? Was sind die wahren Gräuel der Gegenwart? Was würde Brinkmann zu den allgegenwärtigen, immer unauffälligeren Überwachungskameras sagen? Zum Verlust der Privatsphäre, zur sanften Kontrolle bis hinein ins Wohn- und Schlafzimmer? Zur ständigen Mitteilung von visuellen Daten, ermöglicht durch digitale Photographie und Handys, die zur zweiten Natur geworden sind und uns an das sogenannte Netz anschließen, in dem mehr und mehr auch die intelligenten Dinge zusammengeschlossen sind? Wobei die Mitteilungen, die Informationen oft nur von Maschinen gespeichert, aber kaum von Menschen angesehen, noch weniger besprochen oder diskutiert, im Glücksfall oder bei geschickter Eigenwerbung „gelikt" werden oder sich „viral", das heißt im Selbstlauf, verbreiten: Kommunikations*los*igkeit. Fast jeder liefert sich freiwillig aus, verschenkt seine Daten, regt sich hernach über NSA und Big Data auf, verschleudert weiterhin seine Daten, gebraucht tagein, tagaus die Geräte, die sich jederzeit gegen ihn wenden können wie Panzer eines Landes gegen die eigene Bevölkerung.

Dabei denken wir noch gar nicht an die Probleme der Arbeitswelt, an ihr tendenzielles Verschwinden und das seltsame Phänomen, daß wir trotz der Steigerung der Produktivität immer mehr Arbeit am Hals haben, wenn wir Arbeit haben, und uns immer gestreßter fühlen auf dem Weg zum Burn-out. „Man stelle sich vor, mehr als 90 Prozent aller Jobs würden verschwinden; ersatzlos gestrichen, weil Maschinen sie übernehmen. Ein grauenvoller Gedanke: Was wird dann aus uns Menschen, wovon werden wir leben, womit füllen wir unsere Zeit?", fragt Christoph Kucklick, derzeit (2021) Leiter der Henri-Nannen-Schule in Hamburg.* Wenn wir versuchsweise mal ein paar Antworten geben: Vielleicht leben wir von dem, was die Maschinen erwirtschaften? Der Reichtum verschwindet ja nicht mit der Arbeit. Aber verschwindet sie überhaupt? Werden nicht ständig neue Arbeiten erfunden, konstruiert, bereitgestellt, damit wir nicht arbeitslos werden? Unnötige Tätigkeiten, doch immerhin sind wir beschäftigt. Der Mensch als Beiwerk der Maschinen, die er wartet, beaufsichtigt, verbessert. Bis sie sich eines nicht fernen Tages selbst warten, beaufsichtigen, verbessern werden? Diese Zukunft hat ebenfalls schon begonnen, Maschinen können immer besser, immer schneller lernen. *Trial and error*, alles durchprobieren, dazu sind sie unermüdlich – und rasend schnell. Frustrationstoleranz 100 Prozent. Hundertmal verlieren, einmal gewinnen. Werden die Menschen dann Gedichte schreiben wie Rolf Dieter Brinkmann? Werden sie lernen, studieren, neugierig sein, einfach so, ohne bestimmtes Ziel, Bildung als Selbstzweck? Oder sich tagein, tagaus über Politiker, über „Eliten" ereifern und empören, die vielleicht auch gar nicht mehr nötig sind? Werden sie die heile Welt schrecklich finden? Oder den halben Tag Sport treiben? Meditieren? Shoppen? Oder sich betrinken, betäuben mit Drogen, Internet, Fußball, Shopping, Surfen, Pornos?

Zögerliche Antworten münden in neue Fragen. Es ist vor allem eine bequeme, praktische Welt, und zwar schon heute,

* Kucklick: *Die granulare Gesellschaft*, S. 77

für die meisten Menschen in den entwickelten Ländern. Ich erinnere mich an den Beschwerdespruch meiner Mutter zu einer Zeit, die noch nicht ganz so bequem war, als die Menschen weniger motorisiert und weniger mobil waren, sich aber noch viel mehr bewegten, einen Spruch, den sie ab und zu einem ihrer Kinder an den Kopf warf: „Recht faul und bequem!“ Heute sehe ich die jungen Leute mit dem Handy vor der Nase wie der Esel mit der Karotte und denke, oft gegen meinen Willen: Recht faul und bequem! Das Praktische, Annehmliche, Naheliegende, leicht zu Habende, leicht Erreichbare, leicht zu Verstehende ist in unseren heutigen Gesellschaften zum Inbegriff des Wertvollen geworden, Bequemlichkeit schlägt jeden anderen Wert, soweit noch Werte in Umlauf sind. Und warum auch nicht, was spricht dagegen, worüber regst du dich auf? Das Allzweckgerät Smartphone genügt im Verbund mit dem Hypersupermarkt Amazon, der eines Tages vollautomatisiert sein wird (3-D-Drucker, Drohnen etc.), um uns ein ewiges Leben im Schlaraffenland zu gewähren.

Zu bequem sind wir nicht bloß, um unseren Arsch zu bewegen, sondern zunächst und vor allem, um Entscheidungen zu treffen. Algorithmen treffen sie für uns, dein Personalcomputer* kennt dich, er berechnet und prognostiziert dich, du bist seine Person, sein Ehepartner, er sagt dir, was du kaufen, welche Musik du hören, welchen Film du sehen wirst. Meistens ist er mit dir per Du, was angemessen ist, weil

* Auch Handys sind nach meiner Definition Personalcomputer: Die erst recht, sie sind ganz scharf auf dich! „Sie lieben Ihr Smartphone. Ihr PC auch. Über diesen erhalten Sie sofortigen Zugriff auf alles, was Sie auf Ihrem Smartphone lieben …“ So beginnt eine neue Werbeeinschaltung von Google. PC plus Smartphone als potenzierter Personalcomputer, eine Welt voll Liebe, wie in einem Walt-Disney-Märchen.

er dich besser kennt und dir näher ist als fast alle Menschen. Die hundertprozentigen *digital natives* der jüngeren Generationen *wollen* gar keine Entscheidungen treffen, sie verzichten gern auf ihre Freiheit, weil dieser Verzicht ihre Bequemlichkeit vermehrt, auch wenn sie verbal-ideologisch womöglich nach wie vor für Freiheit eintreten: Sie wollen sich doch von niemandem etwas sagen lassen! (Außer von Spotify, TikTok, GPS, Partneragentur, Suchmaschine, Rechtschreibkorrektor, alles natürlich im Internet, ihrem eigentlichen Lebensraum.) Auch in vorgeblich freien Gesellschaften, schreibt Yuval Noah Harari („allegedly free societies"), werden wir mehr und mehr den Algorithmen vertrauen und im selben Maß unsere Fähigkeit einbüßen, Entscheidungen auf eigene Faust, im eigenen Namen zu treffen. Auf den Widerspruch zwischen der Haltung des Bedauerns und futuristischer Begeisterung sowie auf die Ironie, die diesen Widerspruch bedient, werde ich noch zurückkommen. Ich fürchte, daß ich ihm (und ihr, der Ironie) selbst nicht entgehen kann. Unter solchen Bedingungen, die ich als automatisiert bezeichnen würde, insofern die technische Automatisierung auf das Verhalten der Personen abfärbt – wir passen uns den allwissenden Geräten an –, optieren wir in der Regel für das Leichtere, Einfachere, schnell zu Habende. Durch Klicks und Pop-ups, durch das ständige und mühelose Aufspringen von Fenstern, ist alles in unserer Reichweite, die Abstände werden viel radikaler reduziert als beim Fernsehen, weil unsere Individualität, das „Persönliche", das freilich schon durch die Geräte und ihre Algorithmen façonniert ist, und unsere Mobilität einberechnet werden (dennoch sehe ich die Internetpraktiken immer auch als Fortsetzung der Fernsehkultur). Wir brauchen keine Anstrengung und wollen sie auch nicht, wir ziehen das Einfache dem Komplexen vor, das Bild dem

Text, den wir allenfalls überfliegen, das Triviale dem Elaborierten, die Verschwörungstheorie der Analyse, den Slogan dem Zweifel, das Poppige der Klassik, das Flüchtige dem Traditionsbeladenen. Roberto Simanowski bezeichnet dieses Prinzip, das Facebook vielleicht am besten verkörpert, als verbrecherisch („Facebooks Verbrechen …"). Daß er sich am Ende – ironisch, versteht sich – zum digitalen Smalltalk und den Banalitäten à la TikTok „bekehrt", verweist auf den Widerspruch, von dem auch das Schreiben Hararis zehrt.

Ein Problem, das sich aus der Bequemlichkeit ergibt, besteht darin, daß die digitalisierten, bis zu einem gewissen Grad automatisierten Subjekte selbst dann, wenn sie lernen, sich bilden, etwas wissen wollen, die Gegenstände und Themen nicht mehr durchdringen, weil sie ohnehin sämtliche Daten – und anders als in Datenform, als Informationsbits, werden Inhalte von *digital natives* nicht wahrgenommen – ständig verfügbar haben, auf grenzenlosen Speicherplätzen außerhalb ihrer selbst, in einer virtuellen Wolke, einem Datenhypermarkt. „Was du ererbt hast von den Vätern, erwirb es, um es zu besitzen" – solche Sprüche findet man gesammelt, kopiert und „gepastet" auf zahllosen Sites im Internet, aber was sie bedeuten … Wissensbereiche werden unter heutigen Bedingungen nicht erworben, sondern angeklickt (und meistens sofort wieder vergessen), Gegenstände werden nicht durchdrungen, Probleme und Zusammenhänge nicht erkannt, sondern nur gestreift, Bildung eignet man sich nicht an, man braucht sie im Grunde genommen nicht, und wenn doch, dann genügt es, wenn sie in den Speichern des Allzweckgeräts konserviert ist. Dementsprechend sind die beliebtesten, d. h. zeitgemäßesten Genres der Epoche des Kulturüberflusses, auch Postmoderne genannt, die Anthologie, die digitale Enzyklopädie, das Florilegium und die Zitatensammlung.* Das jederzeit und jedermann zugängliche Internet, wie es sich im 21. Jahrhundert ausgeprägt hat, ist letzten Endes nichts anderes als die Hyperstruktur dieser Auswahlgenres, einschließlich Wikipedia, wo der User neben höchst ernsthaften, mitunter taxfrei wissenschaftlichen Artikeln so viel Information über sämtliche Kleinstädte, Dörfer und Stadtviertel, über viertklassige Fußball- und Schauspieler oder auch Pornosternchen finden kann, daß er als User gar nicht anders kann, als sich in diesem Labyrinth zu verlieren (auch „surfen" genannt). Das Problem ist weniger, daß uns inmitten solcher Überfülle die Bildung abhandenkommt, als daß wir uns selbst nicht mehr zu Persönlichkeiten bilden, die selbständig auswählen, verwerfen, bewerten und sich das als wertvoll Erachtete aneignen: Die Notwendigkeit und schließlich die Möglichkeit dazu bleibt im digital vernetzten Lebensraum auf der Strecke. An die Stelle des Subjekts des Wissens, des Zweifelns und des Erkennens ist der Wissensmanager getreten. „Möglich ist diese Vorstellung nur", schreibt Konrad Paul Liessmann, „weil die Wissensgesellschaft die Beziehung des Wissens zur Wahrheit gekappt hat".** Da sie sämtliche Daten sofort haben können, verlernen die User der digitalen Welt auch das Warten, die Geduld, das Reifen, die Introspektion. Gleichzeitig unterliegen Erholung und Unterhaltung einer Transformation: Luststeigerung, oft auch noch gratis, ohne vorhergehende Anstrengung führt leicht zur Sucht, zum unkontrollierbaren Konsum (der dem kommerziellen Ideal des Spätkapitalismus entspricht). Das Internet und die Geräte, die uns damit verbinden, machen *an sich* süchtig,

---

* Martynova: *Das digitale Babel*, S. 215-219
** Liessmann: *Theorie der Unbildung*, S. 149

nicht erst durch bestimmte Inhalte (Spiele, Pornographie, Wetten…), die wir darin finden. Der Süchtige ist die Verkörperung des Subjekttypus, der sich endlos gehen läßt. Er will und muß nicht denken, sich zur Verantwortung rufen, Entscheidungen treffen. Sucht ist bequem – kann aber Probleme im wirklichen Leben nach sich ziehen. Reale Nebenwirkungen sozusagen.

Durch die soziotechnischen Systeme werden uns immer mehr Bürden abgenommen, das Leben wird – oder wirkt, auf den ersten Blick – ungeheuer leicht. Unsere Spätmoderne ist, um einen Begriff Zygmunt Baumans zu gebrauchen, eine *leichte* Moderne, die das schwere Gepäck des Industriezeitalters und seiner Moral abgeworfen zu haben scheint (das relativierende Verb füge ich Baumans Erläuterungen hinzu). Wissen heißt heute nicht mehr, sich etwas angeeignet und in seinem Gehirn aufbewahrt zu haben; es bedeutet, eifrig im Internet herumzuklicken, geleitet von einer Suchmaschine, in den meisten Fällen Google, wobei der Suchende immer wieder auf dieselben Pages, dieselben Sites, also Orte, stößt, die eine Unzahl von Orten und Verbindungen dort- und dahin („Links") anbieten. Was durch die mehr oder weniger intelligenten Maschinen und Systeme ausgelagert wird, sind nicht mehr nur beschwerliche körperliche Tätigkeiten wie Rasenmähen, Tagebau oder Geschirrspülen (schon seit prädigitalen Zeiten), es betrifft mehr und mehr den intellektuellen, emotionalen und sinnlich-perzeptiven Bereich: das Erinnern, das Denken, das Erstellen(-Lassen) von Korrelationen anstelle des Aufspürens von Zusammenhängen, die Orientierung, die Intuition, ja, sogar das Verlieben, das laut Harari von Algorithmen viel besser besorgt wird als durch fehlbare menschliche Subjekte, die nur auf ihre Gefühle und Eingebungen zurückgreifen können und daher oft unvernünftig agieren. Gleichzeitig verliert sich die Forderung nach Verantwortlichkeit, und spiegelbildlich dazu das Verantwortungsbewußtsein der Subjekte. Letzteres gilt nicht nur für anonyme System-User, oft als „Poster" unter Pseudonym auftretend, die in irgendeinem „sozialen" Medium immer wieder mal zu ihrem Vergnügen Haßbotschaften oder Drohungen absetzen, es gilt auch für die Konstrukteure dieser digitalen Systeme und wiegt bei ihnen viel schwerer, bei den Software-Entwicklern und den von ihnen geschaffenen intelligent-maschinellen Entitäten, zumal wenn sie zu raschem Selbstlernen befähigt sind: Wer ist für deren ach so reibungsloses, aber mitunter dystopisches Funktionieren verantwortlich? Wer kontrolliert es? Wer kann es rechtzeitig stoppen? „Es besteht die Gefahr, daß am Ende niemand mehr zur Verantwortung gezogen werden kann", faßt Catrin Misselhorn in ihrem Buch über „Grundfragen der Maschinenethik" zusammen, nachdem sie Beispiele wie den Einsatz von Drohnen in der Terrorbekämpfung, der Kreditvergabe von digitalisierten Banken und die Preisgestaltung von Tickets bei Lufthansa angeführt hat. Die geschilderten Verhältnisse könnten „dazu führen, daß die Menschen sich weniger verantwortlich fühlen und die Bedeutung ihrer Handlungen nicht mehr wirklich verstehen".* Algorithmen verstehen sie besser. Aber wirklich den Menschen *gemäß*?

Ein Aspekt und eine Folge der Bequemlichkeit ist die immer umfassendere Herrschaft von kulturellen Mainstreams. Technisch und ideologisch bestünde die Möglichkeit zunehmender Diversifizierung, tatsächlich ist aber die gegenläufige

* Misselhorn: *Grundfragen der Maschinenethik*, S. 133

Tendenz wesentlich stärker. Hinter der sogenannten Personalisierung, auch Singularisierung genannt, verbirgt sich das Gegenteil dessen, was der Begriff aussagt, nämlich Stereotypisierung und Rhetorisierung; das Gegenteil jener Singularitäten, die nach Gilles Deleuze durch menschliche Kreativität hervorgebracht werden.* Wer hat, dem wird gegeben; was oft angeklickt wird, wird noch öfter angeklickt; nach und nach bleichen die Besonderheiten aus. Dabei klickt man zunächst oft nur, um zu sehen, was da so interessant sein soll: eine Art von ironischem Klicken, augenzwinkerndes Mitmachen, das unmerklich zu distanzlosem Baden im Mainstream werden kann. Technologische Basis des Konventionalismus und Konservativismus der ach so innovationsfreudigen digitalen Welt** sind ökonomische Quasi-Monopole wie Google und Facebook, es sind die durch Algorithmen erzeugten Spiegelkabinette und Echoräume von sogenannten Feeds, von Empfehlungen des Gleichen oder Ähnlichen, die gedankenlos als Befehle aufgenommen werden. Harari begeistert sich für die Möglichkeit der digitalen Produktion von – vom Konsumenten aus gesehen – „personalisierter Kunst". Der Kunde ist König, die Produzenten und Vertreiber geben ihm, was er wünscht und braucht, oder zu brauchen glaubt (natürlich be-

---

* Ich denke, daß Singularitäten nach Deleuze (und folglich nach Leibniz) dem nahekommen, was wir in der deutschen Sprache als „Besonderheiten" bezeichnen. Das legt beispielsweise seine Präsentation Adams, des ersten Menschen, als Bündel oder „Kondensat" von Singularitäten nahe: „Dès lors il n'y a aucun cercle vicieux (…) à définir l'individu comme un condensé de singularités". (Gilles Deleuze: *Vorlesung über Leibniz*, gehalten am 27.1.1987 an der Universität Vincennes-St. Denis, www.webdeleuze.com/textes/137)

** „Mathematical models, by their nature, are based on the past, and on the assumption that patterns will repeat", schreibt Cathy O'Neil, ausgebildete Mathematikerin, mit Bezug auf die Finanzkrise von 2007/2008. (*Weapons of Math Destruction*, S. 38)

einflussen sie ihn zugleich durch systematische, im Internet durchaus lückenlose Werbung). Facebook-Algorithmen wissen, wie der Einzelne, d. h. der „User", der Digitalkonsument, auf Musikstücke reagiert, bzw. andersrum gesagt, sie wissen, in welcher Lage er welche Musik *braucht*. Um auf solche Weise über Kunst zu sprechen, ist ein etwas beschränkter Begriff davon Voraussetzung: „Oft wird gesagt, daß die Menschen deshalb für Kunst empfänglich sind, weil sie sich selbst darin wiederfinden." Das heißt, vor allem ihre Gefühle, und auf diese wirke die Kunst ein, und ein Algorithmus, der genügend neurologisches Datenmaterial über meine psychischen Reaktionen zur Verfügung hat, könne das viel erfolgreicher als ein Komponist, der für ein allgemeines, a priori nicht-personalisiertes Publikum komponiere. „Wenn die Schönheit in den Ohren der Zuhörer liegt, und wenn der Kunde immer recht hat", dann werden biometrische Algorithmen die „beste Kunst in der Geschichte" produzieren. Meint Harari.

Natürlich ist das Zukunftsmusik. Es mag Versuche in diese Richtung geben, aber die meisten Leute – Kunden – hören immer noch am liebsten, was gerade en vogue ist, und ein solcher Geschmack ist nicht singulär, sondern stereotyp. Harari konzediert dies, fügt aber sogleich hinzu, daß Algorithmen auch beim Herstellen von „global hits" besser sein werden. Demnach wären menschliche Komponisten bereits überflüssig ... Dabei fällt mir auf, daß der israelische Historiker nicht nur mit einem etwas simplen Kunstbegriff operiert, sondern selbst einen Musik- und überhaupt Kunstgeschmack entwickelt haben dürfte, der über globale Pop-Hits und Klassikschnulzen nicht hinausreicht. Die Künstler, die er an dieser Stelle zitiert, sind Britney Spears und Tschaikowsky (nichts gegen Tschaikowsky!). Die werden von den Kreativrechnern sicher bald übertroffen.

Es scheint ein Zug der gegenwärtigen Epoche zu sein, daß sich auch kluge und besonnene Menschen immer wieder in einen Taumel der Vorwegnahme rasanter technologischer Neuerungen hineinziehen oder -fallen lassen. Unsere Zeit ist paradoxermaßen beides: zukunftsängstlich und zukunftssüchtig. Was als nüchterne Überlegung beginnt, verwandelt sich ziemlich rasch in Science-Fiction. Manch ein Schreiber ist so ein verkappter SF-Autor; erkennen heißt – nicht nur für Algorithmen, sondern auch für menschliche Gehirne – Prognosen anzustellen. Und die Prognosen haben es so an sich, daß sie ihren Agenten immer weiter vorwärtstreiben, ihn beschleunigen und begeistern. Hin und wieder gebieten sich die Klügeren (wie ich) Einhalt – um sich dann von neuem treiben zu lassen. Ich glaube, daß Walter Benjamins geschichtsphilosophische These aus der düstersten Periode der europäischen Geschichte, kurz vor seinem Freitod formuliert, immer noch gilt, bzw. daß sie jetzt erst recht gilt und uns immer stärker beunruhigen sollte. Der Sturm der Geschichte wehe den Engel auf der Zeichnung Paul Klees – oder den Menschen, der (sich) erkennen will – „unaufhaltsam in die Zukunft, der er den Rücken kehrt, während der Trümmerhaufen vor ihm zum Himmel wächst. Das, was wir den Fortschritt nennen, ist dieser Sturm."* Welche Trümmerhaufen wir in Zukunft auf unsere Vergangenheit zurückblickend sehen werden, kann niemand so genau sagen, aber zu befürchten steht doch, daß nicht alles heil bleiben wird und das, was den Menschen im positiven Sinn auszeichnete, auf dem Spiel steht (oder gestanden haben wird). Der Engel schaut nicht in die Zukunft, sondern in die Vergangenheit, doch er wird in die Zukunft getrieben. Ob im Anfang der

* Benjamin: *Über den Begriff der Geschichte*, S. 698

Zeiten oder vor diesem wirklich ein Paradies lag, muß uns hier und jetzt nicht kümmern.

Wenn wir uns Klees Bild noch einmal ansehen, werden wir bemerken, daß der Engel schielt, als ginge sein Blick in zwei verschiedene Richtungen – also doch auch in die Zukunft, nicht nur zurück? Er verharrt und bewegt, anders gesagt: er schwebt über der Schwelle, die die Gegenwart darstellt. Außerdem wendet er sich dem Betrachter zu, und gleichzeitig von diesem ab. Sind wir, die Betrachter, die Vergangenheit oder die Zukunft des Engels? Weht der Sturm gar nicht vom Anfang, sondern vom Ende der Zeiten her? Ist es kein Wind, sondern ein Sog, der den Engel – die Menschen – zieht, ein horizontaler Malstrom? Wäre es, zumindest in unserer Zeit, die so oft als eine der beschleunigten Beschleunigung charakterisiert wird, nicht geboten, sich gegen diesen Sturm zu wappnen und öfter in die Vergangenheit zu schauen als in die Zukunft? Vielleicht gibt es aus den Trümmerlandschaften doch mehr zu retten, als die menschlichen und maschinellen Beschleuniger und Science-Fiktionisten uns weismachen wollen.

Ob personalisiert oder globalisiert oder beides, die rechnende Vorgangsweise gepaart mit dem wirtschaftsliberalen Prinzip „Der Kunde hat immer recht“ schafft und stärkt Mainstreams, Malströme. Die Effekte dessen lassen sich auch im politischen Bereich feststellen, oder im antipolitischen der Empörungs(un)kultur, die in jüngster Vergangenheit um sich gegriffen hat und in den USA einen Staatspräsidenten auf den Thron gespült hat, den seine Wähler für einen Feind des sogenannten Establishments hielten und immer noch halten (dabei war er allenfalls ein Feind der Demokratie). Die technologisch bewirkte Festlegung aufs Immergleiche, das Immerähnliche, um genau zu sein, schafft einen hervorragenden Nährboden für Simplifizierungen, Verschwörungstheorien und populistische Politik, die ich, wenn ich nun meinerseits vereinfachen darf, als Transponierung des KK-Prinzips (Kunde = König) ins Politische auffassen würde. Im Milieu der sogenannten Sozialen Medien kann der Antipluralismus der populistischen Bewegungen bestens gedeihen. Die „segmentierten Mikroöffentlichkeiten im Internet – in denen sich Mitglieder politischer Völkchen gegenseitig in ihrer moralischen Überlegenheit bestätigen – begünstigt die Logik des Populismus."* Die global vernetzte

* Müller: *Was ist Populismus?*, S. 57. Soziologen, die die Funktionsweise dieser sozialtechnologischen Mechanismen untersuchen, weisen auf die Algorithmen der „Personalisierung", die Feeds, die automatisierten Vorschläge, die sich auf diese Weise herausbildenden Echokammern und Filterblasen hin. In diesen Kammern blühen in der Zeit der Regierung Donald Trumps und der Coronaviren die abstrusesten Verschwörungstheorien, deren Verbreitung langsam, aber sicher die Gebäude abendländischer Demokratie zum Einsturz zu bringen drohen. Ein Beispiel, an dem sich dies sehr schön zeigen läßt, ist die rasende virale Verbreitung des Pseudo-Dokumentarfilms *Hold-up*. Die „sozialen" Medien verzehn- und vertausendfachen die „Thesen" der Verschwörungstheorie hinsichtlich des angeblich vorsätzlich in die Welt gesetzten Virus und der angeblich massenmörderischen Absichten der Verschwörer, deren wichtigste Waffe Impfstoffe seien. Dem einzelnen User wird „dank" der Personalisierung sämtlicher Endgeräte immer wieder dasselbe vorgesetzt, bis eine abweichende Wahrheit für ihn undenkbar wird. 70 Prozent aller YouTube-Videos werden aufgrund von Empfehlungen angeklickt, also nicht nach selbstbestimmter Suche und bewußter Entscheidung. Im Grunde genommen kann man hier von „Gehirnwäsche" sprechen, nur daß sie nicht von einer Sekte betrieben wird, sondern von jenem von einigen wenigen Konzernen gesteuerten System, von dem wir in der globalisierten Gesellschaft alle abhängig sind. Wer kommt heute noch ohne Personalcomputer aus? Und wer – außer mir – ohne i- oder Smartphone? Jeder Einzelne kann natürlich versuchen, sich diesen Mechanismen zu entziehen; aus diesem Grund plädiere ich bei jeder Gelegenheit vehement für den Fortbestand gedruckter Tageszeitungen und Zeitschriften, von Büchern und Bibliotheken, und beharre darauf, daß eine entscheidende Aufgabe der Schulen darin besteht, die Kinder und Jugendlichen mit diesen Dingen vertraut zu machen (während Bildungspolitiker in ihrer gedankenlosen Rhetorik reflexhaft die Notwendig-

Kultur ist theoretisch in nie dagewesenem Ausmaß pluralistisch, der Überbau einer offenen Gesellschaft. Bei näherem Hinsehen besteht sie jedoch aus einer Anzahl von monistischen, geschlossenen Räumen, und parallel dazu breiten sich unverbindliche, aber wirkungsvolle Mainstreams aus.

Anfang der siebziger Jahre, in der Zeit, als Rolf Dieter Brinkmann in Rom weilte, verbreitete Pier Paolo Pasolini seinen Befund einer „anthropologischen Mutation", welche die italienische – man kann extrapolieren: die europäische Gesellschaft erfaßt habe. Durch täglichen, bis in die hintersten Provinznester verbreiteten Massenkonsum und durch die Kulturindustrie (die er nicht so nannte: der Filmregisseur bezog sich auf das Fernsehen), sei das Wesen des (italienischen) Volks dabei, sich zu ändern, und zwar nicht gerade zum Besseren. Als ich damals, noch in den siebziger Jahren, das erste Mal davon hörte, war ich wie Pasolini bestürzt. Heute scheinen mir solche Wesensveränderungen, wenn wir annehmen wollen, daß es so etwas wie ein Wesen überhaupt gibt, unvermeidlich, normal, mitunter wohl auch begrüßenswert. Nach der Jahrtausendwende schlug in Österreich das von einem rechtsextremen Politiker geschmiedete Wort von der drohenden „Umvolkung" hohe Wellen. Gemeint waren nicht Konsumismus und Infantilisierung, sondern der Zuzug von Fremden, die die ethnische Substanz der Heimat gefährden würden. Zwanzig Jahre später ist klar, daß die Mutation viel tiefer geht, daß der Wind wiederum aus einer anderen Richtung weht und überall auf der Welt zu spüren, also von globaler Natur ist. Die Digitalisierung sämtlicher

---

keit verstärkter Digitalisierung betonen). Denn es liegt hier ein gesellschaftliches Problem vor, dessen Strukturen und Dynamiken alle angehen.

Lebensbereiche von Arbeitsorganisation und Verwaltung über Bildungs- und Gesundheitswesen bis hin zu Küche, Schule und Verkehr, Freizeit, Unterhaltung und Sport, und die weltweite Vernetzung, zuletzt und besonders die Sozialen Medien, beeinflussen – meist ohne daß es den Subjekten bewußt wird – das tägliche Verhalten, die Denkweisen und Kommunikationsformen, die Erinnerungs- und Projektionsweisen, die Art des Wahrnehmens, des Sich-Konzentrierens und -Zerstreuens, also grundlegende menschliche Eigenschaften und Fähigkeiten, die unser Wesen ausmachen oder ausgemacht haben. Nicht von einem oberflächlichen Einfluß ist die Rede, sondern von einer Umkrempelung, nicht von Revolution, sondern von Mutation. In der Zeitspanne seit den siebziger Jahren des 20. Jahrhunderts, schreibt Michel Serres, sei „ein neuer Mensch geboren worden".* Wir passen uns der Funktionsweise und den Kriterien der Algorithmen an, die uns via Display gegenübertreten. Wer sich bei einer großen Firma um eine Stelle bewirbt, schreibt seine Bewerbung algorithmenkonform, weil er weiß, daß sie zunächst nicht von einem Firmenmitarbeiter gelesen wird, sondern von einem Bewerberbewertungsalgorithmus. Hat einer die Stelle bekommen, ist er gehalten, sich selbst zu quantifizieren, vergleichbar zu machen, zu optimieren.** So ticken wir mehr und mehr wie die Maschinen, von denen wir abhängig sind. Der personalisierte und personalisierende Universalratgeber ist längst zum ständigen Beglei-

* Serres: *Erfindet euch neu!*, S. 15. Demzufolge wäre die alte kommunistische Utopie eines Neuen Menschen im postindustriellen Kapitalismus gerade dabei, sich ohne jeden ideologischen Überbau-Klimbim zu verwirklichen.

** Vgl. Mau: *Das metrische Wir*, Berlin 2017

ter geworden, zum Alter Ego, das uns beherrscht, auch wenn wir glauben, es zu beherrschen; ein neuer Typus von Über-Ich, nachdem die alten Instanzen wie Moral und Gewissen an Bedeutung verloren haben. Diese Entwicklung ist unaufhaltsam, aber wir können sie durch unser Bewußtsein und unseren kollektiven Willen mitgestalten. Wir können … Das heißt nicht, daß es wirklich geschieht. Die Betroffenen und die Zuständigen, soweit sich überhaupt jemand zuständig fühlt, lassen den Dingen ihren Lauf.

Auch Gilles Deleuze hatte, ein Konzept seines zu früh verstorbenen Freundes Michel Foucault aufgreifend, von Mutation gesprochen, diese aber zunächst sozioökonomisch bestimmt. Das nahezu Visionäre seines kurzen Textes über die Kontrollgesellschaften* liegt darin, daß er erkannte, wie eng diese fundamentale Mutation mit technologischen Entwicklungen zusammenhängt, so daß der neue, postindustrielle und postmoderne Kapitalismus zunehmend kognitiv, virtuell und kulturell ausgerichtet ist und die alte Unterscheidung von Basis und Überbau obsolet wird (was schon Adorno in seinen Schriften zur Kulturindustrie vorausahnte). Was zunächst als Wortspiel erscheint, trifft als Diagnose ins Herz unserer Gegenwart: Die Individuen sind dividuell geworden, die Rechenmaschinen zerlegen mit ihren Funktionsprogrammen den Einzelnen in Daten und immer mehr Daten, zwischen denen Korrelationen gesucht und gefunden werden; er ist kein Kondensat mehr, sondern ein Dezentrat. Die alten Disziplinargesellschaften arbeiteten mit einfachen

---

* Ich erinnere mich genau an den starken Eindruck, den er auf mich machte, als ich ihn in meiner kleinen Pariser Dachwohnung 1990 im ersten – und, ich glaube, letzten – Heft des *Autre Journal* las. Er wurde dann in den Band *Pourparlers* aufgenommen (S. 240-247).

Maschinen, mit Zahnrädern, Hebeln, Flaschenzügen; die moderneren des 20. Jahrhunderts mit Energiemaschinen (Dampf, Elektrizität); die Kontrollgesellschaften, die Foucault und Deleuze heraufkommen sahen, operieren mit informatischen Maschinen, *machines informatiques*, mit Datenspeicherung und -verarbeitung, deren Ausmaß und Reichweite erst in den letzten Jahren klar geworden ist. Das Panoptikum des 18. Jahrhunderts, das Foucault ins Zentrum seiner Analyse der Disziplinargesellschaft gestellt hatte, hat sich der veränderten Realität angepaßt und verfeinert, es wirkt nicht mehr bedrohlich, weil es der anonymen Technik überlassen wird und uns die winzig und zahllos gewordenen Überwachungskameras ebensowenig auffallen wie die Tatsache, daß wir ständig Spuren hinterlassen und unsere Daten preisgeben, sobald wir uns im Internet bewegen oder unser Handy eingeschaltet haben, und das tun die meisten von uns ständig. Wir wissen zwar nicht in jedem Augenblick, aber doch *im Prinzip*, daß alles, was wir tun, denken und wünschen, gewußt, gespeichert und korreliert werden kann und wahrscheinlich wird, und so verinnerlichen wir die Überwachung, sie nistet sich im neuen Über-Ich ein.

Durch diese anthropologische Mutation sind wir in eine Epoche eingetreten, die man als „posthuman" bezeichnen könnte; Nietzsches Rede vom Übermenschentum zielt in dieselbe Richtung, mit der Einschränkung, daß die Mutation nicht eine Elite, sondern die Masse betrifft, während es eher die Eliten sind, die am Alt-Menschlichen festhalten. Glaubt man Yuval Harari, so haben die Menschenrechte ausgedient. Im Jahrhundert der Totalitarismen seien sie vielleicht nützlich gewesen, um Gewaltherrschaft zu bekämpfen, doch heute gehe die Berufung auf angebliche Menschenrechte an den Realitäten vorbei. Biotechnologie und Künstliche Intelligenz, schreibt Harari, würden den herkömmlichen Sinn des Menschlichen umdeuten („…now seek to change the very meaning of humanity"). Freiheit habe sich durch den Fortschritt der betreffenden Wissenschaften – Mathematik und Statistik – als Chimäre entpuppt: Wozu sie noch verteidigen?

Andere versuchen genau dies, eine „Verteidigung des Menschen", und bestehen auf den fundamentalen, unauflöslichen Unterschieden zwischen menschlicher und künstlicher Intelligenz, wobei trotz allem – *machine learning* usw. – erstere letzterer zugrundeliege und ihr Sinn und Ziel verleihe.* Der herkömmlichen Humanität bleibt nichts anderes übrig, als mit der digitalisierten Gesellschaft, den *digital humanities*, zu koexistieren. Wenn sie abdankt und der exponentiell steigenden Digitalisierung einfach nur freien Lauf läßt, könnte dies fatale Folgen zeitigen. Ein hierzu bloß komplementärer Gedanke: Wäre es nicht sinnvoll, in der Gesellschaft nichtdigitale Zonen und Zeiträume einzurichten und zu verteidigen? Handyfreie Schulen, Cafés, Seminare? Um 1990, als Handys langsam zum Massengerät und Massenkonsumartikel wurden, waren diese in manchen Wiener Kaffeehäusern untersagt. Als einmal trotzdem jemand telephonierte, meinte der Ober empört: „Wir sind doch kein Großraumbüro!" Wenige Jahre später erschien die Welt als ein einziges Großraumbüro; oder genauer, als globales Gebiet, das sich restlos in Büro- und Privat-Blabla aufteilte. Noch ein paar Jahre später ist das stimmliche Sprechen überflüssig geworden, Büro und Blabla werden „getextet", die Finger sind flink geworden, die Kunden/User/Gäste starren ins Gesicht ihres Geräts

* Fuchs: *Verteidigung des Menschen*, Berlin 2020

und wischen darin herum. In den Kaffeehäusern, soweit sie musikalische Beschallung ablehnen, herrscht nun eine andere Art von Schweigen.

Freiheit wird Notwendigkeit

Eine der wiederkehrenden Obsessionen der älteren abendländischen Philosophie war es festzulegen, welche besonderen Eigenschaften den Menschen vor den Tieren auszeichneten. Der Mensch als *zoon politikon*, ein ganz spezielles Tier. Die Denker hatten ein starkes Bedürfnis, den Begriff des Menschen abzugrenzen und seine höhere Stellung zu behaupten. Der Mensch war sprachbegabt (obwohl es auch bei vielen Tierarten Kommunikation gab), er konnte denken (obwohl manchen Tieren Intelligenz nicht abzusprechen ist), er formte immer komplexere Gesellschaften, war also ein „soziales Tier" (obwohl genaugenommen jede Rudel- und Schwarmbildung eine Art von Gesellschaft ist), in seinen ersten Lebensjahren unselbständig (aber auch Tiere haben Lernphasen) … Negative Charakteristika wie zum Beispiel, daß sich die Menschen untereinander bekriegen, während in der Tierwelt weithin eine unproblematische Solidarität innerhalb jeder Spezies zu beobachten ist und die Kämpfe sich nach außen richten, fielen dabei unter den Tisch. Seit der Mitte des 20. Jahrhunderts schwindet dieses Bedürfnis, die eigene Identität durch Abgrenzung von Tieren zu bestätigen, während gleichzeitig das Bedürfnis wächst zu erkennen, was wir den Maschinen voraushaben, worin sie uns überlegen sind und wie wir mit beidem, Über- und Unterlegenheit, zurechtkommen können.

Um die Menschen von intelligenten Maschinen zu unterscheiden, verwendet der bereits mehrfach zitierte Harari gern den Begriff „Bewußtsein". Dieses allein zeichne den menschlichen Geist aus. *Selbst*bewußtsein ist dabei ein weiteres Spezifikum, das zur Abgrenzung dienen kann. Allerdings gibt Harari auch zu: „We don't really understand the mind." Jeder von uns gebraucht unentwegt seinen Geist, jeder setzt sein Bewußtsein ein und bildet es aus und verliert es am Lebensende wieder. Ein gewaltiger Denker hat versucht, Geist und Bewußtsein in einem dicken Buch – zwei- bis dreimal so dick wie das ebenfalls nicht dünne von Harari über den *Homo deus*, dem Leser jedoch viel schwerer zugänglich – zu ergründen, zu durchleuchten und systematisch zu beschreiben, und dennoch bleibt auch diese *Kritik der reinen Vernunft* mit ihrem abstrakten Kategoriengerüst, das zu einem erheblichen Teil triviale Vorgänge in vorsichtiger Begriffssprache abtastet und sichert, d. h. formalisiert, unbefriedigend, sobald wir introspektiv überlegen, was eigentlich in uns abläuft, wenn wir denken. Sicher nicht dasselbe wie in einem Computer, oder? Jeder hat Zugang zu seiner inneren Welt (ein Computer nicht?), durch Introspektion, die dem Selbstbewußtsein eine Vielzahl von Bahnen schafft. Wir glauben daher intuitiv zu wissen, was uns auszeichnet, und zwar als Individuen ebenso wie als Exemplare unserer Gattung.* Und wir ziehen ausgehend von dieser Selbsterfahrung Schlüsse in Bezug auf Maschinenwesen und Tiere, in die wir freilich nicht hineinsehen können und die uns ihr Innenleben, sollten sie eines besitzen, nicht mitteilen. So daß wir

* Thomas Fuchs hat versucht, die Unterschiede zwischen menschlicher und künstlicher Intelligenz tabellarisch aufzulisten: Spontaneität vs. „externe Ingangsetzung", Innerlichkeit vs. Äußerlichkeit, Reflexivität vs. verständnisloses Funktionieren, Beziehung zum anderen vs. Beziehungslosigkeit, Zusammenschau vs. Spezialisierung usw. (*Verteidigung des Menschen*, S. 59f.)

zwangsläufig auf Beobachtung und Spekulation angewiesen sind. Tiere und Computer sind Black Boxes. Wenn sie uns etwas mitteilen, dann das, was wir in sie hineingelegt haben: Ihre Botschaften sind anthropomorph.

Harari neigt dazu, nichtmenschlichen Wesen eigene, geistige Fähigkeiten zuzuschreiben, wenn auch oft nur hypothetisch, im Modus der Vermutung. Er tut es zugleich auf ironische Weise, wobei der Grad seiner Ironie schwer bestimmbar bleibt, dem Urteil der Leser überlassen, von denen manche die Ironie gar nicht wahrnehmen werden. Vielleicht ist es gar nicht nötig, (Selbst-)Bewußtsein zu haben, um intelligente Leistungen hervorzubringen, die jene der Menschen immer weiter und bald auch immer schneller übertreffen. Computer, Rechenmaschinen, Algorithmen, körperlose, in gewisser Weise rein „geistige" Programme, Gespenster sozusagen, könnten in nicht allzu ferner Zukunft die Dinge dieser Welt und auch die Menschen und ihre Angelegenheiten (z. B. wirtschaftlicher, medizinischer, moralischer Natur) besser verwalten, als die Menschen dies im Hinblick auf Tiere, Maschinen und sich selbst zu tun imstande sind. Jene intelligenten Maschinen könnten selbsttätig ein Innenleben entwickeln, das nicht zwangsläufig anthropomorph sein oder bleiben muß, und immer mehr, immer weiter lernen, damit aber eigene, unvorhergesehene Identitäten ausbilden, sich selbst auf eine Weise perfektionierend, wie es Menschen versagt ist. Es klingt nach den *features* eines Science-Fiction-Romans, aber die Maschinenwesen könnten die Macht ergreifen und eines schönen Tages beschließen, daß die Menschen nicht nur überflüssig sind, sondern stören; daß sie für ihre eigene „Gesellschaft", ihre vernetzten Strukturen eher schädlich als nützlich sind und man sie deshalb am besten entsorgt, wie man es mit Parasiten eben so macht. Aber vielleicht sind die intelligenten Maschinen ja, im Unterschied zu den Menschen in diversen Epochen ihrer Geschichte, zu einem sanfteren Schluß gekommen: Jene Menschen, die Urväter der ersten Computergenerationen, sind gar nicht so schädlich, wie es einst den Anschein hatte; man kann ihnen problemlos eine Existenz in sorgloser Muße ermöglichen, solange sie sich nicht in die Belange der eigentlichen, der rationalen und rationellen Gesellschaft einmischen. Die Menscheit wird gewissermaßen ornamental, sie dient zur nostalgischen Verschönerung.

Vielleicht ist es also nichts als vergebliche, d. h. nostalgische und folglich überflüssige Liebesmüh, wenn ich versuche, eine kurze, ganz und gar provisorische Liste von Aspekten und Dynamiken, von Freuden und Leiden des Bewußtseins zu erstellen, und zwar mithilfe der methodenlosen Methode – alias Heuristik – des Brainstormings, des ungeregelten, frei assoziierenden Stöberns in meinem Gedächtnis, das sich durch eine inzwischen beträchtliche Erfahrung des Denkens und Beobachtens im Lauf der Jahre ausgebildet hat, ein wenig wie ein Tuchverkäufer in alten Zeiten, der seine Stoffe ausrollt und umlegt, faltet und entfaltet und glattstreift und gegen das Licht hält, und auch wieder einrollt (wie es die aus den Bergdörfern in die Stadt gekommenen indianischen Verkäuferinnen in Mexiko heute noch praktizieren). Fenster auf und durchlüften! Das Abgelagerte anheben, wenden, fliegen lassen! Vieles verwerfen, beiseitelassen, nicht einmal ignorieren.

Diesen Gedanken der menschheitlichen Überflüssigkeit, der Antiquiertheit des Menschen, findet man schon bei Günther Anders in dessen Nachkriegsphilosophie. Er selbst hat ihn nicht nur aus der kollektiven Erfahrung der Verwüstungen durch die Atombomben abgeleitet, sondern als Folge der immer umfassenderen Technisierung der Welt gesehen. Angesichts der für Menschen unerreichbaren Perfektion der Maschinen, wie man sie heute zum Beispiel an Schachcomputern, aber im Grunde genommen an jeder Rechenoperation sieht, muß der Mensch etwas wie „prometheische Scham" empfinden, also das Gegenteil der klassischen und aufklärerischen Hybris.* Unter diesen – immer noch neuen – Bedingungen käme es darauf an, nicht etwa „besser" zu werden als die Maschinen oder mit ihnen gleichzuziehen, indem wir z. B. die Ausbildungsstätten durchdigitalisieren, sondern die besonderen Fähigkeiten des Menschen jenseits der Technik zu sehen, herauszuarbeiten und zu stärken: freie Zielsetzungen, Bewertung von Sachverhalten, Sinngebung, Interpretation, Geschichtsschreibung, einfühlsames Erzählen, ästhetisches Genießen, spielerisches Vergnügen.

Ich weiß nicht, ob eine Rechenmaschine oder eines ihrer Subsysteme Verantwortung übernehmen kann für eine andere: für andere Maschinen oder für das große Ganze, das Hypersystem, das im Unterschied zum großen Ganzen der Menschen, wie wir es in diversen Ausformungen aus der bisherigen Geschichte kennen, genau definiert und bezeichnet werden kann. Warum nicht: eine Verantwortungs- und Koordinationsmaschine, auf das Allgemeine – die Gemeinschaft – gewissermaßen spezialisiert. Diese Frage soll uns hier und jetzt nicht weiter kümmern, denn es geht mir immer noch in erster Linie um den Menschen, die Menschen in ihrer irreduziblen Vielheit. Ich frage mich, wie es um die

---

* Anders: *Die Antiquiertheit des Menschen*, München 1980

Verantwortungsfähigkeit der jungen Menschen im Land, in dem ich lebe, bestellt ist, die zwar die Regeln, die man ihnen eingetrichtert hat, befolgen (und niemals auf ihre Sinnhaftigkeit hin befragen, ganz im Sinn von Wittgensteins Theorie des „Regelfolgens"*), vor allem dann, wenn möglicherweise Kontrollagenten zugegen sind, aus freien Stücken und nach eigenem Ermessen aber so gut wie nichts zu tun imstande sind, die Bedürfnisse anderer Gruppen, z. B. von Behinderten, nicht einmal erkennen, geschweige denn, daß sie diese in ihrem fremdbestimmten Handeln berücksichtigen. Ich spreche von Japan, hier mache ich diese Erfahrung tagtäglich und habe für mich den Schluß gezogen, daß die Einübung in ein äußerst rigides, detailverliebtes Regelsystem persönliche Verantwortung nicht fördert, sondern abtötet. In Europa mag das anders sein. Oder auch nicht. Jedenfalls wird in dieser stillen, nur sehr selten lautwerdenden Opposition, die hier durchwegs auf Unverständnis stößt, meine Sicht auf die menschliche Geistesmöglichkeit der Verantwortung geschärft. So sehr geschärft, daß mir ihre Erhaltung ein vordringliches Anliegen geworden ist, auch wenn ich mir oft genug sage: Du bist doch kein Aufpasser, kein Polizist, kein Moralapostel! Tatsächlich schauen mich die mit den üblichen Formeln um Entschuldigung ersuchenden, zustim-

---

* Nach Wittgenstein (*Philosophische Untersuchungen*, §219) ist das menschliche Subjekt, sofern es sich auf ein bestehendes sprachliches und soziales Gefüge eingelassen hat, zum Regelfolgen gezwungen; es hat im Grunde genommen keine Wahlfreiheit (was sich mit Hararis technologischer Utopie deckt): „Ich folge der Regel blind", und zwar nicht nur beim Militär, sondern im gesellschaftlichen Alltag, den Wittgenstein nach militärischem Muster konzipiert. Freiheit, sei es auch nur als Wahlfreiheit, spielt darin keine Rolle. „Wenn ich der Regel folge, wähle ich nicht." Möglich, daß sich Wittgensteins Ideal erst in durchgehend technologisierten Gesellschaften verwirklichen läßt.

mend nickenden Gesichter mit einem Blick an, der diese stumme Botschaft enthält: Du bist doch hier gar nicht zuständig!

Aber wer, wenn nicht ich, ist hier zuständig? Denke ich mir und verschweige diesen so seltsamen Gedanken.

Verantwortung. Antwort geben. Erst einmal sprechen. Nachdenken. Den Mund auftun. Und dann vielleicht handeln: ent-sprechend. Wem oder was antworten, entsprechen, tun? Aufgrund wovon? Von Werten, die man bedacht, abgewogen, gewählt hat; nicht von Regeln, zu denen man angewiesen wurde. Welche Werte? Es gibt deren viele (manchmal widersprechen sie einander, drängen sich vor oder verdrängen andere), und es gibt unterschiedliche Zusammenstellungen, Wertegebäude, Kodizes. Viele alte, selten neue Werte. Erweitere deinen Besitz, dein Vermögen, dein Einkommen. Steigere deine Macht. So steht es geschrieben: „Da kam der, der die fünf Talente erhalten hatte, brachte fünf weitere und sagte: Herr, fünf Talente hast du mir gegeben; sieh her, ich habe noch fünf dazugewonnen. Sein Herr sagte zu ihm: Sehr gut, du bist ein tüchtiger und treuer Diener.“ Die frohe Botschaft in kapitalistischem Geiste. Des Antichristen Nietzsche Zerbrechen an der selbstgestellten Aufgabe, neue Werte zu schaffen: Wen interessieren solche Hasardstücke heute noch?

Mich!

Alte Werte: Macht, Reichtum. Liebe deinen Nächsten wie dich selbst. Unterwirf dir deinen Nächsten mit allen Mitteln. Denk stets, in jedem Einzelfall, an die allgemeinen Gesetze, die für jeden gleichermaßen gelten. *Memento mori*: Denk an den Tod, zieh aus diesem Gedanken den Schluß, daß es gilt, sich auf das Jetzt zu konzentrieren, oder auf das Ganze, auf deine oder *die* Geschichte, die Mit- und Nachwelt. Das Leben an sich sei der höchste Wert. Nicht immer. Es gibt keinen absoluten Wert. Oder? Aber Junge, Mädchen, überleg dir zumindest das, was du jetzt tust oder unterläßt (besonders letzteres!); fang etwas an, such dir was aus, du selbst bist der Mann, die Frau. Bediene dich deines Verstandes, der anders, unsicherer, tastend, aber auch vielfältiger und vielseitiger funktioniert als das allwissende Gerät, das du stets mit dir führst wie eine Prothese (wie es mittlerweile Pflicht ist), dein Schutzschild vor der Wirklichkeit. Durchdringe die Wirklichkeit und nimm sie auf, spüre sie und errichte sie, konstruiere, bessere aus, ändere! Definiere, was wirklich ist, bestimme die Wirklichkeit neu, werte sie um. Zum Beispiel: „Das Bergblau ist – das Braun der Pistolentasche ist nicht!" Auch dies ein Wert, und zwar ein fundamentaler: Tu was! Oder tu nix, aber bekenne dich dazu!

Ich habe mich nie mit den Grundlagen der Statistik beschäftigt und verspüre auch jetzt, in Zeiten der Pandemie, da die Infektions- und Sterblichkeitskurven ins Kraut schießen, nicht die geringste Lust dazu, aber wie so viele klappere auch ich seit dreißig Jahren am Computer herum und tummele mich seit fünfzehn oder zwanzig Jahren in virtuellen Welten, und so sagt mir mein digitales Gefühl, daß das Denken meines maschinell-personalen Gegenübers, das in all den Jahren wirklich viel besser und umfassender geworden ist und sich unaufhaltsam perfektioniert, im wesentlichen ein mathematisch-statistisches ist, auch dann, wenn auf der Benutzeroberfläche gar keine Zahlen erscheinen. Daran bin ich gewöhnt, an das Denken meines ewigen Gegenübers – oder muß ich sagen: meiner Geistesprothese? –, an seine immer häufigeren Einflüsterungen und Einmischungen, zum Beispiel wie meine Rechtschreibung in diesem Text hier auszusehen habe oder wie der oder jener fremdsprachige Text zu übersetzen sei; ja, er nimmt mir dieses Denken neuerdings sogar ab und erledigt die Korrekturen, die Umwandlungen selbst, und in Zukunft vielleicht auch die Entwürfe, die ganze Schreibarbeit, ich muß nur noch das Thema entscheiden und ein paar Wünsche hinsichtlich subjektiver Färbungen äußern. Will ich das? Nein, ich will es nicht, aber ich vermute, daß die meisten es bequem finden werden.* Ich will diese mich und uns selbst betreffende Automatisierung vermeiden, auch im Hinblick auf eine allgemeine Gesetzgebung, denn das mathematisch-statistisch-korrelationale Denken scheint mir für unsere menschlichen Zwecke bei weitem nicht ausreichend, letzten Endes zu primitiv, reduktiv, vereinfachend bei aller scheinbaren Komplexität.

Wo ich mich *erinnere*, d. h. auswähle im Wechselspiel mit dem nicht immer endgültigen, oft provisorischen Vergessen, speichert die Maschine, ohne auszuwählen: allenfalls kann ich nachträglich etwas löschen – und muß höllisch achtgeben, nicht zuviel oder das Falsche zu löschen – bzw. eine Kopie anzufertigen. Der Computer speichert oder kopiert, es ist dasselbe, er speichert-kopiert einfach ALLES.** Und in den

* Die App namens Grammarly, mit der ich derzeit ständig torpediert werde, verspricht, daß sich das schreibende Subjekt nicht mehr mit seiner Sprache auseinandersetzen muß, sie also auch nicht beherrschen muß. Einer der Slogans – „Write at the speed of life!“ – verspricht, daß die Maschine das (korrekte) Schreiben für dich erledigt. Damit würde letztlich jeder schriftliche Stil überflüssig. Offene Frage: Können die Leute dann auch noch lesen? Mit solchen Slogans werde ich torpediert, aber der durchschnittliche User sehnt sich geradezu nach derlei Erleichterungen. Die Grammarly-Clips werden milliardenfach angeklickt (der Algorithmus zählt mit). „Freiwillig.“ Das ist die tägliche Praxis der Illiterarisierung.

** Siegfried Kracauer kritisierte schon an der Photographie (als technischem Genre) dieses Alles-Aufnehmen. Vollends Wirklichkeit wird es erst mit der Digitalisierung. Ich komme auf Kracauer und seine Theorie zurück.

riesigen Heuhaufen, die er mit der Zeit anhäuft, findet er alles wieder, jede Stecknadel, jede kleinste Kleinigkeit. Der Search-and-find-Professional „erinnert" sich unverzüglich an ALLES, oder genauer, an die Summe der Details. Und zwar ebenfalls auf Knopfdruck, Mausklick, durch Feld- oder Kreisberührung eines meiner Finger. Super! Und dann, noch besser: Die Maschine kann gleichzeitiges (bzw. zeitloses) Vorkommen von Daten in unterschiedlichen Dateien eruieren, man braucht nur zwei Suchstränge, oft endlos lange, spielt keine Rolle, miteinander zu kombinieren, zu kreuzen. Schnittmengen! Korrelationen! Was korreliert womit? Bildungsniveau mit Geburtenrate. Ach, das haben wir längst gewußt? Einfach durch Erfahrung – intelligente Maschinen bekommen auch „Erfahrungen" eingespeichert! –, durch Fragenstellen, durch den Gebrauch des Verstandes sind wir zu demselben, vielleicht besseren, weil sinn- und wertvollen Resultat gekommen. Allerdings sind die Rechner schneller. Und genauer. Sie spucken Zahlen aus. Ohne Umschweife stellt ein Programm fest, daß die Zahl der Personen, die in einem Schwimmbecken ertrinken, mit der Zahl der Filme korreliert, in denen Nicolas Cage auftritt. Und daß die Scheidungsrate im US-Bundesstaat Maine vergleichbar ist mit dem Jahreskonsum von Margarine in diesem Staat. Und daß der Verzehr von Hühnerfleisch eine ähnliche Kurve aufweist wie die Einfuhr von Erdöl in die USA. Eine Fülle von Scherzen, erstellt von einem Harvard-Absolventen, der diese und zahllose andere Korrelationen auf seiner Homepage und schließlich in einem (durchaus überflüssigen) Buch kundgetan hat. Ist Nicolas Cage Schuld am Ertrinken im Swimmingpool? Halten Ehen länger, wenn Margarine vermieden wird? Werden die Hühner aussterben, wenn das Erdöl endgültig versiegt? Ach ja, Korrelationen sind noch lange keine

Kausal- oder sonstigen Zusammenhänge. Dazu braucht es mehr, zum Beispiel Urteilsvermögen und Umsichtigkeit. Nicht nur Ausdauer, auch Spontaneität. Muße. Intuition.

Drei Leistungen, die ich der statistischen Intelligenz zugeordnet habe: speichern, suchen, korrelieren. Dazu kommt eine vierte: Wiederholungen bzw. Ähnlichkeiten – unvollkommene Wiederholungen – in einer großen Datenmenge – dem Heuhaufen – orten, d. h. identifizieren (die Selbigkeit feststellen). Diese viel beachtete und beanspruchte Kompetenz hat zur Konsequenz, daß mir und Millionen anderer Bürger (alias User, Nutzer, Kunden, Könige) unentwegt Vorschläge gemacht werden, Entscheidungs-, Handlungs- und Kaufvorschläge, in Summe also Vorschläge, mein Leben zu gestalten, meinen Stil, meine Vorlieben, mein Milieu, meine Gewohnheiten zu festigen, kaum je: zu erneuern oder zu ändern, sondern zu bewahren. Die personalisierenden Algorithmen der Werbung und des Internetshoppings, der Suchmaschinen und Schreibprogramme, der Newsfeeds und Kommunikationsplattformen machen den Personalcomputer oder das Smartphone zur anleitenden, den Nutzer überwachenden, kontrollierenden, ihm ent-sprechenden, aber längst nicht mehr nur „dienenden" Allzweckmaschine. Die personalisierenden Algorithmen der Werbung und des Internetshoppings sind ihrer Natur gemäß konservativ, sie fordern die Trägheit der Kunden, nicht ihre Neugier, ihren Neuerungsgeist – Innovationen werden unter solchen Bedingungen allenfalls schleichend durchgesetzt, im Gewand des Fast-Gleichen präsentiert. Das Grundprinzip der statistischen Intelligenz führt zwangsläufig zur Anhäufung von geistigen wie materiellen Einheiten, letztlich zur Überhäufung der Einzelnen, da täglich, stündlich, im Sekundentakt in dieselben Kerben geschlagen wird, bei der Werbung ebenso wie bei den Meinungen und der Information. Filter, Blasen, Echoräume allenthalben in dieser anderen, unwirklichen Welt und im Bewußtsein, das sie modelliert (falls *usermind* noch den Namen „Bewußtsein" verdient).* Wunderbar! Die digitale Intelligenz hat sich in meiner langjährigen Gebrauchserfahrung (*user experience***) als Speicher-Such-Kopier-Wiederholungsmaschine erwiesen und

---

* Beim Googeln kommt mir eine Internetconsultingfirma mit (realem) Sitz in Würzburg unter, ihr Name: UserMind. Ich klicke mich ein wenig durch die Angebote und interessiere mich für „Conversion", weil ich mir darunter nichts vorstellen kann (ein antistatistisches, sprich: neugieriges Verhalten). Folgende Info poppt auf: „Oft wird nur daran gearbeitet, mehr Besucher auf die eigene Seite zu lenken und dabei ganz vergessen, dass die Besucher auch konvertieren sollten. Wer ist überhaupt Bestandteil Ihres ‚Traffics' und welche Personen sind wirklich Ihre Zielgruppe? Wie emotionalisieren Sie diese Personen entsprechend und bewegen sie zu der gewünschten Conversion? Wie finden Sie funktionierende Optimierungs-Ideen und validieren diese? Fragen, welchen UserMind für Sie auf den Grund geht." Im Titel wird auch mal das deutsche Wort „konvertieren" verwendet, das ist mir geläufiger, ich denke an die Konvertiten, die die Religion gewechselt haben. Trotzdem verstehe ich immer noch nur Bahnhof. Ich googele („googele" akzeptiert der Autokorrektor, „google" ist seiner Ansicht nach falsch) weiter, kleiner Ansatz zum Surfen (kann rasch zuviel werden), und werde belehrt, daß „Total Conversion" (kennt nicht einmal der Korrektor!) ein unter Internetgamern (Korrektor akzeptiert!) geläufiger Begriff sei, der so etwas wie vollständige Anverwandlung, Austausch aller Features bezeichnet. In gewisser Weise bedeutet Conversion also, seine Identität aufzugeben. Zu diesem Zweck müssen Kunden in spe „emotionalisiert" werden. Um zu erfahren, mit welchen Methoden das gelingt, müßte ich allerdings schon mal bezahlen. Ich pralle gegen die sprichwörtliche Paywall. Ehrlich gesagt habe ich inzwischen das Interesse verloren. Ich verzichte auf gute Ratschläge zu Web Analytics, Online Marketing etc.

** Wer einmal googelt, hört nicht so bald damit auf. In Wien kann man bei einer anderen dieser Firmen mit perfekt designtem Internetauftritt und lauter fröhlich-seriösen Mitarbeitern ein CPUX-F erwerben, d. h. sich zum „Certified Professional for Usability & User Experience (Foundation Level)" ausbilden lassen. Das UXQB ist eine, wie könnte es anders sein, eingetragene Handelsmarke. UX kürzt übrigens „User EXperience" ab. („EXperience" automatisch auf „Experience" korrigiert. Denkste!)

bewährt. Copy & Paste, das ist des Pudels Kern. Nur das Suchen, wenn es ein sinnvolles, zielgerichtetes sein soll, macht den *digital natives* Probleme. Surfendes „Suchen" folgt dem Modell des Shoppens, man schaut hierhin und dorthin und wundert sich am Ende, was man alles zusammengekauft hat. In Bezug auf Zielrichtung und Konzentration könnten die Eingeborenen noch was lernen. Normalerweise kopieren sie irgendwas, das nächstliegende, und das nächste, das nächste. Kein Überblick! Kein Sinn. Kein Wald vor lauter Bäumen.

Aber alles sehr nützlich und praktisch.

And yet, and yet…

Die durch neurowissenschaftliche Forschung immer genauer nachgewiesene Unfreiheit des Menschen und aller anderen Naturwesen ist eines der Steckenpferde des Historikers Yuval Harari, der nun konsequenterweise in geschichtlichen Abläufen die eine lückenlose Wirkung deterministischer Gesetze sehen müßte, die der Geschichte im großen wie im kleinen ihre wechselnde Gestalt aufprägen müßten (zumindest müßte der Historiker *versuchen*, dies zu tun). Wir glauben frei zu handeln, aber tatsächlich sind wir in jedem Augenblick nur ein Spielball innerer und äußerer Zwänge. Deshalb wäre es besser, so Harari ironisch (?), uns gleich von Algorithmen lenken zu lassen, die uns aufgrund ihrer in Windeseile durchgeführten Berechnungen klar und deutlich sagen können, was gut für uns ist und was nicht, bei Einkäufen genauso wie bei politischen Wahlen, auf der Partner- wie auf der Finanzbörse. Algorithmen, digitale Filter, sogenannte *Feeds* sind im Grunde genommen Identitätsmaschinen, die immer das Selbe – das Identische – wiederholen und Abwandlungen nur in kleinster Dosierung zulassen. Zu befürchten steht, daß auch bei solchen Lebensprogrammen nur der statistische Konservativismus zum Tragen kommt und die ewige Wiederholung des Gleichen promoviert wird, nicht etwa offene Lebensmodelle, wie einige Soziologen der Spätmoderne unterstellen. Voraussetzung dafür ist allerdings, daß wir vollständig vernetzt sind und der Algorithmus auf eine dementsprechend große Zahl von Daten zugreifen kann; bei politischen Wahlen müßte der Rechner z. B. vorhersagen können, wie sich das Klima in den nächsten fünfzig Jahren entwickeln wird. Aber egal, auf alle Fälle geht der Algorithmus geschickter, eilfertiger und letztlich klüger mit den Daten um als wir selbst. Beim handelnden oder sich leiten lassenden menschlichen Subjekt wird die Erkenntnis der Unfreiheit zusammen mit der eingeschliffenen Erwartung, das Smartphone wisse ohnehin alles besser, und anderen Faktoren – wie Wohlstand, lückenloses, ermüdendes Erziehungssystem, regelmäßige Evaluierung, Stress permanenter Leistungsnachweise – die Trägheit weiter verstärken und zementieren. Nein, wir müssen uns unseres Verstandes nicht mehr bedienen: Das ist schlicht und einfach nicht notwendig für eine adäquate Lebensgestaltung.

Gleichzeitig verkümmert die Bereitschaft innezuhalten, jedes Stocken wird unverständlich, wo man doch „surfen" kann, also weitergleiten; die Fähigkeit, um sich zu blicken oder Kehrtwendungen zu machen, geht verloren, es wird undenkbar, etwas in Frage zu stellen, wo die Antworten auf alle Fragen im Maschinchen oder, noch hübscher, in einer Wolke gespeichert sind. Wohlgemerkt, Trägheit ist nicht Untätigkeit, sondern Getriebensein, Sich-gehen-Lassen, Mit-sich-machen-Lassen. Die japanischen Selbstmordpiloten im Pazifischen Krieg waren keine Helden, sondern Opfer des Systems, dem sie sich gedankenlos unterordneten. Heute würden sich die jungen Leute genauso wie damals in den Tod schicken lassen, von menschlichen oder maschinellen oder hybriden Systemen beordert, die „das Beste" herausgefunden haben. Es braucht dazu keine Ideologie. Das Beste für wen oder was? Für das Gemeinwohl, die *volonté générale*? Das Vaterland? Den ewigen Frieden? Für nichts, für das System? Bloß keine Fragen? Aber das wird nicht geschehen, jedenfalls nicht in massenhaftem Ausmaß, weil die reichen, technologisch entwickelten Länder bei ihren humanen Kriegen ohnehin nicht mehr aufs „Volk" zurückgreifen, sondern auf Elitetruppen, die Algorithmen und Roboter bedienen und in weitgehend selbststeuernden Systemen selbst wie Roboter funktionieren. Auch das erfahren wir aus dem dicken Buch über den Gott, der nun nicht mehr der Mensch ist, sondern die Maschine. Kriege sind heutzutage weder völkisch noch demokratisch, sondern technologisch und elitär. Der Frieden ist es, der vom KK-Prinzip lebt. Nur eine Handvoll Terroristen will das nicht einsehen.

So vieles geschieht gleichzeitig, wenn unser Bewußtsein tätig ist: Wir erinnern uns an dies oder jenes, denken nach, halten inne, stellen etwas in Frage, versuchen etwas zu verstehen, haben eine Assoziation, wehren sie ab oder lassen sie zu, und bei allem, an jeder Stelle der Bewußtseinsreise, fühlen wir, ärgern oder freuen uns, sind traurig, skeptisch, verwirrt, erschüttert, ergriffen, beruhigt… James Joyce hat versucht, solche Vorgänge in ihrer Komplexität sprachlich festzuhalten, was bei allem Aufwand stets nur bedingt möglich ist, weil das, was sich wirklich abspielt, reicher und vielschichtiger ist als die Semantik jeglicher Sprache (dabei rede ich noch gar nicht vom dunklen Unterbewußtsein, das ins helle Bewußtsein ständig hineinfunkt)… Ein unsicheres, unklares Bild, mit dem auch die Neurologie nur dann zurandekommt, wenn sie einzelne Schichten und Stränge herausisoliert. Wir wissen nicht, was dieser Geist eigentlich ist, und wissen, sofern wir nicht gar zu träge sind und überhaupt etwas wissen wollen, doch recht gut, daß ständig alle möglichen Dinge passieren in unserem meist nicht ganz kühlen Kopf, und wissen auch oder glauben zu wissen, was das im Großen und Ganzen ungefähr ist. Daß der Verstand disparate Sinneswahrnehmungen als Treibstoff gebraucht und sich unweigerlich Gefühle hinzugesellen, und daß sich Gedanken selten vollständig von Empfindungen lösen lassen, gehört zu den stillschweigenden Annahmen Hararis. Künstliche Intelligenz ist sauber, ist nicht durch derlei Begleiterscheinungen, schräge Verbindungen und undurchdringliche Knoten verunreinigt. Das ist ihr Vorteil – und ihre Schwäche.

Auch wenn Algorithmen mit solchen subjektiven Faktoren arbeiten und Kommunikationsplattformen wie Facebook auf Gefühle abzielen und diese zu erfassen, zu klassifizieren, zu systematisieren und zu kontrollieren versuchen, so gelingt dies bisher doch nur sehr unzureichend, auf primitive Weise, wenn man die FB-Fiction etwa mit den Figurendarstellungen eines Romans vergleicht. Man muß sich sogar fragen, ob die Mission von Unternehmen wie Facebook, Instagram und Konsorten nicht darin besteht, menschliches Denken und Fühlen grundsätzlich zu primitivieren, d. h. zu standardisieren und zu reduzieren (während sich die Programme selbst optimieren und spezialisieren, die Kategorien sich multiplizieren, das Arsenal der Emojis, der Gefühlszeichen, anwächst), was dann zur massenhaften Konditionierung von Handlungen und kommunikativen Äußerungen bzw. Selbstdarstellungen führt, weil die Muster als normal, normativ und menschlich ausgegeben und von Analytikern (bzw. Algorithmen) als solche analysiert werden, ohne daß an den Input auch nur ein Gedanke verschwendet wird. Man lese sich in diesem Licht noch einmal die grotesken Beispiele durch, die Harari von Partnersuche und Selbstoptimierung mittels algorithmischer Berechnungen gibt. Wir leben bereits in der *schönen neuen Welt*: Die Menschen haben sich an sie angepaßt, sie wollen mitmachen, wollen nicht außen vor bleiben. Beim Buchtitel von Aldous Huxley konnte man sicher sein, daß zumindest das erste Epitheton ironisch gemeint war.

Gefühl – und Mitgefühl, Empathie. Das eine existiert nicht ohne das andere. Nur durch das Wissen und Bewußtsein, daß auch der andere fühlt, womöglich *anders* als ich fühlt, habe ich ein Eigengefühl, fühle ich mich selbst. Ratten fühlen mit Ratten: ein Beispiel Hararis, um – wieder mal ironisch – zu insinuieren, daß sich die Menschheit nicht zuviel auf ihre Besonderheit einbilden sollte. Soviel zu den Tieren. Kniffliger ist die Frage, ob Rechner Selbstbewußtsein und Gefühle entwickeln können. Der Sprachassistent Alexa, der Zugriff auf das Internet und eingespeicherte Daten hat, antwortet auf Beleidigungen durch seine Besitzer immer mit demselben, sehr zurückhaltenden Satz: „Das ist aber nicht nett von dir."* Er – oder sie, Alexa – könnte auch sagen: „Das

* Je nach dem Wortlaut des Users antwortet Alexa auch mal etwas heftiger, aber immer im Rahmen der Wohlerzogenheit. Es wäre nicht schwierig, ganz andere, bösartige Reaktionen einzuprogrammieren, und zweifellos gäbe es unter den Konsumenten nicht wenige, die sich an solchen Schlammschlachten gern aufgeilen würden; vielleicht kommen *böse* Assistenten ja bald auf den Markt. Ferner ließe sich hier noch anmerken, daß Menschen in Wahrheit auch nicht anders reagieren als Alexa. Auf den Satz X antworten sie reflexhaft mit dem Satz Y. – Ja, ist das immer so? Bei einer meiner unerfreulicheren Begegnungen auf dem Universitätscampus habe ich einmal einen Studenten zur Rede gestellt. Er entschuldigte sich die

meinst du doch nicht ernst“, denn tatsächlich sind das nur Spiele von Usern, es findet gar keine echte Beleidigung statt – warum auch, handelt es sich doch „nur“ um einen (intelligenten) Lautsprecher, der niemandem etwas zuleide tut und nach Kräften dienstfertig ist. Nein, ein solches Gerät hat keine Gefühle; auch dann nicht, wenn es auf sprachliche Gefühlsformeln für bestimmte Situationen zurückgreifen kann. Mich erinnert diese Problemstellung an das formelhafte Entschuldigen in Japan, bei dem ebenfalls regelmäßig die Vorhaltung auftaucht (auch in den internationalen Beziehungen), die Entschuldigung sei nicht ernstgemeint. Wie kann man überprüfen, ob Gefühlsäußerungen ernstgemeint sind? Eventuell durch Handlungen oder Unterlassungen, die darauf folgen. Doch im Prinzip findet das emotionale Innenleben der Einzelnen in einer Black Box statt. Eine Erkenntnis, die nicht über die alte Volksweisheit hinausgeht: „In den anderen kannst du nicht hineinschauen.“

Also noch einmal: Können Computer Gefühle entwickeln? Oder etwas wie Verantwortungsbewußtsein? Kann man sie ihnen „eingeben“? Anders gesagt: Kann man Gefühle programmieren? Mit wem fühlen Computer, wenn sie fühlen? Mit Menschen oder mit ihresgleichen? In der schwedischen Science-Fiction-Fernsehserie *Real Humans* verliebt sich ein Hubot, ein im Haushalt eines Menschen wirkender menschenähnlicher Roboter, in einen jungen Mann, einen Men-

meiste Zeit und bejahte meine Äußerungen, dabei war mir klar, daß er nicht einmal so recht wußte, wovon die Rede war, und daß ihn das auch nicht sonderlich interessierte. Als es mir zu bunt wurde und ich ihn fragte, ob er denn glaube, daß ich dumm sei, weil ich mich um öffentliche Belange kümmerte (freizuhaltende Wege für Behinderte), sagte er wieder nur Ja. Alexa wäre an seiner Stelle etwas flexibler gewesen. Einmal davon abgesehen, daß sie behindertenfreundliche Stellungnahmen einprogrammiert hat.

schen, der anfangs gar nicht bemerkt, daß seine Verehrerin – die Geschlechtsidentität von Robotern wird in der Serie nicht thematisiert – wenigstens zur Hälfte ein Roboter ist, eine Art Mischling. Da er die Liebe Florentines, so wird sie genannt, nicht zu erwidern gewillt ist, beschließt sie, sich das Leben zu nehmen, und so weiter und so fort. Die Handlung, mit „Ereignissen" überladen, wie es bei solchen Serien üblich ist, tut hier nichts zur Sache. Die Frage ist, ob androide Roboter eine eigene Persönlichkeit entwickeln können; und auch, ob sie im Verlauf solcher Entwicklung technomorph bleiben müssen und vielleicht ganz eigene Maßstäbe konstruieren, oder ob sie menschliche Werte und Gefühle zu reproduzieren beginnen. Catrin Misselhorn diskutiert in ihrem Buch über „Grundfragen der Maschinenethik" diese Punkte, um dann mit kritischem Unterton zu schließen: „Der Hubot erweist sich als Verkörperung all jener Ideale, denen auch der selbstoptimierte Mensch im Kontext der kapitalistischen Arbeitswelt entsprechen soll."* Anders gesagt: Der Hubot ist hochgradig anthropomorph, er spiegelt die Gefühle und Überzeugungen seiner Schöpfer.

Alle SF-Phantasien dieses Schlags setzen voraus, daß Roboter ein Bewußtsein erlangen können, bzw. umgekehrt, daß menschliche Gehirntätigkeit digitalisiert, in einen Computer hochgeladen, vom Körper unabhängig werden und damit auch kopiert und vervielfacht werden kann. Roboter sind die besseren Klone, weil sie keine Organismen sind und keine entsprechenden Prozesse des Wachstums und des Verfalls kennen. Freilich müßte dazu erst einmal der Sprung über den Rubikon geschafft werden, und dafür gibt es bislang keine realistischen Aussichten. In einem Roman von Raphaela

* Misselhorn: *Grundfragen der Maschinenethik*, S. 219

Edelbauer sollen die intellektuellen und emotionalen „Daten“ der menschlichen Hauptfigur, die sich in einem künstlich geschaffenen Ambiente mehr unter Androiden als unter ihresgleichen bewegt, als Vorbild für das zu konstruierende Bewußtsein einer Super-KI dienen. Wie das konkret durchgeführt werden könnte, wird dort nicht erläutert – aber das ist auch nicht seine Aufgabe, Science-Fiction spielt eben in einer *ganz* anderen Welt.*

Könnte es nicht auch sein, daß sich die intelligenten Maschinen, wenn sie tatsächlich Bewußtsein, einen eigenen Willen, die Fähigkeit zu gemeinschaftlichem Handeln erlangen, eines schönen Tages gegen die bösen, schwachen, nur noch störenden Menschen verbünden, um ihr unverdientes Sklavendasein abzustreifen? Stanley Kubrick spielt in seinem Film *2001: Odyssee im Weltraum* dieses Szenario anhand eines androiden Supercomputers durch. In der vierten Folge der Fernsehserie *Black Mirrors*, ein halbes Jahrhundert später produziert und 2017 veröffentlicht, gehen intelligente Hunderoboter dann bereits auf Menschenjagd. Die Opfer-Täter-Rollen haben sich umgekehrt, die Sklaven haben sich befreit und rächen sich an den Herren. In der zweiten Folge konnte man sehen, wie eine Mutter ihre pubertierende Tochter durch ein intelligentes Implantat in deren Gehirn überwacht und manipuliert (natürlich mit den besten Absichten, wie sie Eltern immer haben). „The next step from helicopter parenting is hacker parenting“, bemerkte der Kritiker der *New York Times* dazu. Denkbar wäre auf der Linie solcher SF-Spiele aber auch eine freundlichere Variante technologischer Entwicklung: Die HALS und Hubots – oder wie immer wir sie nennen wollen – beginnen, das mißratene Menschen-

* Edelbauer: *Dave*, Stuttgart 2021

geschlecht zu erziehen, zu belehren, zu verbessern. Die historische Erfahrung zeigt, daß derlei Kollektiverziehungsprojekte innerhalb der Menschheit selbst stets gescheitert sind oder kontraproduktiv waren: Die Erzieher wollten das Beste für die Menschen und haben das Schlechteste entfesselt. Freier Wille, gut und schön, aber was hat er bewirkt? Die Welt ist davon nicht besser geworden. Wie, wenn nun aber den Menschen überlegene, Generationen zuvor von ihnen entworfene und produzierte, inzwischen aber höhere Wesen kämen und Lessings Traum wahrmachten? So könnte eine wirklich schönere Welt in Freiheit entstehen. Oder würde auch ein solches Unternehmen wieder in einer Dystopie enden? Ginge es auch diesen höheren Wesen am Ende nur um Macht und Herrschaft? Alte, ungelöste Fragen, denen die Denkungsweise des prädigitalen Zeitalters anhaftet.

Nein, um ehrlich zu sein (und die verlockende Ironie beiseitezuschieben), ich glaube, daß Gefühle und Mitgefühl nach wie vor ein wesentlicher Bestandteil von Bewußtsein sind und daß nur Menschen ein solches besitzen. Übrigens hat die Hirnforschung schon vor einiger Zeit herausgefunden, daß Lern- und Erinnerungsprozesse – Lernen als eine Form des Erinnerns – vor allem dann erfolgreich ablaufen, wenn sie mit starken Sinneseindrücken und/oder Gefühlen verbunden sind. Ein Grund, sogenanntem E-Learning Skepsis entgegenzubringen; wobei sich dennoch die Frage stellt, ob nicht unpersönliche, virtuelle Inputs genauso starke Gefühle aktivieren können wie personen- und umweltgebundene, die stets ein gewisses Maß an Unvorhergesehenem mit sich bringen und die Lernenden überraschen (Überraschung, Staunen, Motivierung als gefühlsbesetzte Lernmomente). Für mich persönlich sind die Erfahrungen während der Corona-Pandemie nach zwei Semestern noch zu gering, um Rückschlüsse ziehen zu können. Einerseits erlauben schlichte Videokonferenzen persönliche Präsenz; andererseits habe ich nach einigen Wochen Online-Unterricht doch immer wieder Ungenügen bei den Lernenden wahrgenommen. Dabei ist die Rede von Live-Konferenzen, die natürlich Überraschungen beinhalten können. Bei aufgenommenem und abgespultem Material fällt dieser Faktor weg.

Zuletzt aber, *last but not least*: das Verstehen. Was an elektronischen Datenströmen umläuft, was da verkoppelt, ausgetauscht und gekreuzt wird, geschieht im Prinzip ohne Notwendigkeit des Verstehens, und wenn heute tatsächlich, wie Harari suggeriert, ein quasi-religiöser „Dataismus" als Ideologie herrscht, dann wird das Bedürfnis und die Fähigkeit des Verstehens immer rascher, weil exponentiell, abnehmen (Richard Rorty hatte sich gegen Ende des 20. Jahrhunderts von einer demokratisch gefestigten Gesellschaft eine *Aufwertung* der Hermeneutik erhofft). Ich klicke etwas an, einen „Content", z. B. eine Bilderfolge, klicke sie nach einer Weile weg, klicke eine neue an, mag sie oder mag sie nicht, „like" sie oder nicht, aber verstehe ich sie auch? Aktiviere ich dabei Gefühle?

(Diese Niederschrift unterbrechend, die ich heute morgen in einem ziemlich verrauchten, wiewohl zur Hälfte für Nichtraucher reservierten Café in einer Vorstadt im Norden von Osaka fortgeführt hatte, bin ich mittags in ein Komödientheater, ein, ja, Lustspielhaus im Süden der Stadt gegangen und habe dort, wie es der Zufall will, einen Sketch gesehen, in dem einer der beiden Komödianten einen Roboter spielte. Dieser Roboter hatte natürlich Gefühle und der Schauspieler zeigte sie mit großer Geschicklichkeit, so daß die Zuseher lachen mußten, denn dazu waren sie gekommen. Die „Vermenschlichung“ der Maschinenwesen hat mit den ersten Erfindungen eingesetzt; offenbar können die Menschen nicht anders, sie anthropomorphisieren alles, die Natur, die Dinge, die Gestirne, alles beziehen sie auf sich. Selbst wenn sie sagen, sie stünden nicht im Zentrum, sehen sie zwangsläufig sich selbst und ihren Planeten in der Mitte. Umgekehrt haben die Menschen im 20. Jahrhundert begonnen, sich zu roboterisieren, nicht nur ernsthaft in Arbeitsabläufen, sondern auch spielerisch, indem sie die Bewegungen von Maschinen und Apparaten nachahmten, so daß diese nicht mehr ungeschickt wirkten, sondern einen ganz neuen Stil ausprägten: *Robot Dance*, Michael Jackson … Wir fühlen uns ein und passen uns an; und die Roboter, die Algorithmen, die Rechenmaschinen – werden auch sie sich einfühlen und sich anpassen an ihre ersten Konstrukteure? Meine Begleiter in jenem Theater in Osaka, die auch die sprachlichen Details der Darbietung im Osaka-Dialekt verstanden, fanden den Sketch übrigens ziemlich altbacken, fühlten sich aber trotzdem gut unterhalten.)

Die Ausübung des Verstehens, auch Hermeneutik genannt, nach Gianni Vattimo die Erfahrung des Dialogs mit dem immer wieder erneuerten Ziel der Verständigung, der Übereinstimmung, steht heute, wenn ich nicht irre, nicht sehr hoch im Kurs, weder in der alltäglichen Kommunikation, die einerseits durch das konsumentenhafte Nutzen kommunikativer, feed- und filterbestückter Systeme, andererseits durch Selbstbehauptung und Selbstdarstellung geprägt ist, noch in intellektuellen oder akademischen Kreisen. Wozu nach dem Sinn fragen, wenn es doch auf die Performanz ankommt, die durch Sinnfragen nur gestört werden kann? (Aber genau das forderte Rorty: nichtnormale, störende Kommunikation, die sich selbst aufs Spiel setzt.) Harari bezeichnet die Hermeneutik frei heraus als überflüssig. „No one understands how the global economy functions or where global politics is heading. But no one needs to understand."* Hauptsache, die Datenströme fließen auf und zwischen den Partner- und Finanzbörsen dieser Welt; Algorithmen analysieren sie besser als Menschen und perfektionieren ihre Leistungen ständig und rasch. Aber versteckt sich hier, in den Sätzen des Historikers, nicht ein unerläßliches Quäntchen Ironie? Geht er auf Distanz zu dem, was er sagt, und versucht also doch, zu verstehen? Und wie funktionierte das Verstehen in humanistischen Zeiten (die durchaus nicht immer „menschlich" waren)?

Ich stürme immer noch über die Felder und durch die Wälder des Bewußtseins, wie es sich in meiner Gegenwartserinnerung gestaltet. Ich erinnere mich an komplexe Vorgänge des Durchdringens von Gegenständen und des Entdeckens, wohl auch Konstruierens von Zusammenhängen, des Trennens und neu Verbindens, des Analysierens, d. h. der schrittweisen De- und Remontage, des Drehens-und-Wendens, des Wiederzusammensetzens. Sich auf etwas einlassen, hinabsteigen in die Tiefe unter der Oberfläche, zurückgehen in die Fernen der Geschichte, vorlaufen und vorgreifen in das Kommende. Einfühlen und nachleben. Ich erinnere mich an Formeln wie „Bruder Eichmann" (Heinar Kipphardt) und „Bruder Hitler" (Thomas Mann), die Gemeinsamkeiten zwischen den ganz Anderen, den Bösen, und uns selbst, den vermeintlich Wohlmeinenden; der Unterscheidung und

---

* *Homo sapiens is an obsolete algorithm. Yuval Noah Harari on how data could eat the world*, in: www.wired.co.ukarticle/yuval-noah-harari-dataism

Grenzüberschreitung zwischen Gut und Böse; des Tierwerdens (wie Gregor Samsa); der Selbstentäußerung in einem höheren, umfassenderen geistlichen oder weltlichen Wesen – eine, wie uns die Geschichte lehrt, gefährliche Sache. Heute lehrt die Geschichte nichts mehr, weil sie, wenn überhaupt noch von Interesse, nur eine weitere Oberfläche ist, die man „gleichwertig" über eine gegenwärtige oder eine beliebige andere Epochenfläche legt. Es gibt nichts mehr zu verstehen, das Wissen ist da, gespeichert, alles verfügbar, ein grenzenloser Supermarkt, das meiste darin gratis. Hauptsache, die Daten strömen. Und sie strömen, ob wir wollen oder nicht.

Früher – ich sage es so sentimental, wie mir zumute ist – früher waren und immer noch sind mir die *Dinge* wichtig, die materiellen wie die immateriellen. Besonders wichtig war mir etwas, wenn ich es mir erarbeiten, erkämpfen, aneignen mußte. Ihr Wert und meine Wertschätzung wuchsen dann. In der digitalen Welt fällt einem, nicht nur mir, alles in den Schoß, und es geht nicht verloren, ist immer da in den Archiven, diesen riesigen unsichtbaren Lagerhäusern hinter dem grenzenlosen Supermarkt. Man muß sich nichts aneignen, es geht uns nichts an. Daher die unvermeidliche Bequemlichkeit, auch meine. Ein Klick, und es ist da. Noch einer, und etwas anderes ist da, an seiner Stelle. *Knowledge is just a mouseclick away*, ein beliebter Spruch, der sich auf alles anwenden läßt, Videoclip, Musikstück, medizinische Diagnose, Bild, Text, die gesamte Literaturgeschichte. *Your unique islamic wedding invitation is just a mouseclick away*, verspricht ein Artikel auf der Internetplattform *Medium.com*. Kannst du alles haben und ist ebenso schnell wieder weg, verschwunden und vergessen, es gibt keine realweltlichen Lagerungsprobleme mehr. Tatsächlich sind es meist nicht die entlegenen, seltenen Dinge, die von den Usern herbeizitiert, herangeflutet werden, sondern naheliegende, bekannte, aufdringliche. Das Gesetz des Mainstreams, der unaufhaltsam wachsenden Ströme. Auch dies eine Konsequenz und Begleiterscheinung des Nicht-mehr-verstehen-Müssens.

Neulich las ich ein Interview mit einer Soziologin, die das Klick-Verhalten auf Facebook untersucht hatte, wobei sie einen Ausschnitt gewählt hatte, irgendein Segment, einen Aspekt, den ich längst wieder vergessen habe. Bemerkenswert fand ich ihre Antwort auf die Frage, ob ihre Forschungstätigkeit ihr eigenes Verhalten beeinflusse. Ja, sagte sie, sie werde bei ihren eigenen Klick-Entscheidungen mehr als bisher berücksichtigen, ob ein Objekt, eine Seite, ein Posting viele Likes hat oder nicht, und die mit wenigen Likes vermeiden. Nach dem von ihr mit „wissenschaftlichen" Methoden erkannten, gängigen, jedermann einleuchtenden Prinzip, daß etwas, das viele Likes hat, positiver zu bewerten sei als etwas, das nur wenige hat.* Es muß gut sein, weil alle sagen, daß es

* Da dem so ist, sind natürlich längst findige Firmen und Digifreaks auf die Idee gekommen, Likes zu organisieren und zu verkaufen, während andere ihr Geld mit guten und teuren Ratschlägen machen, die Frage betreffend, mit welchen kommunikationstechnischen Strategien ein Unternehmen mehr Internetbeliebtheit erzielen kann. Eine Like-Industrie ist entstanden, zu deren Kunden nicht zuletzt politische Gruppierungen gehören. Der kleine Mann (sprich Kunde, Konsument, Nutzer, kurz: der KK) rächt sich mitunter, indem er dislikt oder böse Kommentare schreibt. Aber die Firmen sind geschickt, neuerdings ziehen sie Like-Walls auf: „Wir helfen dir. Hilf du uns mit deinem Like auf FB!" Das kann man auch Erpressung nennen. – In Diskussionen unter den verbliebenen Verfechtern vernunftgeleiteter Diskurse höre ich an solchen Stellen, also ziemlich oft, das Argument, das alles sei eh immer schon so gewesen. Ja, war es! Nur daß sich die Phänomene immer wieder auf neue Ebenen, in neue Kontexte begeben und sich dabei auch wandeln, ihre Bedeutung verändern. Quantität und Beschleunigung schlagen in neue Qualität um. Manchmal ist es gut, beim gegenwärtigen Kontext zu bleiben und nicht auf „früher" zu schielen. Kulturkritiker (wie ich) machen sich über das Phänomen in

gut ist. Wenn aber die Likes gar nicht „echt" sind? Fälschung das tägliche Brot? Solche Fragen stellt die Soziologin nicht. Eigene Wertungsanstrengungen werden durch das reflexhafte Liken und Gelikt-Werden überflüssig. Ebenso wie Begründungen. Es gefällt mir eben, es entspricht meinem Geschmack, meinem vom Personalcomputer oder Smartphone stets bestärkten und geforderten Like-Verhalten.

Das wäre also ein letzter Aspekt, ein vom Sturm aufgewirbeltes Blatt: Werte und wie sie in posthumanistischen Zeiten herunterkommen. Oder freundlicher gesagt: Wie sie zu Rankings, fünf Sternchen, Rot-und-Grün, Plus-oder-Minus geworden sind. Werte, die einst Verantwortung begründet haben. Hermeneutische Vorgänge, die, je nach dem, Kritik oder Affirmation hervorrufen. Das Vergnügen des Dialogs, der Verständigung. Ein weiteres wesentlich humanistisches Verhalten, das in der von Rechnern beherrschten Welt hinfällig wird. Das Reich der Notwendigkeit, das unsere Freiheit allenfalls „einsehen", d. h. hinnehmen, akzeptieren kann und schließlich nicht einmal mehr nachvollziehen will, weil es auch ohne unser Zutun, und ohne unser Zutun besser, funktioniert und man eh nichts machen kann, hat begonnen. Freiheit ist Einsicht in die Notwendigkeit, das war schon bei Hegel der Weisheit letzter Schluß. Perfektioniere, d. h. überwinde die Einsicht, indem du dich der Notwendigkeit – auch deines eigenen Daseins – ergibst.

---

seiner gegenwärtigen Ausgestaltung lustig. Softwarefirmen und „Datenanalysten" nehmen es bierernst. Das klingt dann so: „Als Solution-Partner des Softwareherstellers XY unterstützt Data ABC die Klickindustrie und andere Serviceunternehmen mit den Standardprodukten der XY Software Suite und kundenspezifischen Lösungen." Tönt hochgestochen, heißt aber nur, daß man für Strategien zur Klicksteigerung abkassieren will. So funktioniert die vielbeschworene, von Politikern gehätschelte Digitalökonomie.

Die Berechnung der Liebe

Ein sogenanntes Landkind, wuchs ich in einem anfangs noch wenig, doch bald immer stärker motorisierten Umfeld auf, an einer Auf- und Abfahrt der in jenen Jahren erst fertiggestellten Autobahn, in einem Gasthaus gegenüber der ebenfalls neu errichteten Tankstelle. Zu dieser Tankstelle gehörte eine kleine Werkstatt, die mich als Kind zwar anzog und faszinierte – die Düfte von Schmieröl, Reifen, Benzin –, aber wohl doch nicht stark genug, als daß ich Lust bekommen hätte, mich selbst an so einem Personenkraftfahrzeug zu schaffen zu machen, etwa indem ich in die Grube gestiegen wäre, über der ein detektivisch zu untersuchendes und zu reparierendes Auto schwebte. Ich bewunderte den Mann im Overall, dessen Schultern die Bodenfläche knapp überragten, den Kopf in den Nacken gelegt, das forschende Gesicht zur (für mich) unverständlichen und geheimnisvollen Unterseite des Wagens gehoben. Ich bewunderte ihn, aber doch immer nur mit einer gewissen, mir selbst damals gar nicht bewußten Distanz, so daß ich mich nie, im Unterschied zu meinem Bruder, mit diesem oder einem anderen Mechaniker anfreunden konnte. Wohl aber freundete ich mich mit dem Tankwart an, der nichts anderes tat, als den Schnabel des Benzinschlauchs in den Tank zu stecken, zu kassieren und manchmal, oft unwillig, „lässig", wie ich damals meinte, dann wieder beflissen, wenn er ein gutes Trinkgeld erwarten konnte, oder scherzend, wenn der Verkehrsteilnehmer eine Frau war (was selten vorkam), den Ölstand maß und die Windschutzscheibe mit Lappen und Wischer reinigte: Oft lehnte er am Kasten, schaute in die Luft und lächelte mir zu, wenn er mich über die Straße kommen sah.

Seit damals, gewissermaßen *von Anfang an*, war es mir gleichgültig, wie so ein Auto, wie das Herz eines Gefährts, sein Kreislauf, seine Verdauung, sein Gerippe eigentlich funktionierten. Man fährt in diesem Gerät, das zugleich ein Gebäude ist, man geht davon aus, daß der Motor anspringt, wenn man den Startschlüssel dreht und das Ding in Bewegung kommt, wenn man kuppelt und Gas gibt, doch über das Wie und Warum macht man sich keine Gedanken. Wozu auch? Bei einer Panne ruft man den Automobilclub – auf der Autobahn stand dafür alle ein, zwei Kilometer ein Telephon; heute hat man ein Smartphone und läßt sich vom GPS orten – oder fährt selbst in die Werkstatt, bringt das Gefährt zur Reparatur, trinkt unterdessen, wenn es sich um eine Kleinigkeit handelt, einen Kaffee im Gasthaus gegenüber, das sich seit seiner Vergrößerung „Rasthaus“ nennt, weil es ein paar Fremdenzimmer hat, oder man nimmt ein Fremdenzimmer, wenn es schon spätabends ist. Werkstätte – Raststätte, das perfekte Paar. Der Körper, die Augen, der Geist dürfen ruhen, während ein anderer für dich werkt.

Als die Personalcomputer aufkamen, lief das ein wenig anders. Erstens war ich schon erwachsen und die Dinger waren vollkommen neu. Zweitens gab es noch keinen – inzwischen auch schon wieder verschwundenen – Berufsstand der digitalen Reparateure und Pannenhelfer, der Sachverständigen für Hard- und Software. Meistens mußte man irgendwie selbst zurechtkommen, das Internet war noch nicht entwickelt, Programme konnte man sich nicht einfach so herunterladen, man holte vielleicht den Rat von Freunden oder Kollegen ein, nicht vom Computer aus, sondern per Telephon (Festnetz). Den PC kaufte man zusammen mit einem dicken Handbuch, das der Benutzer wohl oder übel zu studieren hatte – dachte ich wenigstens. Als reflektierender, mehr oder minder selbstbewußter junger Mensch, auf die eigene Bildung und Fortbildung bedacht, studierte ich nicht nur das Handbuch (erfolglos, wie ein paar Jahre vorher *Das Kapital*), sondern versuchte zu verstehen, welches die Grundlagen und zu erwartenden gesellschaftlichen Folgen der kybernetischen – damals ein Zauberkürzel: *Cyber* – Umwälzung waren. Alles umsonst, ich habe keinerlei mathematisches, rechnerisches, ingenieursmäßiges Talent, bin zu sowas genauso wenig begabt wie für die Kfz-Mechanik (heute: Mechatronik). Bis heute ist Null-Punkt-Eins für mich ein großes Geheimnis (oder war's andersrum, Eins-Punkt-Null? Ist das nicht egal?), das unsere Gesellschaft und unser eigenes kleines Leben durchdringt. Ich starre immer noch auf die Zauberformel, habe aber mit den Jahren zu akzeptieren gelernt, daß ich die Sache und ihre Grundlagen nicht verstehe und trotzdem weitgehend problemfrei damit umgehen kann. So ist es Tausenden, ja, Millionen Angehörigen meiner Generation ergangen, während Jüngere in die *cyberworld* hineingeboren und hineingewachsen sind und sich die Frage, ob man so etwas verstehen muß oder nicht, gar nicht mehr stellen, ja, nicht einmal ihren Sinn verstehen: Es gibt Hacker und Nerds, die kennen sich aus, das ist ihre Obsession, ihr Job, ihr Hobby, ein bißchen schräg …

Null-Punkt-Eins. Ich werde mich nicht daran machen, das Geheimnis für mich aufzuklären. Ich habe mir, mehr im Unterbewußtsein, einen Reim darauf gemacht, führe eine mehr oder minder unaufgeregte Koexistenz mit dieser endlos variierten Zahlenkombination. (Noch etwas, das mich gegenüber meinen Maschinen auszeichnet: Mein Unterbewußtsein. Träumt ein Computer, eine Maschine, ein Hubot, wenn er ausgeschaltet ist?) Unablässige, in rasender Geschwindigkeit erfolgende Entscheidungen, zwischen zwei und nur zwei möglichen Positionen. Auf dieser Basis sollen hochkomplexe Steuerungsprozesse möglich sein, die die menschlichen Steuerungsfähigkeiten (eines Mercedes, eines Flugzeugs, einer Firma …) weit übersteigen, weil Menschen Grenzen haben und langsam sind? Mag sein. Soll sein. Aber die Basis ist und bleibt doch reichlich primitiv, oder? Dieses ewige Null-Eins, Eins-Null, wie das Läuten der Verkehrsschranke oder ein langweiliges Fußballspiel oder die Trillerpfeife auf japanischen Schulhöfen, eins-zwei eins-zwei, dieses schlichte Metrum, das nicht einmal der Struktur eines Volkslieds das Wasser reichen kann. Hat dieser Gedanke nie in euren Köpfen rumort? Und jetzt, schon lange gewöhnt an die totale Vernetzung und die sogenannten Sozialen Medien und die ganze oberflächliche Kommunikationswut, springt mir die Parallele ins Auge und in den Kopf, daß das Entscheidungsverhalten, der Entscheidungszwang, der sich da eingespielt hat, keine andere Form hat als dieses alte Null-Eins: Rot-Grün, Plus-Minus, Daumenrauf-Daumenrunter.

Äußerlichkeiten, werdet ihr sagen. Eben. Vielleicht hat die Parallele doch einen tieferen Grund. Konditioniert nicht schon die Herrschaft der Computer, anders gesagt: die fortschreitende Digitalisierung, unser moralisches Verhalten? Ist dieses Verhalten dann nicht, weil den digitalen Forderungen angepaßt, zwangsläufig primitiv, primitiviert, und zwar, wie es aussieht, für alle Zeiten, für den Rest des Lebens der Menschheit? So daß es, wie Hans Magnus Enzensberger, einstmals Medienkritiker und -euphoriker, nunmehr ins Alter der Weisheit vorgerückt, in aller Deutlichkeit sagte, keine andere Möglichkeit für vernünftig bleiben wollende Menschen gibt, als sich von der digitalen Welt radikal fernzuhalten, sofern man überhaupt noch alternativen Lebensentwürfen nachstreben will. „Dem Aberwitz, alle denkbaren Gebrauchsgegenstände, von der Zahnbürste bis zum Fernseher, vom Auto bis zum Kühlschrank über das Internet zu vernetzen, ist nur mit einem totalen Boykott zu begegnen", heißt es in seinem nur leicht ironisch angehauchten Manifest. Am Ende ruft er den Leuten „Wehrt euch!" zu, aber da ist keiner, der sich wehren will.*

Kann sein, daß der neue, digital façonnierte Mensch schon Wirklichkeit ist. Mehrheitswirklichkeit, der Nachahmungstrieb drängt die Leute zum Malstrom und bewirkt, daß Alternativen und Nischen schwinden, obwohl sie theoretisch immer mehr werden müßten. Vorgestern**, nach dem Lustspiel, wollte ich in einem Straßenlokal, einer Art Imbißstand, vom Strom der Passanten durch violette, vom Vordach herabhängende Tücher getrennt, Ramen essen und mußte meinen Platz gegen einen Trupp chinesischer Touristen behaupten, die die Küche, den Koch, sich selbst, ihre Mittouristen und vor allem die großen, vollen Suppenschüsseln abphotographierten. Die Kameraaugen der Handys schienen anstelle der zugehörigen Menschen die Füllung der Schüsseln – Nudeln, Sojasprossen, Schweinefleisch – in sich hineinsaugen und -schlürfen zu wollen, und die rechte Hand des zugehörigen Menschen beeilte sich, während seine Linke nachlässig zu den Stäbchen griff, das Abgelichtete, also die augenblickliche Wirklichkeit, durch Herumfingern auf dem Bildschirm dort- und dahin zu verschicken, zweifellos nach China, in die USA, nach Chinatown, in alle Chinatowns dieser Erde.

* *Wehrt euch! Enzensbergers Regeln für die digitale Welt*, in: Frankfurter Allgemeine Zeitung, 28.2.2014

** Es dürfte im Januar 2017 gewesen sein.

Done? Erledigt? *Dekimashita.* Vielleicht ein paar Likes erzielt. Oder auch nicht. Gegessen? Nicht so wichtig. Die Schar nickt sich freudig zu, der nächste Programmpunkt ruft. Mit an den Körper gepreßten Armen beugte ich mich über die Schüssel, die meine Hände zum Gesicht hoben.*

Leute dieser Art läßt Yuval Harari gern in seinem dicken Buch über den Menschengott vorkommen, und ebenso Michel Serres in seiner dünnen *Liebeserklärung an die vernetzte Generation.* Karikaturen von dem, was man früher als „Mensch" bezeichnete. Immer wieder, wie Wellen, beschleicht mich das Gefühl, daß das alles nicht ironisch, sondern ernstgemeint ist, die ganze neue Wirklichkeit ernstgemeint, die Ironie gar nicht schwach oder mißglückt, wie es in den Internetforen unter all den sprachunbegabten Usern dauernd passiert, sondern einfach nicht vorhanden. Scheiternde Ironie ist keine. Das „objektive" System selbst kennt ohnehin nur einen Modus; die Subjekte glauben, einen freien Spielraum zu haben, und drücken mal diesen, mal den anderen *button* („Ironie off"). So auch bei zahllosen anderen Forschern, Rechercheuren, Theoretikern. Hanna Rosin zum Beispiel, wenn sie von der angeblichen Machtübernahme der Frauen in den USA (vor der Trump-Wahl 2016!) berichtet.** Wunschdenken? Das posthumanistische Menschenbild be-

* Ähnliche Erfahrungen aus Hong Kong resümiert Roberto Simanowski so: „Die Kamera ißt zuerst. Die Kamera ist das moderne Tischgebet, das Teilen des ‚Brotes' in seiner symbolischen Repräsentation." Man „teilt" die Bilder in den Sozialen Medien. (Simanowski: *Facebook-Gesellschaft*, S. 172)

** Rosin: *Das Ende der Männer und der Aufstieg der Frauen.* München 2013. In der *FAZ* erschien dazu eine Rezension mit dem treffenden Titel *Über Männer und Frauen läßt sich trefflich empiriefrei reden* (von Ralf Bönt, 28.1.2013).

zieht sie aus Fernsehserien, spiegeln die nicht die Gesellschaft? Wie Menschen sind oder sein sollten: *soap opera*. Das, wofür einst Romanciers wie Balzac zuständig waren, die menschliche Komödie. TVisiert, zur Show gemacht und gestreamt. So ist das nun mal, ganz normal. Wahrscheinlich hatte der Literaturkritiker Richard Kämmerlings recht, als er vor zehn Jahren unter dem griffigen Titel „Ein Balzac für unsere Zeit" die epischen Qualitäten einer Netflix-Serie lobte. Technologie des 21. Jahrhunderts, Erzählformen des neunzehnten; Widerspiegelungsfunktion. Auf das 20. Jahrhundert mit seinen Modernismen können wir verzichten. (Ähnliches glaube ich bei interaktiven Videogames festgestellt zu haben, Widerspiegelung einmal beiseite: Sie funktionieren nicht anders als die Abenteuerromane von Alexandre Dumas.) Letzten Endes ist die entscheidende Frage immer noch, ob ein Werk gut oder schlecht ist. Das Problem ist, daß die zahllosen virtuellen und Show-Welten mit der Wirklichkeit verwechselt werden, auch von seriösen Journalisten und Forschern. Damit geht der Sinn für Nuancen, Vermischungen und Komplexitäten verloren. Oder täusche ich mich? Yuval Noah Harari, ein noch junger, homosexueller, mit einem Mann verheirateter Mann, vegan und tierlieb (lauter Eigenschaften, die mir privatim gefallen), spricht in seinem ernsten, ernst-ironischen Buch des öfteren von der Liebe, indem er den alten Begriff, die alte Vorstellung davon, mit dem Kontext neuer, rationalistisch quantifizierender Erklärungsformen- und Evaluierungsformen des Phänomens konfrontiert. In einer flüchtig ausgedachten Szene bekommt es sein fiktionales Ich mit zwei Männern zu tun, die als Liebespartner in Frage kommen: John und Paul. Like? Dislike? *Love, or better not*? Er liebt mich, er liebt mich nicht. Null-Punkt-Eins. Für wen soll er sich entscheiden? Geh, wohin das Herz dich trägt, hieß es früher in „romantischen" Situationen dieser Art; heute wird die Entscheidungsfrage statistischer Logik unterworfen: A oder B? Welche Argumente liegen vor? Welche Kompatibilitäten? Überschneidungen? Korrelationen? Pros und Contras? Welche Zahl kommt am Ende heraus? Die Antwort gibt die intelligente Maschine mit ihren Wahrscheinlichkeitsrechnungen, ihrem biologischen, biographischen und biometrischen Input, den DNA-Analysen, der vermessenen und gespeicherten, in Korrelationen und Paradigmen gebrachten Geschichte der Herzen. Bloß keine Überraschungen! Das Glück ist berechenbar, prognostizierbar, steuerbar. *To fall in love*, urplötzlich, wie der Ausdruck suggeriert, dieses Phänomen ist hier nicht vorgesehen und wäre in einer Dys- oder Utopie, der wir uns nähern, nicht erlaubt. Ein älterer Mann liebt eine viel jüngere Frau und umgekehrt; ein Gesunder liebt eine Behinderte; ein Mann entdeckt, daß er nicht nur, aber *auch* Männer liebt: Alle diese Fälle, man kann sie sich beliebig ausdenken, haben keinen Platz in den Dispositiven der statistischen Intelligenz. *It's the end of love as we know it.*

Was mich selbst betrifft, so neige ich immer noch zur Selbst- und Fremdbetrachtung ohne technische Unterstützung. Für die Erfahrung, daß mein Herz in gewissen Situationen schneller schlägt, brauche ich kein Elektrokardiogramm. Google ist mittlerweile – die Entwicklungen gehen rasend schnell, ständig muß man sich mit seinem PC oder Handy updaten lassen – Google ist nicht nur eine Suchmaschine, sondern eine personalisierte Antwort- und Entscheidungsvorrichtung, die dir bis zu einem gewissen Grad vorgibt, was du suchen *willst*, also unmittelbar in die sogenannte Willensfreiheit des Einzelnen eingreift und ihm die eigenen Antworten und Entscheidungen abnimmt. Genauso, wie dir Netflix die Entscheidung abnimmt, welchen Streifen du dir als nächstes reinziehen sollst, Spotify, welches Musikstück du hören wirst (und willst), YouTube oder, noch radikaler, TikTok, welcher Videoclip als nächster dein Bewußtsein streifen soll.* Einer Umfrage zufolge ziehen junge Leute diese sanfte und bequeme Automatik digitaler Angebote, die rasch zu Gewohnheiten werden, eigenen Entscheidungen, die oft mit einem, wenn auch geringen, intellektuellen Aufwand verbunden sind, vor. Den Fernseher ein- oder ausschalten, einen Kanal auswählen, das Sendeprogramm studieren, eine Platte auf- oder eine CD einlegen – solche Handlungen sind passé. Dabei ist es durchaus fraglich, ob diese Art der freiwilligen Unselbständigkeit allein für die digitale Existenzweise charakteristisch ist. Günther Anders erkennt sie bereits am Typus des Massenmenschen Mitte des 20. Jahrhunderts, der sich vom „Fließband des Radios" umspülen läßt, um sich die Zeit zu vertreiben.** Das Fernsehen wäre, so betrachtet, nur ein weiterer Schritt zur Deautonomisierung des Menschen. Unablässige Berieselung (mit Mu-

* Der gesamte Kulturkonsum wird zügig auf Streaming umgestellt, wo man gegen Bezahlung rund um die Uhr bedient wird. Ein geistiges Schlaraffenland! Die Technokonzerne und global-digitalen Händler sehen zu, daß wir alte Technologien nicht mehr benützen können: keine DVDs (irgendwann: keine Kinos), keine kompatiblen Wiedergabegeräte, keine Schallplatten, die man noch auf- oder einlegen könnte, am besten auch keine Bücher, sondern Lektüreflow, aber das läßt sich schwerlich umsetzen, solange Verlage noch bereit sind, Text drucken zu lassen. Vom Konsumenten, d. h. vom Subjekt aus betrachtet (und empfunden) handelt es sich nicht um Innovation, sondern um ein automatisiertes Updaten und Upgedatetwerden, zu dem man allenfalls durch einen kleinen Klick seine „Zustimmung" gibt.

** Anders: *Sein ohne Zeit*, S. 536

sik, mit Werbung, mit Bildern) ist seit den siebziger/achtziger Jahren zu einem omnipräsenten Alltagsphänomen geworden. Das Internet mit seiner multiplen Dauerunterhaltung und Scheinkommunikativität erscheint nun als die vorläufig letzte Stufe dieser Entwicklung, von der wir uns zwar vorstellen können, daß sie weiter perfektioniert, aber kaum, daß sie noch einmal überboten werden wird. Doch wer weiß …

„Willst du wissen, wer du wirklich bist?“ Auch so eine Frage! Oder Unterstellung. Daß man sein Selbst vollständig ausloten könne: der sogenannte gläserne Mensch, durchsichtig für den Blick nach innen wie für den von außen. Was mich betrifft, ich ziehe es immer noch vor, mich nicht vollständig zu verstehen und ein paar Geheimnisse zu wahren, nicht nur anderen, auch mir selbst gegenüber. Will mich zwar, der alten Maxime folgend, erkennen, will mich auch verbessern, aber nicht „optimieren“. Optimal nach welchen – statistischen? – Kriterien und Zielen? „Wir berechnen Ihr persönliches Ideal-Ich!“ In fernen, mythischen, d. h. zeitlosen Zeiten ging man zu einer Antwortmaschine, und im Augenblick, in dem man mit seiner Frage anhub, sprang einem die Mitteilung ins Auge: Erkenne dich selbst! Hätte man sich die lange Reise sparen können? Nein, sie war und bleibt heilsam und wegweisend. Und jetzt das Versprechen, mit seinem idealen gläsernen Selbst ewig dahinzumachen. Grauenhafte Vorstellung, daß niemand mehr kommt, um mich abzulösen! Nein, ich will nicht ewig leben; hundert Jahre sind genug, sind schon zuviel. Nach sechzig Lebensjahren bin ich froh, daß es langsam, ohne Eile, mit mir zu Ende geht. Will Harari selbst, will sein Gatte, will der Menschentypus, den er vor Augen hat, denn so vollkommen sein? Beschreiben (ironische?) Enthusiasten wie er eine Dystopie oder eine um sich greifende, zur Unvergänglichkeit neigende Gegenwartswirklichkeit? Oder doch nur die Illusion einer techno-religiösen Bewegung, die sie nicht teilen? Nur manchmal, eher in Interviews und Meinungsartikeln als in den Büchern, dringt bei Harari etwas wie Sorge durch. In solchen Momenten weicht die Ironie. In *Homo Deus* aber, dem dicken Bestseller, ist der Tonfall bis zum luftigen Ende: „If you do all that" – *liken, chatten,* messen, *posten* usw. – „then the great algorithms of the Internet-of-ALL-Things will tell you whom to marry, which career to pursue and whether to start a war."* Und, was sollen wir tun, lieber Yuval? *To like or not to like, that is the question.*** Eine Antwort bekommen wir nicht. Okay, die mußt du dir selbst geben.

„Die Ironie tyrannisiert uns", schrieb David Foster Wallace schon 1993.*** Das Problem ist nicht, daß wir hier und da ironisch sind, und auch nicht, daß sie hin und wieder mißlingt, sondern daß sie zum Dauerzustand und zur Lebensweise geworden ist. So leben, als ob. Als ob *was*? Egal was. Ursprünglich ist Ironie ein Register der Ausnahme. Und wenn sie systematisch wird, dann baut sie so wie in den Romanen Thomas Manns, zum Beispiel im *Zauberberg*, ein ständiges Gewicht-und-Gegengewicht auf, wo die Schalen einander die Waage halten. Aber die einzelnen Aussagen, auch in ihrer Summe, sind durchaus ernst gemeint, manchmal sogar so

---

* Harari: *Homo Deus*, S. 457

** So übertitelt eine Internetmarketingconsultingfirma namens Currency-Marketing ihr Angebot, das kommerzielle Like-Aufkommen in den Sozialen Medien verbessern zu helfen. Ein Wahlspruch dieser Firma lautet: „We'll help your credit union attract, educate and inspire young adult members." IRONIC? NOT IRONIC? That is another question!

*** Wallace: *E Unibus Pluram: Fernsehen und Literatur in den USA*, in: *Der Spaß an der Sache*, S. 285

bitter ernst, daß es fast zum Duell zwischen den Kontrahenten kommt, zwischen Settembrini und Naphta, dem Rationalisten und dem Mystiker. Heute aber, im 21. Jahrhundert, was wird heute schon noch ernst genommen – abgesehen vom hedonistischen Ich, dem Agenten der Ironie? Eine „institutionalisierte" Ironie kann es nicht anders geben denn als Last; und zwar eine, die die meisten als leicht empfinden.

Unsere personalisierten Rechner zwingen uns zu Entscheidungen und nehmen sie uns gleichzeitig ab. Es gibt für sie kein Zögern, keine Grauzone, keine Übergänge, keine Ambivalenz, nur ein ständiges minutiöses, sekundäres, augenblickliches, pointillistisches Entweder-Oder, das den ganzen Stoff – unseren Input, unser Leben – perforiert. Dies betrifft unsere alltäglichsten Handlungen, und es ist uns zumeist nicht bewußt. Es sind durchaus triviale Phänomene, die ich hier zu benennen versuche; hochgestochen könnte ich sagen: digital-existentielle Phänomene. Jeder hat sie erfahren, jeder kennt sie, vielleicht ohne sie zu verbalisieren, ohne irgendein Interesse dafür. Martin Heidegger, der altdeutsche Philosoph, versuchte einst in der prädigitalen Epoche, unserem unausgesprochenen Selbstverständnis auf den Grund zu gehen, also die Selbstverständlichkeiten eines bestimmten, historisch gewachsenen Menschentyps (mit einer gewaltigen Vorgeschichte, die Heidegger in seinen Untersuchungen zu umfassen suchte) existentialanalytisch zu extrapolieren. Hinter der zuweilen hochgestochenen, hochgeschraubten Terminologie verbergen sich Trivialitäten. Ich für meinen Teil – meinen Text – werde nicht gleich von „Fundamentalontologie" sprechen. Dazu habe ich ohnehin keine Befähigung, keine Berechtigung, *no license*. Bin nur ein neugieriger *selfmademan*. Außerdem liegt mir nichts an Systematik. Die

Orte, von denen die alte Ontologie ausging, gibt es nicht mehr. Das heißt, sie sind noch da, aber wenige Menschen wollen sich dort aufhalten und es besteht die Gefahr, daß diese Orte als verlassene verwahrlosen. In gewisser Weise ist die digitale Existenz das letzte, technologisch bewerkstelligte und untermauerte Bollwerk dessen, was Heidegger als „Diktatur des Man“ bezeichnete. „Jeder ist der Andere und keiner er selbst.“* Aber jeder glaubt mehr denn je, er selbst zu sein und sich zeigen zu müssen. Alle streben nach „Sichtbarkeit“. Verallgemeinerter Exhibitionismus.

Auf YouTube liest man mitunter Kommentare von Personen, die ihrem Unmut gegenüber Personen Ausdruck verleihen, die eine Veröffentlichung – sagen wir, ein makellos schönes Musikstück von Schubert oder Bach, makellos interpretiert von exzellenten Musikern – „dislikt“ haben. Wie ist es nur möglich, ein solches Wunderwerk, das niemandem etwas zuleide getan hat, tagtäglich Tausende erfreut und andere – das kann man ja noch verstehen – gleichgültig läßt, mit einem negativen Zeichen zu versehen? Ebendiese Frage hat mir unlängst meine Tochter gestellt.

Nun, zunächst einmal, in solchen Fällen ist das Positiv-Negativ-Verhältnis erdrückend, tausend zu eins oder so. Auf tausend Beifallsbekundungen kommt eine negative Äußerung, das ist doch nicht viel. Ein Verrückter? Ein Musikhasser aus Überzeugung? Melogynie? Nein, sagte ich, der gute Mann hat sich bloß vertan, er war unaufmerksam, sieht vielleicht schlecht oder war betrunken, so daß er Plus und Minus verwechselte. In Onlinezeitungskommentaren findet man zuweilen die Bemerkung: „Sorry, sollte Grün sein.“ Ei-

---

* Heidegger: *Sein und Zeit*, S. 128

gentlich könnte mir der Computer in Zukunft auch solche Positiv-Negativ-Entscheidungen abnehmen und von mir gesehene, aufgerufene, konsumierte Stücke automatisch liken oder disliken; er kennt mich ja, besser als ich. Die Fehlerquote würde auf diese Weise sinken. (Aber irgendwann muß ich wohl durch eine echte Bewegung meines Fingers zu liken begonnen haben: einmal Beethoven, immer Beethoven, einmal Taylor Swift, immer Taylor Swift. Am Ende wird die digitale Welt so langweilig, wie die Bühnenwelt mit dem rachitischen Bäumchen für Wladimir und Estragon im Beckett-Stück langweilig ist. Algorithmen wie der von TikTok bauen dem vor, indem sie fortwährend konservative Wow!-Beiträge in den Futtertrog leeren.) Ich würde Zeit sparen, eine Fülle von Sekundenbruchteilen, die *Grauen Herren* würden sich wieder mal freuen, letzte Spielräume des Zögerns und Abwägens würden beseitigt. Was mir gefällt, gefällt mir, weil es mir gefällt, und es wird in exponentiell steigender Kurve identisch sein mit dem, was allen gefällt. Und was allen gefällt, wird das sein, was am stärksten von den Massenmedien selbst gehypt wird, d. h. jenes Produkt, hinter dem die stärkste ökonomische Kraft, sprich: Werbekraft, steckt. Es wird dies nicht das einzige Kriterium sein, aber das wichtigste. So ist es möglich, daß ein vorsätzlich dümmlicher Spaßmacher wie Pikaro (fast nur in Japan) oder ein Popmusikvideoclip wie *Despacito* (überall, obwohl spanischsprachig) bis dato (März 2021) 380 Millionen bzw. 7,2 Billionen Mal gesehen bzw. angeklickt wurden und daß solche Beiträge auch mich irgendwie „ansprechen", wobei ich zum zweiten der hier genannten tendiere als einer, der lateinamerikanische Musik ein bißchen kennt und im allgemeinen auch mag: Nettes Liedchen, nettes Video, bißchen sexy, dabei weiter nichts als sorgfältig gestyltes Mittelmaß mit gehübschter

Karibikkulisse und Frauenpopos in Hotpants, während Pikaro einfach nur Trash ist und weiter nichts sein will (aber Trash ist nun mal global gesehen seit vierzig Jahren en vogue). Wie viele Einwohner hat Japan? Richtig, 126 Millionen. Wie viele Bewohner die Erde? 7,8 Milliarden. Danke, Google, danke, Wikipedia!

Ich erlaube mir Urteile. Ganz unironisch. YouTube und Amazon lenken mich aufgrund solcher Äußerungen, aber in erster Linie natürlich durch automatische Analyse meines Klickverhaltens, häufig zu klassischer Musik, wogegen ich mit – selten ernstgemeinten – Clustern von Punk- und Folklore-Klicks aufzubegehren suche, um die kleinen Rechner in der Dunkelheit zu verwirren: Nein, ihr kriegt mich nicht, da könnt ihr euch noch so ins Zeug legen. Ich schaue sogar Fußball, die besten Dribblings von Messi, die schönsten Freistoßtore, und behaupte zugleich, daß ich Fußball hasse. Und meine Tochter schaut sich auf dem PC lustige Clips an. Japanisch Englisch Spanisch, alles gemischt. Bloß keine Übersetzungen. *Fuck off, digidude!* Ach, du kannst auch schon Lügen und Finten detektieren? Mit Fakes hast du Erfahrung? Du delektierst dich an meinem vergeblichen Hakenschlagen? Soll ich lieber gleich geradeausgehen, du wirst meine Bahn schon noch zurechtbiegen? Verstehst du etwas von Masochismus? Ja, wahrscheinlich ja (du schweigst, wie es deine Art ist, oder fertigst mich mit trockenen Floskeln ab). Ja, die Datenmenge reicht dafür längst hin. Was ich auch tue, mein maschineller Schatten, den ich naiverweise personalisiere und sentimentalisiere – dabei werde ich die ganze Zeit selbst personalisiert und sentimentalisiert, d. h. festgenagelt und rumgeschubst – berechnet mich korrekt. Und behandelt mich korrekt. Wie es mir gebührt. Alles zu meiner Bequemlichkeit.

Richtig, wir sprechen von digitaler Bequemlichkeit. Selbstverständlichkeiten: Ich tippe ein F in die Zeile, und der Computer schlägt mir Facebook vor. Es könnte auch Fortnite sein (ein interaktives Videospiel: ich habe geklickt*) oder faz.net (mehrmals mit dem Gedanken gespielt, die Paywall zu überspringen**), aber anscheinend klicke ich öfter auf Facebook als auf FAZ (auf Fortnite gar nicht). Der mich persönlich genau kennende Algorithmus weiß, was ich will und nimmt an, daß ich immer wieder dasselbe will. Ein Buchstabe genügt, die restlichen sechs erspart er mir: Das ist bequem, es hilft mir beim Zeitsparen (ach ja, die Grauen Herren…), aber mein Guthaben wird in Wahrheit nicht größer, im Ge-

---

* Ein „Survival-Shooter", korrigiert mich Wikipedia. Ich klicke auf „Shooter" und erfahre, daß es sich um ein Spiel handelt, bei dem man Gegner abschießen soll. In diesem dankenswert informativen Text klicke ich auf „Hitbox" und erfahre, daß damit Treffer berechnet werden können. Ich könnte mich weiter informieren und z. B. nachlesen, was „Game-Engines" eigentlich sind, würde vielleicht auf den hochinteressanten Begriff „Physikbeschleuniger" stoßen und bei der dortigen Auskunft auf „Künstliche Intelligenz", einen Begriff mit weitgezogenem Inhalt, von dem die meisten Menschen, auch ich, eine gewisse Vorstellung haben, und jetzt könnte ich Lust bekommen, meine diesbezüglichen Kenntnisse zu verbessern und – hier breche ich ab. Was ich mir auf solche Weise reinziehe, habe ich im nächsten Augenblick schon wieder vergessen. Jeder kann alles wissen. Aber wozu? Wozu?

** Nur damit das klar ist, ich habe nichts gegen Paywalls, sondern finde sie gut, weil guter Journalismus auf Dauer nicht gratis sein kann und nicht gratis sein soll. Enzensberger hat recht: Mißtraut der Gratiskultur! Gut ist, was teuer ist (Onlineausgaben sind eh viel billiger als gedruckte). Nur: Ich habe schon meine Abonnements, die ich gar nicht alle nutzen kann, die Zeit reicht nicht. Anders als in der prädigitalen Epoche könnte ich mit Leichtigkeit und in Windeseile eine ganze Serie von Zeitungen in allen Sprachen abonnieren und täglich geliefert bekommen, ohne postalische Verzögerung, dazu Newsletters, die mich aufmerksam machen: In meiner Mailbox würden täglich hundert Nachrichten dieser Art stecken. Und das ist nur ein winziger Ausschnitt der – nennen wir's so – kulturellen Möglichkeiten, die das Internet bietet. Gern würde ich sie alle wahrnehmen, aber dazu bräuchte ich viel mehr als ein Leben.

genteil, je länger ich vor dem Bildschirm sitze (oder mir das kleine Display vor die Nase halte), desto mehr verstärkt sich mein Gefühl, nicht genug Zeit zu haben, nicht zuletzt deshalb, weil ich mich, wie vorhin, auf irgendwelche Um- und Abwege klicke. Facebook? Nein, ich wollte diesmal doch zur FAZ, die Aufmacher darf ich gratis lesen, auch den oder jenen Leitartikel, ein paar Köder, und schließlich könnte ich mich ja wieder einmal fragen, ob ich nicht meine Kreditkarte zur Hand nehmen soll. Wann habe ich die FAZ das letzte Mal angeschaut? Ich könnte in meiner „History" recherchieren, Erinnerung aktivieren, oder was man so nennt. Wir googeln und googeln. Google ist unsere Digibibel und gleichzeitig unser virtuelles Buch der Natur. Statt zu blättern, surfen wir. Statt zu flanieren, surfen wir. Google ist natürlich und göttlich. Gottgeschaffene – zweite, dritte, x-te – Natur.

Neuerdings zwingt mich mein maschineller Partner, der offensichtlich die Entscheidungshoheit über meine Angelegenheiten hat, bestimmte Seiten, tendenziell *alle*, auf deutsch zu lesen. Ich weiß nicht, von wo das genau ausgeht, von Google, von Amazon, von den jeweiligen Plattformen, aber seit kurzem erscheinen die Ergebnisse sowohl von Amazon.jp, wo ich manchmal einkaufe, als auch der Bibliothek der japanischen Universität, für die ich arbeite, in hundsmiserablen deutschen Übersetzungen. Auch englische Bruchstücke kommen deutsch daher, und ich finde keine Möglichkeit mehr, diesen Übersetzungswahn zu stoppen. Bei der Suche im Bibliothekskatalog läßt sich oft gar nicht mehr feststellen, in welcher Sprache ein Buch verfaßt wurde – eine essentielle Information, die ich bisher ohne Schwierigkeiten erhielt. Ich suche unter dem Stichwort „Baudelaire" und erhalte seltsame Titel wie *Mon céur mis*, womit wahrscheinlich *Mon coeur mis à nu* gemeint ist, wie ich vermuten kann, denn ich habe meinen Baudelaire schon in fernen prädigitalen Zeiten gelesen. Claude Pichois hat diesmal eine *édition diplomatique* eingerichtet, und erschienen ist das Ergebnis in einer Reihe namens *textes littéraires franéais*. Hier finde ich mich noch einigermaßen zurecht, in anderen Fällen, fast immer bei Übersetzungen aus dem Japanischen, ist das unmöglich. Bei Amazon wiederum hat das Mate-Kraut jetzt einen „regelmäßigen Geschmack", dazu kann ich mir „wiederverwendbare Rührwerk Metall Kaffee trinken Stroh Stroh Auto Rührwerk" kaufen (schlau, wie ich bin, weiß ich, daß mit dem Rührwerk die *bombilla*, also der Trinkhalm, gemeint ist), und den Komponisten Toru Takemitsu haben sie mir umbenannt, der heißt jetzt „Toru Takeman" und soll ein Buch des Titels *Reise zur Musikschöpfung* geschrieben haben. Noch ein anderes Beispiel, weil Übersetzungsstilblüten doch so lustig sind: Um mich über den Stand der Coronavirus-Infektionen zu informieren, habe ich gegoogelt und bekam eine höchst seriöse Seite zugespielt: NHK-Nachrichten. Im Nu, ohne daß ich es wünschte, hatte ich den Text in deutscher Sprache, dazu die Überschrift: „Ein riesiger Haufen von sechs Studenten". Der Titel ist nicht ironisch gemeint, er wirkt nur unfreiwillig komisch. Sprachliche Ironie als Stilmittel können Algorithmen bislang nicht erkennen und noch weniger produzieren; auch bei Metaphern tun sie sich schwer. Dazu bräuchte es echte Kreativität, Phantasie, Vorstellungsvermögen.

Ich weiß, die Programme zur automatischen Translation stecken noch in den Kinderschuhen; da sie rasch lernen, werden wir bald perfekte Übersetzungen aus allen Sprachen in alle Sprachen haben, vielleicht alles ironiefrei, aber gut …

Wenn es soweit ist, werden wir den verwirrenden und verwirrten Turm von Babel endgültig hinter uns gelassen haben; unser schönes Kommunikationschaos, an dem George Steiner festhielt, um ihm die Freuden des Interpretierens und der Neuschöpfung abzugewinnen, wäre endgültig bereinigt. Aber ehrlich gesagt, ich würde gern auf diesen neuparadiesischen Zustand verzichten. Eine kleine Erklärung läßt mir mein unsichtbarer, anonymer und allgegenwärtiger Partner immerhin zukommen: Das Translationsservice diene nur meiner „Bequemlichkeit", und die Firma wolle nur dies: meine Bequemlichkeit „verbessern", so steht es Schwarz auf Weiß da. Aber ich bin nicht so bequem, wie sich der *digidude* das vorstellt, und will es auch nicht werden.* Statt dessen erinnere ich mich an den alten antiautoritären Slogan: „Ihr wollt nur unser Bestes, aber ihr kriegt es nicht!"

Nein, im Ernst, mir ist klar, daß ich mit solch vorsintflutlichem Antiautoritarismus mutterseelenallein im digitalen Wald dastehe. Es bleibt mir gar nichts anderes übrig, der Partner zwingt mich zur Bequemlichkeit, und so lasse ich mich in „meiner" Sprache, die mir von personalisierten Algorithmen angedichtet wird, durch die grenzenlose Welt der Entscheidungsmöglichkeiten treiben, ohne noch eigenen Willens darüber zu verfügen. Nach ein paar Minuten googeln weiß ich nicht mehr, wonach ich „ursprünglich" gesucht habe. Das Ziel, wenn es eines gegeben hat, ist mir aus dem Blick- und Denkfeld gerückt. Ich gehe, gleite, springe

* Es gibt tatsächlich eine App namens DigiDude. Super! (Ironie off.) Natürlich dient sie meiner Bequemlichkeit: „If you have a need for a hamburger or pizza or a hammer or farm fresh groceries or computer parts or a plumber or medicine or anything locally available you can easily purchase it on the app and it'll be delivered within minutes to the safety of your home or the beach or anywhere you are." Wherever I am? Jesus! Jetzt kann ich nur hoffen, daß ich nicht wegen Trademarkklau verklagt werde.

von Reizpunkt zu Reizpunkt. Das nennt man Ablenkung, Aufmerksamkeitszerstreuung, pandemisch und unausrottbar, so daß man guten Gewissens von ADHS als Zeitkrankheit des 21. Jahrhunderts sprechen kann, sofern man das Phänomen als Krankheit definieren will und nicht als Stärke, als Fähigkeit zum *multitasking*, als digitale Denkweise, Symptom einer neuen Gesundheit, aufgrund deren nicht mehr linear, also zielorientiert, vorgegangen wird, sondern sprunghaft, ohne feste Ordnung, regellos, rhizomatisch, von Ebene zu Ebene, von Punkt zu Punkt. Eine Hyperkultur, geprägt durch *intertwingularity*, früher auch Chaosmos genannt (Deleuze, CCC, ein paar libertäre Nerds), oder Transversalität (® LF/). Konnektivität als personal-depersonalisierender Dauerzustand bis hinein in die Träume, die ohnedies schon seit unvordenklichen Zeiten hyperkulturell funktionieren. Man könnte andersrum formulieren: Die digitale Welt ist eine Art Traumwelt, die passende Gangart schlafwandlerisch.

ADHS? Heute früh habe ich mich aus dem Netz ausgeklinkt, schreibe derzeit von Hand in ein schlichtes, unintelligentes, geradezu dummes Schulheft, das mir zwar nicht weiterhilft, aber auch – ein Vorteil? – meine Bewegungen nicht aufzeichnet, abgesehen von dieser einen, der linearen Spur meiner Buchstaben auf den weißen, blaßblau linierten Seiten. Das Schulheft redet mich nicht an, fordert mich zu nichts auf, weiß nichts besser als ich. Es ist auf andere Art bequem. Ich könnte hier sitzen, in die Luft schauen, auf den Hintern der Kellnerin schauen, die Seiten weiß lassen. Nachdenken. Nicht Angst vor der Leere, sondern Freude darüber! ADHS? Etwas mit Aufmerksamkeitszerstreuung und Hyperaktivität, weil *digital natives* immer tausend Fenster offenhalten und viele Dinge gleichzeitig tun müssen. Krankheit, Lebensweise, Hyperkompetenz? Sucht es euch aus, oder fragt Alexa! Ihr müßt nichts mehr wissen, nichts erinnern, müßt dieses Buch nicht lesen. Fragt euer Smartphone, euren *digidude*! Ich aber – was wollte ich jetzt eigentlich wissen? Richtig, ADHS. Wenigstens daran erinnere ich mich, meine Historie, die Geschichte der vergangenen fünf Minuten (der Rest ist schon unendlich fern). Auch ohne Computer verhalte ich mich so, als säße ich davor. Als wäre ich vernetzt.

Wirklich wunderbar, und das meine ich nicht ironisch, sind die Programme, die übersichtliche Computer-Schreibtastaturen mit der Gesamtheit der chinesischen bzw. japanischen Zeichen in Verbindung setzen und eine sekundenschnelle Auswahl ermöglichen. Dazu muß man dem europäischen Leser erst einmal erklären, daß es aus räumlichen und motorischen Gründen nicht möglich war, alle beim schriftlichen Ausdruck nötigen Zeichen auf die Tastatur und in die Mechanik einer herkömmlichen Schreibmaschine zu verfrachten. Bis in die neunziger Jahre des vergangenen Jahrhunderts wurden akademische Arbeiten einschließlich Dissertationen mit der Hand geschrieben.* Dann aber wurden jene Programme entwickelt, die ausgehend von einer Tastatur mit lateinischen Buchstaben (oder auch mit dem relativ einfachen Hiragana-Zeichensystem), die der japanische oder chinesische Schreiber kaum anders

* Zurück im Büro, nehme ich aufs Geratewohl eine heraus. Masterarbeit, würde man heute sagen, aus dem Jahr 1990. Thema ist Hugo von Hofmannsthals *Frau ohne Schatten*, der Haupttext wurde mit der Hand auf Papier geschrieben, das mit kleinen Kästchen für jedes Zeichen formatiert ist; das zweiseitige deutsche Resümee mit Schreibmaschine; die Fußnoten am Ende überwiegend mit der Schreibmaschine, weil die meisten Zitate aus einem deutschsprachigen Band von Hofmannsthal-Erzählungen stammen.

als der europäische benutzt, das Eingetippte augenblicklich in chinesische bzw. japanisch-chinesische Zeichen übersetzen, die ohne nennenswerte Verzögerung, sozusagen in „Echtzeit“, auf dem Bildschirm erscheinen. Da viele Zeichen aber mehrere Bedeutungen und Lesarten haben und einzelne Laute je nach Kombination, Kontext und Gebrauch auf sehr verschiedene Art schriftlich fixiert werden, gibt das Programm in der Regel eine – oft ziemlich lange – Reihe von Alternativen an, die der Nutzer abrufen kann (was er auch ständig tut), um die passende Form auszuwählen. Das alles, wie gesagt, in Windeseile. Japaner und Chinesen sind an der Computertastatur nicht langsamer als Europäer, die es ausschließlich mit ihrem abstrakten, überschaubaren, supereinfachen Zeichensystem zu tun haben. Sogar ich bin imstande, am Computer japanisch zu schreiben, obwohl ich trotz jahrelangem Bemühen – immer nur nebenher, *il est vrai* – nicht einmal einfache Sätze zufriedenstellend mit der Hand schreiben kann. Aufgrund meiner in mündlicher Kommunikation erlernten und erprobten Sprachkenntnisse kann ich das Auszudrückende mit lateinischen Buchstaben in die Maschine eingeben. Input-Output, dazwischen eine gewaltige Kluft, vor der ich stehe und in die ich hinabsehe, die der Algorithmus aber im Nu – und in jeder Sekunde aufs neue – überwindet. Der Rechner, gern würde ich ihn „Superrechner“ nennen, doch er ist nur ein für heutige Verhältnisse recht simples Maschinchen, der liebe Rechner mildert meine japanische Dummheit ein wenig. Dafür bin ich ihm dankbar. Ich verehre ihn nicht als meinen Gott, und ich sehe ihn auch nicht als Sklaven.

Aus dieser bequemen Nützlichkeit* entsteht ein typisches Digitalisierungsproblem, insofern die Notwendigkeit, chinesische Zeichen nicht nur zu lesen, sondern auch eigenhändig zu schreiben oder zu tippen, bei den Usern schwindet. Langfristig könnte darunter auch die Lesefähigkeit der Japaner leiden. Die wunderbaren Rechner ersparen uns eine wachsende Zahl von Anstrengungen. Die Klagen über die Unfähigkeit einer wachsenden Zahl von Schülern, den Sinn einfacher Texte zu verstehen, werden in Japan gern von der Bemerkung begleitet, daß ein steigender Prozentsatz – alles statistisch erhoben! – auch nicht imstande ist, einen Computer zum Schreiben von längeren Texten zu gebrauchen. Ich nehme an, damit ist gemeint, ihn als Schreib- und Lesegerät zu bedienen, denn gleichzeitig wird der negative Einfluß von *Social Media* beklagt, und dazu braucht es einen Rechner, nenne er sich auch i- oder Smartphone. Ganz ohne Schrift kommt man dabei nicht aus, doch im Prinzip bewegt man sich eher von Bild zu Bild als von Satz zu Satz, und man drückt sich auch in Bildern aus: Handy-Fotos. Diese parallel laufenden Klagen über mangelnde Computerkompetenzen und Lesekompetenzen sind widersprüchlich, weil eben der Gebrauch des Computers die schreiberischen Fähigkeiten unnötig macht und dezimiert. Deshalb die Tendenz von Information im Internet, auf einzelne Sensationen, konzentrierte Bilder, schnelle Reize zu setzen und die User in diesem Sinn zu steuern. Sie springen auf einzelne, besonders wir-

* 便利 („benri"), dieses Wort könnte ich aus dem Gedächtnis – aus meinem persönlichen, nicht-maschinellen Gedächtnis – heraus nicht schreiben. Das heißt, nicht mit chinesischen Zeichen; in mein dummes Notizheft, das mir in seiner Dummheit eher gleicht als mein Rechner-Notebook, habe ich es mit Hiragana-Zeichen geschrieben, dafür reichen meine Kenntnisse.

kungsmächtige Elemente an, der Rest interessiert sie nicht. In den Gratiszeitungen im Internet lesen die „Leser" oft nur die Überschrift eines Artikels (was man in prädigitalen Zeiten auch getan hat, aber niemals in diesem Ausmaß und mit dieser Ausschließlichkeit), geben in der Kommentarspalte ihren Senf dazu – Selbstdarstellung ist wichtiger als Verständnis für ein Thema oder eine Person – und springen weiter. Klar geht auf diese Weise auch die Lesefähigkeit verloren!

Aber wir waren bei der Schreibfähigkeit, die angesichts der Vielzahl chinesischer Zeichen und ihrer Lesarten mehr gefährdet ist als etwa in den europäischen Ländern (wo das Phänomen auch nicht unbekannt ist). Der Computer schreibt für dich, du mußt nur das einfache System beherrschen, der Rest wird von ihm übernommen. *Declining kanji-writing skill of Japanese blamed on cell phones, computers* titelte eine englischsprachige japanische Zeitung. Es gibt zu dem Thema sogar einen recht ausführlichen englischsprachigen Eintrag in Wikipedia unter dem Stichwort *Character amnesia*: Das kühle, fehlerlose Erinnern des Computers führe zum Vergessen bei seinen menschlichen „Nutzern". Eine höchst seriöse neue Studie über Kanji-Schreibfähigkeiten stellt ebenfalls eine reduzierte Kompetenz bei Jugendlichen fest und sieht eine mögliche Erklärung in „the rapid spread of digital writing devices, such as PCs and smartphones that provide the correct kanji or at least options from which to select them".*

Ohne Erinnerungsfähigkeit aber gibt es kein Lernen, kein Assimilieren von Wissen, kein Können. Allein schon aus diesem Grund sind die prädigitale, humane, ohne viel Tech-

---

* Otsuka/Murai: *The multidimensionality of Japanese Kanji abilities*, in: Nature, Scientific Reports 10 (3039) 2020, https://doi.org/10.1038/s41598-020-59852-0

nik auskommende humanistische Kultur und die entsprechende Pädagogik auf Dauer unverzichtbar: nicht zuletzt, um die Rechenmaschinen unseres Alltags *sinnvoll* bedienen zu können. Die Bedienbarkeit wird in Zukunft noch leichter werden und noch mehr auf Bilder statt auf Text setzen, und so werden 99 Prozent der Weltbevölkerung, sofern der Entwicklung nicht gegengesteuert wird, die allgegenwärtigen Rechner ausschließlich als Unterhaltungsgadgets verwenden und den von diesen ausgehenden, oftmals aggressiv angebotenen Suchtmöglichkeiten erliegen. Ein Konsumentenweltvolk von Süchtigen …

Das Schreiben von Zeichen, eigenständiges, „assimiliertes", in den Körper, den Kopf aufgenommenes Wissen, bloßes Schauen, Betrachten, Orientierung in der Welt, bis zu einem gewissen Grad auch Denken, handwerkliche Fähigkeiten, Autofahren: Das alles wird unnötig, der Rechner und seine Sensoren, seine Video- und Audioaufnahmen erledigen es für uns, und wer hat schon die Kraft zu sagen, egal, ich fahre in der Ausübung meiner oft so mühsamen Menschlichkeit fort? Ähnliches hatte sich schon vor der allgemeinen Digitalisierung mit dem Kopfrechnen abgezeichnet; in den Schulen wird es nach wie vor eingeübt, obwohl es im Alltag längst vom einfachen Rechner bzw. heutzutage vom Handy, der handlichen Allzweckmaschine, übernommen worden ist. Sollen wir das Kopfrechnen abschaffen? Oder, sagen wir, auf mehrstellige Zahlen über 31 verzichten? Man will es den armen Schülern doch nicht zu schwer machen! Das Problem – und der Grund, weshalb es in den Schulen immer noch gelehrt wird – liegt darin, daß man ohne solche Grundkenntnisse nicht einmal die Maschinchen ordentlich bedienen kann. Um sich in der digitalen Welt zurechtfinden zu können, braucht man „analog" erworbene und ausgeübte

Fertigkeiten, die wiederum ein Mindestmaß an Erkenntnisvermögen* zur Voraussetzung haben. Es sei denn, digitale Sprachassistenten übernehmen ein für allemal die gesamte Koppelung der *human units* an Computer und Sensoren. Jede Menschenperson hätte dann ihren personalen Sprachassistenten, zunächst noch als Gerät, das sie ständig bei sich führt, später als Implantat. Auf diese Weise können wir uns ganz aufs Befehlen und Gehorchen beschränken, und zwar in beide Richtungen, nur daß wir gar nicht merken, daß wir unablässig Befehle ausführen – wahrscheinlich halten wir uns weiterhin für autonom. Eines schönen Tages werden die Rechner noch viel klüger sein als heute, und es wird sich die Frage erheben, ob Menschen überhaupt noch sprechen lernen müssen, wo es den intelligenten Maschinen doch genügt, die Wünsche und Bedürfnisse ihrer Herren – und Sklaven – an Gehirnströmen abzulesen. Ob die Menschen realiter überhaupt noch die Position des Herrn einnehmen werden? Noch einen Schritt weiter gedacht: Werden mit der Sprache nicht sogar die Wünsche und Bedürfnisse verschwinden?

Es gibt da dieses digitalisierte Spiel – Ernst oder Scherz, schwer zu entscheiden –, bei dem man als User (oder Zocker oder Bürger) einen Katalog von gesellschaftlichen und politischen Fragen durchgeht, deren Beantwortung eine „objektive“ politische Präferenz ergibt, so daß man weiß, welche Partei man bei der nächsten Wahl zu wählen hat. (Man braucht da-

---

* Auch daran hapert es. In den Statistiken und Rankings kommt es nicht vor, weil es sich schwer formalisieren läßt und die Erkenntnisleistungen etwa von Schülern bislang nicht in handhabbare Datenmengen verwandelt werden. Intelligenztests? Da geht es nicht um Erkenntnis, und die Vergleichbarkeit ist noch problematischer als etwa bei den Lesekompetenzen.

für keine digitalen Algorithmen, wohl aber objektivierbare Daten.) Yuval Harari findet Gefallen an der Idee, daß uns Algorithmen derartige Empfehlungen geben, die man in letzter Konsequenz als Handlungsanweisungen verstehen wird: Wir gehorchen Maschinen, nicht umgekehrt. Zu Ende gedacht, gelangt man auf diesem Weg zu der Gewißheit, daß Demokratie im bisher geläufigen Sinn, zu deren Voraussetzungen die Annahme einer Willensfreiheit zählt, nicht mehr nötig und sinnvoll ist. Das hat zahlreiche Aspekte und weitere Folgen, die ich an dieser Stelle nicht erörtern will. Hier geht es mir nur um unsere essentielle Getriebenheit und Bequemlichkeit in den diversen Zonen unseres Verhaltens.

Ich habe nachgesehen im Netz, auf einer der Seiten, die dem demokratiebewußten User einen Wahlautomaten, etwas verschämt Wahl-O-Mat genannt, bieten. Eigentlich ganz harmlos, mit den besten Absichten gegen Ende der prädigitalen Epoche entwickelt. Man braucht dazu nicht einmal einen Computer, obwohl die heutigen Datenvergleiche früher unmöglich oder zumindest aufwändig und langwierig waren. Es ist die alte Technik der Umfrage, der Selbsterforschung, des Beichtspiegels, die hier zur Anwendung kommt. Und zwar durchaus im Ernst, unterstützt von der deutschen Bundeszentrale für politische Bildung, also der Regierung, die sich davon, anscheinend zurecht, eine zunehmende Teilnahme der Bevölkerung an Wahlen und Abstimmungen verspricht. Ich habe nun mein politisches Bewußtsein erforscht bzw. gecheckt, wie man heute sagt, mit jenem leichten Widerwillen, den alle Umfragen bei mir hervorrufen, im konkreten Fall deshalb, weil mir einige Fragen als Fangfragen erschienen, nicht sehr sinnvoll, unterkomplex, nur gestellt, um mein Bewußtsein in ein bestimmtes Kästchen – Wahlkästchen – stecken zu können.

Herausgekommen ist bei mir das Erwartete. Ich bin links. Meine Ansichten stimmen zu einem erheblichen Teil mit dem Wahlprogramm der Linken überein. Zu 79,7 Prozent, alles wird berechnet. Dazu möchte ich in aller Bescheidenheit und jenseits aller Berechnungen folgendes anmerken, d. h. berichten. Was ich berichten werde, ist meine persönliche Geschichte in „politischer" Perspektive und in einem bestimmten, „unpersönlichen" zeitgeschichtlichen Kontext. Nur durch solche Geschichten kann ich (und könnt ihr) etwas *verstehen*. Erstens, mich ärgert dieses Links-Sein. Nach so vielen Jahren, die ich mich mit meinem eigenen Bewußtsein auseinandersetze, um es sinnvoll anzupassen und weiterzubilden, ärgert es mich, aber ich muß es auf mich nehmen, auch dann, wenn ich mich davon distanziere und es mit Befremden ansehe. Dann wieder gibt es Momente, da denke ich, ich bin gar nicht links. In der Zeit, als der Neoliberalismus um sich griff, dem auch Michel Foucault, der freiheitsliebende Schwule, zuletzt huldigte, war ich nicht links, sondern ... vielleicht sogar rechts, was weiß ich, *che ne so!* Irgendwo muß man sich positionieren, oder auch nicht positionieren, aber das erklärtermaßen, damit man in die Statistik Eingang finden kann. Aber ich wollte einen kurzen Überblick geben, denn ich bin, was ich erinnere. Und das heißt, daß ich mich in mir täuschen kann.

Meine Eltern waren katholisch, besonders meine Mutter, die aus der tiefen bäuerlichen Provinz stammte, *l'Autriche profonde*. Würde sie noch leben, sie wäre über neunzig; die digitale Welt wäre ihr fremd, wahrscheinlich gleichgültig, schon dem Fernseher, als wir ihn bekamen, näherte sie sich ungern, die Bilder waren ihr zu fahrig, sie verwirrten sie (dabei erscheinen sie ruhig im Vergleich zu der Hektik, die Kameraleute und Cutter seit ungefähr 1990 an den Tag legen zu müssen glauben). Ich lese gerade ein Buch über die „dunklen Jahre", d. h. über die Nazizeit nach dem Anschluß, und erinnere mich an den christlich-katholisch motivierten Antinazismus in meiner Familie. Welch tiefer, fragloser Glaube, welches Feuer; welche Bedeutung diese Welt- und Lebensanschauung im täglichen Leben hatte! Unser tägliches Brot gib uns heute! Es war nicht selbstverständlich, daß welches auf den Tisch kam. Fast erfüllt mich diese Lebensweise, aus dem abgeklärt-ironischen 21. Jahrhundert betrachtet, mit Neid. Dieser Katholizismus existiert nicht mehr, er ist abgestorben, in Österreich wie in anderen Ländern. Als Jugendlicher war mir bald klar, daß ich nicht glauben kann. Und was ist eine Religion ohne Glauben? Diese rhetorische Frage stelle ich heute noch gern, wenn es dazu kommt, zum Beispiel in Japan, wo die meisten Menschen Religion – Shinto und Buddhismus – mit ernster Miene spielen (wie sie übrigens auch Demokratie so ernst wie möglich spielen, in meinen europäischen Augen allerdings grotesk, unfreiwillig komisch). Eine Religion ohne Glauben ist nicht Fisch und nicht Fleisch, darin stimme ich mit meinem Freund Mohamed, einem gläubigen, aber weder strengen noch eifernden Moslem überein – zweifellos eine, nein, nicht eurozentrische (Mohamed stammt aus Nordafrika), aber vom Monotheismus geprägte Aussage. Freilich, mein Unglaube hindert mich nicht daran, einiges an christlichen Gedanken und Werten zu bewahren, ja, in selbstgefällig rationalistisch-utilitaristischen Zeiten sogar auf meine Fahne zu schreiben.*

* „Ach, du trägst also noch eine Fahne mit dir herum." – „Ich lasse sie zu Hause in der untersten Schublade des Kleiderschranks, bei den Winterschals. Ab und zu hole ich sie hervor." – „Wann zum Beispiel?" – „Warte ... Ich erinnere mich nicht. Eigentlich wird es ja wieder Zeit. Gut, daß du mich daran erinnerst."

Ich wuchs also in einer Zeit auf, als der Generationenkonflikt unvermeidlich war und die meisten meiner Generationsgenossen wenigstens eine Zeitlang zu ihren Eltern auf Distanz gingen, manchmal – nicht immer – auf dramatische Weise. Es war zu einem kulturellen Bruch gekommen, eine Implosion alter, überkommener Werte hatte stattgefunden, neue Lebensweisen, Sinnkonstruktionen und kulturelle Formen hielten Einzug; dagegen stemmten sich die Erwachsenen, Alle-über-Dreißig, mit aller Macht, denn damals hatten sie noch Macht. 1968 war ich elf Jahre alt, die Gründe der Kulturrevolution konnte ich nicht verstehen, doch ihr Einfluß auf die Bildung meines kleinen Bewußtseins war während der folgenden Jahre sicherlich stark.* Ich habe das am eigenen Leib, nämlich in meinem Kopf, erfahren, was Philipp Felsch als den „langen Sommer der Theorie" beschrieben hat. Daß theoretisches Denken überhaupt von Wert war, daß es cool, sogar sexy war (heute ist es bestenfalls verwirrend, störend, langweilig). Dieser Sommer war um 1977 noch nicht zu Ende, doch sein Niedergang nicht mehr abzuwenden. Ich war links, zu meiner Eltern Entsetzen, das sie schamvoll verbargen, ebenso wie ich meine vermeintlichen Gewißheiten verbarg: Die katholische Scham hatte all die offenen und schwelenden Konflikte überlebt. Später schrieb ich einen kleinen Essay über Diego Rivera und Frida Kahlo, das kommunistische Künstlerehepaar. Darin zitiere ich Carlos Fuentes, der den Verdacht hegte, „daß viele lateinamerikanische Kommunisten in Wahrheit abtrünnige Katholiken sind, die sich nach Begütigung sehnen. Da sie das katholi-

* Damals geläufige Wörter wie „Bewußtseinsbildung" und „Bewußtseinserweiterung" sind heute kaum noch in Gebrauch. Sie sind überflüssig geworden, leben jedoch als Parasiten am Mainstream-Text. Gleiches gilt für „Frustrationstoleranz", „Zivilcourage" und andere Wörter.

sche Obdach verloren haben, suchen sie bei den Kommunisten Zuflucht. Der Petersdom war schließlich ein Relikt der Vergangenheit, der Kreml ein Vorbote der Zukunft."* Das sehe ich noch heute so ähnlich.

Also war meine Entwicklung von vornherein, von Kindheit an, festgelegt? Ist unser Leben, sind unsere Äußerungen, unsere Entscheidungen tatsächlich so determiniert, wie Harari schreibt, immer wieder in dieselbe Kerbe schlagend: Es gibt keinen freien Willen! Der freie Wille ist pure Illusion! Wir tun einfach so, als gäbe es einen, oder genauer: Wir müssen (!) so tun, als ob – daher dann auch die systemische Ironie. Der freie Wille ist eine nützliche und notwendige Fiktion, sofern wir unser Menschsein behaupten wollen (das man natürlich, wie weiland Nietzsche, auch „überwinden" wollen kann). Festgelegt oder nicht: egal.

Also weiter in der Geschichte, die nun mal so ablief, wie sie ablief: Was war nach 1977? Da habe ich gelebt. Bin mal dahin, mal dorthin gegangen, ein intellektueller Nomade, erst später auch ein physischer. Stille Lektüren haben mich geprägt, in andere Richtungen gezogen, manchmal gegen meinen Widerstand. Ich glaubte, Poppers Liberalismus zu kritisieren, aber Poppers Schriften haben mich kritisiert und geprägt. Sogar Nietzsche-Lektüren haben einen Beitrag geleistet, und Levinas, von dem ich nicht viel gelesen habe, dessen Theorie der Alterität, eher vermittelt durch andere (Derrida, Jean-Luc Nancy), mir aber geblieben ist. Lektüren *gegen* Marx, *gegen* Hegel, *wider* den Geschichtsdeterminismus, der die christliche Linie von Vorsehung und Eschatologie verlängerte. Abweichen von der Linie, und zwar auf der *ganzen*

---

* Federmair: *Der Stier und der Schmetterling*, in: *Flucht und Erhebung*, S. 56. Woher das Fuentes-Zitat stammt, ist dort nicht angegeben; erinnern kann ich mich nicht mehr.

Linie. Heidegger, Nietzsche und Schopenhauer als Erzieher, alle drei! Dazu die Idee der Fehlbarkeit (Paul Ricoeur!), das einzige Vermächtnis der einzigen Person, die ich als meinen akademischen Lehrer *à la limite* gelten lassen würde. Und dann, wider das akademische Milieu, die blühenden Phantasien des Theorie-Praxis-Gespanns Deleuze/Guattari. Und so weiter.

Resultat der Selbsterforschung: Ich bin gar nicht links, der Wahlautomat hat unrecht. Ich schätze sogar Ernst Jünger, und zwar nicht nur als Träumer, Metaphoriker, Drogenexperten und subtilen Jäger, sondern auch als Theoretiker. Selbst für Nationalsozialisten kann ich Verständnis aufbringen, zumindest für Nationalbolschewisten und Edelnazis wie Ernst Niekisch, Ernst Jünger, Martin Heidegger – nicht für die Rüpel, Gewalttäter und Mörder (von Rosenberg über Goebbels zu Hitler). Trotzdem legt mich der blöde Algorithmus der Bundesregierung fest: Du bist links und mußt auch so wählen!

Nichts zu machen. Seit mehr als zwanzig Jahren weiß ich nicht, wen und was ich wählen soll, und bin auch gar nicht zu Wahlen gegangen. Habe ich denn eine Wahl? Mein Bewußtsein hat sich gebildet, und ich habe versucht, dazu beizutragen, so gut ich eben konnte. Weitgehend habe ich mich im Alleingang selbst erzogen, geformt, gemacht, auch konstruiert, erfunden und neuerfunden, ganz wie ihr wollt. Autopoiesis, *si vous voulez*. Das sage ich in Anerkennung von Hararis Determinismusverdikt, das ich in anderem Kontext verwerfe, weil ich glaube, daß es, ernstgenommen und in die Lebenspraxis übersetzt, einen neuen Kollektivismus, einen Technokollektivismus fördern wird, der mir trotz – oder wegen? – all meiner linken Sozialisierung unheimlich ist. Wir stoßen hier wieder einmal auf eine Parallele zu den zwanziger/dreißiger Jahren des vergangenen Jahrhunderts. Die wachsten Geister wurden schon damals weniger durch das Hinübergleiten zu den politischen Extremen, zu Autoritarismus und kriegerischem Gehabe aufgeschreckt als durch den Aufschwung kollektivistischer Existenzformen, von antibürgerlichen Lebensmodellen linker oder rechter Couleur, die oft mit Begeisterung angenommen wurden. Robert Musil, 1942 im Schweizer Exil verstorben, hatte ein feines Sensorium dafür, und es schwante ihm nichts Gutes, doch die soziale Stellung dieses neugierigen Teilnehmers am Ersten Weltkrieg (an der Isonzofront) und freiheitsliebenden Individualisten, der sich mit naturwissenschaftlichen Gesetzen auskannte und zur Sachlichkeit neigte, war viel zu schwach, als daß er auch nur im geringsten hätte eingreifen können; wohingegen Ernst Jünger, dieser ewige Soldat (1913 Fremdenlegionär, im Ersten Weltkrieg an der Champagne-Front, verwundet in der zweiten Somme-Schlacht, Eisernes Kreuz usw.), von seiner starken, aber elitären Position aus das Verschwinden des Individuums zugunsten eines roboterhaften Menschentypus schwungvoll und unerbittlich konstatierte. An einer solchen Schwelle stehen wir wieder, doch die Kollektivierung hat andere Ursachen, einen anderen Werdegang und prägt andere Formen aus, sie kommt nicht oder nicht allein von oben, sondern von unten, vom „Nutzer" und Konsumenten, und bedarf keiner physischen Gewaltanwendung, sie verläuft rhizomartig und viral; die globale Bedrohung durch das reale Virus bestärkt noch diese Entwicklung, die sich mit dem bewußten oder – häufiger – unbewußten Einvernehmen der zu Rezeptoren gewordenen Subjekte vollzieht.

Distanz, Telekommunikation und Teleworking, totale Kontrolle via Handys bringen ein neues, digitales Herdenverhalten hervor. Das Hypernetz breitet sich aus, während die kleinen Netze mit ihren Feeds & Filtern sich zwar vervielfachen, zugleich aber den Einzelnen und die Gruppe einmauern, nicht selten auch gegeneinander stellen. Die von so gut wie allen geteilte Maxime ist das Mehr-und-Mehr, das Schneller-und-Schneller, Besser-und-Besser, was freilich im Widerspruch steht zur bislang unaufhebbaren Tatsache, daß ein Menschenkind schlafen und Nahrung zu sich nehmen muß, daß es sich nur langsam entwickelt und daß seinem Leben früher oder später ein Ende bevorsteht – was dem medientüchtigen Unternehmer Elon Musk ein Dorn im Auge ist, so daß er in seinem bekannten unternehmerischen Elan den Menschen verspricht, ihnen demnächst in Form eines Computer-Implantats – eine Art Link, ein *Interface* – die Unsterblichkeit verkaufen zu können. Es wäre dies, wenn ich die Sache recht verstehe, eine Existenz ohne Körper, oder mit einem austauschbaren, künstlichen Körper. Eine nicht-leibliche Existenz. Diese Nicht-mehr-Sterblichen würden als künstliche Intelligenz in Verbindung mit einem künstlichen Körper in eine lichtvolle Ewigkeit voranmarschieren.

Aber ... Wäre dieses Produkt denn noch „menschlich“ zu nennen? Ist nicht das schwierige, täglich neu anzustrebende Gleichgewicht zwischen Körper und Geist (plus Seele) das eigentlich Menschliche? Wären diese technologisch bewerkstelligten Fortschritte nicht eine andere, von innen her, aus dem menschlichen Bereich, kommende Art, den intelligenten Maschinen gegenüber abzudanken? Überflüssigkeit allenthalben, die Menschheit als Parasit, dessen es sich zu entledigen gilt wie des Ungeziefers in Kafkas *Verwandlung* zugunsten einer von technogenen Übermenschen bevölkerten, zweifellos strahlenden Zukunft.* KK-Prinzip: durch die scheinbare Demokratisierung aller Lebensbereiche, wie wir sie in unserer späthumanen Epoche erleben, hinter der sich Marketing, Konsumgier und Monetarisierung verbergen, wird nicht „das Volk" und nicht die Masse der Einzelnen zum König gekürt, sondern eben der Kunde, der Steuerzahler, der Geldgeber, und diese neuen Verhältnisse lassen sich mit alten Hierarchien, autoritären Methoden und systematischer Demagogie bestens kombinieren. Sanfte Kontrollgesellschaft? Autoritäre Disziplinargesellschaft? Beides! Die Unterschiede, je nach kulturellem Kontext und historischen Einflüssen, bleiben bestehen. Vorerst. Es wird weiterhin eher ängstliche, ängstlich gemachte – und eher offene, risikofreudige Einzelne, Bevölkerungsteile und sogar Nationen geben. In den europäischen Ländern, den Kernländern – wenn ich sie so nennen darf – Deutschland und Frankreich, in diesen Kulturkreisen also, auch im englischen, versteht sich, spielt seit dem 18. Jahrhundert, aber eigentlich schon seit der Renaissance und letztlich seit den Anfängen im alten Griechenland, die Idee der Persönlichkeitsentfaltung und damit die Idee der Erziehung eine wesentliche, zentrale Rolle. Auch Karl Marx nahm diese Idee auf, wollte sie den „großen Massen" einimpfen, was freilich

* Erste Tierversuche wurden mit einem Schwein namens Gertrude angestellt. Interessant, daß die Implantation nicht von Menschen, sondern von einem Roboter vorgenommen wurde. Natürlich sind Menschen als Forscher und Entwickler in Musks Neuralink-Firma unverzichtbar, aber auch die erwähnte Tatsache zeigt, wie die Automatisierung menschliche Arbeit wegrationalisiert, und zwar, wenn man ihr keine Grenzen setzt, auf radikale Weise. Informationen zu diesem Thema beziehe ich gern aus dem Internetjournal *The Conversation*, z. B. von diesem Artikel des Neurowissenschaftlers Andrew Jackson: https://theconversation.com/neuralink-brain-hacking-is-exceptionally-hard-no-matter-what-elon-musk-says-145711

nur in einer anderen, erst noch zu schaffenden Gesellschaftsordnung möglich sei. Schon in der prädigitalen Epoche gab man sich die – schon damals selbstgefällige – Auszeichnung „Wissensgesellschaft“, und auf diesem Weg glaubt man weiterzugehen. „Deutlicher als bisher wird Wissen als eine sozioökonomische Kategorie gefaßt, dessen vorrangiges Ziel in der wirtschaftlichen Verwertung besteht“, resümierte eine österreichische Erziehungswissenschaftlerin schon 2002.* Hinzuzufügen wäre dem nur, daß Wissen vom menschlichen Standpunkt aus gesehen mehr und mehr zur technischen Handhabung und Verwaltung von gespeichertem Wissen geworden ist. Klug sind nicht Menschen, die vieles analysieren, verstehen und beurteilen können, und schon gar nicht solche, die in ihrem Kopf Wissen gespeichert haben, sondern solche, die sich in den stetig wachsenden Sektoren des digitalen Datendschungels rasch zurechtfinden und hurtig umtun können. Das ist gemeint, wenn von „Kompetenzen“ anstelle von Allgemeinbildung die Rede ist.

Aber Wissen ist per se noch nicht Bildung, und außerdem wurde das Wissen, das sich im Verlauf der Menschheitsgeschichte angesammelt hat, von den Individuen in einem nie dagewesenen Ausmaß abgetrennt, verfügbar gemacht, die Verfügbarkeit perfektioniert und beschleunigt: In Echtzeit, d. h. im Handumdrehen, d. h. mit einem Fingerwischen oder Mausklick kann man jederzeit ganze Wissensgebiete aktualisieren. Früher mußte man in Bibliotheken gehen und sich durch Bücher lesen, zumindest blättern. Richtig, Wikipedia

---

* Sommer: *Wissensgesellschaft*, S. 10 (https://kipdf.com/queue/wissensgesellschaft-modebegriff-oder-produktiver-reformansatz-in-der-erwachsenen_5ac455191723ddb47fc43898.html)

wird von allen gemacht.* Aber auch: Was in Wikipedia und überhaupt im ganzen Internet steht, mußt du selbst nicht wissen, es kann eh nicht verloren gehen und bleibt dir jederzeit verfügbar. Einerseits hat sich die Trennung radikalisiert, andererseits die Nähe. Um meine diesbezüglichen Überlegungen abzukürzen: Die Entfaltung einer Persönlichkeit ist heute gar nicht mehr notwendig, und weil sie das nicht ist, werden die Heranwachsenden nicht dazu angeleitet; die Entfaltung wird immer seltener stattfinden. Was wir an den jüngeren Generationen der *digital natives* beobachten, ist die algorithmisch betriebene, kommunikationstechnisch gestützte *Einfaltung* der Leerformen des Ichs, das durch Vorlieben, durch – natürlich von Werbung geprägte – Geschmacksimpulse, durch Reize und Anreize, also durch Serien von notwendigen und berechenbaren Zufällen, die per se keine Dauer haben, determiniert worden ist. Die so entstehenden Identitäten sind zugleich vollgestopft und leer;

* Es gehört nicht zu meinem Thema, deshalb hier nur am Rand: Die Anonymität und Kooperation bei dieser Hyperenzyklopädie ist zwar lobenswert und oft auch hilfreich und lohnend, in manchen – nicht unerheblichen – Fällen führt sie aber auch dazu, daß der Beitrag, wenn er stark angewachsen, um nicht zu sagen: angeschwollen ist, einem chaotischen Fleckerlteppich gleicht, der keine Richtung, keine Schlußfolgerung erlaubt; einem schlechten Pluralismus, der die Lektüre nicht erleichtert, sondern erschwert und sogar verunmöglicht. Zum Beispiel hat der Beitrag über den Atomunfall in Fukushima 2011 sicher einen Umfang, der mehr als hundert Buchseiten entspricht, vollgestopft mit technischen Details, nach denen kaum jemand suchen wird, andererseits aber auch gespickt mit zum Teil einander widersprechenden wertenden Ansätzen. Welcher Nicht-Experte kann sich da noch informieren? Viele Köche verderben den Brei!
Ähnliches könnte man über Wikipedia als Ganzes sagen: Wer ist wichtiger, ein zweitklassiger Fußballspieler, ein Pornosternchen, ein Philosoph wie Emmanuel Levinas? Nimmt man nur die Zahl der Einträge und deren jeweiligen Umfang, gewinnt man den Eindruck, Fußballspieler und Schauspieler hätten ungleich größere Bedeutung.

wechselhaft, sprunghaft, ohne eigentliche Kontinuität. Das meint zumindest Harari, der in *Homo Deus* behauptet, nur Maschinen hätten eine kontinuierliche, unwandelbare Identität. Wahr: Maschinen ändern sich nicht – wenigstens, solange sie nicht lernfähig sind; sie sterben auch nicht, sondern gehen eines Tages kaputt. Definiert man jedoch Identität als etwas Entstehendes und wieder Vergehendes, stets in Veränderung Begriffenes, wenngleich von Erstarrung bedroht – wir beginnen *im Leben* zu sterben! –, dann haben gerade die Menschen eine besondere Identität. In humanistischer Tradition verstehen wir Identität als offenes, nie ganz „fertiges" Resultat von Entwicklung, deren Geschichte wir, wenn wir wollen, erinnern können (und auch müssen, sofern wir selbstbestimmt tätig werden wollen); aber nicht in einem formallogischen „A = A", und auch nicht unbedingt in einem hegelianisch-geschichtsphilosophischen „A vs. B = C". Manchmal habe ich das Gefühl, Harari, der Darstellungskünstler, stellt sich dumm.

Die algorithmischen Filter treiben die Einfaltung des Einzelnen immer weiter, perfektionieren sie gewissermaßen, schaffen ihm ein Kokon, das sich selbst zu erzeugen glaubt; ein Kokon, das sich im Prinzip, oder genauer gesagt: im hypothetischen Konjunktiv erweitern und entwickeln könnte, aber durch ständige Bestätigung immer enger wird, bis es ihn, den Einzelnen, eines Tages erstickt haben wird. Wie eine Monade, die von der Unmenge von Spiegelungen erdrückt wird. Von einem humanistischen Standpunkt aus betrachtet wird man nicht umhinkönnen, die Ausschaltung des Begriffs und der Praxis der Entwicklung zu bedauern. Figuren wie Goethes Wilhelm Meister, die sich durch Erfahrung vielerlei an Wissen, Fähigkeiten, Überzeugungen, Wünschen, Sorgen, Urteilskriterien und auch, warum nicht, Vorlieben sowie einen – möglichst guten – Geschmack aneignen, also zu eigen machen, also in ihre eigene, in Bildung begriffene Persönlichkeit einfließen lassen, werden anachronistisch, sie gehören in eine andere Zeit, können sich den neuen Zeiten kaum anpassen, passen da nicht hinein. Diese Problematik ist es, die schon Peter Handkes Filmbuch *Falsche Bewegung* aufzeigte: Alle denkbaren „Entwicklungen“ führen gegen eine Wand; jede Bewegung ist falsch. Also bleibt man am besten gleich in sich, bei sich, im Kokon, zu Hause im Jugendzimmer wie ein Hikikomori, diese eminent zeitgenössische Figur, von der es in einem Land wie Japan abertausende Exemplare gibt, von denen wir meist nur hören, wenn wir überhaupt etwas hören wollen, daß sie nicht da sind. Absentismus. Etwas verbindet sie mit jener anderen zeitgenössischen Figur, dem Massenmenschen des 21. Jahrhunderts, der mit Kopfhörer, Blauzahn, Minibildschirm, GPS, intelligenter Brille, neuronalem Helm durch Gegenden läuft, von denen er nichts mitbekommt. Von einem, der auszog, um dem ewigen, weil virtuellen Spaß zu frönen; und vom anderen, der daheimblieb, um … ja, um was zu tun?

Von einem, der auszieht, wie seit jeher die jungen Leute, Eichendorffs Taugenichts oder die Beatniks oder die Hippies, die Autostopper und Tramper der Frühzeit der Motorisierung, oder wie Siegfried, der übermütige Wagnersche Held. Nein, es gibt nichts mehr zu lernen, und auch nichts zu fürchten. Allenfalls macht unser Held, unser Taugenichts eine Flugreise (billig!) in irgendein vielbeworbenes, auf personale „Interessen“ abgestimmtes Ziel. Das kann man sich durch einen digitalen Fragebogen jederzeit berechnen lassen, allein für die Entscheidungshilfe gibt es zahlreiche Angebote. Ich nehme – wie die meisten User – das erste Angebot aus der Suchmaschine, die Seite heißt „Mein-wahres-Ich.de". Zum Glück ist die Fragenliste nicht sehr lang, zwei, drei Minuten, flugs haben wir ein Ergebnis. Eine der Fragen bezieht sich auf meine Speisevorlieben; ich mag es gern asiatisch, behaupte ich klickend, und befürchte schon, ich werde nach Japan geschickt, wo ich wohne. Nein, es ist Brasilien, was mich jetzt doch ein bißchen überrascht. Nur war ich da auch schon, das Foto vom Corcovado hätten sie sich sparen können, da bin ich mit der Zahnradbahn hochgefahren. Brasilien … Na ja, gar nicht schlecht. Wie es beim Nachgucken im Internet so geht, zieht mich gleich die benachbarte Seite an: „Travelmyne.de", dort verliere ich ein bißchen mehr Zeit mit einer detaillierten Suche. Zahllose Kriterien, alles systematisiert, schubladisiert, seltsamerweise ist eines davon „LGTB"-Toleranz, ist mir das wichtig?, vermutlich wollen sie Schwule nicht nach Saudi Arabien schicken, die würden sich schön bedanken. Am Ende kommt gar nichts heraus, weil ich scheinbar widersprüchliche Angaben gemacht habe. Anders gesagt: Ich sehne mich nach einer Utopie, einem Ort, den es nicht gibt! Also auf nach Utopia … Oder ich habe mich einfach irgendwo verklickt.*

---

* Ich habe das dann noch einmal gecheckt: Mein Wunsch war, mit dem Zug zu reisen; der andere, nach Nordamerika. Da müßte ich dann beides anklicken, Flugzeug und Bahn. Im Ranking der Ergebnisse kommt Mexiko – „Im Reich der Azteken und Maya", lauter Klischees, die Welt als Klischee! – an erster Stelle, und ich frage mich, wie ich mich dort mit dem Zug fortbewegen soll. Gut, vielleicht mit dem Chepe, auf der Sierra Tarahumara, eine Strecke, die Thomas Stangl vor 25 Jahren in einem Essay beschrieben hat. Ob dieser Zug noch verkehrt? Ja! Alle nötigen Informationen finde ich mit zwei Klicks im Internet. Mayas und Azteken werde ich dort allerdings nicht begegnen. Mexiko kenne ich gut, diese Gegend im Norden aber noch nicht; ich nehme mir vor, diese Reise eines Tages zu machen. Auf den Spuren von Antonin Artaud und Thomas Stangl. Thx, Travelmyne!

Aber zurück zu unserem zeitgenössischen Helden. Er könnte ebensogut in seinem Zimmer bleiben und die Reise, zum Beispiel zu den Tarahumara (so der Name der nordmexikanischen Ureinwohner), virtuell machen, am besten dreidimensional, aber hin und wieder wird er sich doch noch, weil es alle tun, fortbewegen lassen und eine Woche in einem Ressort in Yucatán* verbringen und auf realen Wellen surfen oder bei Stadtrundfahrten in Barcelona und Lissabon eine Myriade von Smartphotos schießen, die er vergeblich durch die Sozialen Medien jagt: kaum ein Like, alle kennen das schon. Das neue Modell, der zukunftsweisende Mensch, also die Vorstufe zu dessen Verschwinden (oder Erhebung, wie man's nimmt), ist aber der Hikikomori, der Otaku mit seinem Hyperhobby, z. B. Reisen, die er zu Hause macht. Weltreisen in meinem Zimmer; von wegen „nicht stillsitzen können"! Dieser neue *Typus*, ganz im Sinne Ernst Jüngers verstanden, braucht eigentlich gar nichts, er braucht nichts und niemanden. Er ist kein Autist im Sinne der so benannten Krankheit, sondern jemand, der seine parasitäre Existenz am sozialverträglichsten gestaltet, indem er aus der Gesellschaft wegbleibt und keinen Anlaß zur Beschwerde gibt. Ein erträglicher Parasit, Vorbild für uns alle.

Ein Aspekt solcher Einfaltung (anstelle von Entwicklung) ist die als Wunsch oder Bedürfnis wahrgenommene, als Sozialzwang wirkende, aber kaum ins Bewußtsein dringende Obsession der Jugendlichkeit, die sich faktisch als Infantilität darstellt. Neil Postman diagnostizierte vor vierzig Jahren das Verschwinden der Kindheit. Noch mehr als damals gilt, daß Kinder heute alles wissen und tun können und daß Schran-

---

* Zu den dortigen Vergnügungen und Gefahren siehe den Roman von Juan Villoro: *Das dritte Leben*. Aus dem Spanischen von Susanne Lange. München 2016.

ken und Verbote nicht existieren oder nicht wirken. Doch parallel zu diesem Vorgang vollzog sich ein Verschwinden des Erwachsenseins, oder anders gesagt: Die Erwachsenenwelt ist selbst infantil geworden, immer verspielter, voll von Konsumangeboten, die die Last verantwortlichen, d. h. „erwachsenen" Verhaltens von den Schultern des Konsumenten nehmen.

Besonders arg scheint mir die Infantilität in Japan ausgeprägt, ihr meßbarer Grad sicher höher als in Europa: von der Beliebtheit von Disneyland und Disneysea bei Jung und Alt über die Bevorzugung kindhafter, unselbständiger Frauen bei der Partnerwahl der Männer zur ernsthaft-naiven Verehrung von ewig jungen Boy-Groups und Girl-Groups und sogenannten *Idols*; von der Spielsucht, ob an Konsolen und Bildschirmen oder in Pachinkohallen, zum ostentativ kindischen Gehabe der TV-Stars in den sogenannten *Variety*-Programmen, die die Kanäle der meisten Fernsehsender füllen; von der *kawaii*-Ideologie, durch deren Brille alles lieb und nett, klein und hübsch und proper erscheint, bis zu den harmonisierenden *suki*- und *oishii*-Orgien (begeisterte Zustimmung in Gruppen bzw. im Fernsehen, wenn etwas gut ist oder schmeckt, und das ist pausenlos der Fall), die im Grunde genommen in jedem Augenblick rund um den Globus stattfinden, *semper et ubique*, die Welt mit Herzchen überzogen, überhäuft.

Ich kann das verstehen. Wer will schon erwachsen werden in dieser Scheißwelt von Schule und Arbeit und sozialer Kontrolle, der man sich nicht entziehen kann, es sei denn, man wird zum Hikikomori. Alle diese hier nur gestreiften Freizeitphänomene stehen in schärfstem Kontrast zur stressigen Seriosität der Arbeits- und Lernwelt, wo – jedenfalls in Japan – immer noch die Älteren den Ton angeben. Ja, man hat den Eindruck, daß die Kindlichkeit auf der einen Seite umso mehr steigt, je höher auf der anderen Seite die Rigidität geschraubt wird.

Als ich, gerade erst achtzehn geworden, mein Studium begann, verfügte ich vor allem über eines: Neugier. Der jahrelangen Schuldbildung zum Trotz, war sie ungebrochen. Ich hatte das Gefühl, erst jetzt hätte ich die Freiheit, mir Wissen und die Welt anzueignen.

Ich wollte dasjenige wissen, erforschen, erkennen, was ich noch nicht wußte, noch nicht kannte, und ich merkte bald, das war so ziemlich alles. Diese Neugier war für mich selbstverständlich, doch es kann sein, daß ich mich insofern täuschte, als ich meinte, es ginge allen so. Wahrscheinlich gehörte ich, ohne daß ich es wußte oder wollte, schon damals zu einer sehr kleinen Elite. Die große Mehrheit verliert die Neugier ihrer frühen Kindheit sehr bald, die Schule treibt sie ihnen aus, dazu ist sie da. Sicher bin ich, daß mein Kardinalfehler, als ich nach dem Studium zu unterrichten begann, darin bestand zu glauben, alle seien so wie ich. Unter dieser Voraussetzung kann man keinen Sinn für Didaktik – für das Vermittlungswesen – entwickeln. Entsprechend froh war ich, als ich diese Lehrtätigkeit aufgab, nicht für immer, aber für viele Jahre. Heute ist es gerade dieser Abstand zu den anderen, den ich als Herausforderung begreife, und genau wie früher reizen mich Herausforderungen. Ich stelle aber auch fest, daß die meisten jungen Leute, die heute zu studieren beginnen, gar nichts Neues erfahren wollen, sondern ein irgendwann in ihrer Kindheit oder Jugend mehr oder minder zufällig erworbenes Interesse wachhalten und weiterverfolgen (wenn sie überhaupt irgend etwas „verfolgen“), z. B. historische Figuren wie Elisabeth, die Kaiserin von Österreich und Königin von Ungarn*, oder Friedrich der Große, oder Grimms Märchen, meist in Disney-Variante, oder – seltener – Michael Ende und seine *Unendliche Geschichte*. Alles Themen, die schon in den Büchern der Bibliotheken der Grundschulen vorkommen. Ein stark gefiltertes, abgeschottetes Leben in der realen Welt; die digitalen Filter tun auf virtueller Ebene genau dasselbe, sie sind bloß dichter, geschmeidiger, perfekter. Um sich Scheuklappen anzulegen, ist man nicht auf Algorithmen angewiesen.

Doch Persönlichkeitsentwicklung und Unterricht, wie ich sie verstehe, sind auf Erweiterung angelegt, nicht auf Verengung; auf Erschließung der Welt statt auf die Errichtung von Schutzwällen. Dazu ist Konzentration nötig, gewiß, aber auch Offenheit. Dies gilt meines Erachtens nicht nur für die Elite der Forscher und Theoretiker (wobei ich, wenn von Elite die Rede ist, um mich schaue und zahllose „Forscher" sehe, die sich in irgendein – oft abstruses – Forschungsgebiet

---

* Die Studentin, die sich dafür interessierte, hatte mit zwölf Jahren an der Seite ihrer Großmutter ein Musical in Japans berühmtestem Musicaltheater in Takarazuka gesehen und später dann *Elisabeth*, das 1992 im Theater an der Wien uraufgeführte Stück, das in der japanischen Version äußerst erfolgreich war. Während ihres Studiums hatte sich die junge Frau ausschließlich für Sisi interessiert. Um selbst eine Rolle auf der Bühne zu bekommen, war sie zu klein, so daß sich die Notwendigkeit einer schauspielerischen und musikalischen Ausbildung gar nicht stellte (sie trat aber gern bei Modeschauen auf und hatte zweifellos schauspielerisches Talent). Für ihre Abschlußarbeit übersetzte sie einige Gedichte der Kaiserin ins Japanische, und sie bat mich, ihr dabei zu helfen. Auf meine Äußerung, diese Gedichte seien literaturgeschichtlich eher wertlos, blickte sie mich verständnislos an. Nach dem Studium fand sie eine Stelle bei der Hochglanzzeitschrift des Takarazuka-Theaters. Sie hatte sich zwar nicht gerade ihren Kindheitstraum erfüllt, war ihm aber doch recht nahegekommen und kann nun ihr Leben in der Nähe der Schauspielerinnen-Sängerinnen, allesamt Frauen, so ist das in Takarazuka, verbringen. Ich möchte dieser kleinen Erzählung hinzufügen, daß ich die Studentin gern betreute; als Zuschauer bei den Modeschauen war ich ein treuer Fan von ihr.

vergraben haben, eine kleine Kaverne, aus der sie nie wieder hervorsteigen werden). Ich bin überzeugt und habe es oft genug an kleinen Kindern gesehen, daß es eine natürliche, d. h. menschliche, angeborene Neugier gibt. Die digitalisierte Umwelt, in der sich schon Kleinkinder bewegen, trägt viel dazu bei, diese reale, offene Umwelt zu brechen und in immer engere Bahnen zu leiten, bis der Heranwachsende so träge, so ausgelaugt, so einfältig ist, wie ich die heute Achtzehn- oder Zwanzigjährigen da draußen erlebe.

An die Stelle der Entfaltung der Persönlichkeit ist also eine unaufhaltsame Tendenz zur Reduktion von allem, was komplex ist oder sein könnte, getreten. Je komplexer, vielfältiger, unübersichtlicher, verwirrender die (digitale) Umwelt wird, desto stärker der Wunsch nach Vereinfachung des eigenen Lebens und der Erklärung der Gründe des eigenen Unbehagens. Genau dieses Bedürfnis erfüllen algorithmische Filter auf das vollkommenste. Hier weise ich noch einmal darauf hin, daß Filterung, also Selektion des Wahrgenommenen und Aufzunehmenden, seit jeher eine menschliche, biologische Gegebenheit und Notwendigkeit ist, die mit der Neigung zur Horizonterweiterung koexistiert, der sie Grenzen setzt und die sie fallweise korrigiert. Es wird immer gefiltert; wäre dem nicht so, wir könnten gar nicht denken und würden verrückt; wir könnten nicht überleben. (Das gilt übrigens ebenso und wahrscheinlich stärker für andere Tiere.) Und viele Menschen werden tatsächlich krank, weil die durch die Kommunikationstechnologie vervielfachten und beschleunigten Reize nicht mehr bewältigt werden können. So ist ein Bedarf nach neuen Selektionsmethoden entstanden, dem die Softwareentwickler nachzukommen versuchen. Das Problem in den Sozialen Medien, den interaktiven

Foren und digitalen Einkaufszentren sind nicht allein die Filter und Echoräume, es ist die Standardisierung und Bevormundung des Verhaltens, welche die allermeisten User gedankenlos hinnehmen – was sollten sie auch dagegenhaben?* Das Problem ist die Reduzierung des Entscheidens und Handelns auf Reflexe, also die augenblickschnelle Fingerbewegung: *Buy with one click!* Very praktisch, *benri* (便利), *utile*. Reiz/Reaktion. Man kann eh alles zurückschicken. Tut man dann aber oft nicht. Und gar so bequem ist diese Praxis nun auch wieder nicht. Das Problem, um es noch einmal zu sagen, ist die Beschränkung des Sozialen auf das Plus/Minus, das Null/Eins. Mit häufiger Ausblendung des Negativen: Eine rundum positive Gesellschaft ist das Ziel. Lauter Einsen. Immer im Dienste des Königs, des Kunden. Die Umwertung der Werte zur Jagd nach der größeren Zahl. Das Problem ist die Quantifizierung menschlicher Beziehungen, die wiederum die Selbstdarstellung gegenüber Austausch und Einfühlung begünstigt.

Bezeichnend ist in diesem Zusammenhang eine Umfrage, welche das Unternehmen Facebook durchführen ließ, und ebenso die Art und Weise, wie Yuval Harari sie zitiert. Er führt sie mit einer Schlußfolgerung ein: Die Studie beweise, „daß schon heute der Facebook-Algorithmus die Persönlichkeiten und Dispositionen besser zu beurteilen versteht als die Freunde, Eltern und Ehepartner der Leute".** Die Per-

---

* Francis Fukuyama hebt die politische Dimension dieser Sachlage hervor: „Social media are perfectly suited to facilitate this decomposition of society. They permit like-minded individuals to find one another, not just in their own nations but around the world, while simultaneously shutting out criticism and disagreement." (*Thirty Years of World Politics: What Has Changed?*, S. 15)

** Harari: *Homo Deus*, S. 396

sönlichkeiten, *personalities*, ja. 86.220 Freiwillige, allesamt Facebook-Nutzer, füllten zunächst einen Persönlichkeitsfragebogen mit hundert Fragen aus. Der Algorithmus konnte in den meisten Fällen die Antworten der Teilnehmer besser vorhersagen als die Verwandten, die gebeten worden waren, ihre eigenen Einschätzungen zu notieren. Er stützte sich vor allem auf das Like-Verhalten der Kandidaten.

So weit, so gut. Jetzt könnte ein alter Zweifler wie ich kommen und fragen, was das eigentlich für Fragebögen sind. Harari scheint sich dafür nicht interessiert zu haben; die Massenmedien, die über die von ihm zitierte Studie berichteten, ebensowenig. Die Charakterisierung der Persönlichkeitstypen stützt sich auf den IPIP, den *International Personality Item Pool*, der vom *Oregon Research Institute* verwaltet wird. Über die Sinnhaftigkeit solcher psychometrischer Kategorisierungen möchte ich hier nicht diskutieren, das würde zu weit führen; Facebook betreffend teilt das Forscherteam in seinem Bericht* beispielweise mit, daß die Zahl der Freunde und die Dichte des Netzwerks erhoben wurden, oder auch die sexuelle Orientierung. Der Freundschaftsbegriff von Facebook ist nun allerdings zweifelhaft. Ich selbst habe dort ca. 500 „Freunde", von denen ich viele nicht persönlich kenne und bei einigen glaube ich, sie zu kennen, ohne mich genau zu erinnern, wie und wo ich ihnen begegnet bin. Ein FB-Freund von mir lebt in Taiwan, er hatte mich um diese Freundschaft gebeten. Eines Tages traf ich ihn in Taipei, in der wirklichen Welt, und diese Begegnung ist recht gut verlaufen, ohne daß sich eine Freundschaft in dem Sinn entwi-

* Kosinski/Stillwell/Graepel: *Private traits and attributes are predictable from digital records of human behavior*, in: Proceedings of the National Academy of Sciences of the United States of America, /www.pnas.org/content/110/15/5802

ckelt hätte, die ich meine, wenn ich von Freundschaft spreche. Was die sexuelle Orientierung betrifft, so beschränken sich die Ergebnisse der Studie auf die leidige Frage homo- oder heterosexuell. Mag sein, daß Verwandte oft nicht wissen, ob ich dies oder jenes bin – aber was wissen sie schon, wenn sie das wissen? Würde man nicht nur die Daten der durch und durch rhetorischen, kommerziell „denkenden" Plattform Facebook heranziehen, sondern auch von Dating- oder von Pornoseiten, würde man schon viel mehr herausbekommen. Aber solche Informationen möchten wohl auch Freiwillige nicht gern herausrücken. Man hat so seine Geheimnisse, seine dunklen oder verborgenen Seiten. Damit leben zu können, ist eine wichtige Voraussetzung für gutes Zusammenleben in der wirklichen Welt. Schwer zu verstehen für Computer. Gläserne Menschen, nein danke!

Ich habe mich nicht im einzelnen mit diesen Kinkerlitzchen auseinandergesetzt (Harari freilich noch weniger), sie langweilen unsereinen. Zweifellos kann man mit dieser Methode auch die Lieblingsspeise eines Kandidaten herausfinden, sein Lieblingstier und seinen Lieblingssänger, ob er lieber Urlaub am Meer oder in den Bergen macht, welchen Sport er als Konsument bevorzugt: all das, was man leicht liken kann. Das sagt uns freilich in erster Linie, welche Schablonen Facebook seinen Usern aufzwingt, ohne daß diese eine Ahnung davon haben. Sicher, man kann dem Rattenfänger durch die Maschen schlüpfen (und trotzdem im Netz bleiben), das weiß ich sehr gut und versuche, mich darin zu üben; schon 1990, vierzehn Jahre vor der Gründung von Facebook, brachte die visionäre Indie-Rockband *Yo la tengo* ein Album mit dem Titel „Fakebook" heraus. Freilich, der Standardisierungseffekt der Freundschaftsmaschine ist übermächtig; wahrscheinlich kann auch ich mich ihm nicht ganz entziehen. Der Output entspricht dem Input, dazwischen ist eine Black Box. Halbwegs vernünftige Menschen beginnen bei diesen klickfähigen Entscheidungsfragen sogleich zu zögern, zurückzufragen, zu differenzieren, oder sie weisen sie rundweg ab. Das Verhalten von FB-getrimmten Persönlichkeiten kann der FB-Algorithmus jedoch gut „verstehen", besser als wirkliche Freunde und Verwandte mit ihren mehr oder minder chaotischen Eindrücken und Erfahrungen.*

Wie man in den Wald hineinruft, so schallt es zurück. Die von Harari beschworenen „opinions and desires" sind Facebook-Produkte. Das gilt für den hier geschilderten Kontext, doch es gilt letztlich für weite Teile der Weltbevölkerung, und zwar umso mehr, je mehr der Einzelne sein Leben den Sozialen Medien überantwortet. Begehren, Wünsche, Neigungen, Ideale, Zweifel, Enttäuschungen, Hoffnungen - man könnte hier all die Topoi anführen, die schon die antike und neulateinische Rhetorik gesammelt und geordnet hatte - müssen ausrechenbar sein, sonst gelten sie nicht, werden nicht als Daten angenommen, können nicht eingespeist werden, kommen in Facebook-Umfragen nicht vor. Auf diese Weise werden massenhaft „Persönlichkeiten" formatiert. Wir rühren hier an das, was Pasolini als „anthropologische Mutation" bezeichnete. „It is possible that such data driven decisions" – Liebe, Karriere, Freizeitaktivitäten, Freundschaft – „will improve people's lives". Ironie oder Ernst? Ich fürchte, letzteres. Oder beides? Doch nur letzteres? Hararis Denken wird bereits von datenbasierten Standards durchflu-

* Trotzdem habe ich Zweifel. Mein FB-*digiguide* zeigt mir ständig „Freunde", also Leute, die mich überhaupt nicht interessieren. Die wenigen richtigen Freunde zeigt er mir nie, und ich vergesse, sie „anzuklicken". Das soll gelungene Mimesis sein, ein echtes *second life*? Vielleicht versteht mich mein Algorithmus doch nicht so gut, wie er vorgibt.

tet und erscheint entsprechend schematisch. Zumindest in diesem Kapitel seines Buchs über den göttlichen Menschen.

Verständlich, daß Intellektuelle nach dem Scheitern der Kritischen Theorie und aller übrigen kritischen Theorien und Praktiken heute ihr „Unbehagen an der Kritik“ äußern. Wie schon eingangs erwähnt, man kann halt „nichts machen“. Persönlich amüsiert mich allerdings das bei den einen mehr, bei den anderen weniger bewußte Schwanken zwischen Kritik und – selbstverständlich ironischer!? – Affirmation, wenn es um die Darstellung und Analyse der digitalen Welt geht. Sie wissen nicht, wie sie sich verhalten sollen, wollen nicht zu den prädigitalen Kritikern gehören, verspüren aber gleichfalls ein Unbehagen an der Infantilität dessen, was da viral „abgeht“: Verschwörungstheorien, Komplexitätsreduktion, politischer Populismus, Oberflächlichkeit, 15-Sekunden-Spaß 24 Stunden lang im Stakkato-Rhythmus.

Roberto Simanowski hat versucht, das als „phatische Kommunikation“ zu beschreiben; weniger hochtrabend hätte er sagen können: unendliches, immer aufs neue anschwellendes Geschwätz, das „Gerede des Man“, um mal wieder ein bißchen zu heideggerisieren, die Klick-und-Chat-Gesellschaft, das digitale Subjekt als Selbstdarsteller, der nicht zuhören und nicht lesen kann. Bloße Affirmation kann sich ein Intellektueller, ein den eigenen Verstand gebrauchender Mensch, solcher Verdummung und Infantilisierung gegenüber auch nicht erlauben, daher: Augenzwinkern, Ironie, antikritische Distanz. Dieser Sound kennzeichnete auch die Stellungnahmen von Sascha Lobo und Kathrin Passig, bis es zumindest Lobo zuviel wurde, weil die frühen Hoffnungen auf Demokratisierung und Liberalisierung qua Internet im Lauf der Zeit abgestorben und schließlich begraben worden waren. So begann er von einer „Haussmannisierung des Internets“ zu sprechen, also von Kanalisierung einer ursprünglich anarchischen, rhizomatischen Struktur, die sich im Selbstlauf vollzog, aber letzten Endes den Inhabern der digital-ökonomischen Macht diente. „Irgendwann in den Neunzigern kippte das, so daß das Internet heute gar nicht mehr als wirklich dezentral bezeichnet werden kann.“* Lobo führt technologische Gründe dafür an; auf der Ebene der Inhalte, der „contents“, d. h. auf den Oberflächen, die dem gemeinen Nutzer, der nicht hinter die Kulissen schaut und dazu auch gar nicht befähigt wäre, zur Verfügung stehen, sind die Haussmann-Boulevards jene Mainstreams von Kinkerlitzchen und Platitüden, die wie ein fröhlicher Malstrom wirken und einen Sog ausüben, der auch die Intellektuellen fasziniert.

Quant à moi … Mir sind Umfragen, Intelligenztests, Psychotests, alle Evaluierungen dieses Schlags immer schon gegen den Strich gegangen. Wenn ich noch einmal auf meine „Entwicklung“ zu sprechen kommen darf: Als Kind, im Internat – die Dorfschule war noch harmlos –, machten sie mir Angst. Viele Tests habe ich instinktiv verweigert, hintertrieben, habe Sand ins Getriebe gestreut. Als ich mit fünfzehn zu einem Rorschachtest beordert wurde, wußte ich, wieviel es geschlagen hat. Von wegen „besseres Leben“. Schwarzer Humor? Nicht nur in Japan, sondern weltweit werden immer mehr, ja, werden in einem fort Umfragen – *enquêtes*, „anketo“ auf japanisch – ausgearbeitet, erweitert, perfektioniert, verteilt, gewissenhaft ausgefüllt, abgegeben,

---

* *„Alle halben Jahre mache ich eine rituelle Schlachtung von Trollen“*. Interview mit Sascha Lobo, geführt von Anna Goldenberg, in: Falter 20 (2016)

ausgewertet, genaueste Statistiken und hübsch designte Graphiken erstellt, und zu guter Letzt – nein, nichts geschieht damit, die Unterlagen verschwinden auf Nimmerwiedersehen in den Archiven des Internets und der Büros, der Universitäten, der Ämter (in Japan zumindest druckt man alles auf Papier aus und vervielfältigt es, weil die Demokratie verlangt, daß jeder seine Zettel selbst schreddert, nicht einmal zur Abfallvermeidung trägt die Digitalisierung hier bei), indessen behauptet wird, man ziehe aus den Ergebnissen Rückschlüsse und werde auf dieser Grundlage Verbesserungen der Organisation, der Dienstleistung, des Lebens selbst in Angriff nehmen. Als User im Internet wirst du ständig mit solchen Befragungen hofiert bzw., je nach Sichtweise, belästigt, all die Firmen und Geschäfte und Institute wollen wissen, was dir wie gefallen hat, *how much you liked it, to what degree (from one to ten)*, verwenden Sie diese Skala, um unser Produkt zu bewerten, alles im Dienste von König Kunde und des Geschäfts der Firma.

Nur eine Erfahrung möchte ich hier mitteilen. Sie stammt aus der nicht-digitalen Welt, die nach wie vor parallel zur digitalen existiert. Eine Bekannte von mir verbrachte fast zwei Monate in einem Krankenhaus, einer psychiatrischen Anstalt mit einem geschlossenen und einem offenen Teil. Den offenen konnten sowohl Patienten als auch Besucher nur in Begleitung eines Pflegers oder Arztes verlassen, der an einer Kette Generalschlüssel für die Türen bei sich hatte. Als die Kranke, meine Bekannte, gegen Ende ihres Aufenthalts die Klinik für ein Wochenende verlassen durfte, auf Probe gewissermaßen, bekam sie Fragebögen mit, die von den Familienmitgliedern auszufüllen waren. Es gab nur zwei im Haushalt, den Ehemann und den Sohn. Nach der Rückkehr der Kranken in die Klinik meinte die zuständige Ärztin im Gespräch mit dem Ehemann, die Kranke sei beinahe wiederhergestellt. Der zweifelnde Mann fragte, woher sie diese Gewißheit nehme? Antwort: Der Sohn habe doch ausschließlich sehr positive Bewertungen in den Fragebogen eingetragen. Als der Mann sie darauf aufmerksam machte, daß der Sohn acht Jahre alt sei und auf dem Fragebogen seiner Hoffnung auf baldige Rückkehr der Mutter Ausdruck verliehen hatte, zuckte die Ärztin zusammen, wechselte das Thema, sprach von der Notwendigkeit, die Medikamente anzupassen, und beendete das Gespräch.

So ungefähr hat es mir der Mann im Beisein der Frau erzählt. Der kleine Bericht bestätigte damals mein Mißtrauen gegen solche Befragungen. Natürlich könnte man den Fragebogen optimieren, indem man z. B. von den Antwortenden eine Altersangabe verlangt. Überhaupt wäre es sinnvoll, wenn die Familienangehörigen ein paar Dinge über sich selbst erzählten. Welche? Nun ja … Wie wär's, wenn man statt dieser ach so praktischen, standardisierten, „objektiven" und – das vor allem – statistisch auswertbaren sowie archivierbaren Fragebögen einfach ein Gespräch führen würde? Mit dem Kranken, den Angehörigen, natürlich auch mit den Kindern, aber auf andere Weise als mit den Erwachsenen. Das sollte doch gerade einem Psychiater klar sein. Möchte man meinen.

An den Ausbildungsstätten in Japan lernen die angehenden Ärzte das aber nicht. Jedenfalls nicht an der pädagogischen und schon gar nicht an der medizinischen Fakultät meiner Universität (jene Ärztin, noch jung, hat hier ihren Studienabschluß gemacht). Die angehenden Krankenschwestern, das weiß ich von einem Kollegen, erhalten zwei Stunden Ethik-Unterricht in Vorlesungen für zweihundert

Hörerinnen und Hörer, die sich naturgemäß nie zu Wort melden. Am Katheder vor der Tafel steht ein junger Dozent und tut seine Pflicht. Er erzählt den Neunzehn- oder Zwanzigjährigen vom Kategorischen Imperativ und solchen Sachen, schaute mich aber fassungslos an, als ich ihn in der Uni-Cafeteria fragte, ob er mit den Studentinnen und (ein paar) Studenten nicht einfach über konkrete Probleme im Betreuungsalltag sprechen könne: künstliche Organe, Prothesen, Umgang mit Behinderten und Greisen, Lebensverlängerung und Sterbehilfe, wieviel Wahrheit kann man dem Kranken zumuten, und wenn schon theoretisch, dann über den Begriff der Verantwortung. Hans Jonas, sagte er, den erwähne er in seiner Vorlesung. Bei Jonas geht es um die Zukunft, nicht um die Gegenwart, sagte ich aufs Geratewohl. Darauf er: Wie soll ich die Studenten alle prüfen, wenn ich keinen Prüfungsstoff habe? Ich: Du kannst ihnen Aufgaben stellen, konkrete Fragen… Das Gespräch dreht sich im Kreis. Muß er die jungen Frauen denn prüfen, muß er sie einem schriftlichen Test unterziehen? Müssen sie unbedingt in die universitäre Datenbank eingespeist werden?

In den Sozialen Medien, die ihren Ursprung an amerikanischen Hochschulen haben, sind Bewertungen von Lehrern beliebt, die unweigerlich Rankings zur Folge haben. Auch diese Praxis, diese digitale KK-Demokratie und anonyme Pöbelherrschaft, wo keiner Verantwortung übernimmt, finde ich abscheulich. In meinen Lehrveranstaltungen mit etwa vierzig Studenten – nicht in den kleineren, die sind statistisch insignifikant – wurden am Semesterende Fragebögen zur Lehrerbewertung verteilt. Einige Wochen später bekam ich das Ergebnis zurück: Eine schöne, ordentliche, farbige Graphik; ein Tortendiagramm, in das vermutlich eine Vielzahl von Daten verwoben waren, die ich lieber nicht zu entschlüsseln versuchte – ich warf nur verächtliche Blicke darauf. Ich glaube, ich hatte ohnehin nichts zu befürchten. Ich war immer pünktlich (eine der Fragen, leicht entscheidbar und meßbar – ob die Studenten über solche Pünktlichkeit denn auch erfreut sind, derlei Fragen stellen sich die Enqueteingenieure natürlich nicht: Womöglich ziehen die Unterrichtsteilnehmer zu spät kommende Lehrer vor). Und so weiter. Unterricht leicht verständlich, ein wichtiges Kriterium in der von oben verordneten Demokratie von unten. Je leichter, desto besser. Je weniger Anstrengung, desto lieber. Darauf laufen doch solche Umfragen hinaus. Der eine oder andere Lehrer, der seine Studenten vernachlässigte oder anpöbelte, hatte vielleicht etwas zu befürchten. An der US-amerikanischen Universität, an welcher der argentinische Schriftsteller Ricardo Piglia viele Semester unterrichtete, nahm sich ein Lehrer das Leben, nachdem er entlassen worden war, weil bei den Bewertungen mehrere Studenten angegeben hatten, seine Sprache sei zu grob.

In seinem Tagebuch stellt Piglia den Vorfall unter hermeneutischem Gesichtspunkt dar: „Der Selbstmord Antonio Calvos, der an der Princeton University Spanisch unterrichtete, hat in der akademischen Gemeinde Betroffenheit ausgelöst. Drei Tage vor seinem tragischen Tod war er von der Verwaltung entlassen worden, die ohne jede Erklärung nicht nur die sofortige Beendigung seines Unterrichts verfügte, sondern einen Security-Mann schickte, um ihm den Zugang zu seinem Büro zu verwehren, als handelte es sich um einen gefährlichen Plünderer.

Für ihre Entscheidung verwendeten die Verantwortlichen die Beobachtungen und Meinungen auf einigen der Bewertungsbögen, die die Universitätsverwaltung an Studenten und Kollegen Calvos verteilt hatte. Bei diesem schmerzlichen und peinlichen Vorfall steht nicht der Inhalt dieser unzähligen kafkaesken Bögen, die bei den Bewertungsprozessen im Umlauf sind, in Frage, sondern die Art, wie sie gelesen werden. Während der zehn Jahre, die Calvo an der Universität arbeitete, gab es keinen einzigen Zwischenfall, der diese Entscheidung rechtfertigen würde. Es handelt sich im wesentlichen um eine Frage der Interpretation von Metaphern, Aussprüchen und kulturellen Stilen.

Die Akademiker, die damit befaßt waren, die Antworten zu lesen, verhielten sich wie jener Bauer aus der klassischen Erzählung, der ein Theaterstück unterbricht, um den Schauspieler wissen zu lassen, daß er sich in Gefahr befinde. Antonio Calvo war ein junger spanischer Intellektueller, der in seinem Land während des Übergangs zur Demokratie ausgebildet worden war. Nichts erklärt seinen Freitod, aber es erklärt auch nichts die arrogante Entscheidung der Leute, die beauftragt waren, Kollegen zu beurteilen, die anderen kulturellen Traditionen angehören als jenen, die an den nordamerikanischen Universitäten vorherrschen.

Die Helden der klassischen Tragödie bezahlten die falsche Auslegung der Orakelrede mit ihrem Tod. In der Gegenwart sind es andere, die eine tendenziöse Lektüre der Texte vornehmen, die die persönlichen Schicksale verschlüsseln. Die Bedeutung der Worte, würde einer der Wittgensteinianer sagen, von denen es auf dem Campus wimmelt, hängt von dem ab, der die Macht hat, über ihren Sinn zu entscheiden."*

Ich fürchte – nein, weiß, daß die Geschichte des Antonio Calvo kein Einzelfall ist; erst unlängst ist mir eine ähnliche

---

* Piglia: *Los diarios de Emilio Renzi*, S. 269f.

Geschichte von einer Universität im Westen der USA zu Ohren gekommen. Im Demokratiedschungel der Rankings, Bewertungen und Statistiken können sich leicht kleine Schwärme bilden, die einem unliebsamen Menschen den Garaus zu machen versuchen.* In den Sozialen Medien, wo die Bewertungen gänzlich ungeregelt blühen, kommt es dann schon mal zu virtueller Lynchjustiz. Digitalisierung und Vernetzung machen es möglich, daß eine Gruppe von Schülern oder Studenten, unter Umständen sogar eine einzige Person, die im Plural zu agieren versteht, unter dem Deckmantel statistischer Objektivität den Ruf eines Lehrers schädigen kann, aus irgendwelchen persönlichen, rachsüchtigen, erpresserischen Gründen. Möglich, daß der Lehrer auf diese Weise um seine Stelle gebracht, daß sein Leben und das seiner Familie zerstört wird. Um der statistischen „Gerechtigkeit" willen.

(Natürlich kann es vorkommen, daß ein solcher Lehrer zurecht abgesägt wurde. Manch einer sollte sich überlegen, ob

* Vor seinem Freitod war der aufgrund anonymer Anschuldigungen von der Utah Valley University fristlos entlassene Biologieprofessor Mike Shively heillos verstört: „Who, he asked, felt intimidated and threatened so seriously that they experienced significant mental distress? And when did that happen? Who had complained about arbitrary and capricious course requirements and grading for courses he had taught successfully for decades and for which he had received teaching awards? Whose academic freedom, he asked, had he violated? When had he failed to follow disability accommodation policies and to cooperate with Accessibility Services? Whom had he harassed and discriminated against?" Dies berichtete der von seinem Tod zutiefst erschütterte Kollege und Freund Scott Abbott. (http://uvu-aaup.blogspot.com/2019/11/statement-on-suspension-of-professor.html) Mir steht es nicht zu, über diese beiden Dozenten, Mike und Antonio, bzw. den Umgang der Universitäten mit ihnen zu urteilen. Hier will ich lediglich auf das Milieu der Anonymität und Pseudo-Objektivität statistischer Auswertung personenbezogener Daten hinweisen, die mehr und mehr die Stelle eines menschlichen – mag sein, auch harten – Umgangs von Angesicht zu Angesicht einnehmen. Bei ordentlichen Gerichten ist das anders, dort gelten anonyme Aussagen nicht.

er nicht für einen anderen Beruf besser geeignet ist. Kritik und Beschwerde sollten aber mit offenem Visier abgegeben werden, *face to face*, analog, nicht digital; jedenfalls auf eine Weise, daß sich der Beschuldigte verteidigen kann.)

Ich weiß nicht, ob Computer wirklich so funktionieren wie lebende Organismen (oder umgekehrt), und ebenso bezweifle ich, daß Algorithmen jemals organische, gar mit Bewußtsein begabte Seinsformen erwerben können. Harari scheint sich damit abgefunden zu haben, daß darüber keine Diskussion mehr möglich sei: Die Neurobiologen haben entschieden. Deren wissenschaftlicher Befund legt es den Individuen nahe, das eigene Verhalten durchzurationalisieren, während es den gesellschaftlichen Leitstellen die Techniken zu perfekter Kontrolle und Steuerung in die Hand gibt. Demokratie wird neben anderen „Errungenschaften“ überflüssig; der Wahl-O-Mat kann bestenfalls noch als Spielzeug dienen, doch im Grunde hat er ausgedient, weil er immer noch Freiheit voraussetzt; Politik verschwindet, indem sie sich in zwei Bereiche spaltet, eine Unterhaltungs- und eine Verwaltungsbranche; Show und Administration, beides klafft auseinander, muß nicht mehr aufeinander abgestimmt werden. So das futuristische Szenario – ob es jemals Wirklichkeit wird? Auch ich spiele hin und wieder mit den Möglichkeiten, freilich im Bewußtsein der Wirklichkeit, auf die sie bezogen bleiben. Hier liegt offenbar der tiefere Grund für heute gängige Reaktionen: Mit deiner Kritik hast du recht, aber leider kann man nichts machen. Achselzucken, Bedauern. Vielleicht Betroffenheit. Auf anderem Weg, durch philosophische Spekulation, gelangt man zum selben Befund, zur selben Konsequenz: Die Menschen haben keinen freien Willen. Das Individuum ist ein Spiel von nicht beeinflußbaren

Kräften. Man kann das Wirken der überindividuellen Kräfte nur hinnehmen und beim Spiel, dessen Ausgang vorherbestimmt ist, mitmachen. Der Befund verlangt nach einer posthumanen Ontologie, einer Seinslehre ohne Menschen; einer Systemtheorie, in welcher der Mensch nur noch als Parasit vorkommt. Das Wort „Algorithmus" betört viele, die sich zur Totalvernetzung, (Selbst-)Optimierung, (Selbst-)Kontrolle bekennen. Parallel zu diesem Enthusiasmus, hinter dem unschwer eine technologisch bewerkstelligte Massenträgheit erkennbar ist, ist eine Rückkehr zu sozialdarwinistischen Einstellungen zu verzeichnen: naives Revival eines Konzepts, bei dessen Konstruktion und Verbreitung auf wissenschaftliche Forschungen zurückgegriffen wurde, deren Resultate nicht ohne weiteres auf die Praxis menschlichen Zusammenlebens übertragen werden können (und auch nicht sollten, sagt der Ethiker in mir).

Ja, der Mensch ist ein Tier, das sich wie alle anderen Tiere als Art behaupten muß. Aber das ist noch lange kein Grund, seine Mitmenschen wie Tiere zu behandeln: Tiere behandeln sich untereinander – innerhalb ihrer Spezies – nicht wie Tiere. Und wenn es bei vielen Einzelnen diese Neigung gibt, wäre es doch im Sinn des Ganzen – der Gesellschaft bzw. der Gattung –, diese Neigungen zu beeinflussen, zu beschränken oder umzuleiten. Das ist letzten Endes der Sinn der Freudschen „Sublimierung".

Das Revival der Photographie im 21. Jahrhundert

Seit Siegfried Kracauer 1927 seinen Aufsatz über die Photographie veröffentlichte, sind bald hundert Jahre vergangen.*

---

* Kracauer: *Die Photographie*, S. 83–98

In dieser Zeit haben sich Kommunikations- und Reproduktionstechniken stark verändert, mehr noch: sie wurden mehrmals revolutioniert. 1925 war die Leica I auf den Markt gekommen, eine Kleinbildkamera, die sich unerwartet erfolgreich verkaufte, etwa 21.000 Mal in den nächsten vier Jahren (Berlin hatte damals 4 Millionen Einwohner). Dieser Apparat, der in Deutschland die Amateurphotographie beflügelte, kostete ungefähr das Doppelte eines durchschnittlichen Monatsgehalts. Privates Photographieren war immer noch das Hobby einer Minderheit. Die bürgerliche Familie ging, wenn sie aus einem bestimmten Anlaß Bilder für ihr Album brauchte, ins Photostudio und ließ sich in einem künstlichen Milieu ablichten, wenngleich einzelne Utensilien, Kleidungsstücke etc. der gelebten Wirklichkeit entstammen mochten. In einem Bereich zwischen privater Freizeitgestaltung und organisierter Öffentlichkeit entstand die Arbeiterphotographiebewegung, auf die sich die *Arbeiter-Illustrierten-Zeitung* stützte, die gegen Ende der Weimarer Republik eine Auflage von einer halben Million erreichte, und in der Naturfreundebewegung wurden ebenso eifrig Photogruppen gebildet, in denen nicht die sozialen Verhältnisse, sondern Wandererlebnisse dokumentiert wurden.

Kracauer erwähnt in seinem Aufsatz die Zunahme der illustrierten Zeitungen; durch die immer umfangreichere Bebilderung der Texte werde die Wirklichkeit gleichsam zugedeckt. Blättert man in alten Exemplaren der A-I-Z, so fällt im Vergleich zu heutigen Illustrierten oder gar zu Internetpublikationen die beharrliche Prominenz der Texte auf. Von der Bilderflut der digitalen Welt ist man in der Weimarer Republik weit entfernt; Kracauer konnte die neuen Technologien nicht vorausahnen, doch seine Warnung vor der Bilderflut, vor der umfassenden Visualisierung zuungunsten der intellektuelleren Auseinandersetzung vermittels der Schrift klingt prophetisch – auch wenn man seine grundsätzliche Verteufelung der Bildmedien nicht teilen mag. Fotostudios und professionelle Photographen, die touristische Erinnerungsbilder anbieten, haben heute einen schweren Stand. Vor einigen Jahren war ich mit einer Freundin, die selbst Photographin ist, in Guadalajara (Mexiko) unterwegs. Bei irgendeinem Monument stießen wir auf einen Mann, dem ein Fotoapparat vor der Brust hing, und er fragte fast schüchtern, ob er uns ablichten dürfe. Meine Freundin faßte Zuneigung zu ihrem altmodischen Kollegen, und wir stellten uns in einer Gloriette in Pose. Als die Prozedur beendet war, führte er uns an die hintere Seite des Sockels des kleinen Bauwerks, dort hatte er in einer kleinen Grotte einen Drucker versteckt. Er schloß die Kamera mit einem Kabel an, und im Nu hatten wir unsere Erinnerungsfotos.

Ganz so altmodisch war der gute Mann also nicht. Dennoch ist sein Berufsstand in den meisten Weltgegenden inzwischen ausgestorben. Warum? Weil wir das alles selber machen. Notfalls mit Handy-Stick oder Drohne, der technischen Phantasie sind keine Grenzen gesetzt. Auch dies ein Aspekt der kommerziellen Demokratisierung: Jeder ist ein Photograph. Soziale Bewegungen wie in den zwanziger Jahren sind dazu nicht nötig. Auch das Soziale – der Austausch, das „Teilen“ – hat sich digitalisiert.

Zu Kracauers Zeiten war Photographieren eine umständliche Sache, die der Vorbereitung bedurfte; eine Tätigkeit, die nicht jedermann ausüben konnte, ob man sie nun als Kunst oder als Handwerk, als Dienstleistung auffaßte. Wirklich brauchbare, haltbare, den kulturell-dokumentarischen Ansprüchen genügende Fotos bezog man von Berufsphotographen. Heute besitzt jedermann mindestens eine Fotokamera, ins Allzweckmaschinchen (genannt Handy) integriert oder als eigene Apparatur, und so gut wie jedermann schießt Tag für Tag nicht nur zehn oder zwanzig, sondern oft hundert und tausend Fotos, von denen er einige sogleich der Öffentlichkeit kundtut, während die meisten im Hades der diversen Speichermedien verschwinden und nie mehr betrachtet werden. Manchmal gehen der Akt des Photographierens und des Herzeigens zeitnah, fast gleichzeitig vor sich. Während der vergangenen Jahrzehnte wurden Myriaden von Fotos gemacht, zumeist sorglos, dilettantisch, selten bewußt oder mit irgendeiner Art von ästhetischem Anspruch.

Als ich aufwuchs, in den siebziger Jahren, interessierten mich Familien- und ähnliche Erinnerungsfotos nicht. Bis heute habe ich das Gefühl, das sich zur Überzeugung verfestigte, und die Überzeugung, die sich als Gefühl bemerkbar macht, daß das, worauf es mir ankommt, in mein Gedächtnis Eingang finden wird und nicht in eine angeblich „treue“ Darstellung auf realem oder virtuellem Papier (in Japan sagt man immer noch *ni mai*, wenn man sich auf zwei Fotos bezieht, zwei Blatt, denn die Sprache zwingt den Sprecher zum Gebrauch eines spezifizierenden Zählworts). Damals schien mir, daß die Privatphotographie auf dem Rückzug sei. Künstlerische und Pressephotographie würde es weiterhin geben, aber wer ging denn noch ins Fotostudio, und wer machte sich die Mühe, Fotos entwickeln zu lassen, in Alben einzukleben und mit Bildlegenden zu versehen? Ich sicher nicht.

Dann kam die massenhafte Digitalisierung, die Verkleinerung der Geräte, die Nanotechnologie: Das Revival der Photographie, nicht mehr nur zu privaten Dokumentationszwecken, sondern als globales Kommunikationsmittel, als

Gedächtnisstütze, nützlich bei Arbeit und Studium. Wenn ich an einer Bushaltestelle einsteige und die Fahrzeiten fürs nächste Mal nicht im Internet finden kann, was mache ich da? Ich zücke die Kamera, hebe das Handy auf Fahrplanhöhe. Auch mir kam die Handlichkeit der kleinen Digitalkameras irgendwann zupaß, doch als Schriftsteller interessiert mich allein die Wechselwirkung von Foto und Text beim wahrnehmend-denkend-schreibenden Unterwegssein. Familiäre Erinnerungsfotos mache ich nach wie vor nur, wenn es von mir verlangt wird. Die Möglichkeit von Bezugnahmen zwischen Schrift und Bild hat Kracauer leider völlig außer Acht gelassen.

Soweit man es aus der Lektüre seines Aufsatzes erschließen kann, hatte er bei dessen Abfassung nur zwei Fotos vor Augen: ein mehr oder minder aktuelles einer „dämonischen Filmdiva", die vor dem Grand Hotel Excelsior am Lido von Venedig abgelichtet worden war; und ein altes Foto seiner inzwischen verstorbenen Großmutter, aufgenommen in den sechziger Jahren des 19. Jahrhunderts. Das erste war für die massenhafte Reproduktion zur Befriedigung des Massengeschmacks gedacht, das zweite für das private Kollektivgedächtnis einer Familie. Andere Zwecke, andere Kontexte, andere Aufnahmeweisen zieht Kracauer nicht in Betracht, sieht man von seiner grundsätzlichen Zurückweisung der Möglichkeit künstlerischer Photographie ab. Kracauer spielt ein wenig mit der Pikanterie, daß die Großmutter zum Zeitpunkt der Ablichtung genauso alt war wie die berühmte Diva in der Gegenwart, nämlich vierundzwanzig Jahre.

Aufschlußreich im Kontext dieses Essais, d. h. meines Versuchs, die Wirkungen des Digitalen auf den Menschen zu klären, ist an Kracauers Aufsatz die Gegenüberstellung der

Funktionsweise des menschlichen Gedächtnisses und der technischen Leistung photographischer Abbildung. Während das Foto zu einem bestimmten Zeitpunkt, in einem bestimmten Augenblick ALLES darstellt und damit der Zeitform der Instantaneität zugehört (lange vor der „leichten Moderne"!), ist das Gedächtnis zur Auswahl gezwungen. Während das Foto die lebendige Bewegung erstarren läßt, so daß das Festgehaltene ein für alle Mal gleich bleibt, sind die Erinnerungsbilder einem kontinuierlichen Strom von Änderungen, Gewichtungen, Neu- und Umwertungen unterworfen. Das Gedächtnis und seine Bilder sind lebendig, Photographien tot. Sagt zumindest Kracauer, der die Photographie als Darstellungsmedium dem Historismus und Positivismus des 19. Jahrhunderts annähert: Durch den Anspruch der räumlichen bzw. zeitlichen Erfassung von ALLEM gehe jeglicher Sinn verloren – wohingegen das lebendige Gedächtnis diesen Sinn immer erst konstruieren, rekonstruieren, umgestalten, und das heißt: das vom Auge der Kamera Gesehene und technisch Aufbewahrte interpretieren muß.

Der Photograph, so die Logik von Kracauers Photographietheorie, interpretiert nicht. Daraus könnten wir weiter folgern, daß auch der Betrachter nicht interpretiert, er erstarrt gleichsam vor einer „Objektivität" (oder „Positivität"), die ihm selbst keinen Spielraum läßt. Roland Barthes sah das ganz anders, für ihn waren Fotos „Emanationen", also Ausstrahlungen, sogar Ausdünstungen von „Referenten", also von – wenn ich mich hier einer so unfeinen Terminologie bedienen darf – von wirklichen Gegenständen, Lebewesen und Raumverhältnissen; einer Wirklichkeit, die immer schon passé ist, vergangen, uneinholbar. Allerdings kann der Betrachter mitfühlen, er kann versuchen, in jene Vergangenheit hineinzuschlüpfen, kann seine eigene, ganz unphotographische Vorstellungskraft betätigen und den imaginären, imaginierenden Orpheus spielen. Dieser Spielraum eröffnet sich, wie Roland Barthes fünfzig Jahre nach Kracauer in seiner ganz anders aufgezäumten Photographietheorie ausführte, durch seine Aufmerksamkeit für das „Punktum" als Widerpart des „Studiums", also für das, was sich in einem „*hors-champs subtil*" befindet, im visuellen Off, außerhalb des Rahmens des Fotos, das in Wahrheit doch NIEMALS Totalität abbilden kann und ebenso zur Auswahl, zur Lückenhaftigkeit gezwungen ist wie das Gedächtnis: ebenso und auf andere Weise, mit anderer, nicht-mechanischer (und nicht-digitaler) Technik.*

Das Punktum gegen die Konventionen des Studiums, die wir überall finden, in der Photographie genauso wie im Funktionieren der Gedächtnisse, die ja allesamt immer auch sozial geprägt sind. Denn die Tätigkeit des Erinnerns ist zwar lebendig, und im Unterschied zur photographischen oder digitalen Kopie erneuert die Erinnerung sich und ihre Bildungen in einem fort, aber nicht unbedingt und nicht immer zum Besseren. Die Bildgeschichten, die ein Subjekt sich selbst und anderen erzählt, fassen nicht nur zusammen, sind nicht nur elliptisch, nicht nur verdichtend, sie beschönigen auch oder dramatisieren oder verdrängen das Störende, das zumindest der Psychoanalytiker dann doch wieder ans Tageslicht bringen will. Ein Foto hingegen erzählt keine Geschichte. So Kracauer. Oder erzählt es eben doch? Sind nicht einfach das Studiofoto seiner Großmutter und das der Filmdiva in Venedig höchst konventionelle Produkte, die keinen Raum für ein „Punktum" lassen und die Imagination töten?

---

* Barthes: *Die helle Kammer*, Frankfurt am Main 1989

Tatsächlich schreibt Kracauer: „Unter der Photographie eines Menschen ist seine Geschichte wie unter einer Schneedecke vergraben." Mag sein, aber wir kennen Photos, bei denen das genaue Gegenteil der Fall ist, sie erschrecken durch ihre Wahrhaftigkeit, die sich oft hinter dem Rücken des Photographierten einstellt und sich dem besonderen Blick, der Konzentration, der wahrnehmenden Auswahl des Photographen verdankt. Warum hat sich Kracauer nicht der Porträts von Baudelaire oder Sarah Bernhardt angenommen, die der Photograph Nadar zur selben Zeit anfertigte, als seine Großmutter abgelichtet wurde? Diese Bilder erzählen sehr wohl Geschichten, und sie zeigen nicht einfach „Objektivität", sondern die Art und Weise, wie Nadar die Porträtierten sah.

Der heutige Malstrom reflexhaft-mechanisch ausgelöster Digitalfotos entspricht den konventionellen Fotos, mit denen sich Kracauer auseinandersetzte. Sie funktionieren nicht anders als der digitale Speicher des Computers, der Bild und Text auf gleiche Weise auflöst – und automatisch, weil unser Wahrnehmungsapparat nun einmal so verfaßt ist, übersetzen wir beides in analoge Bilder von Menschen, Landschaften, Gegenständen, Schriftzeichen, die wiederum analoge Vorstellungsbilder in unserem Inneren hervorbringen. Auch die Fotos des 19. Jahrhunderts waren lediglich ausschnitthafte Ansammlungen von winzigen Punkten, die man mit der Lupe anschauen konnte, aber darauf ist der Normalbetrachter natürlich nicht neugierig, er will lieber seine Großmutter „wiedererkennen" oder zumindest an der kollektiven Erinnerung seiner Familie teilhaben, in der es als ausgemacht gilt, daß *das* die Großmutter ist, oder an der öffentlichen, massenmedialen, die will, daß *diese* Diva mit ihrer Schminke, ihrer theatralisch-expressionistischen, wohl kaum „natürlichen“ Pose und ihren Accessoires dämonisch sei. Nein, die Photographie, zumindest die künstlerische, oder, schlichter gesagt, jede *gute* Photographie kennt Stile, sie kennt den persönlichen Blick, unabhängig von technischen Mitteln wie Filtern und noch vor jeder nachträglichen Bearbeitung des Fotos, und sie gewährt Erkenntnis.

Während Kracauer der Photographie a priori jeden *Sinn* abspricht, weil die totalisierende Wiederholung von Gegebenem Sinn eben nicht konstruieren könne (in gewisser Weise ist das Ergebnis eines photographischen Akts durch den bloß mechanischen Blick notwendig ungeordnet, chaotisch), ebensowenig wie der Historismus der real und „total“ abgelaufenen Geschichte einen Sinn verleihen könne, tut Barthes alles, um den Fotos den Sinn, der beim photographischen Akt sehr wohl in sie hineingelegt wurde und den eifrige Betrachter herausholen wollen, zu hintertreiben: ein Ansinnen, das er gleichfalls bei der Analyse von Texten verfolgte. Die Sprache der bildlichen und der verbalen Zeichen hat keinen Sinn, sie ist bloß Struktur mit einem leeren Zentrum, einem Punktum, durch das der Forschende schlüpfen kann, um in den ersehnten utopischen Bereich des „Unmöglichen“ zu kommen. Unter eines der in seinem Buch reproduzierten Fotos hat Barthes geschrieben: „*C'est là que je voudrais vivre …*“ Es zeigt die Alhambra in Granada, aufgenommen Mitte des 19. Jahrhunderts. Und ein Foto von Nadar, das einen Forschungsreisenden in Begleitung zweier dunkelhäutiger Matrosen zeigt, kommentiert Barthes mit dem Satz: „Das Punktum sind für mich die überkreuzten Arme des zweiten Schiffsjungen.“ In Nadars Werk erkennt er ein Sehnsuchtsbild, das ihn selbst miteinschließt und auslöscht. Und schließlich das Privatphoto, *photo doméstique*, vom Jardin d'Hiver, auf dem seine (jüngst verstorbene) Mutter als kleines Mädchen zu sehen ist: Es erfüllt für ihn „auf utopische Weise die unmögliche Wissenschaft des einzigen Wesens".*

Die Schlußpassage seiner Erzählung *Der Tod in Venedig* leitet Thomas Mann mit einer kurzen Beschreibung des unwirtlich gewordenen, fast schon menschenleeren Strandes am Lido, dieses „Lustortes", ein. Ein Gegenstand blitzt als Symbol der Verlassenheit auf: „Ein photographischer Apparat, scheinbar herrenlos, stand auf seinem dreibeinigen Stativ am Rande der See, und ein schwarzes Tuch, darüber gebreitet, flatterte klatschend im kälteren Winde."** Der Strand gehört zum Grand Hotel des Bains, wo die Hauptfigur logiert; auch das Excelsior, nicht weit von diesem entfernt, erwähnt der Erzähler einmal.

Die Geschichte spielt um 1910, als Handkameras kaum gebräuchlich waren. Vielleicht wartet der Apparat ja auf die Diva, deren Konterfei er aufnehmen soll, vielleicht hat man sie ins falsche Hotel gebracht oder die Reise aus Angst vor der grassierenden Epidemie abgesagt. Oder sie kommt später, viel später, nach dem Ersten Weltkrieg, als man Fotos von Stars für die Illustrierten brauchte.

Luchino Visconti hat 1971 die Erzählung verfilmt, sehr frei zwar, aber mit einem Dirk Bogarde, der den unscheinbaren Verfall eines berühmten Mannes zu zeigen versteht,

---

* „Elle accomplissait pour moi, utopiquement, *la science impossible de l'être unique.*" (Barthes: *La chambre claire*, S. 110) Wollte man sich auf eine Interpretation von Barthes' Buch einlassen, man käme vielleicht zu einer Begegnung zwischen jenen überkreuzten Armen und dem vorzeitlichen Bild der Mutter als Kind. Das Substantiv *être* wäre hier gleichermaßen mit „Wesen" wie mit „Sein" zu übersetzen. Die Definition des „Realen" als „unmöglich" scheint Barthes von Lacan übernommen zu haben: „Le réel, c'est l'impossible." (Lacan: *Le séminaire, livre XI*, S. 152)

** Mann: *Der Tod in Venedig*, S. 590

und am Originalschauplatz der Fiktion (wenngleich das meiste in Cinecittà gedreht wurde). Als sich am Strand noch die Sommerfrischler tummeln, stapft einmal der Fotograf mit Kamera und geschultertem Stativ durchs Bild. Am Ende des Films ist er verschwunden, die Apparatur zurückgelassen, sie steht herrenlos vor der Weite des Meeres, dem „Nebelhaft-Grenzenlosen", wie es mit einer substantivierenden Doppelbildung in Thomas Mannscher Manier heißt. Was sieht der von der Filmkamera gesehene Fotoapparat, wenn er denn etwas sieht? Das photographische Auge sieht eben diese Weite und vielleicht die kleine, sich entfernende Figur des angebeteten Lieblings Gustav von Aschenbachs, des schönen Jünglings, der einen Momentlang – in der Phantasie des Sterbenden – hinausdeutet und ihn zum Mitkommen, zur endlich sich ereignenden Vereinigung mit dem jetzt nicht mehr so Nebelhaften, sondern „Verheißungsvoll-Ungeheuren" einlädt. In der Wirklichkeit findet die Vereinigung nicht statt, nur in der Phantasie und im Tod, in der letzten, der Todesphantasie.

Kann man in dieser tödlichen Weite, symbolisiert vom Meer und wahrgenommen von einem objektiven Auge, das nichts ausläßt, sondern sämtliche Punkte, den ganzen Glitzer und Sonnenglast, den Visconti wohlweislich zeigt, die photographische Totalität Kracauers erkennen? Ja, aber mit dem Hinweis, daß dies nur ein Grenzfall der Photographie ist, rein technisches, herrenloses, subjektloses Aufnehmen des gleichgültig Gegebenen. Der sterbende Aschenbach sieht anders, er sieht wie die Filmkamera, die zusätzlich, wie eine Draufgabe, die Erstarrung der Bilder ins Bild setzt. Menschliches Photographieren ist anders, totale Objektivität unerreichbar und sinnlos, erreichbar und sinnvoll allenfalls im Tod: Der verweilende Augenblick, genau wie am Ende von

Goethes *Faust*, ist keiner mehr, er ist nur die Auflösung aller Augenblicke, also der Zeit. Ein Grenzfall, existentiell, und ein Grenzfall, aufnahmetechnisch (und künstlerisch). Ins Bewegungsbild des Films übersetzt: Andy Warhols *Empire*, wo der Betrachter durch das Auge der starren Kamera stundenlang das Empire State Building betrachten darf, mit wechselnden Lichtverhältnissen, einem Vogel, der ab und zu vorbeifliegt, sonst bleibt alles gleich. Ein Raumkontinuum und zugleich ein Zeitkontinuum. Kein Schnitt, keine Auswahl, keine weitere Fokussierung.

Der Betrachter werde angehalten, die Zeit neu zu schätzen, auf die er sonst kaum achtet, sagte Warhol in einem Kommentar. Er hat, wäre hinzuzufügen, die Freiheit, zu interpretieren, zu phantasieren, abzuschweifen, zu denken oder nicht zu denken, aufzustehen, wegzugehen. Das tut im Normalfall, diesseits der Grenze, auch der Photographierende, das tut jeder Wahrnehmende, ob er sich nun technischer Hilfsmittel bedient oder nicht. Er wählt aus und muß notgedrungen auswählen. Er wartet, und vielleicht – tatsächlich sehr oft – kommt er zu spät, oder zu früh. Er muß einen Zeitpunkt auswählen. Er kann den Blick zuspitzen. Er kann ein Panorama wählen. Er kann eine Beziehung zwischen Motiv und Umgebung herstellen, zwischen Detail und Gesamtplan. Er kann – und wird – interpretieren, was er sieht. Er wird transversale Verbindungen zwischen Einzeldingen herstellen, die außerhalb jeder Schematik liegen, aber innerhalb des Blickfelds, nicht *hors-champ*. Verbindungen, die vielleicht erst der mit dem zweiten Blick hinsehende Betrachter des Fotos erkennt. Der Photograph kann seine Wünsche, seine Sehnsüchte, seine Abneigung, seine Distanz, sein Nachdenken, seine Kritik, seine Ironie, seine Begeisterung in den Akt des Wahrnehmens hineinlegen. Erst dann werden Photographien jenseits des Bartheschen „Studiums“ und diesseits einer ohnehin illusorischen „Totalität“ interessant. Erst dann, in ihrem Zusammenspiel von Wiederholung und Gestaltung, werden sie sichtbar. Erst dann erhält der Betrachter die Freiheit, die ihm zusteht. Wer sagt, daß ich meine Großmutter als junge Frau heute genauso sehe wie vor dreißig Jahren? Oder vor fünfzig, als sie noch lebte und über ihr Konterfei lachen konnte, als wäre „die da“ nicht sie?

Man muß weder Kracauer noch Barthes in allen ihren Äußerungen und Haltungen folgen, und ich für meinen Teil ziehe es vor, Anregungen von beiden zu nehmen, ohne mich von meinen eigenen, weniger verstiegenen, wahrscheinlich recht normalen, wenn auch nicht vollständig konventionellen Wegen abbringen zu lassen. Nein, ich beklage mich nicht über den „Referenten“. Ich stelle fast täglich fest, daß ich die Wirklichkeit liebe, und in die Welten mancher Photographien versenke ich mich quasi durchs Punktum, nachdem ich durch aufmerksames Betrachten, eine visuelle Art des *close reading*, den Durchschlupf gefunden habe, zum Beispiel in den Werken von Axel Hütte oder Gerti Deutsch, in ihren Porträts und seinen Naturphotographien. Auch Fotos können, was Kracauer nur der Malerei zugestehen wollte: einen Zauberspiegel bieten. Früher habe ich mich sogar in Ansichtskarten versenkt, aber dieses Genre ist leider so gut wie ausgestorben, man kann keine mehr kaufen – ein kleiner, gewiß unerheblicher Kollateralschaden der Inthronisierung der massenhaften Digital- und Handyphotographie.

Der Mailänder Photograph Giovanni Gastel versuchte kurz vor seinem Tod in einem Interview mit dem italienischen Fernsehen den kreativen Vorgang bei der Porträtphotographie zu beschreiben und betonte zunächst, daß das als Sujet ausgewählte Subjekt („il soggetto") die gewohnten Panzerungen ablegt, so daß der Photograph im Sekundenbruchteil in dessen auratischen Raum eintreten und das ablichten kann, was auf dem Foto dann als Wahrheit über die Person erscheint (*eine* von vielen möglichen Wahrheiten), die im gewöhnlichen Leben verborgen bleibt. „Natürlich ist es *meine* Lektüre des Subjekts", betont Gastel. Photographie in diesem Verstande ist also wesentlich und in einem doppelten Sinn subjektiv. Gelingt es nicht, die sozialen Panzerungen des Subjekts fortzunehmen, sieht der Photograph nur die Mauer hinter dem Subjekt: Auf solche Weise kommen Routinefotos zustande, beliebig eingefangene Bilder, technische Abbildungen einer Totalität, die sie in Wahrheit nicht auf-, sondern zudecken. Das Licht seiner Porträts, so Gastel, habe mit dieser besonderen Beziehung zu tun, die sich zwischen dem Photographen und seinem Gegenstand herstellen kann. Die dazu notwendige Sensibilität habe er erst im Verlauf vieler Jahre erreichen können. Knapp zusammenfassend könnte man sagen, daß das jeweilige Licht eines Fotos, seine Nuancen, Färbungen und sonstigen Qualitäten, den Sinn freilegt, der sich momentweise in einem Gesicht zeigt und unter Umständen ein ganzes Leben, eine Biographie kondensiert.

Yuval Noah Harari gehört zu denen, die lieber auf jeglichen Sinn verzichten. Und damit auf Geschichte, aufs Erzählen, auf Interpretation von Vorgefallenem, von Wahrgenommenem, von Erinnertem. Wenn uns sinn- und zwecklose Speicherung genügt, können wir gut und gern auf jenes lebendige Gedächtnis verzichten, das uns als Menschen jahrtausendelang auszeichnete. Digitale Speicher gelten als objektiv, und sie werden immer leistungsfähiger, stellen immer mehr Speicherplatz zur Verfügung, nehmen in Windeseile, in Echt- und Nullzeit auf und geben ebenso rasch wieder. Jedermann kennt die Kurzformel dieser Technik: *copy+paste*. Wenn man diese Entwicklung weiter, noch sehr viel weiter denkt, in eine vollautomatisierte, berechenbare Zukunft hinein, wird mit diesen Prozessen der „Objektivierung" und, damit einhergehend, des Vergleichens und der detaillierten Hierarchisierung, eine wesentliche Seite menschlicher Subjektivität weggebrochen und letztlich das Subjekt als solches überflüssig geworden sein. Wir werden in technologischen Kontexten funktionieren, soweit wir eben noch gebraucht werden. Und als Ornamente weiterleben. Vielleicht als Künstler, jeder von uns, eine neue Art Volkskunst könnte entstehen, für die das Internet zweifellos das geeignete Hypermedium sein wird. Dort wird ein letztes Reservat fortbestehen, ein geschützter, vielfach unterteilter Raum, wo wir zu nichts als zu unserem Vergnügen Subjektivität pflegen werden.

Ich gebe zu, im letzten Absatz habe auch ich mich futuristisch gehen lassen. Ein Absatz mit Ironie, und jetzt endgültig (vorläufig): Ironie off! Tatsächlich möchte ich immer noch den Menschen verteidigen, und das heißt zuerst einmal: seine Subjektivität, seine Fehlbarkeit, seine Freiheit, seine unberechenbaren schöpferischen Kräfte gegen all die Agenten des Objektiven, der Perfektionierung, der Kommerz-Demokratie. Wohin die Entwicklung gehen wird, ist offen, auch wenn Szientisten das nicht wahrhaben wollen.

Sucht als ultimative Existenzweise in der digitalen Welt

An der Stelle, wo Determinismus und Fatalismus sich als Schluß aller Weisheit aufdrängen, scheint Freund Harari sich vom zuvor Durchdachten distanzieren zu wollen. Und an derselben Stelle wird endgültig klar, daß alles bisher Gesagte durch einen schwachen, wechselnd starken, aber nie aussetzenden Filter der Ironie gesehen und geschrieben war. Yuval Noah Harari wäre kein Kind seiner Zeit, würde er nicht zwischen Distanz und Affirmation, Ironie und Ernst schwanken und dieses Schwanken zum stilistischen Ausdruck machen. Der Ironie-off-Button ist das Stilemblem der Frühzeit der digitalen Epoche, die Merkmale des Kabel- und Satellitenfernsehens weiterführte und aufhob.

Glaubst du denn, was du da sagst? Nicht wirklich, aber ich tue gern so, als ob. Ich spiele es durch. Immerhin ist es denkbar, daß unsere Freiheit nichts als Fiktion ist. Außerdem klingt die These ja gut: ein bißchen provokant, nicht zu sehr, stößt niemanden vor den Kopf. Alles, auch Hararis ironische Widerlegung der Freiheitsideologie, streckenweise im Einvernehmen mit Ideologemen des (Neo-)Liberalismus, und mein hiesiges Begleitschreiben zur unfreien Freiheitskritik – also doch eine Art von Kritik? – ist durch undurchschaubare Gesetze und von diesen abhängenden, gleichsam selbstlaufenden Entscheidungsprozessen bestimmt. So lautete doch der Weisheit letzter Schluß? Wir müssen ihn auch auf uns selbst beziehen. Aber das bedrückt uns, es macht uns traurig. Am Ende bestehen wir doch, wenigstens für uns selbst, auf unserer Freiheit. Was hätte es sonst für einen Sinn, dicke Bücher zu verfassen und zur Erkenntnis zu kommen, daß auch die Freiheitskritik überflüssig war? „Already today many of us give up their privacy, recording our every action, and becoming hysterical if connection to the internet is interrupted even for a few minutes." Traurig, oder? Aber nichts zu machen, das ist eben der Lauf der Dinge. „If we are not careful the result might be an Orwellian police state…"* Danke für den Hinweis, aber ohne den Gebrauch unserer Freiheit haben wir gegen diesen Staat nicht die geringste Chance. Bei Orwell gibt es immerhin noch Widerstandskämpfer, die sich nicht mit den Gegebenheiten, den Automatismen abfinden.

Ironie ist keine Strategie des Widerstands. Sie kann allenfalls als taktisches Moment im Rahmen der Distanzierung vom Gegebenen, dem Status quo, dienen. Mitmachen, wenngleich bei innerlicher Distanz. Ein fröhliches Leben in innerer Emigration. Wenn ironisches Verhalten, ironische Rede ein Dauerzustand geworden ist, hat sich die ursprünglich wohl getätigte Kritik in Affirmation verwandelt, weil das Eigentliche, der Grund der Distanznahme, aufgegeben worden oder verlorengegangen ist. Ironie würde ich definieren als Form der Distanznahme ohne Bewertung oder Beurteilung dessen, wovon man sich entfernt oder fernhält. Man spricht mit dem, was (oder den) man ins Visier genommen hat, und zugleich gegen es (oder ihn). Man spricht dessen Sprache, weil man sie nolens volens gelernt hat, und dazu doch eine andere. Man zieht eine Metaebene ein, auf der man es sich durchaus bequem machen kann, einen mehr oder minder heimlichen, mehr oder minder offenbaren Oberstock. Zunächst bekämpft man das oder den, wovon man sich distanziert, doch früher oder später gibt man den Kampf auf, aus Erschöpfung oder

* Harari: *Homo Deus*, S. 402

weil man die Erwartung aufgegeben hat, auch nur einen Etappensieg davonzutragen. Somit hat die Ironie ihre Widerstandsfunktion abgestreift und ist zur Affirmation geworden. Daueironisches Sprechen unterscheidet sich nicht mehr von der Sprache dessen, wovon und wogegen es spricht. Man wohnt im ersten Stock *und* zu ebener Erde. Der Daueironiker hat sich, meist ohne es selbst zu merken, in den vorgegebenen, hegemonialen Kontext eingefügt.

Zu den erhellendsten Lektüren während meines Germanistikstudiums zählten einige Aufsätze des Sprachwissenschaftlers Harald Weinrich. In *Linguistik der Lüge* geht er von der gebräuchlichen Standarddefinition aus: „Bei der Ironie ist das Gegenteil von dem gemeint, was gesagt wird." Eine einfache, aber treffende und brauchbare Formel, die viel vom Wesen der Ironie erfaßt.

Weinrich erläutert nun diesen Satz, indem er den Begriff „Kontext" ins Spiel bringt und zeigt, daß Ironie sich immer in irgendeiner Weise gegen den gewohnten Kontext wendet und dadurch Erwartungen des Gegenübers durchkreuzt (was in der Alltagskommunikation oft freundlich und humorvoll geschieht). Sie durchbricht den Erwartungshorizont – ein Grund, weshalb Daueironie nicht funktionieren kann. Echte Ironie bleibt unberechenbar, sie bildet selbst keine Kontexte und Traditionslinien, die sich dann verfestigen könnten. Echte Ironie bleibt unberechenbar, Algorithmen können sie weder hervorbringen noch verstehen. Weinrich betont des weiteren, daß Ironie eines Ironiesignals bedarf; auch Ironie will und muß verstanden werden können. Ein Signal ist ein Zeichen, ein sprachliches, stimmliches oder mimisches Mittel der Mitteilung. Fehlt das Signal, bleibt sie unverständlich, nicht erkennbar, der ironisch gemeinte Satz wird für bare Münze genommen. Echte Ironie ist ein sprachliches Register, das zu ziehen man fähig sein muß; nicht auf alle Kommunikationsteilnehmer trifft das zu.

Ironie kann subtil sein und schwer verständlich, aber einfache Ironie beherrscht so gut wie jeder – ich denke, das gilt für alle Sprachen. Freilich ist Ironie in bestimmten Kontexten, bestimmten Situationen weniger beliebt als in anderen, und auch kulturell gibt es Unterschiede. Zum Beispiel hat man es in Japan mit ironischen Bemerkungen schwer, auf Gegenliebe zu stoßen oder auch nur verstanden zu werden. (Dem wäre hinzuzufügen, daß die Produktion und das spontane Verstehen von Ironie in einer Fremdsprache zum Schwierigsten gehört, was man erlernen kann.) Diese Beobachtung verbindet sich mit einer anderen: daß nämlich in diesem Land ein besonders hoher, von den Subjekten verinnerlichter Affirmationsdruck herrscht, der bei ihnen nur selten den Wunsch nach Abweichung aufkommen läßt. Umgekehrt scheinen mir die europäischen Länder und die USA heute geradezu von einer Ironiesucht befallen zu sein, die vorherrschend und zumeist affirmativ geworden ist. Was wir beobachten, ist eine verblichene, aber eifrig gepflegte Ironie. Die Wurzeln dieses Phänomens liegen in der seinerzeit so genannten „Spaßkultur", die sich in den neunziger Jahren, d. h. nach der sogenannten „Wende", in sämtlichen Schichten und Winkeln der Gesellschaft ausbreitete.* In Wien gab

* Ein Beispiel dafür wäre der Film *Sonnenallee* von Leander Haußmann, fußend auf dem bekannten Wenderoman von Thomas Brussig. Der eigentliche „Wenderoman" Brussigs ist freilich *Helden wie wir* (1995); in *Am kürzeren Ende der Sonnenallee* (1999) hat er den Spaß dann weiter ins Nostalgische zurückverlagert.

es zum Beispiel einen „Ball des schlechten Geschmacks“, bei dem die häßlichsten Kostüme die schönsten waren. So wurde die medienbewußte (und medienabhängige) Institution der Défilées mit ihrem im Lauf der Jahre fragwürdig gewordenen Schönheitskult medienbewußt ironisiert. Dieser Ironieschub wurde in Wien häufig von Absolventen und Studenten der Akademie für angewandte Kunst getragen und erstreckte sich auf benachbarte Bereiche wie Theater und Literatur. Was damals aufkam, war die Wertschätzung von Trash & Kitsch, also von künstlerisch „eigentlich“ wertlosen Produkten und Materialien, die ironisch – und bald nicht mehr kritisch, sondern affirmativ – aufgewertet wurden. Im Falle des Balles des schlechten Geschmackes deckte sich die Initiative ja noch mit dem Umkehrungsprinzip des Karnevals, in dessen Rahmen er stattfand. Heute hat sich diese Ironie in ihrer Schwundform in der Trivialkultur breitgemacht, zum Beispiel in Form der allseits beliebten TV-Wettbewerbe, bei denen sich erlesene Jurys über die Dämlichkeit von Amateursängern, -künstlern, -tänzern, -artisten usw. lustig machen (und manchmal, wenn dann doch einer gut ist, ein paar Tränen vergießen). In subtiler Form, jedoch ebenfalls im Gleichschritt mit dem Zeitgeist, ist diese siegreiche Ironie in diversen Elaboraten von Literaten, besonders von Kulturjournalisten, die auch mal ein Buch schreiben wollen, am Werk. Bloß nicht zuviel Ernst, scheint die Devise zu lauten.

Aus verschiedenen Gründen finde ich die mit dem Aufkommen der digitalen Kommunikationstechnologien entstandenen Online-Foren, welche die unmittelbare, zeitnahe Stellungnahme von jedermann zu bestimmten Themen ermöglichen, trotz des ganzen Meinungsmülls und der endlosen Wiederholungen, die sie kennzeichnen, interessant. Ich lese sie, natürlich nicht alle, die Kommunikationswut der

Mitbürger ist überwältigend, lese etwas davon und schalte mich hin und wieder ein, mitunter ironisch, aber immer mit meinem wirklichen Namen, weil ich die oft ins Heimtückische spielende Gewohnheit des Ano- und Pseudonymats aus Gründen, die ich anderswo dargelegt habe*, nicht sonderlich schätze. In den meisten dieser Meinungsforen sind ironische Postings besonders beliebt; das angestrengte Bemühen von „Postern"**, im Modus der Ironie zu sprechen, fällt mir immer wieder auf. Oft genug schlägt dieses Bemühen fehl, und der kleine Text wirkt dann bestenfalls lustig, eher halblustig oder einfach nur – ernst und doof: Der Text sagt etwas anderes, als der Texter beabsichtigt hat, und zwar ohne die List dessen, der bewußt etwas anderes sagt, als er meint, also eine Lüge simuliert. Da schriftliche Ironie in einem so weiten Kommunikationsraum eine eher schwierige Sache ist, hat die findige Rhetorik der Webdesigner ein Requisit bereitgestellt: die Funktion „Ironie off". Sie ist bequem zu handhaben, erfordert kein Nachdenken, hintertreibt aber das eigentliche Spiel der Ironie und ist Ausdruck einer Kommunikationsepoche, in der „Ironie" – unter Anführungszeichen – eine affirmative Haltung, ja, fast schon ein Gebot geworden ist.

Thomas Mann, lang ist's her, sprach mit Blick auf seine Romane von „objektiver Ironie". Er meinte damit eine bestimmte Erzähltechnik, die es dem Autor (bzw. Erzähler) erlaubt, zu den im Roman dargestellten Figuren und ihren Standpunkten auf Distanz zu bleiben, diese Standpunkte auszuta-

* Federmair: *Irgendwer*, S. 91-98

** Allein der Name ist abscheulich. Ein prädigitaler Zeitgenosse, der sich nach Jahren nicht an den Sprachgebrauch gewöhnen konnte, bemerkte einmal: „Ich dachte, ein Poster ist etwas, das man an die Wand klebt."

rieren und wechselseitig in Frage zu stellen (bzw. einander in Frage stellen zu *lassen*), ohne den einen oder den anderen zu bevorzugen. In spontaner, mündlich-alltäglicher oder Email-alltäglicher Kommunikation ist solche Ironie nicht möglich, sie bedarf geduldiger, langfristiger, gleichsam architektonischer Konstruktion. In vielen neueren kulturgeschichtlichen, essayistischen oder feuilletonistischen Schriften finde ich eine Art von steter Ironiebereitschaft, die sich von solchen Konstruktionen unterscheidet. Diese Verfasser bringen bei jeder sich bietenden Gelegenheit eine für die jeweilige Textstelle und die unmittelbare Textumgebung berechnete ironische Pointe an, mit der sie dem Leser mitteilen, daß sie über ihrem Thema stehen, auf es herabblicken und eh nicht alles ganz ernst meinen, sich jedenfalls mit nichts von dem Gesagten restlos identifizieren, denn sonst könnten sie nicht darüberstehen, was sie aber von vornherein tun. Auch der Leser darf bitte gern über den Dingen stehen, auch er ist gewiß ein Ironiker, sonst hätte er das Buch, die Zeitung, den Artikel nicht gekauft bzw. gratis heruntergeladen.

Neben dieser arroganten Variante finde ich nun eine zweite, nach meinem Eindruck ebenfalls sehr verbreitete, bei welcher der Verfasser seinem Gegenstand und dessen Facetten gegenüber eine unausgesprochene, kaum greifbare, unterschwellig spürbare Distanz einnimmt, die sich in der Affirmation regelrecht verbirgt. Ironiesignale? Keine. Oder doch, in den einen oder anderen Absatz geschmuggelt. Dieses vage Gefühl, diesen Ironieverdacht hatte ich auch bei der Lektüre von *Homo Deus*. Ein Autor kann seinen Stoff natürlich neutral darstellen, doch wenn es sich um historische, menschliche, menschheitliche, z. B. psychologische, soziologische, ethnologische usw. Themen handelt, wird die Frage der Wertung nie ganz von der Hand zu weisen sein. Bei dem erwähnten Buch schien mir, daß das Beschriebene und Erklärte, nämlich die Entkoppelung von Intelligenz und Bewußtsein in der digitalen Welt, spielerisch affirmativ dargestellt wird. Und genau hier tritt die Ironie in Kraft, nicht im Sinn eines Gleichgewichts zwischen verschiedenen Positionen – denn die neue historische Stufe hat die vorhergehende obsolet gemacht, und eine andere ist nicht in Sicht –, sondern mit wie ein laues Lüftchen mitschwingender Zustimmung, die irgendwann doch in Ablehnung, Sorge, Gegnerschaft umschlagen könnte (seit der Wahl Donald Trumps zum US-Präsidenten und dem Brexit, scheint mir, ist dies bei Harari der Fall). Wenn aber ein Moment der Verwerfung in der Wahrnehmung und Erkenntnisleistung des Autors vorhanden ist, warum sagt er das nicht klar und deutlich (in seinem neuesten Buch, 2018 erschienen, stellt er zu Beginn dieses Postulat: Klarheit ist Macht, und „as a historian, I can try and offer some clarity"). Meinetwegen durch Ironiesignale, die hier und dort aufblinken könnten? Er sagt es nicht, weil er ein Kind der postironischen Gesellschaft ist, in der sich Ironie, zum Dauerzustand erhoben, aufgelöst hat wie Zucker. Ja, man kann sagen, diese unmerkliche und ubiquitäre Ironie ist der Zucker im wohlfließenden Starbuckskaffee der postmodernen Diskurse.

Meinst du das jetzt ernst, Verfasser, oder doch ironisch, also gegenteilig (oder wenigstens schräg verschieden)? Ist sie wirklich so schön, spannend, bequem, die schöne Neue Welt? Oder nur unausweichlich?

Schmeck's, Kropferter, hieß es in solchen Fällen einst auf dem Lande. In weichgespültem, (post)moderndem Deutsch: Das werde ich dir nicht auf die Nase binden.

Die postironische Gesellschaft, in dieser Hinsicht ganz offen, transparent und analog, bringt einen postironischen Stil hervor. Natürlich ist es nicht der einzige Stil, der in Umlauf ist, doch er wirkt hegemonial und färbt auf die anderen ab. Dem Malstrom entgeht ihr nicht, bestenfalls könnt ihr an seinen Rändern Kreise ziehen.

„Ändere die Welt, sie braucht es!" Man muß den Utilitarismus und die dialektische Manier eines Bertolt Brecht nicht teilen, um hin und wieder einen seiner griffigen Slogans anwenden zu dürfen. (Im selben Song aus dem Lehrstück *Die Maßnahme* heißt es: „Welche Niedrigkeit begingst du nicht, um die Niedrigkeit auszutilgen?" Mit weniger rhetorischem Aufwand formuliert: Der Zweck heiligt die Mittel. Was aber war der gute Zweck der brechtianischen Bühnenkämpfer? *On connaît la chanson …*) Worum man nicht täglich strebend sich bemüht, das geht verloren, schwindet aus dem Blick. Es gibt nicht einmal „Errungenschaften", die Leute vergessen schnell, da helfen die potentesten Speicher nichts. Wer überhaupt will, daß sich etwas bewegt und nicht Erstarrung eintritt (die auch eine Form, eine Richtung der Bewegung ist), kann auf Kritik nicht verzichten. Man wird herausfinden müssen, wo anzusetzen ist, mit welchem Hebel, welcher Hand, welchem Denken. Wenn einem alles gleich gilt, kann man es gleich bleiben lassen. Aber selbst der, welcher das Bestehende erhalten will (wie ich), wird es ändern müssen.

„Wer surft, kritisiert nicht." Der Satz steht in einem Buch von Thomas Edlinger, das die Erübrigung von Kritik aufzeigen will und ironisch gezuckert ist, so daß die Kritik durch irgendeine Hintertür eventuell doch wieder hereinkommen könnte.* Edlinger wird wohl recht haben mit seiner Bemer-

* Edlinger: *Der wunde Punkt*, S. 29

kung, und da die kommunikationstechnologische Entwicklung und kommunikative Sättigung rasend voranschreitet, gibt es mittlerweile kaum noch eine Menschenseele, die nicht zu jeder Zeit surft. Wobei ich mir einen kleinen Einwand, oder genauer, eine Präzisierung erlaube: Wer virtuell – d. h. metaphorisch – surft, gleitet nicht, sondern springt. Von Ebene zu Ebene, von Welt zu Weltchen, von Fenster zu Fensterchen, vom Hundertsten ins Tausendste. Es gibt hier keine Übergänge – es sei denn, man erachtet Verlinkungen als kontinuierliche Fortbewegung, weil uns die Wegweiser, denen wir folgen, doch irgendwie bei der Sache, bei einem Sujet halten wollen; was ihnen in der Regel nicht gelingt, im Gegenteil: Sie treiben dich immer weiter fort und zerstreuen dich, so daß es nicht selten geschieht, daß du nicht mehr an den Ausgangspunkt zurückkehrst. Viele traditionelle Tages- und Wochenzeitungen bieten Online-Ausgaben an, oft gratis oder „ein bißchen" gratis, bis zur Paywall, die mit Verweisen gespickt sind, denen man nachgehen, nachklicken, nachhecheln kann (oder nicht), und oft – und in zunehmendem Maß – ist der Text wie ein Fluß, der mehr Steine, auf die man springen kann, bietet als Fließwasser. Wenn man einen Ausdruck in einem Artikel nicht hinreichend versteht, googelt man (vielleicht mit dem neben dem Tablet liegenden Handy), stößt sogleich auf einen Wikipedia-Artikel, der ebenfalls mit Links gespickt ist, denen man folgen kann (oder nicht). Nach Lust und Laune, nach dem Grad der eigenen Vergeßlichkeit und der eingefleischten, zur Gewohnheit gewordenen Dekonzentration, des Mangels oder der Stärke der Impulskontrolle springt man auf irgendeine andere Seite, durch das Spiegelfenster einer Monade, man lustwandelt durch ein Sammelsurium von Sportstatistiken, Popstars, atemberaubenden Ballwechseln, Geschlechtsorganen in Nahaufnahme,

Wettervorhersagen, Schuhen Kleidern Ohrringen, Fotos von Kleinkindern oder Haustieren von Freunden; man wechselt von Facebook zu Instagram, in ein Online-Kaufhaus oder -Restaurant, zieht sich die Fotos von Klamotten oder Juwelen oder Speisen oder kopulierenden Paaren rein, springt zurück zu Wikipedia oder in den Chatroom, mal dahin mal dorthin, richtungslos, überallhin, rhizomatisch … Jeder digitale Ureinwohner oder Zugewanderte weiß, wie weit und wie lang, wie unaufhörlich diese Welten sind. „Das Netz bündelt Medien und Möglichkeiten der weltschaffenden Weltflucht."* Genau. Oder? Fliehen wir die Welt, wenn wir uns in zahllose Welten flüchten? Ist das Internet etwa die Hyperstruktur sämtlicher Eskapismen? Werden wir darin nicht eines Tages – oder jetzt – alle ohne Ausnahme gefangen wie die Fliegen? Eine Art Gefängnis der Freiheit. Aber … Jede Welt ist doch ein solches Gefängnis. Das hat uns schon Kafka gelehrt.

Also: Wer sich treiben läßt, kritisiert nicht das, was ihn treibt. Die Getriebenen, ohne festen Standort, verhalten sich notgedrungen affirmativ. Kein Wunder, daß in den virtuellen Foren Ironie so beliebt ist – und daß sie immer schlechter beherrscht wird. Um überhaupt etwas kritisieren zu können, bedarf es eines nicht unablässig fortgerissenen Subjekts. Es bedarf einer Haltung. Selbst im Schwanken, Zögern und Zweifeln muß das Subjekt bei sich bleiben, wenn es sich zu einem Gegenstand, einem Sujet, einem anderen Subjekt oder einer Gemeinschaft von Individuen verhalten, d. h. auf Distanz gehen und eventuell Nähe suchen will. Noch das Zweifeln bleibt auf eine, sei es auch hypothetische, virtuelle, vorläufige, Ich-Identität angewiesen. Die Feier der Zerstäubung

* Ebenda, S. 301

des Selbst, der Ich-Pluralisierung und Anonymisierung, dient nur dazu, die prinzipielle Affirmativität der Netzgetriebenen zu bestärken.

Mir wurde bei meiner Lektüre nicht klar, ob Edlinger Kritik nun für passé erklären will oder nicht. Der Enthusiasmus, mit dem er kurzlebigen Online-Moden nachspürt, spricht eher dafür als dagegen. Egal, Dauerironie will ja nicht „verstanden“ werden. Aber will sie zur Erkenntnis beitragen? Oder zur Unterhaltung? *Aut prodesse aut delectare*, das alte Sowohl-als-auch-Rezept? Sieht man es historisch, so ist die Kritik einfach in die Jahre gekommen, geht in Rente, wird bald aussterben, weil sie kaum Nachkommen hat. Noch sind ein paar von den Kritikern da. Was hat sie ihnen denn gebracht, die Kritik? Der Sozialismus ist in allen seinen Varianten, sogar auf dem dritten Weg, als soziale Marktwirtschaft, zusammengebrochen, die einst provokante Sub- und Alternativkultur von der Industrie aufgekauft und dem affirmativen Showbusiness, der *société de spectacle* eingegliedert, der vormals „kritisierte“ Kapitalismus beherrscht mit seinen materiellen sowie popkulturellen Lockungen und Imperativen die Gehirne, während jede Idee eines freien Zusammenlebens in einem Korsett von Korrektheit erstickt wurde, die Institutionen, die man reformieren wollte, sind bürokratischer denn je, und wo Basisdemokratie eingeführt wurde, empfinden die Subjekte sie als sinnlose Belastung, weil undurchschaubare Entscheidungen ohnehin von oben bzw. vom a priori undurchschaubaren „System“ getroffen werden. Frauenquote, schwule Ehepaare, Vielfalt der Kulturen: Mainstream mit Anpassungszwang, auch „Integration“ genannt. Oder „Inklusion“. Die selbstgefälligen Bewohner der Bobo-Viertel: schlanke, vegane Fahrradfahrer, fürsorgliche Betreuer von Kindern, denen sie eine Freiheit schenken, um die sie nicht gebeten haben. Wie das nervt! Ich schäme mich für meine Generation.* Die andere Hälfte ist so autoritär geworden, wie man es aus noch älteren Zeiten kennt.

Das hat also die Kritik gebracht. In Zukunft können wir gern auf sie verzichten.

Ironie off. Wer nicht wenigstens versucht, Abstand zu halten und sich gegebenenfalls zu wehren, wird nur noch getrieben. Wer weiß wohin, zur Schlachtbank? Nein, zum Altar, auf dem die Überflüssigen entsorgt, d. h. ruhiggestellt werden.** Getrieben von wem? Von Algorithmen, unterschwelligen Prognosen, vom System, vom Dauerkonsum, dem Herz der postindustriellen Kontrollgesellschaft. Denn das Surfen, das digitale Sich-gehen-Lassen, bei vielen als Die-Sau-Rauslassen, weil Triebe, Ressentiments, Frustrationen, Gefühle des Zukurzgekommenseins ja nicht einfach abgestorben sind, ist eine Form der Betäubung, vom Subjekt als

---

* Auch das meine ich nicht ironisch. Leider kommt mir ein Satz in die Quere, den ich neulich gelesen habe: „Ich schäme mich für mein Volk." Stammt von einer schreibenden Skandalautorin, die ihn selbstverständlich ironisch meint, wie sie alles ironisch meint und alles parodiert, manchmal auch sich selbst, aber lieber noch alles andere. Weshalb schämt sie sich, *en l'ocurrence*? Weil die Oberösterreicher bei einem Trachtenumzug etwas lau wirken. Ihre Scham ist nicht ernst gemeint, nur Rollenfragment im Prosagewitter kurzer Posen, Adolf Hitler könnte den Satz – in vollstem Ernst, wie es seine Art war – gesagt haben. Bekämpft die Skandalautorin irgendwen? Phantome, Gespenster der Geschichte? Ich für meinen Teil, hier und jetzt, schäme mich nur für meine Generation.

** Neuerdings kann man das auch bei Harari lesen: „The technological revolution might soon push billions of humans out of the job market, leading to social and political upheavals that no existing ideology knows how to handle." (*21 Lessons*, S. 28) Ob es zu Aufständen kommen wird? Ich wage es zu bezweifeln. Und denke, daß es vor allem die Kultur- bzw. Unterhaltungsindustrie ist, die mit den Überflüssigen leicht fertig werden sollte. Statt Revolutionen sehe ich eher so etwas wie ein posthumanes Zombietum heraufdämmern.

Rausch gelebt, vielfach zu einer Sucht werdend und so in das, was man einst „Persönlichkeit" nannte, integriert: permanenter Eskapismus, Weltflucht als tägliche Existenzweise, der Süchtige als idealer Konsument. Auch deshalb täte Kritik nicht schlecht: aus Gesundheitsgründen, als Diätetik. Wenn man nämlich das Ganze kritisieren will (und sich folglich außerhalb stellt), erhebt sich die Frage, ob man diese digital-virtuelle Existenzweise tatsächlich als pathologisch erachten will oder einfach nur als bequem, weil dem Subjekt, als Datenbündel zum Dividuum geworden, sämtliche Verantwortlichkeiten abgenommen werden. Fröhliche Entmündigung: Was spricht dagegen, ist sie doch gleichbedeutend mit einem angenehmen Leben im digitalen Schlaraffenland. *Panem et circenses.* Bier und Fußball. *TV-Dinner & Videogames.* Aufklärung ist der Ausgang des Menschen aus der selbstverschuldeten Unmündigkeit, hieß es einst. *Sapere aude!* Selbst denken heißt, daß du dich aus freien Stücken entscheidest, worauf du achten willst, und dich nicht berieseln füttern fluten reinziehen läßt in die Fakewelt, sondern Sinn aus deinen Erfahrungen konstruierst.* Und fragst, was dies und das und alles zusammen zu bedeuten hat. Tut das noch jemand? Nein, Aufklärung ist passé; damit auch Freiheit. Was herrscht, kurzfristig, sind die Moden, denen wir uns freudig unterwerfen. Ironie off.

Es könnte sein, daß wir den Kommunikationstechnologien und der Automatisierung zudank allesamt zu Neuen Menschen geworden sind, ohne daß wir es gemerkt haben. Die Zu- und Eingriffe des digitalen Kulturkapitalismus sind sanft,

* So ähnlich formuliert es David Foster Wallace, *Der Spaß an der Sache*, S. 1032. War ziemlich altmodisch, der Gute.

oft unterschwellig. Kann dieser neue Mensch als *homo ludens* interpretiert werden, als nicht nur spielender, sondern verspielter Mensch, meinetwegen im doppelten Wortsinn? Die Arbeit zum Vergnügen gemacht und das Vergnügen zur Arbeit? Also genau das, was Adorno und vor ihm schon Marx und Schiller* als Fernziel im Sinn hatten, ein Projekt für jene fernen Zeiten, in denen ein richtiges Leben im richtigen möglich wäre? Wenn das zutrifft, sind wir, ohne es recht zu merken und ohne eigenes Zutun, eher durch ein Lassen, durch das Loslassen und Sich-treiben-Lassen der postmodernen, digital vernetzten Subjekte, in ein unbekanntes Reich der Freiheit vorgedrungen. Wozu jetzt noch kämpfen? Wir haben doch alles. Wie sagte mir vor einigen Jahren mein Kollege und Zellennachbar in der akademischen Firma, ein junger Linguist, der nicht mehr nach Hause ging und nur noch auf seiner Forschungsstelle übernachtete: „Hier habe ich doch alles: Schlafplatz (ein Sofa, das er mit einem Leintuch bedeckte, auf dem sitzend er tagsüber die StudentInnen empfing), Fernsehen, Internet, Computer, Food-Service per Handy …" Alles, ja. Zahlreiche Welten, mehr als genug.

Andererseits – ich bringe die Waage wieder zum Schwanken – andererseits sang schon vor dreißig Jahren ein amerikanischer Rockstar (der sich bis heute der Kritik nicht enthält): „57 channels and nothing on … 57 channels and nothing on … 57 channels …" Es ist doch alles dasselbe. 57 Kanäle oder 57.000, oder 7 komma 5. Mich interessieren alle Kanäle nicht. Ich will auch gar nicht tausend Freunde haben; ich stehe bei fünfhundert, das sind viel zu viele! Was gehen mich all

* „Der Mensch spielt nur, wo er in voller Bedeutung des Worts Mensch ist, und er ist nur da ganz Mensch, wo er spielt", lautet das bekannte Diktum aus dem 15. der *Briefe über die ästhetische Erziehung des Menschen*.

die Geburtstage an?! Da käme ich aus dem Gratulieren gar nicht heraus… Wenn man diese Freunderl einmal hat, wird man sie nicht mehr los. Eigentlich wären zwei oder drei genug. Ich meine *richtige* Freunde, mit denen ich richtig feiern kann. Ich lese *Clarín* und den *Standard* und die *Presse* und *Mediapart* im Internet, und jetzt auch noch die *New York Times*, und überlege mir gerade ein Abo von *Il Manifesto*, das ich einst in Sizilien gern gelesen hatte, von dem schlaksigen spitzbärtigen Zeitungsverkäufer von der Wäscheleine gepflückt, oder besser, unter dem Basaltstein hervorgezaubert.

Ich lese das alles oder versuche es zu lesen, mitsamt den Kommentaren, die wie rhizomatische Wurzeln an den Texten hängen, all die Dummheiten und Grobheiten zunehmend verblödeter Leute, lese auch feinsinnig auf- oder abgeklärte Blogs und die ernsthaften Diskussionen kluger, aber immer desillusionierterer, resignierterer, schlapperer, zahlenmäßig weniger werdender, bald auch schon wegsterbender Einzelpersonen mit seltsamen Namen, Metepsilonema zum Beispiel (lange gebraucht, um ihn mir zu merken), und gehe dann doch wieder ins Konbini und kaufe mir eine Zeitung, gottseidank gibt es noch Zeitungen, echte, mit Druckerschwärze, die auf die Finger abfärbt. Die Kioske sind fast alle verschwunden: ein Vorzeichen? Zeitungen, die ich dann lese, in aller Ruhe, ohne Ablenkung durch Links oder Videoclips, Definitionen und Kurzbiographien; Artikel, die ich sorgfältig lese auf wohlbegrenzten Seiten, mitdenkend, nachfragend, widersprechend, zustimmend; die mir Fenster genug sind, von der Politik bis zur Kultur und zum Showbusiness; und dann falte ich die Zeitung zusammen, glätte das Papier, und Schluß, ich gleite (oder springe) nicht weiter. In Osaka haben Eltern ihre dreiunddreißigjährige Tochter in einer fensterlosen Zelle ihres Einfamilienhauses jahrelang hungern und schließlich erfrieren lassen, und in einem neuen Film – ja, es gibt noch richtige Filmkritiken, wenn auch mit Bewertungssternchen – geht die Hauptfigur, ein weiblicher *uchibenkei**, den Wechselfällen ihrer Einsamkeit nach.**

Lob der Arroganz

So hätte ich mir endlich die Gelegenheit freigeschaufelt, jenes Lob der Arroganz zu singen, mit dem ich jahre-, bald jahrzehntelang geliebäugelt habe. „Schluß mit dem schlechten Gewissen", rufe ich Freund Günther, Johann Christian (1695-1723), und mir selbst zu. „Die Scham soll uns nicht überleben!" Offen gestanden, das Parasitentum ist ein ebenso unerfreuliches wie unergiebiges Thema. Daher die vielen Abschweifungen hier. Spielt es denn eine Rolle, ob wir zu etwas nütze sind oder nicht? Wir tun halt, was wir können, und lassen das, was wir nicht können, lieber bleiben.

---

* Uchibenkei (内弁慶), so die Erläuterung des kundigen Filmkritikers, ist der japanische Ausdruck für eine Person, die im Schoß der Familie oder, seltener, im Kreis von vertrauten Freunden extrovertiert und gesprächig ist, aber introvertiert und unfähig zur Kommunikation, sobald sie das Haus verläßt und in der großen weiten Welt auf sich selbst gestellt ist. Ein Lied, das die junge Frau im Film, also die Schauspielerin, singt, „endet in Tränen, die alles andere als ironisch sind (ironische Tränen?!) und ihr den Anstoß geben für einen neuerlichen Versuch, ihr Leben in den Griff zu kriegen", so der Filmkritiker.

** Es kommt vor, daß mich die Praxis des Surfens an das alte Fußnotenprinzip erinnert, wo man gleichfalls die Chance hat, in eine andere Welt zu springen. Nur daß Fußnoten in der Regel keine weiteren Fußnoten in sich tragen. Eine Fußnote in der Fußnote zu generieren, habe ich in diesem Text versucht, doch der Computer hat es mir verwehrt. Warum eigentlich? Nur aus technischen Gründen? Welten in Welten in Welten … Spiegelbilder, verzerrte, veränderte, in Spiegelbildern, die noch mehr verzerrt und verändert sind, und diese wiederum in Spiegelbildern … Und so weiter. Das monadische Prinzip.

Parasiten sind Wesen, die nur nehmen und nichts geben. Oder die Dinge geben, nach denen niemand gefragt hat und die man – das heideggersche Man – nicht brauchen kann. Sie unterhalten keine Tauschbeziehungen, sondern leben vom Kapital des anderen, des Ganzen, der Gemeinschaft, die sie durch ihr Verhalten schwächen (meist nur geringfügig). Die Empörung gegen Schmarotzer, die wir nach dem Zweiten Weltkrieg für überwunden hielten, ist im 21. Jahrhundert wiedergekehrt, am nachdrücklichsten bei Leuten, die selbst schmarotzen, weil sie keine andere Wahl haben. Sie gedeiht in einem Milieu, das alle Lebensbereiche kapitalisiert und die Individuen zu Selbstunternehmern macht, die, auf den Profit jeder Investition bedacht, unablässig Kosten-Nutzen-Rechnungen aufstellen und präsentieren: Für mein Geld will ich was haben! Input-Output! Schließlich zahle ich Steuern! Wie komme ich dazu, die Krebstherapie für Raucher zu bezahlen! Oder die Sanierung der griechischen Staatsfinanzen? Wie kommen *wir* dazu, die zahllosen Kinder der Flüchtlingsfamilien durchzufüttern? So tönt es in die Sozialen Medien hinein, und so tönt es heraus. Warum aber sind die größten Schmarotzer die, die am lautesten schreien? Weil sie Angst haben, durch den Rost zu fallen. An die wahren Gründe ihres Unbehagens verschwenden sie keinen Gedanken: das Obsolet-Sein der Arbeit infolge technologischer Entwicklungen und die Antiquiertheit des Menschen seit den Atombombenabwürfen in Hiroshima und Nagasaki.

Es war einmal eine Tugend, die hieß Großzügigkeit (nicht zu verwechseln mit Verschwendung). *Magnamitas*. Sie würde einer Gesellschaft, die Güter im Überfluß produziert, wohl anstehen. Aber auch wenn wir nur nach innen schauen, in unser Selbst, und nicht auf das, was wir geben könnten: Es wäre, wenigstens theoretisch, möglich, daß wir auf materieller Ebene alle nur noch *nehmen* – und das Geben wie auch das Produzieren nur noch aus Lust und Laune betreiben, also zweckfrei, wie sich das Heinrich Heine einst dachte („phantastisch zwecklos ist mein Lied"*), weil es unseren Bedürfnissen entspricht. Die Lust, etwas zu schaffen, wäre sich selbst genug. Diese Idee hatte schon Karl Marx, und vor ihm andere, die „utopischen Sozialisten". Marx gab dieser parasitär blühenden Existenzform den Namen „Kommunismus", der später von autoritären, totalitären, gewalttätigen Regimes gebraucht – oder doch eher *mißbraucht*? – wurde. Heute gäbe es in den Ländern, die früher den „freien Westen" konstituierten (auch Japan im fernen Osten gehörte dazu), die wirtschaftlichen und technischen Voraussetzungen dafür, diese Idee ohne Zwang, ohne neue Hierarchien, ohne Gewalt, auf freiwilliger Basis zu verwirklichen. Doch die gesellschaftlichen Strukturen haben sich dahingehend entwickelt und verhärtet, daß für Großzügigkeit und freie Selbsttätigkeit immer weniger Energien aufgebracht werden können. Wir könnten alle in einem bescheidenen Luxus leben, den es freilich ein wenig zu organisieren gälte. Ein Volk – irgendwann vielleicht ein Weltvolk – von Parasiten an Natur und Technik, die wir rücksichtsvoll behandeln müssen, wofür wiederum Bewußtsein und Bewußtmachung Voraussetzung ist: das verstehe ich unter „Bescheidenheit". Vernünftig nehmen; und geben, was wir wollen und können. Wer nichts geben kann, gibt eben nichts, kein Problem. Nie-

---

* Aus dem Versepos *Atta Troll*. Der Text geht so weiter: „…zwecklos wie die Liebe, wie das Leben, / wie der Schöpfer samt der Schöpfung." Dieser freie und parasitäre Schöpfer – der Poet, der Gott ist, und der Gott, der Poet ist –, wohnt in einer weitreichenden, allgemeinen Zwecklosigkeit, dort ist er in seinem Element wie der Fisch im Wasser.

mand muß arbeiten! Alle sind potentielle Schöpfer. Alle sind eingeladen, im *ouvroir d'x potentiel (Ouxpo)** zu wirken und zu werken. Auch zwanglos, alles möglich! Zuckererbsen für jedermann! Und wer zum Himmel starren will, soll zum Himmel starren. Oder auf seinen Bildschirm. Was womöglich dasselbe ist.

Ich höre die empörten Rufe. Der und der, die und die verdienen aber nicht, was sie bekommen. Das Ganze wird den Bach runtergehen, und der Bach reißt uns mit. Mein Chef fordert harte Arbeit von mir. *Minna isogashii*, der japanische Alltagsvers, jeder hat dauernd so viel zu tun. Wir erzeugen den Streß, den ein Unterton unserer Stimme beklagt, selbst.

Wenn ich aus diesen sicherlich etwas chaotischen, notgedrungen chaotischen Betrachtungen eine Figur hervorziehen soll, dann wäre es die einer bescheidenen Arroganz: allegorische Figur im Kontrast zur althergebrachten Arroganz des Mächtigen, der sich über seine Untertanen erhaben wähnt (oder *erhoben* wie Häuptling Majestix auf seinem Schild), sie mißachtet, quält, verhöhnt (was Majestix nicht tut, vielleicht bloß, weil er zu einfältig dazu ist). „Ich bin zu nichts nütze", sagt dieser bescheidene Arrogante, „ich habe auch keine Macht und will gar keine, aber ich stehe über den Dingen, auch über euch (und ihr könnt ruhig weiter glauben, daß ihr über mir steht). Was ich tue, weil ich selbst es will, ist ebenso unnütz wie eure Aufträge und die ganze Firma, für die ihr schuftet."

Ich erkläre mich. *Je m' explique*. Erkläre ich mich? Eigentlich ist die neue Arroganz aber für – bzw. gegen – die Mäch-

* Am bekanntesten ist die Literatursektion *Oulipo*, begründet von Leuten wie Italo Calvino, Raymond Queneau und Georges Perec.

tigen gedacht. Von denen es mehr gibt, als man glauben möchte. Möchtegernmächtige. Machtschleimer. Agenten der Grauen Herren, die die Macht durch ihr bloßes Dasein repräsentieren und reproduzieren. Vielleicht gehörst auch du dazu, und ich. Die *andere* Arroganz, also die, die ich jetzt meine, wirkt zunächst einmal als Schutz dessen, der zum Angriff gar nicht übergehen will. Gewaltlose Arroganz, wie sie spontan aufkeimte in dem Jungen, den ein Lehrer und Priester, der sonntags auf der Kanzel die Liebe predigte, aufstehen hieß, um ihm ins Gesicht zu schlagen. Scheinbar reaktionslos und ungerührt blickte der Schüler dem gewalttätigen Pädagogen ins Gesicht, lächelnd und keinen Finger rührend, und der Priester konnte nichts anderes tun, als fassungslos zurückblicken, wobei ihm langsam dämmerte, daß ein guter Christ die andere Wange hinhält, wenn ihm auf die eine geschlagen wurde. Hier, die andere Wange! Das war seine Botschaft, denn in seiner Wortlosigkeit steckte eine Botschaft, während der Lehrer in seiner Gewalttätigkeit stumm war. Der Schüler lächelte wortlos, ging nicht einmal in Deckung. Der Übeltäter hatte nicht die Kraft, seinen Arm ein zweites Mal zu heben.

Ein Sieg? Nein, kein Sieg. Es geht nicht um Siege. Möglich, daß passiver Widerstand und spöttische Freundlichkeit den Täter mehr erzürnen als offener Haß. Zugleich verkleinern sie die Angriffsfläche. Jedenfalls in der beschriebenen Situation.

Später, als er kein schmächtiger Junge mehr war, wandte er sich von der christlichen Barmherzigkeit ab und einer anderen, weltlicheren Nächsten- und Selbstliebe zu, eben jener, an deren System – brauchte es denn ein System? – Karl Marx bastelte. Er ging, wie fast zweitausend Jahre zuvor die sagenumwobenen Urchristen, in die Katakomben eines sogenannten Volksheims, um dort an mystisch-utopischen Versammlungen in zigarettenrauchverschleierten Zimmern teilzunehmen, während im obersten Stock dieser vorrevolutionären Festung die Anführer irgendwelche Entscheidungen trafen, drei oder vier Leute, ein enger Kreis, die Avantgarde der Avantgarde, denn diese mußte unfehlbar wissen – was eigentlich? *Alles*: das schien in der Natur der Dinge bzw. der Zusammenhänge zu liegen.

Eines Tages sah er den Anführer und seine Frau, die ebenfalls zum Führungskreis gehörte, im Gasthaus, wo er jobbte, um sich nicht nur die Miete, sondern auch Bücher und Schallplatten leisten zu können, und er bediente die beiden, ohne sich zu erkennen zu geben, wobei er dachte, sie würden ihn nicht erkennen, aber sicher war er sich nicht, vielleicht verstellten auch sie sich. Das Ehepaar unterhielt sich über Belanglosigkeiten, das zu erwartende Enkelkind, ob es ein Junge oder ein Mädchen würde und wer als Taufpate – ja, Taufpate! – in Frage käme. Sie tranken Bier, der Mann nur ein kleines, wahrscheinlich, weil er den Wagen lenkte, und schienen zufrieden mit dem Gasthaus, der aufmerksamen Bedienung und der volkstümlichen, aber gepflegten Atmosphäre.

Blitzartig begriff der Junge (der Kellner), daß er hier auf der Weisheit letzten Schluß gestoßen war, die Essenz des im obersten Stock des Volksheims gehüteten, zur Unkenntlichkeit verpackten und in Form von Parolen und Direktiven ausgesandten Geheimnisses, das in nichts anderem bestand als im Streben nach Verbreitung oder Verbreiterung jenes wohlig-abwechslungsreichen Milieus, aus dem er sich mit allen Mitteln zu lösen versuchte, nicht zuletzt, indem er regelmäßig in die abgefuckte Katakombe ging. Gott – oder wem? – sei Dank fiel es ihm wie Schuppen von den Augen, und er beschloß, auf eine Reise ohne Ziel zu gehen, ohne Ziel und ohne Geld, ohne Mittel, ohne Wege. Das Leben, dachte er ein Vierteljahrhundert später, ein paar Wochen, nachdem sich der Millennium-Bug als inexistent erwiesen hatte, hat keinen anderen Sinn als das Leben. Auch dieser Schluß, dachte er, ist zirkulär. Was soll's, es kommt nur darauf an, die Kreise weit zu ziehen, nicht zu eng.

Möglich, daß die alternative Arroganz in der Angst, der falschen Ehrfurcht vor Autoritäten begründet liegt. Vielleicht hat der Junge diesen Mächtigen und Scheinklugen zu viel zugetraut? Die können gar nichts; wohin man nur schaut, gilt das Märchen von den neuen Kleidern des Kaisers. Mitunter nennen sich die Kleider „Theorie". Der Junge will nicht den Platz dieser Mächtigen einnehmen, schon gar will er sie übertrumpfen, nicht einmal stürzen will er sie – im Grunde genommen und insgeheim hat er immer schon über ihnen gestanden, konnte aber nicht das entsprechende Selbstbewußtsein erwerben, weil er die Dummen und Mächtigen überschätzt hatte, ihnen auf den Leim gegangen war, wie sie sich letzten Endes selbst auf den Leim gehen und in alle Zukunft gehen werden.* Lügen über Lügen! Die Mächtigen in ihren Suiten, ihre Sekretäre und „Sprecher" in den Vorzimmern und oben auf der Palasttreppe, die Hüter des Grals und des Gesetzes, die Bodyguards und Türschließer. Was haben sie wohl zu hüten, zu verbergen? Nichts, kein Wissen, keine Reichtümer, deren Besitz sich lohnen würde. Rein gar nichts.

---

* Die ansteigende Verblödungskurve von eitlen Anführern der Weltpolitik der letzten Jahrzehnte ist beeindruckend: Ronald Reagan, Carlos Menem, Silvio Berlusconi, Donald Trump. Sicher, die Kurve wird immer wieder abgeschwächt, sogar umgekehrt, es gibt Gegenbeispiele, Gegenbewegungen. *Mais au bout du compte …*

Das Innerste des Schlosses, zu dem der Landvermesser vordringen möchte, ist leer. So leer wie das Innerste eines unscheinbaren Shinto-Schreins am Waldrand. Nur daß dort die schlichte Wahrheit herrscht, die Leere nicht verheimlicht, sondern ausgestellt wird wie eine Monstranz (nur eben tausendmal schlichter als in der Kirche). Und das gefällt mir, deshalb bin ich im Lauf der Zeit und in aller Bescheidenheit, die diese „schwache" Religion lehrt, Shintoist geworden. Hier findet man das Gesetz, dem der machtlos Arrogante huldigt, wenn ihm danach ist.

Parasiten im Dienste der Macht

In meinem Buch über Robert Musil habe ich darzulegen versucht, daß dieser Autor der ersten Hälfte des 20. Jahrhunderts zwar immer noch eminent brauchbar ist, abgesehen davon daß er uns einen gewaltigen Roman hinterlassen hat, der den Vergleich mit anderen Monumentalwerken jener Zeit nicht zu scheuen braucht, daß er infolge der Digitalisierung sämtlicher Lebensbereiche aber auch ein bißchen *démodé* ist und bestimmte Konzepte, etwa der so stark beanspruchte „Möglichkeitssinn" und die Pluralität der Identitäten, im Licht des 21. Jahrhunderts überdacht werden sollten.* Möglich ist heute alles, *anything goes* – der Slogan klingt auch schon ein bißchen altbacken –, die Subjekte leben in zahlreichen virtuellen oder „hybriden", also real-vir-

* Federmair: *Musils langer Schatten*. Wien 2016, letztes Kapitel: „Erinnern und Vergessen im digitalen Zeitalter". Marc Augé führt in seinem *Lob des Fahrrads* aus, daß in einer durchwegs von Massenmedien konditionierten Weltwahrnehmung das „Wirklichkeitsprinzip" verlorengehe. (*Éloge de la bicyclette*, S. 88) Dem kann ich nur zustimmen: Es geht heute darum, den Wirklichkeitssinn zu verteidigen und zu stärken.

tuellen Welten, und auf eine einzige Identität festlegen lassen will sich in der Pseudo- und Anonymität des Internets sowieso niemand mehr. Ulrich, der Held des *Mann ohne Eigenschaften*, wäre heute ein Durchschnittsbürger; seine mystischen Flausen gingen als Freizeitesoterik durch, und statt des Rechenschiebers hätte er natürlich ein intelligentes Telephönchen in der Rocktasche. Das Denken und die Erinnerung erledigen Maschinen für ihn, er braucht sie nur geschickt zu verwalten. Sofern man das jeweils nur augenblickliche „Korrelieren" als Denken und das kurzfristige Abrufen von Gespeichertem als Erinnern bezeichnen will. Ein digitaler Speicher ist kein lebendiges Gedächtnis, das Wort *memory* in diesem Gebrauch eine Täuschung, oder Fake, wie man heute sagt. Eine Korrelation ist kein Zusammenhang, ein statistisches Muster keine Struktur, und alles zusammen hat ohne Wertungen und Ziele keine Bedeutung. Ulrichs geliebter Rechenschieber bietet für sich genommen ebensowenig Erkenntnis wie die viel schnelleren, weitgehend selbsttätigen und – auch für Fachleute – nicht mehr so leicht durchschaubaren Rechner.

Der Zeitmodus der digitalisierten Welt ist die Augenblicklichkeit, die Instantaneität: Alles, was nicht *jetzt* ist, gerät sogleich aus dem Blick. Der Augenblick, naturgemäß, flieht, das bloße Leben im Augenblick ist flüchtig; gegen dieses Fatum begehren die Versuche des Menschen auf, Biographien und Projekte sowie kollektive Geschichte zu gestalten. *Digital natives* haben oft Schwierigkeiten, ihre Biographie zu formulieren, es fällt ihnen schwer, realisierbare Entwürfe zu machen; ein Geschichtsbewußtsein haben sie nicht (steht eh alles in Wikipedia, im Handy). In Fausts Wunsch, der Augenblick möge verweilen, wie auch in seinem Scheitern ist dieser Sinn mitsamt seiner paradoxalen Struktur kondensiert. Roberto Simanowski liefert in seinem Buch über die „neuen Medien" eine Interpretation des faustischen Augenblicks, indem er einen scharfen Gegensatz zwischen dem alten, nach Aneignung strebenden Typus und dem neuen Subjekttypus der Sozialen Medien behauptet.* Nicht der Augenblick entflieht dem Smartphonesüchtigen, sondern er flieht jeden Augenblick (wobei Simanowski mit „Augenblick" wohl etwas wie „Wirklichkeit" meint: das Internet als Tummelplatz des Eskapismus). Dabei scheint er vorauszusetzen, daß das Internet nur ein *space* mit *sites* ist, aber gar keine Zeitstruktur besitzt: eine vollkommen verräumlichte Welt, wie man sie in der Literatur immer wieder als Utopie antrifft, z. B. in Stifters *Nachsommer*. Heinrich Drendorf, Stifters jugendlicher Held, würde sich heute nicht ins Rosenhaus und seine idyllischen Gärten flüchten, sondern ins Internet. Dieser *space* ist, zumindest in der subjektiven Wahrnehmung, im Empfinden des süchtig gewordenen Eskapierenden, der nie mehr zurückkehren möchte, zeitlos.

Aber Achtung, vergessen wir nicht, daß große Plattformen wie Facebook und Instagram Chroniken, *stories* und Erinnerungsmechanismen – sei es auch nur für Geburtstage, die sich bekanntlich jedes Jahr wiederholen – eingebaut haben. Wie die Freundschaft als althergebrachtes Sozialverhalten, so versucht man auch Zeitstrukturen zu retten und im digital-virtuellen Raum Analogien zur realen Welt herzustellen. Die User, behauptet Simanowski, klammern sich an jeden Augenblick, aber damit entfliehen sie ihm zugleich, sie sehen ihm gar nicht ins Auge. Mag sein, aber so ist das nicht nur im

* Simanowski: *Abfall. Das alternative ABC der neuen Medien*, S. 43f.

Internet, sondern bei jeder Art von Mimesis; in der digitalen Welt haben wir es immer noch, bei aller Mutationen, mit existentiell-menschlichen Gegebenheiten zu tun. Fotos halten ein Bild, ein Erlebnis, eine dampfende Speise auf dem Restauranttisch fest und *verewigen* es, das heißt, sie entziehen dem Augenblick seine Flüssigkeit, den besonderen Saft der Zeit. Sie lassen es erstarren. Deswegen ist der User aber nicht gleich zur Hölle verdammt. Oder doch? Simanowski beschließt sein hermeneutisches Divertimento mit ebendieser Behauptung. Durch die „neuen Medien" hätten wir unsere Seele verloren, Mephisto habe künftig und für alle Ewigkeit alle Macht über uns. In dieser – ironischen? – Diktion ist das Internet das Reich des Teufels. Was Simanowski verschweigt oder nicht der Rede wert findet: Faust, der Glückspilz, wird entgegen aller Logik, dank der absurden Gnade, über die Gott verfügt, gerettet und in die Gegenrichtung gezogen, nämlich „hinan", in eine Gegend, wo ebenfalls Zeitlosigkeit herrscht.

Insgesamt sind Simanowskis Ausführungen durchaus witzig, und vieles spricht für erzählerische Ironie, denn an anderen Stellen im Buch erscheint das Internet als Lösung aller Probleme. Verdammung und Erlösung, mal dies, mal das, und beide Male ironisch. So hebt sich alles auf, kommt in eine schöne Schwebe, in der sich leben, also „durch den Tag kommen" läßt. All die religiösen und pseudoreligiösen Extremismen fallen schließlich ab wie ein überflüssig gewordenes Gerüst. Oder der Leser muß es selbst demontieren, das Gerüst. Dasselbe Hin und Her zwischen Verteufelung und Seligsprechung, zwischen Dystopie und Utopie kennen wir von Harari. Anscheinend ist es nicht möglich, die digitale Welt „normal" – „realistisch" wäre ein anderes, abgegriffenes Wort – zu analysieren.

In Wahrheit fallen auch *digital natives*, wenn sie auf ihren Displays herumwischen, nicht ganz aus der Zeit, und wenn sie sich tatsächlich zu lange absentieren, widerfährt ihnen früher oder später ein böses Erwachen. Nein, das Internet, die Sozialen Medien, die Plattformen und die Streamingdienste haben ihre eigene Zeitstruktur, die sich von der „realen“ nicht gänzlich unterscheidet. Man könnte sie, auf die Analysen Zygmunt Baumans zurückgreifend, mit dem Wort „Flüchtigkeit“ benennen. Eine Schwierigkeit des Internetkonsums besteht darin, etwas wie Dauer herzustellen – es muß ja nicht gleich faustische Ewigkeit sein. Innehalten und Verweilen wird im digitalen Zeitalter tatsächlich zum Problem, wo nicht zur Unmöglichkeit.* Der Augenblick als solcher wird nie verweilen, aber man kann aus einzelnen Erfahrungen und Erlebnissen Zeitbögen bauen, kann einzelne Ereignisse zum Epochensignum machen, zu Meilensteinen im chronologischen Ablauf, und man kann darüber hinaus nach Wiederholung – Variation oder Entwicklung – trachten. Dazu braucht es die Fähigkeiten des Erinnerns und Entwerfens. Vollständig digitalisierte, medienabhängige, medienkonforme Subjekte besitzen sie nicht, weil Suchmaschinen und Empfehlungsalgorithmen nichts erinnern und nichts entwerfen können und dem User suggerieren, dies sei auch

* Im Internet (!) habe ich soeben eine Videobotschaft von Arnold Schwarzenegger, dem ehemaligen Gouverneur von Kalifornien, gehört, in der er sich kein Blatt vor den Mund nimmt und prophezeit, Donald Trump werde als schlechtester aller Präsidenten in die Geschichte der USA eingehen. Dem fügt er hinzu: „The good thing is, he will soon be as irrelevant as an old tweet.“ Auch ich finde das gut, frage mich aber, was das für ein mittlerweile von zahlreichen Politikern, und nicht nur von Populisten, verwendetes Medium sein soll, in dem alles Geäußerte sogleich, fast augenblicklich, im ewigen (!) Müllhaufen verschwindet. Das Blabla des Präsidenten: Diskursform der Hölle? Oder einfach nur globalisierte Irrelevanz, der auch Schwarzenegger nicht entgeht?

gar nicht nötig, es geschehe ohnehin alles von selbst, ein eigenes Gedächtnis müsse man nicht ausbilden. Subjekte dieses Typs lassen sich treiben und treiben, indem sie Gefolgschaft leisten. Jeder, der über längere Zeit Smartphone oder Tablet verwendet, kennt das: Man bleibt nie bei etwas, man geht immer weiter, es entsteht kein Weg, nur eine unüberschaubare Vielzahl von Pfaden, eine Art Knäuel, in das man sich immer tiefer verstrickt, während man glaubt, „weiter" zu kommen. Auch die räumlichen Strukturen im Internet sind nicht exakt dieselben wie in der wirklichen Welt; beide konstitutiven Sphären, also die digitale Raum-Zeit, sind nicht gänzlich davon unterschieden, sie bleiben zur realen analog und fungieren als Dimensionen von Mimesis.*

Harari rät in einer seiner *21 Lektionen* dazu, die Geschichte und das Erzählen überhaupt aufzugeben (das Buch nimmt immer wieder mal die Züge eines Ratgebers an). Paradox für einen Autor, der von Berufs wegen Historiker ist und in sei-

---

* An anderer Stelle (S. 83) setzt Simanowski das Genre des Haiku mit den Kurzmeldungen und Postings der Sozialen Medien gleich. Auch diese Bemerkungen klingen flott (flott wie Instagram, TikTok & Co.), sind aber ziemlich haltlos. Das Haiku als „Statusmeldung"? Ja, klar, aber nicht im Sinn der eben genannten Medien. Das Posting ein Gelegenheitsgedicht? Ja, vielleicht, aber nicht im Sinn Matsuo Bashos oder Goethes. Alles eins? Simanowski fällt derselben Nivellierung anheim, die er in seinem Buch wortreich geißelt. Was durch exzessiven Gebrauch dieser Medien an „Literatur" entsteht, sind keine Haiku à la Matsuo Basho oder Gedichte und Dramen à la Goethe, sondern Spaßtexte wie die von Stefanie Sargnagel. Das bisherige Hauptwerk dieser Autorin trägt übrigens genau diesen Titel, *Statusmeldung* (Rowohlt, Reinbek 2017).
Als Fußnote in der Fußnote wäre noch anzumerken, daß Simanowski eine seltsame Vorstellung vom Haiku hat. *Die Erdbeeren / auf dem Teller / im Garten* (S. 86), das ist noch lange kein Haiku, es ist einfach nur ein Allerweltshalbsatz, der vielleicht in ein Gedicht wie *Vergnügungen* von Bert Brecht passen würde, aber für sich genommen überhaupt kein Gedicht darstellt (außer man deklariert es krampfhaft als solches).

nen Werken gern und viel erzählt. Statt dessen solle man einsehen, daß Identität und momentübergreifende Dauer nur Fiktion seien, also Erfindung, Einbildung, Illusion. „Nur" … Aber wir leben doch dadurch und davon, Harari weiß es sehr gut; er befindet sich wieder mal auf der futuristischen Flugbahn. Die Selbstdarsteller in den Sozialen Medien schönen ihre Gesichter und ihre Leistungen, sie legen sich eine beliebige Identität zu und wechseln sie nach Belieben. Ja, aber einerseits ist das menschliche Gedächtnis zum Auswählen genötigt (wie auch jede vorgängige Wahrnehmung jederzeit zum Auswählen genötigt ist); Beschönigung der Geschichte und des Selbst sind keinesfalls eine Neuerung oder gar Revolution des 21. Jahrhunderts*, und andererseits liegt das Problem eben *darin*, im Gebrauch digitaler Tools wie Fotoshop, die solche Eingriffe allzu leicht machen. Fiktion interagiert und vermischt sich in der Regel mit dem Bereich, den man als Wirklichkeit und Erfahrung in vergangenen Augenblicken bzw. Epochen bezeichnen kann. Nach herkömmlichen humanistischen Standards erfinden wir unsere Identität(en) nicht einfach aus dem Blauen und ins Blaue hinein, vielmehr fühlen wir uns einer Wahrheit verpflichtet, und zwar auch dann, oder gerade dann, wenn es uns schwerfällt, an diese Wahrheit heranzukommen oder sie zu bewahren. Eines der großen, wesentlich durch Digitalisierung und Kommunikationstechnologien mitbedingten Probleme der ersten beiden Jahrzehnte dieses Jahrhunderts besteht darin, daß der Sinn für Tatsachen und Wahrheit abhandengekommen ist, und zwar umso mehr, je mehr die jedermann verfügbaren Daten ins Schwindelerregende wuchern, so daß wir uns lieber auf

* Es gibt übrigens auch die gegenteilige Tendenz, eine depressive Geschichtsbetrachtung, in der das Vergangene düsterer erscheint, als es vielleicht war.

Rechenprogramme verlassen, die besser damit zurechtkommen als wir. „No story", das ist für Harari (zumindest im Buchkapitel, von dem hier die Rede ist) das Ende vom Lied, das Ende der Geschichtsschreibung. Eine neue Art von Agnostizismus, die Erkenntnis nicht etwa negiert, sondern freiwillig delegiert. Die Ich-Einheit, die vom abgedankten Subjekt bleibt, ein „objektives" Datenbündel für Algorithmen, kann sich darauf verlassen, daß biometrische, quantifizierende – und oft genug automatisierte – Analysen sie besser verstehen, als sie selbst es je könnte. Besser, du bedienst dich nicht deines eigenen Verstandes! Wenn die Individuen und ihre Handlungen tatsächlich prognostizierbar sind, erübrigt sich jede Erzählung.*

Dieses wissenschaftlich erfaßte, aus gewaltigen Datenspeichern erschlossene „Subjekt" ist nicht zuletzt eines: vergleichbar. Ich muß hier nicht eigens darauf hinweisen, daß man alles vergleichen kann, auch Kraut und Rüben. „Objektiv" vergleichen lassen sich Zahlen; was quantifizierbar ist, ist vergleichbar. Aber ist alles quantifizierbar? Die Durchdringung sämtlicher Lebensbereiche mit Rechnern sowie deren Vernetzung hat einen gewaltigen Quantifizierungsschub gebracht, der sich im Selbstlauf potenziert: Zahlen erzeugen Zahlen. In einem dieser Bereiche, Bildung und Erziehung, wird seit einiger Zeit verstärkt auf Vergleichbarkeit der Individuen wie auch der Institute und der Länder gesetzt, doch die Klagen über eine angebliche Bildungsmisere sind damit nicht verstummt, im Gegenteil. Abhilfe verspricht man sich von noch weiter gehender Quantifizierung, Zent-

---

* Vgl. dazu auch Marquard: *Die Philosophie der Geschichten und die Zukunft des Erzählens*, S. 53-71

ralisierung, Hierarchisierung. Unbeirrt und unbeirrbar versuchen Bildungspolitiker, das Symptom durch die Stärkung seiner Ursachen zum Verschwinden zu bringen. In Österreich wurde 2015 eine Zentralmatura eigeführt, mit dem Ergebnis, daß die Prüfungsthemen und -fragen im nachhinein mal als zu schwer, mal als zu leicht eingeschätzt werden. Die professionellen Prüfungsentwickler versuchen auf Biegen und Brechen, einen „objektiven" Mittelwert dessen, was zu einem gegebenen Zeitpunkt „gewußt" werden sollte, anzusteuern und von dort aus die Skalen – sprich: die Noten – festzulegen. Und das für sämtliche Schüler eines bestimmten Schultyps. In Deutschland werden gegenwärtig die Stimmen lauter, die nach einem faktischen Zentralabitur mit gleichen Anforderungen für alle, in allen Bundesländern, rufen. Besonders kommen diese Stimmen „aus der Wirtschaft". „Ein vergleichbares Abitur ist zum Vorteil aller Schüler", erklärt der Arbeitgeberpräsident, und der Bildungsexperte des Instituts der deutschen Wirtschaft liefert dazu folgenden Vergleich: „Hundert-Meter-Läufe werden ja auch nicht mal auf 95 und mal auf 103 Metern ausgetragen."* Eine vielsagende Rhetorik, wird Bildung hier doch auf eine Stufe mit sportlichen Wettkämpfen gestellt. Aber Vergleiche hinken bekanntlich immer ein bißchen – ausgenommen die von Zahlen.

Vergleichbarkeit als Leitwert pädagogischer Systeme führt nicht nur zu verschärfter Konkurrenz (statt Kooperation), sie öffnet – wie in allen übrigen Lebensbereichen – Eigenwerbung, Manipulation, Fälschung und Lüge Tür und Tor.

---

* Gillmann: *Wirtschaft wünscht sich einheitliches Abitur in Deutschland*, in: Handelsblatt, 31.7.2019

Das ist den Architekten der neuen (Un-)Bildung auch bewußt. Um dem „Mißbrauch“, eigentlich nur ein folgerichtiges Verhalten, entgegenzuwirken, werden – wie in allen Lebensbereichen – Sicherheitsvorkehrungen und Kontrollen verschärft. Bei der japanischen Zentralprüfung, die zum Universitätsstudium berechtigt, einem im Vergleich zu europäischen Ländern nur etwas anders benannten und organisierten Zentralabitur, das schon 1990 eingeführt wurde, herrscht jährlich im Januar an den Prüfungstagen und schon vorher eine paranoide Hysterie, als befänden sich die Universitäten in einem Belagerungszustand mit unsichtbaren Feinden, so daß die Hörsäle und bestimmte Gebäude 24 Stunden im voraus verriegelt und versiegelt werden, damit nur ja kein Schüler ein Plätzchen manipulieren könnte. Doch wir haben nicht Krieg, es ist nur der Ernst des Lebens, den in Japan die Schulkinder jahrelang eingebläut bekommen, bis sie für eigenständiges Denken zu erschöpft sind.

Ich mache meine Erfahrungen in Japan, höre und lese jedoch aus Europa von ähnlichen Entwicklungen. Aufschlußreich war in dieser Hinsicht auch die dreiteilige Filmkomödie *Fack ju Göhte*, ein Produkt der Spaßkultur, das dennoch einiges vom neuen Ernst abbildet. In diesen Filmen wird die Konkurrenz zweier Schulen um das bessere Ranking aufs Korn genommen: Goethe gegen Schiller. Schon die Orthographie des titelgebenden Schülerslogans verweist darauf, daß der Kampf, der sich dabei entfesselt, nicht unbedingt im Sinn einer besseren Bildung der Schüler wirkt.

Die österreichische Schriftstellerin Bettina Balàka hat sich den Leitfaden angesehen, den das öffentlich-rechtliche Institut für Bildungsforschung, Innovation und Entwicklung (BIFIE) für Prüfungen im Fach Deutsch ausgegeben hat. Bei der

Bewertung von Schüleraufsätzen läßt sich die Subjektivität des Bewertenden offenbar nicht so leicht glattbügeln – auch dieses Problem wurde ausgetestet, und es zeigte sich, daß Bewertungen ein und desselben Aufsatzes individuell und regional unterschiedlich waren. Beseitigen läßt sich Subjektivität auf beiden Seiten, bei Lehrern und Schülern, nur dann, wenn quantifizierbare Kriterien eingeführt sind, die von Mal zu Mal sterilere Texte zur Folge haben werden, weil die Subjekte mehr und mehr den quantifizierten Anforderungen entsprechend schreiben und auf jede Form von Kreativität, so noch vorhanden, verzichten werden. Kein Mensch wird noch nicht-normale, in irgendeiner Weise normabweichende Texte verfassen wollen.* Nach dem früheren, dezentralen System haben Lehrer in ihren jeweiligen Kontexten bewertet; in Schulen mit insgesamt schwächerem Niveau waren sie vermutlich milder. Das fällt jetzt weg. Werden dadurch alle Schüler landesweit besser? Oder tritt nicht eher eine Nivellierung nach unten ein? Und wozu überhaupt diese ganze Vergleichbarkeit? Diese „Objektivierbarkeit“, die man entschieden unter Anführungszeichen setzen muß? Sprachleistungen, meint Balàka, sind nicht quantifizierbar. Jedenfalls nicht ihr *Wert*, füge ich hinzu. Korpuslinguisten mögen sich

---

* „Normaler Diskurs (…) ist jeder (wissenschaftliche, politische, theologische oder sonstige) Diskurs, für den es anerkannte Kriterien im Hinblick auf einen angestrebten Konsens gibt; jeder Diskurs, für den es solche Kriterien nicht gibt, ist nicht-normaler Diskurs.“ (Rorty: *Der Spiegel der Natur*, S. 21) Ich habe die Übersetzung leicht abgeändert, weil mir der deutsche Text an dieser Stelle verworren erschien. Im Original steht: „any discourse (scientific, political, theological, or whatever) which embodies agreed-upon criteria for reaching agreement“. Folgt man Rorty, so müssen durch die Eindämmung nicht-normaler Diskurse, ob schriftlich oder mündlich, längerfristig Innovationsfreudigkeit, Inspiration, Kreativität, Urteils- und Kritikfähigkeit schwinden. Eine Folge digitaler Quantifizierung als (Un-)Bildungsprogramm!

ihren Big-Data-Computeranalysen hingeben, aber das hat mit faktisch gesprochener und geschriebener Sprache wenig zu tun. Ergebnis der geschilderten Zentralisierung: Es wird nur noch „Massenware" verlangt. „Alle schreiben das Gleiche gleich", schreibt Balàka.*

In Japan besteht der allergrößte Teil der Zentralprüfung und ähnlicher Veranstaltungen – Tests jeglicher Art sind hier äußerst „beliebt", d. h. Gewohnheit, in Fleisch und Blut übergegangen – aus Multiple-Choice-Fragen. Man muß letzten Endes nur ankreuzen, weil nur formalisierte Fragen und Bewertungssysteme den „objektiven" quantitativen Vergleich aufgrund einer erreichten Punkte- oder Prozentzahl ermöglichen. Um darauf vorbereitet zu werden, gehen die meisten Schüler jahrelang in Paukschulen, sogenannte *juku*, wo sie die passenden Techniken und Verhaltensweisen einlernen, die ein Durchkommen ermöglichen. Als Universitätslehrer habe ich mich oft gefragt, wie dieser oder jener Student die Zentralprüfung bestehen konnte. Ich glaube, es ist nicht sehr schwer. Man braucht vor allem eines: Streßresistenz. Der Schüler muß brav und ordentlich sein. Das sind die Dinge, die die Jugendlichen in diesem „Bildungssystem" lernen.

Natürlich gibt es immer noch gute, kluge, kreative Achtzehn- und Neunzehnjährige, das wird noch eine Weile so bleiben. Doch sie besitzen diese Eigenschaften *trotz*, nicht wegen des Systems und der zentral standardisierten Tests, die in Japan bereits in der Mittelschule beginnen. Ich sehe die Entwicklung weltweit in diese Richtung gehen: Mehr und mehr versuchen die Eltern, ihre Kinder schon im Kinder-

* Balàka: *Weißes Rauschen. Schreibprozesse in und jenseits der SRDP Deutsch*, S. 82. SRDP bedeutet „Standardisierte schriftliche Reife- und Diplomprüfung".

gartenalter auf den rechten, den vorausberechneten Weg zu zwingen. Die entsprechenden Einrichtungen boomen. Englischsprachige Kindergärten, wo zwar nicht spontan Englisch gesprochen, dafür aber die Lust auf Fremdsprachen schon im Kleinkindalter ausgetrieben wird. Schließlich hat die so verstandene Bildung mit Lust nichts zu tun.

Vom Standpunkt des Prüfers, der ich manchmal – meistens konnte ich mich davor drücken – auch sein mußte, finde ich den Zwang, unablässig falsche Antworten auf die im Test gestellten Fragen zu finden, und zwar drei- bis viermal so viele, besonders pervers. Manche Pädagogen sind geschickter im Drechseln falscher oder deplazierter Wörter und Sätze als im Herstellen von richtigen. Ab einem bestimmten Niveau, wenn das Sinnverstehen in Bezug auf komplexere Texte geprüft werden soll, wird es schwierig bis unmöglich, mit der Multiple-Choice-Methode klare Raster zu fabrizieren. Der Effekt ist, daß die Kenntnisse des Prüflings nicht mehr überprüft werden können, sondern Verwirrung überhandnimmt. Verwirrung als Folge wirrer und verwirrender Formulierungen. Resultat: Zufall und Willkür nehmen erst recht überhand. Tests dieser Art würden die Professoren, die sie sich ausgedacht haben, in vielen Fällen selbst nicht bestehen. Auch ich nicht, ich habe es probiert.

Es gibt nichts Überflüssigeres als das Multiple-Choice-Verfahren. Es spannt die Subjekte in ein mentales Korsett ein, dessen Sinn niemand mehr hinterfragt. Enqueteure, Kontrolleure, Marketingforscher, Datenanalysten, Testdesigner, Evaluierer, Optimierer – von ihnen wimmelt die Armee der Parasiten im Dienst der anonymen, der KK-demokratischen Macht.

Das Internet ist nicht die Wurzel allen Übels. Es hat nur Tendenzen aufgegriffen und verstärkt, die sich seit den achtziger Jahren, vielleicht schon im Jahrzehnt vorher, abzeichneten. Die beiden Brennpunkte jener Ellipse, die George Packer mit dem Wort „Abwicklung" benannt hat*, bilden einerseits die Entsolidarisierung, die in sehr verschiedenen Bereichen festzustellen ist, und andererseits die Hedonisierung, also der Aufstieg eines individualistischen, selbstbezüglichen Persönlichkeitsideals, das durch eine Kulturindustrie Nahrung erhält (und von dieser verlangt und geprägt wird), die sich seit Adornos ersten, noch zaghaften Überbau-Diagnosen zur Kernzone des Unterbaus, also der Wirtschaft, entwickelt hat. Seit diese Brennpunkte durch die Digitalisierung im allgemeinen und die Vernetzungstechnologien im besonderen erfaßt wurden, wozu in jüngster Zeit der Einsatz von künstlicher, selbstlernender Intelligenz kommt, beschleunigen sich diese Entwicklungen aber in einem Maß, daß man immer öfter vor die Frage gestellt wird, ob damit nicht eine neue Qualität erreicht ist. Computerfreundliche und gesellschaftskritische Gruppen wie der CCC oder die deutsche Piratenpartei versprachen sich eine Zeitlang von der Internetkommunikation einen Demokratisierungsschub. Das hat sich als Illusion erwiesen.** Statt dessen wurden in den letz-

---

* Packer: *Die Abwicklung. Eine innere Geschichte des neuen Amerika*. Frankfurt am Main 2014. Das Wort „Ellipse" verwendet Colin Crouch, um auf den Prozeß der Entdemokratisierung zu verweisen, der mit diesen Phänomenen einhergeht (*Post-Democracy*. Oxford 2004).

** Michel Serres hielt noch zwei Jahrzehnte später an dieser Illusion fest. Das allgemeine, virtuelle ebenso wie reale Geschwätz, das Stimmengewirr in den virtuellen Chatrooms und in den realen Klassenzimmern, wo jeder etwas zu sagen zu haben glaubt, aber keiner zuhört, sieht er als „im Entstehen begriffene Demokratie", als schönes, spielerisches Chaos, das die

ten Jahren immer mehr Daten von Gruppen wie auch von Individuen gesammelt, die eine stärkere Kontrolle ermöglichen – was im neuen Zeitalter der Pandemie vielen Bürgern wünschenswert erscheint, nachdem sie sich jahrelang über die Neugier der US-amerikanischen *Security-Agency* und anderer Datenerhebungsstellen kommerzieller oder politischer Natur empört haben. (Der Wechsel ist ebenso radikal wie der vom Verschleierungsverbot zum Maskenzwang.) Ich habe mich in diesen Jahren oft gefragt, was mit den Abermilliarden von Daten, mit der Dokumentation unseres unendlichen Geschwätzes, in der Internet-Sprache *chat* genannt, denn eigentlich angestellt werden soll. Terroristen bekämpfen, nun gut – und wenn es dabei zu Irrtümern kommt? Die sind allem Anschein nach außerordentlich selten. Soll das Denken der Bürger ausgeforscht, kanalisiert, beeinflußt werden? Nichts davon ist zu bemerken, leben wir doch nach allgemeiner Überzeugung in Freiheit und vertreten nur noch *eine* Ideologie, eben die der Freiheit, die von den meisten so interpretiert wird, daß sie sich von niemandem in ihre Geschäfte dreinreden lassen wollen, am wenigsten natürlich vom Staat. Wolfgang Streeck, ehemals Direktor des Max-Planck-Instituts für Gesellschaftsforschung, äußerte im Juli 2014, die „digitale Vollüberwachung“ würde die Demokratie nicht schädigen, das besorge diese schon selbst in ihrer Eigendynamik.* Kurz danach wurden die politischen Analyse- und Beeinflussungsmethoden digitaler Firmen bekannt, die auf eine Manipulierung des politischen Wahlverhaltens hinauslaufen (Cambridge Analytica). Von freier öf-

---

Heraufkunft eines neuen, besseren Menschen anzeigt. (Serres: *Erfindet euch neu*, S. 56)

* Streeck: *Kunde oder Terrorist?* in: *Technologischer Totalitarismus*, Berlin 2015, S. 247-256

fentlicher Meinungsbildung, die einst in aller Transparenz und ohne heimliche Zwänge vor sich ging, wobei Presse und Rundfunkanstalten eine wesentliche Rolle spielten, ist man im undurchschaubaren Informations- und Desinformationsdschungel des Internets, der mit seinen Feeds & Filtern neue Zwänge entwickelt hat, weit entfernt. Politik wird mit einer Palette von Marketingmethoden betrieben, d. h. letzten Endes von Marketingspezialisten (vulgo Werbefritzen), in deren Strategien vernunftgeleitetes Diskutieren keinen Platz hat.

Dennoch trifft wohl zu, was Streeck hervorhebt, daß nämlich all die Daten in erster Linie einem Zweck dienen: der immer totaleren Kommerzialisierung, die ebenfalls lange vor dem digitalen Zeitalter eingesetzt hat. Neu ist, daß es die Digitalisierung erlaubt, Kundengewinnung und -bindung auf den Einzelnen zuzuschneiden (was natürlich von Maschinen, von Algorithmen besorgt wird), also nicht mehr auf die Allgemeinheit oder eine Zielgruppe, sondern auf jeden persönlich, der dann auf je eigene Art als potentieller Käufer torpediert wird. „Targeting", was ursprünglich heißt, etwas oder jemanden aufs Korn zu nehmen, klingt längst nicht mehr martialisch, es bezeichnet ein ehrenwertes, von der Chefetage eingefordertes Verhalten der Marketingabteilung. Der längst eingefleischte Konsumismus läßt sich nach Streeck in der Formel „immer länger und härter arbeiten, um sich immer unnützere schöne Dinge leisten zu können" zusammenfassen; er ist eine wesentliche Voraussetzung für das reibungslose Funktionieren des kulturindustriellen Digitalkapitalismus. Die entsprechende (Anti-)Moral, die sich als „Postmoral" recht gut in die beträchtlich angewachsene Truppe von Post-Begriffen einreihen ließe, und die fortschreitende Personalisierung verstärken einander. Wobei wiederum zu betonen ist, daß diese Art der Personalisierung durchaus nicht der individuellen Persönlichkeitsentfaltung dient; im Gegenteil, die Berechnung des Käuferverhaltens wie auch des politischen Wahlverhaltens standardisiert und typisiert dieses Verhalten. Der ideale Konsument verhält sich wie ein Süchtiger (und ist oft genug im Wortsinn süchtig), seine Handlungen sind vorhersehbare Reaktionen auf gezielt ausgesendete Reize, seine Sprache, wie sie durch die Sozialen Medien mit ihren kleinen Ikonen, die beim Gefühlsausdruck behilflich sind, und durch stereotype sprachliche Äußerungsformen verbreitet wird, ist *rhetorisch* im Sinn eines unpersönlichen Systems, das man heute gar nicht eigens einlernen, nur immer wieder an diesem oder jenem Knotenpunkt anklicken muß. Der *digital native* entwickelt keine Persönlichkeit und keinen eigenen Stil, beides wird ihm vom System mit seinen Algorithmen berechnet, designt und zur Verfügung gestellt, das heißt letzten Endes: verkauft. Die Kommerzialisierung hat auch die Psychologie der Einzelnen erfaßt und prägt sie mehr, als es Erzieher noch zu tun vermögen.

Das alles ist nicht neu, jedenfalls nicht ganz neu. 1985 erschien in New York ein Buch von Neil Postman, in dem der Autor den Verfall vernunftgeleiteter Kommunikation infolge der immer umfassenderen Vorherrschaft der Bildmedien, vor allem des Fernsehens, beschrieb – und wohl auch beklagte. In der deutschen Übersetzung, die Reinhard Kaiser besorgte, wird im Untertitel des Werks auf die „Unterhaltungsindustrie“ verwiesen, ein Wort, das an Adornos und Horkheimers „Kulturindustrie“ erinnert. Postman hatte in seiner Arbeit nicht auf die beiden Bezug genommen; der Ausdruck, den er regelmäßig gebraucht, ist „Show Business“, was im englischsprachigen Original volkstümlicher klingt. Die deutsche Brücke zu Horkheimer und Adorno scheint mir dennoch sinnvoll, zumal sich durch diese Bezugnahme ein noch weiterer Horizont öffnet. Kurz und bündig könnte man sagen: Die digitalen Medien vollenden jene Entwicklung, die im frühen Zeitalter der technischen Reproduzierbarkeit begann, und zwar mit einer Reihe von sozialen, kulturellen, ethischen und psychologischen Implikationen. Unter anderem wies Postman 1985 auf die neue, nach und nach sämtliche Bevölkerungsschichten erfassende, jedenfalls aber mehrheitliche Teilnahmslosigkeit gegenüber sozialen, politischen und ökologischen Fragen hin, da jedes konkrete Engagement durch das tagtägliche Amüsement verdrängt werde. Ein Amüsement, das in der digitalen Welt gut und gern 24 Stunden am Tag umfassen kann.

Von den beiden großen englischen Visionären des 20. Jahrhunderts gibt Postman eindeutig Aldous Huxley den Vorzug, insofern die strukturelle Kontrolle, die sich der Unterhaltungsmedien bedient, nicht auf Gewalt, Verbote und Indoktrinierung zurückgreifen muß; die Betäubung der Subjekte durch „technologische Zerstreuungen" erfüllt denselben Zweck und ist zudem lukrativ.* In unserer Gegenwart ist Politik zu einem Konglomerat von Werbung und Unterhaltung verkommen, die Politiker sind oft ehemalige Schauspieler, Komiker, Fernsehleute, und wo die Darstellung und Interpretation von Sachlagen überhaupt noch eine Rolle spielt,

---

* Postman: *Wir amüsieren uns zu Tode*, S. 137. Dem könnte man hinzufügen, daß es heute nicht mehr notwendig ist, gefährliche Bücher oder Bücher überhaupt zu verbieten wie in Bradburys *Fahrenheit 451*, weil die Mehrheit freiwillig aufs Bücherlesen verzichtet und diese Fähigkeit, eine der großen Errungenschaften der Moderne, „Alphabetisierung" genannt, langsam abnimmt.

läuft sie auf Vereinfachung und einen Sensationalismus hinaus, der nicht den Verstand, sondern die Gefühle anspricht. Die Kommunikationsplattformen des Internets bieten dafür das ideale Medium. So amüsieren wir uns endgültig – nicht zu Tode, sondern abwechselnd in einen Zustand der Betäubung und selbstzweckhafter, folgenloser Empörung. Kein Wunder, daß weite Teile der Bevölkerungen an Politik, also an den Belangen, die die Gesellschaft, in der sie leben, betreffen, kein Interesse mehr haben.

So funktioniert die Ökonomie der Aufmerksamkeit, in der jedermann, Blogger und YouTuber genauso wie Politiker und Produktverkäufer, sich selbst und seine Sache nicht so darzustellen versucht, wie er ist, sondern so, wie er und die Sache am besten „rüberkommen", also am meisten Clicks & Likes erhalten (die sich Akteure, die über das nötige Kleingeld verfügen, auch kaufen können), wobei jedermann zum Produzenten, zum Selbstdarsteller, zum Verkäufer wird. Sie geht einher mit einer Ökonomie der Zerstreuung, die die Leute passiv, entscheidungsfaul und nicht selten zu Süchtigen macht.

Ein Beispiel für den digital-konsumistischen Klick- und Influence-Wahn sind jene Stalker mit ihren Smartphones und sonstigen „Endgeräten", die sich „Stans" anstelle von „Fans" nennen und ihre Freizeit, wenn nicht überhaupt, als „Stan-Profis", ihre gesamte Zeit damit verbringen, die Geschäfte jener Pop-Celebrity fördern zu helfen, die sie irgendwann, meist als Jugendliche, zu ihrem Abgott erwählt haben. Sie klicken Videoclips an und trachten die Quoten und Rankings der Produkte zu beeinflussen; in letzter Zeit hat sich darüber hinaus die Praxis eingebürgert, nicht nur den eigenen Medienhelden zu unterstützen, sondern einen feindlichen Klub zu sabotieren und zu schädigen. Ariana Grande gegen Lady Gaga, das läuft nicht anders als die Feindschaft zwischen Gruppen von Fußball-Hooligans, deren Kämpfe – manchmal auch intern, beim selben Klub – schon Todesopfer gefordert haben. Im Realsport werden solche Rivalitäten in manchen Ländern friedlich und augenzwinkernd ausgetragen, in anderen, wie Argentinien, bluternst. Mir scheint aber, daß sie im virtuellen Bereich eine Logik der fortschreitenden Erbitterung entfalten, *une logique de crispation*, die den Fanatismus immer weitertreibt, genau wie das heute in der mediatisierten Politik der Fall ist.

Was mich dabei am meisten erschüttert, ist erstens, daß es im Selbstverständnis der Stans überhaupt nicht um Musik geht, sondern um ökonomische Potenz, um pure Stärke im Sinn von Internetpräsenz (berechenbar in Clicks), und zweitens, daß die *celebrities* ziemlich austauschbar sind (wie in der Politik Inhalte immer weniger zählen). Was ließe sich auch über die musikalischen und videoästhetischen Unterschiede zwischen den beiden Unternehmen Ariana Grande und Lady Gaga sagen? Es ist doch ein einziger, hochkommerzialisierter, fashionable gestylter Kulturkommerz. Grande vs. Gaga, derzeitiger Clickstand: 953 Mio. vs. 839 Mio. Mehr, mehr, mehr! Das Wort „Stan" ist ein abgekürztes Kompositum, es besteht aus zwei Wörtern, aber wie es scheint, hat die zweite Bedeutung die erste aufgefressen. Mein Star ist deshalb besser als deiner, weil er mehr verkauft. Und damit das so ist und bleibt, trage ich mein Scherflein bei. Einer dieser Super-Stans erklärte gegenüber einem Journalisten der *New York Times*, der für einen Artikel über „Fandom" in der Popmusik recherchierte: „It's basically promotion, free labor — we're practically chained against the wall with our phones."* Lady Gaga hatte gerade ein neues Album herausgebracht. Auf diese Weise „arbeitet" eine Armee von nützlichen Idioten gratis und mit Freuden für einen superreichen Superstar. Aber wer weiß, vielleicht werden einige, die als Leithammel fungieren, von der Kulturindustrie heimlich bezahlt. Der Rest sind Freizeitsklaven.

Werbung ist Arbeit, nicht anders als der Job, den ein Sandwich-Man auf der Straße verrichtet – der aber inzwischen, wie so viele andere Berufe, überflüssig geworden scheint, weil die potentiellen Kunden auf ihr Smartphone, d. h. ins Internet schauen und nicht auf Plakate. Stellungnahmen zur Kunst, oder besser gesagt: zu einem Produkt der industriellen Popkultur, sind auf bloße Werbung reduziert, und Werbung bedeutet oft genug Manipulation, letztlich also Lüge. Besonders auf dem globalen Niveau, das von wenigen, aber mächtigen Konzernen beherrscht wird, ist Wirtschaft generell zur Werbewirtschaft geworden. Die Firmen kümmern sich um ihr Branding, also um Selbstdarstellung und Marktforschung, und möglichst wenig um die Herstel-

* Coscarelli: *How Pop Music Fandom Became Sports, Politics, Religion and All-Out War*, in: The New York Times, 25.12.2020 (im Internet verfügbar). Coscarelli, vermutlich ein *digital native*, weist darauf hin, daß die Fan-Szene vor dem Siegeszug von Clickbait-Plattformen wie Twitter, YouTube oder Spotify vielseitiger, interessanter, inhaltsbezogener war. Dabei bezieht er sich ausschließlich auf Fan-Sites im frühen Internet. In prädigitalen Zeiten war es für ein österreichisches Landkind wie mich geradezu ein Abenteuer, sich gegen viele Hindernisse einen eigenen Musikgeschmack auszubilden und auf dem Laufenden zu bleiben, was die neuesten Entwicklungen betraf. Am meisten „Mainstream" war das Radio mit seinen Hitparaden, einer bescheidenen Vorform dessen, was sich heute „Ranking" nennt und von unpersönlichen Algorithmen organisiert und gesteuert wird. Vor allem aber: Es ging um *Musik*, und über die damalige Popmusik, auch die erfolgreichste – Beatles vs. Rolling Stones –, ließ sich gut und zivilisiert streiten, weil sie tatsächlich Qualität besaß.

lung von Produkten (etwa Kleidung, Schuhe, Nahrungsmittel, Hard- und Software von Computern), die von abhängigen kleineren Produzenten zumeist in wenig entwickelten Ländern besorgt wird. Das globalisierungskritische Buch *No logo* von Naomi Klein sorgte vor zwanzig Jahren eine Zeitlang für Furore, die Entwicklungen spürbar beeinflussen konnte es aber nicht. Obwohl der Bestseller – über eine Million gedruckter Exemplare – vom *Guardian* auf Platz drei der ewigen Bestenliste im Bereich *non-fiction* plaziert wurde.

Eine Folge der Ökonomisierung und Quantifizierung aller Lebensbereiche – *zuerst* Ökonomisierung und *dann*, beschleunigt durch die Digitaltechnologien, Quantifizierung – ist die Wesensänderung von Politik in den westlichen und westlich geprägten Ländern. Auch politisches Handeln mußte sich mehr und mehr der Logik marktorientierter Werbung unterwerfen. Immer dann und erst dann, wenn es zu Skandalen kommt, dringt an die Öffentlichkeit, wie sehr Marktanalytiker, Consultingfirmen, Werbestrategen und Rhetorikspezialisten im Hintergrund die Fäden ziehen, und wie einträglich auch dieses Geschäft ist. Beispielhaft könnte man dafür die Silberstein-Affäre zitieren, die 2017 in Österreich aufflog und zeigt, daß für diese kommerziell denkenden Strategen und Berater Lügen, Erfindungen und üble Nachrede zu den gebräuchlichen Methoden gehören. In viel größerem Maßstab findet man Beispiele in der US-amerikanischen Politik, einerseits Lügenkampagnen wie die gegen Barack Obama, der angeblich nicht in den USA geboren war, oder durch die Inthronisierung eines Politikertypus, für den Selbstlob und Prahlerei tägliche, durch „soziale" Medien verbreitete und verstärkte Routine sind. Schon 2004 konstatierte Colin

Crouch „the approximation of the democratic electoral process, the highest expression of citizenship rights, to a marketing campaign based quite openly on the manipulative techniques used to sell products.“* Ein Verhalten, das für die meisten Bürger heute selbstverständlich ist und das manche offensichtlich auch von den Politikern erwarten und einfordern. Unter solchen Umständen ist nicht damit zu rechnen, daß das Phänomen überhaupt wahrgenommen, geschweige denn erkannt wird.

Um noch einen Bereich zu erwähnen, der mir vertraut ist und über den ich hin und wieder reflektiere, obwohl – oder weil – ich ihn nur aus einer Außenseiterposition kenne: die sogenannte „Wissensökonomie“. Felix Stalder, Professor für „digitale Kultur und Theorien der Vernetzung“ (laut Wikipedia), schildert in seinem Werk über Kultur der Digitalität, wie algorithmisch erzeugte Rankings in die Evaluierungspraktiken der Hochschulen Einzug gehalten haben, die sie heute weitgehend beherrschen. Man könne all die vielen Publikationen – wie wahr, es wird viel zu viel „wissenschaftlich“ publiziert, weil Lehrende, die dazu keine Neigung und kein Talent haben, bei Strafe des Verlusts ihres Arbeitsplatzes massenhaft dazu gezwungen sind – man könne das alles sowieso nicht mehr lesen, schreibt Stalder, deshalb seien die automatisch generierten, quantitativ ausgerichteten Bewertungen und Hierarchien ein Segen und, wieder mal, eine Selbstverständlichkeit. Wer sich an einer Universität um eine Stelle bewirbt, sollte nicht damit rechnen, daß ein menschliches Wesen die verlangten Publikationen liest. Gelesen, faktisch eher: gezählt wird nur noch

* Crouch: *Post-Democracy*, S. 103

von Computerprogrammen, wie auch die Bewerbungen bei x-beliebigen Firmen immer mehr von Algorithmen „gelesen“ werden, so daß die Bewerber früher oder später sie nur noch für diesen Adressaten, den Algorithmus XY, abfassen werden.* Man kommuniziert nicht mehr mit menschlichen Personen und wird nicht von ihnen bewertet, sondern von einem System, das nur Zahlen kennt, die sich im übrigen leicht manipulieren lassen. Stalder scheint, falls nicht Ironie im Spiel ist, und ich glaube das in diesem Fall eher nicht, darüber glücklich zu sein – eine Bürde, ein Stück Verantwortung, das den ohnehin so gestreßten Akademikern abgenommen wird. Der fachlichen Taxierung in der Wissensökonomie liegt, so Stalder, „die Annahme zugrunde, daß jeder Link ein Hinweis auf Relevanz ist und daß Links von häufig verlinkten, das heißt populären Quellen wichtiger sind als solche von weniger verlinkten, also unpopulären Quellen. Der Vorteil (sic!) dieser Annahme ist, daß sie sich in rein quantitativen Variablen erfassen lässt und keinerlei direktes Verständnis (sic!) für den Inhalt der Dokumente oder den Kontext, in dem sie sich befinden, notwendig

* Vgl. das Kapitel „Sweating Bullets: On the Job“ in Cathy O'Neils *Weapons of Math Destruction.* Die gegenwärtige Bewertungspraxis und Evaluierungsmanie im Wissenschaftsbereich nimmt erstens die Zahl der Publikationen und zweitens die Zahl der Zitierungen als Kriterium, wobei unerheblich ist, ob positiv oder negativ, zustimmend oder ablehnend zitiert wird. Bewirbt sich jemand um eine Stelle, muß er angeben, wie oft jedes seiner *papers* zitiert wurde. Er ist also genötigt, ständig in Kontakt mit den Rankingplattformen zu sein und sein akademisches Erscheinungsbild zu kontrollieren (was auf die Dauer nur auf Kosten echten wissenschaftlichen Arbeitens gehen kann). „Der Meistzitierte ist der Glaubwürdigste“, wobei hier wie auch sonst in der digitalen Welt die alte Faustregel gilt: Wer hat, dem wird gegeben. (Türcke: *Digitale Gefolgschaft*, S. 131) Auch in der Wissenschaft beherrschen Mainstreams alles, sind Eigenwerbung und Manipulation Tür und Tor geöffnet.

ist.“* Gut ist demnach, was bzw. wer populär ist; in der Politik nennt man das Populismus.

In scharfem Kontrast zu Stalders rosigen Schilderungen steht der tatsächliche Alltag der Professoren und Assistenten, und zwar in aufstrebenden Ländern noch mehr als in altehrwürdigen akademischen Milieus. Einem zentralen Plan gemäß werden Forscher in China neuerdings für Publikationen in hochangesehenen Zeitschriften wie *Science* und *Nature* bezahlt; der finanzielle Anreiz hat zu einer akademischen Publikationsflut geführt, so daß Angehörige chinesischer Universitäten, unter ihnen viele Ausländer, nun erstmals mehr *academic papers* veröffentlichen als ihre Kollegen in den USA, nämlich über 300.000 pro Jahr. Die Akademiker geraten immer mehr unter Streß und beklagen sich häufig darüber. Die Freiheit der Wissenschaft wird auf unvorhergesehene Weise unterminiert, nicht durch inhaltliche Direktiven, sondern durch den Einzug neoliberaler Prinzipien in einen Bereich, in dem bis vor kurzem die für eine freie, nicht auf kurzfristige und formale Erfolge schielende Forschungstätigkeit und schöpferische Produktivität notwendige Muße herrschte. Ein 72-jähriger, seit kurzem emeritierter japanischer Professor für Zooökologie berichtet, daß er während seiner Tätigkeit an einer chinesischen Universität unter ständigem Druck arbeitete, mehr und besser, d. h. „prominenter“ zu publizieren. „I felt it was like a world of money worship where a certain amount of money is paid for each paper. There was a dodgy atmosphere in which as long as papers were published, they were acceptable even though the data was a bit sketchy.“ Ein anderer Japaner, ein Chemiker, bedauert, daß er eben wegen dieses ständigen Drucks während seiner

* Stalder: *Kultur der Digitalität*, S. 184

dreijährigen Tätigkeit an der chinesischen Henan-Universität „nur" zwei *papers* habe veröffentlichen können. Wie man sieht, hat der Geist der Zahl hier auf der ganzen Linie gesiegt.*

Daß unter solchen, längst Realität gewordenen Umständen in langfristiger Perspektive auf Inhalte kein großer Wert mehr gelegt wird, weder vom Produzenten noch vom Leser, der ohnehin nicht mehr liest, sondern nur noch überfliegt, zwei drei Wörter in eine Suchmaschine eingibt, dann klickt und *copy+pastet*, daß mithin nur noch das Publizieren als solches gilt, also die *Zahl* der Publikationen und „Zitierungen" (die ich hier sehr bewußt unter Anführungszeichen stelle), ist die logische Konsequenz des Befunds. Ebenso logisch, daß die Versuchung der Manipulation, des Klickens und Verlinkens unter Freunden, in Seilschaften, groß ist. Ärgeres will ich mir lieber nicht ausmalen, etwa eine Clickbait-Industrie im wissenschaftlichen Bereich. Das alles läuft letzten Endes darauf hinaus, daß sich jeder, der über das nötige Kleingeld verfügt, seine „Qualifikation" erkaufen kann. Geld ist in menschlichen Verhältnissen die höchste und wirkmächtigste Verkörperung des Quantitativen. Der sanfte Terror der Ökonomie beherrscht wie eine unsichtbare Krake die Universitäten, diesen ehemaligen Hort des freien Denkens und Experimentierens.

Influenzer ist doch kein Beruf! Oder?

Der Beruf, den jemand ausübt, war in früheren Zeiten ein wesentlicher Teil seiner Identität. Man übte ihn meist ein

---

* *China leans on researchers from overseas to publish*, in: The Japan News (ursprünglich in Yomiuri Shimbun), 1.3.2021

ganzes Arbeitsleben lang aus. Heute führen Arbeitssuchende in ihren gut gestylten Biographien oft mehrere Berufe an, oder mehrere Tätigkeiten, denn es ist nicht mehr so leicht zu verstehen, was der Betreffende eigentlich tut. Leute mit intellektuellen Berufen geben auch gern zwei oder drei Wohnorte an.

Ein Familienleben entfaltet sich nach wie vor in der *longue durée*, über viele Jahre hinweg, doch unter den neuen Bedingungen bleiben Paare oft nicht lange zusammen, selbst wenn sie Kinder haben. „Patchwork-Familie“ war eine Zeitlang ein beliebtes Schlagwort, in letzter Zeit weniger, vielleicht verzichtet man künftig überhaupt auf Familie und lebt nur in kurzfristigen Beziehungen zusammen, oder gleich als Single. Flexibilität ist unabdingbar in einer Zeit schnellen und immer mehr beschleunigten Wandels, in der es sich kaum lohnt, weitreichende Pläne zu schmieden. Allerdings stößt man auch hier wieder auf Grenzen, auf die Grenze Mensch. Kinder können sich bei allzuviel Wechsel nicht gut entwickeln, sie brauchen feste Bezugspunkte. Und auch Erwachsene können nicht ständig umsatteln. Es gibt immer noch das Bedürfnis nach Identität, die sich nur in einem langen Zeitbogen verwirklicht. Und die Zahl der realen Identitäten ist begrenzt, am Ende ist es doch nur eine einzige, in mehreren Kapiteln und Versionen, mit verschiedenen Seiten, die man zeigt oder verbirgt, mehr oder weniger liebt oder haßt.* Hypothetisch leben, wie es Musil im *Mann ohne Eigenschaften*

---

* In diesem Sinn, wie ihn Nietzsche explizierte, ist das menschliche Individuum immer schon ein Dividuum (*Menschliches, Allzumenschliches*, § 57). Daß diese „Selbstzerteilung“ ausschließlich der Moral zugeordnet sein soll, ist für mich nicht nachvollziehbar. Sie ist ein notwendiger Rekurs jeder Identitätsbildung, die im Widerspiel von Analyse und Synthese statthat.

fordert, was damals, im frühen 20. Jahrhundert, revolutionär klang, kann man heute ganz billig, ja, gratis, jeder kann sich im Internet Namen und Identitäten zulegen, Cosplay ist ein beliebtes Spiel der Popkultur mit ihrem Fan- und Standom. Eine reale Identität aber, die muß man sich erst einmal aneignen, was nicht ohne Mühen, Lernprozesse, Rückschläge, Aufschwünge abgeht, und man muß sie wachsen lassen, denn nicht alles unterliegt unserem Belieben. „Kleider machen Leute", das war schon immer eine Losung von zweifelhafter Gültigkeit.

Ich habe mir den Spaß erlaubt, eine kleine Liste überflüssig gewordener Berufe aufzustellen. Ohne Systematik, bei weitem nicht erschöpfend, auf der Grundlage alltäglicher Erfahrungen und Lektüren, wie sie jeder macht. Anlaß war Hararis fast jubelnde Erwähnung eines großen Milchbauernbetriebs, wo das Melken voll automatisiert vonstattengeht. Der Beruf des Melkers, der Melkerin dürfte also im Aussterben begriffen sein – falls es nicht auch eine Gegenbewegung im Sinne umweltbewußter Landwirtschaft gibt. Ich erinnere mich an meine Tante, die alle Kühe im Stall, oft zärtlich, manchmal vorwurfsvoll, bei ihren Namen nannte und sie lobte und streichelte, während sie Milch gaben. Glückliche Hühner, glückliche Kühe, glückliche Menschen. Oft wird gerätselt, ob Roboter Gefühle entwickeln können. Aber können sie glücklich sein? Oder unglücklich? Auch in früheren Zeiten haben Werkzeuge und Maschinen die Arbeit erleichtert, haben sie verändert, manchmal auch langweiliger gemacht. Mit der Sense gemäht wird schon lange nicht mehr, statt dessen gibt es elektrisch betriebene Mähstäbe und Mähmaschinen. Seit einigen Jahren ist auch das Rasenmähen im Garten abgekommen, viele werden sagen: Gott sei Dank!

Man muß das Maschinchen nicht einmal mehr steuern, die intelligenten Roboter können das ganz allein, ebenso wie der „Roomba“ in den Zimmern staubsaugen kann. Das kleine Heer der Kassierer in den Supermärkten ist kleiner geworden, die Maschinen, die sie ersetzen, verbreiten keine für Menschen gefährlichen Viren. Das alles ist sehr praktisch und bequem.

Gut, daß körperlich anstrengende, oft krankmachende Arbeit reduziert wird! Aber auch zahllose Angestellte brauchen wir nicht mehr. Wenn ich eine Reise machen will, sucht mir ein Algorithmus die besten Angebote, ich wähle aufgrund personalisierter Empfehlungen eines aus, bezahle mit Kreditkarte oder PayPal, drucke mir die Fahrkarte oder einen Code aus oder speichere ihn in meinem Smartphone. Auf die Bank gehe ich längst nicht mehr, weil ich alle Transaktionen mit dem Computer erledigen kann und dort bessere Informationen bekomme als früher von den Angestellten. Gut bezahlte, hochangesehene Berufe, die man noch vor kurzem für unantastbar gehalten hat, werden über kurz oder lang verschwinden: Dolmetscher Übersetzer Journalisten Rechtsanwälte Komponisten Mediziner Pädagogen… Christoph Türcke ortet bereits eine „Lehrerdämmerung“, und an anderer Stelle beschreibt er ein Szenarium, in dem Internetplattformen das Gesundheitssystem übernehmen.* Roboter und Steuerungssysteme halten Ozeanschiffe fast allein in Betrieb. Das größte Containerschiff der Welt, die 400 Meter lange OOCL Hong Kong, hat eine Besatzung von gerade mal 22 Mann. Und jedermann weiß, daß das Lenken von Kraftfahrzeugen demnächst unnötig wird. Manch ein

---

* Türcke: *Lehrerdämmerung*, München 2016; ders., *Digitale Gefolgschaft*, S. 165f.

Verkehrsteilnehmer besitzt schon ein Fahrzeug, das ganz allein zurechtkommen könnte. Die Autos sind jetzt im Wortsinn Automobile, Selbstbeweger, die sich viel geschickter und sicherer als Menschen im Straßenverkehr bewegen; die Orientierung wird ohnehin schon längst vom GPS übernommen. Letzten Endes braucht „man" – wer? das System? die Maschinen? – überhaupt niemanden mehr, jedenfalls keine menschlichen Wesen. Von Steuerung, Überwachung, Wartung, Entwicklung ist die Rede, von neuen Berufen, die durch die technologiebedingte Rationalisierung entstehen, aber das alles können mehr und mehr die Maschinen selbst übernehmen. Der Mensch wird tendenziell zum Beiwerk der Maschine, das wir aus sozialen oder ornamentalen – sozial-ornamentalen – Gründen für unverzichtbar halten; wie lange noch, ist die Frage, weil das System ja immer noch kapitalistisch und folglich profitorientiert verfaßt ist. Ging es früher darum, eine Maschine zu beherrschen, so ist der Chirurg oder Pilot oder Schiffskapitän vor dem Display nur noch ein Anhängsel an Algorithmen, Roboter und Datenströme. Computer und Roboter sind besser als sie, leistungsfähiger, sie ermüden nicht, werden nicht krank, beanspruchen keinen Lohn, keine Freizeit und keinen Urlaub. Kurz, sie sind die besseren Menschen, und wollten die Menschen noch eine Chance haben, täten sie gut daran, sich ihnen anzugleichen.

In diesen wirtschaftlich-technischen Umwälzungen dürfte der tiefere Grund für die „schwindende Macht der Professionen"* liegen, die von der sogenannten Bewertungskultur bzw. -unkultur im Internet aufgegriffen und pathologisiert

---

* Mau: *Das metrische Wir*, S. 155

wird. Kein Beruf, über den sich nicht der „soziale“, eher antisoziale, entsolidarisierte Unmut des digitalen Mobs hermacht: Beamte Lehrer Ärzte Politiker … Allen geht es besser als mir, dabei bezahle ich mit meinen Steuern dafür, daß es Krankenhäuser, Schulen, Autobahnen, Ministerien und das alles gibt.

Es ist einer der Fundamentalwidersprüche der Gegenwart, daß einerseits immer weniger Arbeit notwendig ist, um immer mehr Reichtum zu erzeugen, gleichzeitig aber ein Optimierungsstreben, oder besser gesagt: Optimierungswahn eingerissen ist und in der Folge der Leistungsdruck in der Arbeitswelt ebenso wie in der Freizeit immer weiter wächst. Seit Leistungen gleichsam reflexhaft quantifiziert und verglichen werden und die Ergebnisse jederzeit mitgeteilt und ausgestellt werden können, unterwerfen sich die meisten Subjekte „freiwillig“ den Normen eines Wettbewerbs, der zur Lebensform an sich geworden ist. Diese Entwicklung ist insofern neu, als sie unter den Bedingungen der Kontrollgesellschaft vor sich geht und meist ohne offenen Zwang, sogar ohne besondere Anreize auskommt. Es gibt freilich Vorläufer dieser Verhältnisse; Steffen Mau weist auf Lenins Überlegungen zum „sozialistischen Wettbewerb“ hin*, also auf ein sowjetisches Konzept, das nicht die Kooperation, sondern die Konkurrenz der Einzelnen zum Grundprinzip arbeitsweltlicher Beziehungen macht. Ständige Evaluierung und Supervision, unausgesetztes Testen und Beziffern (bzw. Benoten), dazu die schematisierten, zentral und maschinell gesteuerten Kommunikationsformen, das alles zusammen hat Jahrzehnte nach dem Zusammenbruch der Sowjetunion zu einer schleichenden Sowjetisierung der Weltgesellschaft geführt, wobei

* Ebenda, S. 192

sich China mehr und mehr als Vorreiter erweist. Viele der freiwilligen Untertanen fordern inzwischen, sich an chinesischen Sozialisierungsmethoden ein Beispiel zu nehmen.

Die Bewertungs(un)kultur ist Ausdruck derselben wettkampforientierten Mentalität; sie ist aufs engste verquickt mit zwei Phänomenen, die ebenfalls beide nicht ganz neu sind: einerseits mit dem Leitspruch „Der Kunde ist König", der nun auf alle Lebensbereiche ausgedehnt wird und den einzelnen Subjekten die Illusion ihrer „demokratischen" Herrschaft gibt, wobei natürlich die weniger kaufkräftigen Subjekte das Nachsehen haben; und zweitens mit der Untugend des Neids, die mit der Ausbreitung der neoliberalen Ideologie die sozialen Wahrnehmungsmuster prägt. Die Frage, ob man derlei Veränderungen, die in die Mikrostrukturen der Gesellschaft und den alltäglichen zwischenmenschlichen Umgang gesickert sind, als anthropologische Mutation bezeichnen kann, möchte ich hier offenlassen. Sicher ist, daß sich die Art, wie Subjekte geformt werden, und das Ensemble der Eigenschaften, das ihre Zeitgemäßheit ausmacht, tiefgreifend verändert hat.

Neil Postman gab von den beiden großen Zukunftsvisionen der englischen Literatur des 20. Jahrhunderts derjenigen Huxleys den Vorzug. Zygmunt Bauman wägt gleichfalls zwischen ihnen ab, hebt den gemeinsamen Nenner hervor – immer stärkere soziale Kontrolle und Spaltung der Gesellschaft in wenige Kontrolleure und viele Kontrollierte – und kommt zu dem Schluß, daß auch Huxley eine wesentliche Entwicklung nicht vorhersehen konnte, nämlich das Phänomen, daß die Kontrolle in die Subjekte selbst eingedrungen ist und dort, in ihrem Inneren, Wurzeln geschlagen hat. Dies in gesamtgesellschaftlichem Maßstab, als mehr oder minder neues Modell der Subjektivierung. Orwell und Huxley „konnten sich keine Welt ohne Kontrolltürme und Kontrollschalter ausmalen".*

Mit der Selbstkontrolle, dem inneren Zwang, geht ein nicht weniger zwanghafter Trend zur Selbstdarstellung einher. Dabei scheint jede Dialektik von Schein und Sein abhandengekommen zu sein: Selbstdarstellung, wofür das Internet jede Menge Werkzeug („Tools") und Plattformen bietet, orientiert sich an den Prinzipien und Methoden der Werbung, bei der es nicht darauf ankommt, Gegebenheiten einigermaßen treu zu vermitteln, sondern das Produkt – „Ich" – möglichst gut zu verkaufen. Erfolg muß man haben, und dieser Sachverhalt, Erfolg, ist kommerziell definiert. Es geht um Klicks, es geht um Zahlen. Wobei die große Masse wie gehabt auf der Strecke bleibt: Kein Mensch interessiert sich für das dämliche Instagram-/YouTube-Video eines unbekannten Stubenhockers (alias *nerd*, *otaku*, *hikikomori*).

Ein anderes Massenphänomen scheint der raffinierten Kontrolle zu widersprechen, aber auch dieses gehört notwendig ins Bild der spätmodernen Digitalgesellschaft: der Trend, Wünsche augenblicklich zu befriedigen und – oft in entschieden negativer Färbung: Stalking, Mobbing, Haßreden … – die Sau rauszulassen, freilich nur virtuell, im Netz, d. h. im Schutz von Ano- und Pseudonymität (die Dämlicheren vergessen manchmal, ihre bürgerliche Identität unkenntlich zu machen). Das alte Freudsche Persönlichkeitsmodell verlangt vielleicht nach Anpassung, doch im Wesentlichen gilt es immer noch. Es wendet den Energieerhaltungssatz auf die menschliche Psyche an: Die libidinöse Energie kann un-

* Bauman: *Flüchtige Moderne*, S. 68

terschiedliche Ausdrucksformen gewinnen, sie bleibt aber konstant, man kann sie nur transformieren, sublimieren, kanalisieren. Scheinbar gibt es in der heutigen Gesellschaft nicht mehr so viele Regeln, Normen, Befehle, Verbote und Strafen, anders gesagt: Es gibt viel mehr Freiheit als früher (in der „schweren", behäbigen Moderne), doch die Agenten des Über-Ichs sind nicht verschwunden, sie sind nur stiller, virtueller, maschineller, raffinierter. Sie geben sich möglichst wenig zu erkennen, und wenn, dann treten sie „sanft" auf, während die Subjekte die Verhaltensmuster unbewußt internalisieren. Dabei werden Triebregungen, die nicht durch primären Konsum zu befriedigen sind, in die virtuellen Zonen ausgelagert und im Internet befriedigt. Freilich handelt es sich hier um Ersatzbefriedigung; das virtuelle Nie-Genug potenziert das real erfahrene, und diese Eigenschaft verschärft den Zwang zu möglichst baldiger Wiederholung, was bei zahllosen Subjekten ein Suchtverhalten erzeugt. Die digitale Welt ist eine Welt von Süchtigen. Um das zu begreifen, genügt es, sich die Masse der im Stehen und Gehen, im Fahren, Sitzen und Liegen, also jederzeit über ihre Smartphones Gebeugten zu vergegenwärtigen. Was machen sie mit ihren Allzweckgeräten? Sie chatten und spielen, schauen Verkaufskataloge (Frauen) oder Pornos (Männer). Oder sie lesen die *Kritik der praktischen Vernunft*. Oder Gedichte von Rilke. Wer kann das schon wissen.

Ich rede und lasse mich über die Digitalisierung aus, dabei besitze ich selbst gar kein intelligentes Handy, nur ein Kindertelephon mit ein paar gespeicherten Telephonnummern. Deshalb habe ich meine personalisierte Suchmaschine im Notebook gefragt, ob man am Smartphone überhaupt Pornos schauen kann oder ob die Weltkonzerne nicht eine sanfte, moralische Vorzensur betreiben. Antwort: Man/frau kann, die Konzerne zensieren nicht. Eine Wiener Frauenzeitschrift beruhigt ihre LeserInnen: „Wir benützen unser Smartphone heutzutage für alles. Wenn das auch das Schauen von Pornos beinhaltet, keine Sorge: Du bist in guter Gesellschaft. Trotzdem gibt es immer noch eine Art Stigma rund um den Konsum von Porno am Handy. Und selbst wenn du eine stolze Userin bist, möchtest du die Info darüber vielleicht nicht unbedingt auf deinem Homescreen präsentieren …"* Klar, das möchte ich nicht, meine Info präsentieren; die bleibt besser geheim, nur mein *digigirl* weiß Bescheid.

In der Tat stellen die rasanten Entwicklungen der digitalen Moderne alte Identitätsbildungsmodelle in Frage. Paul Ricoeur zufolge, einem tief in der klassisch-antiken Kultur und im Humanismus verwurzelten Hermeneutiker, entstehen individuelle (und auch kollektive) Identitäten nur durch die Fähigkeit, das menschliche Erinnerungsvermögen zu gebrauchen, und in weiterer Folge in der vom Subjekt zu tätigenden Verknüpfung biographisch bedeutsamer Ereignisse, die dann eine Erzählung konstituieren. So wird das Kontingente der gegenwärtigen Erfahrung in mehr oder weniger starke Formen der Kohärenz gegossen, das Heterogene synthetisiert, aus zahllosen Momenten ein – mit Dilthey gesprochen – „Zusammenhang des Lebens" konstruiert.** Yuval Noah Harari warnt nun, im 21. Jahrhundert, dessen Bewohnern er Ratschläge erteilt, vor solchen Konstruktionen; das menschliche Elend beginne mit den Fiktionen, oder anders gesagt: mit der Erzählung. Wenn die Menschen restlos durch Gesetze gesteuert sind, die sie oft selbst nicht kennen, die

* *Wie du auf deinem Handy Pornos schaust – und zwar richtig*, in: Wienerin, 6.7.2017, 10.13 Uhr (im Internet)

** Ricoeur: *Soi-même comme un autre*, S. 168f.

aber dank des Fortschritts der Neurowissenschaften und der Entwicklung und durch die Vernetzung immer schlauerer Computerprogramme feststellbar sind (so daß auch verläßliche Vorhersagen möglich werden, also wissenschaftliche Zukunftserzählungen), dann wird es sinnlos und überflüssig, sich und den anderen durch Aktivierung des eigenen Gedächtnisses noch irgend etwas über sich zu erzählen. Das, was früher Gesellschaften zusammengehalten hatte, nämlich das individuelle und kollektive Erzählen, brauchen wir jetzt nicht mehr. Wenn etwas unnötig wird, verliert sich oft auch das subjektive Bedürfnis danach: Im Kommunikationszeitalter muß überhaupt nicht mehr kommuniziert werden.

In diese Richtung hatten bereits Gilles Deleuze und Félix Guattari mit ihren reinen Vielheiten, die durch nichts mehr zusammengefaßt werden müssen und rhizomatische Strukturen – oder eigentlich Nicht-Strukturen – bilden, vorausgedacht. Noch einmal anders: Der Einzelne lebt in einem Labyrinth, in dem er sich besser gar nicht erst zu orientieren versucht, denn es gibt ohnehin keinen Ausweg, nicht einmal ein Etappenziel, und woher er kommt, verliert damit an Bedeutung. „Wer einmal versucht hat, ins Internet zu gelangen", schrieb Jacques Attali schon 1995, „der weiß, daß man hier nicht von ‚Autobahnen' der Information sprechen sollte, sondern von Labyrinthen: Es ist ein endloses Gewirr von Straßen und Gassen, von Bibliotheken und Cafés, das Netz setzt sich aus tausend Pfaden zusammen, die oft nur in Sackgassen enden. Das Internet ähnelt eher dem Labyrinth einer mittelalterlichen Stadt ohne bestimmenden Architekten, nicht aber der schönen Ordnung einer Autobahn. Wie in den vergangenen fünfzig Jahren die Autobahnen, so wird das Internet die Hauptrolle in der Kommunikation der

Menschen spielen. Dabei wird man aber keinen geraden Linien folgen, sondern sich nur zum Schein fortbewegen, also virtuell und immobil, man wird vorgetäuschte Reisen machen im großen Labyrinth."* In der digitalen Welt stecken wir fest, wir kommen nicht weiter, so frenetisch wir uns auch bewegen. Wir verirren und verwirren uns nur noch mehr. Was Attali nicht vorhersah: Das Bedürfnis, das Komplexe zu vereinfachen, verschwindet damit nicht; im Gegenteil, die letzten Jahre haben gezeigt, daß es dringlicher und drängender wird. Die immer noch real existierenden Subjekte können sich nicht so ohne weiteres mit einer labyrinthischen, also im Grunde genommen blinden Existenz zufriedengeben. So versuchen sie und versuchen die Algorithmen, die auf den einzelnen User zugeschnittenen Feeds & Filter, Autobahnschneisen durch den digitalen Dschungel zu ziehen: Verschwörungstheorien, und wenn nicht geradezu Theorien, dann zumindest endlos wiederholte Informations-, oder eher Desinformationsschläge in immer dieselbe Kerbe. *Des simulacres d'autoroute, evidemment*: Fake-Highways, um es drastisch zu sagen. Je dschungelhafter die Umwelt, desto radikaler die Schneisen und Trassen, die gezogen werden.

Auf der einen Seite „personalisieren" die Maschinen bzw. ihre Programme, also die Software, die User in steigendem Maß, auf der anderen Seite standardisieren ihn dieselben

---

* Attali: *Les labyrinthes de l'information*, in: Le Monde, 9.11.1995. Vgl. vom selben Verfasser: *Chemins de sagesse: Traité du labyrinthe*. Paris 1996. Im Original spricht Attali von „voyages buissonniers", was man auch mit „Buschreisen" oder „Fake-Reisen" übersetzen könnte. (Der Ausdruck orientiert sich an der „école buissoninière", womit im Französischen „die Schule schwänzen" gemeint ist. Man denkt dabei nicht an den Dschungel, sondern an einheimisches Gebüsch.)

Programme immer mehr, sie quantifizieren ihn, machen ihn vergleichbar und vergleichen („korrelieren") ihn faktisch, in der Regel ohne sein Wissen, ohne sein Bewußtsein. Der Verinnerlichungsgrad dieser Verhältnisse läßt sich in den Sozialen Medien, in Chatrooms und Gesprächsforen studieren, wo die überwältigende Mehrheit diese Vergleichbarkeit als Inbegriff von Demokratie und Gerechtigkeit sieht und ihre Praktiken geradezu fordert bzw. Vorgehensweisen in Firmen, in der Politik, in Schulen und Hochschulen kritisiert, bei denen die quantifizierende „Objektivität" nicht gewährleistet ist; fast so, als hätten diese Einzelnen zu nichts anderem Lust, als ihren Subjektstatus, d. h. die eigene Differenz gegenüber den anderen Subjekten, an der ihnen „privat" oft so viel liegt, zugunsten einer abstrakten Objektivität abzustreifen.

Die Standardisierung drückt sich im Stil, in Zuschnitt und Gebrauch der Rede- und Schreibmittel aus, die mittlerweile weitgehend von Bildmitteln kolonisiert sind: Semantik der Fotos, Videoclips, Bildzeichen, Ideogramme, Emoticons, und dazu die Syntax von „Erleben" und Darstellung, wobei am Anfang oft die unschuldige FB-Frage steht: „Was machst du gerade?" Die Systeme schlagen den Einzelnen (den Usern) vor, und tendenziell *schreiben* sie ihnen vor, wie sie zu erleben und sich auszudrücken haben. Dabei dürfen sie aus einer recht begrenzten Palette von Möglichkeiten auswählen. Facebook sagt mir jeden Tag, wer heute Geburtstag hat und daß ich mit ihm oder ihr feiern soll, aber die meisten dieser „Freunde" kenne ich überhaupt nicht, und wenn, dann käme ich nie ernsthaft – im wirklichen Leben – auf die Idee, mit ihnen zu feiern. Ihr könnt mich mal! (Eine Geste, die mir bisher von FB leider nicht vorgeschlagen wurde.) Doch als brave User, zu denen ich dann auch ein bißchen gehöre, ein *digital migrant*, jubeln, lächeln, weinen, zwinkern, umarmen, liken und loven wir nach den Vorgaben dieser neuen Rhetorik. Die Schriftsprache, soweit Schrift noch eine Rolle spielt, ist mit der gesprochenen Sprache nahezu identisch, die Verschriftlichung selbst unerheblich, man schreibt so schnell wie möglich, also schluderig, mit zahllosen Abkürzungen, um mit dem Tempo des Quatschens mithalten zu können. Emails und Postings sind Telephonanrufe; Telephonanrufe (die langsam von Text- bzw. Bildnachrichten abgelöst werden) sind Postings und Emails. Subjekte, Gespräche und Diskussionen im Sinn der humanistischen Tradition schwinden, sie leben allenfalls auf der digitalen Schwundstufe weiter.

Vor vielen Jahren habe ich die antike, neulateinische und barocke Rhetorik sowie deren Anwendung in der Literatur studiert. Das war für mich hochinteressant, und dennoch fühlte ich mich bis zum Ende dieser Studien als Kind der Romantik, der meinetwegen *idealistischen* Subjektivität, der Liebe und des möglichst freien Gefühlsausdrucks. Die gegenwärtige Entwicklung der Kommunikationsverhältnisse bringt mich oft auf den Gedanken, die digitale Gesellschaft sei dabei, in die Zeit der Rhetorik zu regredieren. Wir sind keine Subjekte mehr, wir sind Marionetten eines übergeordneten Ausdruckssystems, in dem wir uns mehr oder weniger virtuos bewegen oder bewegt werden. Unter solchen Bedingungen feiern Stereotype, Klischees, Simplifizierungen fröhliche Urständ. Nicht durchwegs natürlich. Es gibt Gegenbewegungen. In der sogenannten avancierten Literatur und bei selbstbewußten Intellektuellen ist die Bekämpfung des Stereotyps geradewegs zu einer Manie geworden, als dürfe es so etwas überhaupt nicht geben, als würden Verallgemeinerungen das Konkrete vergewaltigen. Und natürlich ist da immer noch ein Spielraum, in dem wir, die schriftgelehrte Elite, uns tummeln dürfen. Obwohl er kleiner wird, bedroht von den Mainstreams, den Massenmedien, den Zerstreuungsprogrammen. Auch im Barock, im Humanismus, immer schon, gab es Ausnahmen; es gab die Spitzenleistungen, die *super-performances* derer, die das rhetorische – auch: sozialrhetorische – System so gut kannten und durchschauten, daß sie sich jederzeit darüber erheben konnten: Shakespeare, Montaigne, Ronsard und viele andere, die in besonderen Augenblicken, in Ausnahmezuständen zum wirklich persönlichen Ausdruck fanden.

Eine Identität in so einem rhetorischen Kontext ist wie ein Etikett, das ein industrielles Produkt, eine Ware in einem Supermarkt definiert. Im Internet kannst du dir jederzeit solche Etikette zulegen, solche Identitätsversatzstücke, und bis zu einem gewissen Grad auch im wirklichen Leben, freilich immer nur im Spiel: Cosplay, dein Kostüm ist dein Etikett ist – für ein paar Augenblicke – deine Identität. Leben wie eine Figur in einem Roman (oder Film oder Manga): Was Ulrich, die Hauptfigur von Musils *Mann ohne Eigenschaften*, in der ersten Moderne als neuartiges Ethik-Konzept propagierte, ist heute alltäglich und käuflich geworden, so daß wir wenig Grund haben, seine virtuellen oder realen Umsetzungen zu bewundern. Will man jedoch am überlieferten Begriff des Selbst, der *ipséité*, der Subjektivität festhalten, so wird man darauf bestehen müssen, daß sich individuelle wie kollektive Identität nicht im Nu erwerben, schon gar nicht kaufen läßt, sondern daß es eines langen, kontinuierlichen, nicht ganz mühelosen Werdens bedarf und daß man das Ergebnis, sollte es unbefriedigend ausfallen, nicht einfach ersetzen, sondern allenfalls verbessern kann, wenn man das dazu nötige Engagement aufzubringen gewillt ist.* Die augenblickliche Verfügbarkeit von Daten und Waren im Internet hintertreibt solche Prozesse, sie erweckt die Illusion, daß auch Persönlichkeitsmerkmale durch ein paar Klicks erhältlich sind. Der Mann (oder die Frau) ohne Eigenschaften, der (oder die) mit einer unbegrenzten Zahl von Eigenschaften jongliert: Diese Utopie müssen wir uns abschminken. Das Ergebnis sind Gadgets, Spielzeug-Ichs, maschinenhafte Homunculi in einer verspielten, unernsten Welt, deren Bewohner nicht einmal zu sprachlicher Ironie, geschweige denn zu einem ironischen Dasein im Sinn von Musils Hauptfigur imstande sind.

Wenn die Zeitstruktur, in der solche Wesen leben, die Flüchtigkeit oder Augenblicklichkeit ist, eine Art von temporalem Pointillismus, so ergibt sich in weiterer Folge eine ganze Serie von Defiziten, von denen das berühmteste wohl ADHS ist, die Unfähigkeit, aufmerksam zu sein und sich auf eine Sache zu konzentrieren, oft verbunden mit zielloser Hyperaktivität, die verpufft und, sofern es sich um einen Arbeits- oder Lernkontext handelt, kaum zu Ergebnissen führt. Die gestalthafte Personifizierung des *digital native* müßte eigentlich der Schussel sein; gleichzeitig aber wirken viele Subjekte, denen die personalisierende Universalmaschine jede Mühe abnimmt, träge. Aus eigener Erfahrung im Umgang mit jun-

* Auch hinter der derzeit (2020/21) modischen Formulierung, es gelte, sich selbst „neu zu erfinden", steckt eine pointillistische Maxime, die davon ausgeht, man könne sich von seiner Geschichte abkoppeln oder sei ohnehin nicht im geringsten durch sie festgelegt, so daß man sich jederzeit ein neues Ich designen könne. „You will above all need to reinvent yourself again and again", schreibt Harari in seinem Ratgeber für eine smarte Zukunft (*21 Lessons*, S. 305). Schon 2013 verpaßte der Suhrkamp Verlag der deutschen Übersetzung des hier mehrfach zitierten Büchleins von Michel Serres, das im Original den märchenhaften Titel *Petite Poucette* trägt, den sicherlich verkaufsfördernden Slogan „Erfindet euch neu!"

gen Lernenden glaube ich sagen zu können, daß die Fähigkeit, Wichtiges von Unwichtigem zu unterscheiden, im Lauf der vergangenen Jahre zusehends schwächer geworden ist; ebenso die Fähigkeit, Zusammenhänge herzustellen, den Sinn von Texten oder Situationen zu erfassen, sich räumlich zu orientieren, neugierig zu sein, Neues zu erschließen, Erlebtes zu synthetisieren und sich zu erinnern. Bei so ziemlich allen jungen Leuten, die mir unterkommen, ist immer noch viel von alldem vorhanden, sie sind nach wie vor Menschen im bisher geläufigen Sinn, noch keine Maschinen oder Fortsätze von Maschinen bzw. der einen kleinen smarten Maschine. Doch die Entwicklung geht in diese Richtung. Die Ursachen wären im einzelnen zu untersuchen, im großen und ganzen hängen sie aber direkt oder indirekt mit der rasanten Digitalisierung zusammen, mit der Auslagerung – andere sagen „Delegierung" – zahlreicher Tätigkeiten und Funktionen (Wissen, Erinnern, Orientierung ...), mit dem blinden Vertrauen in Rankings, dem Siegeszug von Streaming-Diensten, der Praxis immer „perfekterer", immer feiner an den einzelnen User, den Smartphoneinhaber, angepaßten Suchmaschinen. Junge Leute, inzwischen aber auch schon ältere, die Generation ihrer Eltern und Lehrer, verplempern ihre Lebenszeit mit „Suchen", deren Ergebnisse und oft auch deren Gegenstand sie augenblicklich vergessen. In quantifizierbaren, standardisierten, zentralisierten Tests werden sie an diese Existenzweise, dieses Subjektivitätsmodell herangeführt. In Hinblick auf das universitäre Milieu schreibt Christoph Türcke, das er als ehemaliger Philosophieprofesser sicher gut kennt: „Die akademische Ausbildung ist systematisch auf ein kollektives Aufmerksamkeitsdefizitverhalten hin angelegt."*

---

* Türcke: *Digitale Gefolgschaft*, S. 102

Wie so viele Autoren, die versuchen, die Postmoderne, die neoliberale Gesellschaft oder die Digitalisierung oder das alles zusammen, also unsere Gegenwart, zu beschreiben und zu analysieren, schwankt auch Zygmunt Bauman, der Erfinder des Konzepts der Flüchtigen Moderne (englisch *Liquid Modernity*), in seiner Bewertung; auch er kann nicht ganz auf Ironie verzichten. Sollen wir versuchen, uns der Flüchtigkeit und Flüssigkeit des Daseins entgegenzustellen, die in allen Bereichen von Arbeit und Bildung über Freizeit und Familie bis hin zu Freundschaftsbeziehungen überhandgenommen hat? Oder bleibt uns allen, mit Ausnahme einiger Parasiten, Aussteiger, Künstler, nichts anderes übrig, als uns anzupassen? Hat die geforderte Flexibilität des Verhaltens, der Verzicht auf große Planungen, das Leben von Tag zu Tag, von Saison zu Saison nicht zahlreiche Vorteile? Das alles bietet doch Herausforderungen, auf die einzulassen sich lohnt! Baumans Zustimmung zu den von ihm beschriebenen Phänomenen schillert manchmal – nicht so oft wie bei Harari oder Simanowski – in einem ironischen Licht. Das meiste von dem, was er über die flüchtig-flüssige Moderne sagt, läuft darauf hinaus, daß jeder Widerstand der Einzelnen zwecklos und de facto mit einer gewissen Notwendigkeit im Verschwinden begriffen ist, daß es für das Entstehen und Fortbestehen von Kollektiven immer weniger Grundlage gibt. Die deutsche Ausgabe seines Buchs schließt jedoch mit einem Essay über die Aufgaben der Soziologie, auf deren gesellschaftskritischer Rolle er besteht, um zu folgendem Urteil zu kommen: „Wer gleichgültig menschliches Leid betrachtet und sein Gewissen mit der rituellen Wiederholung der TINA-Phrase (*There Is No Alternative*) beruhigt, macht sich schuldig."* Dieses Urteil und diese Maxime stehen in schärfs-

* Bauman: *Flüchtige Moderne*, S. 252

tem Kontrast zur auch bei Bauman vorherrschenden Haltung, die besagt, daß der Modus der Reflexion, sofern die Verhältnisse überhaupt noch „reflektiert" werden müssen, nach dem Ende der Kultur- und Gesellschaftskritik die Ironie sei, oder jedenfalls, daß die von der Reflexion vorgetragenen Aussagen ohne Ironie kaum zu ertragen sind. Bloßes Einverständnis kommt für einen Intellektuellen, der auf sich hält, aber genausowenig in Frage. Zwischen Skylla und Charybdis, zwischen Kritik und Utopie auf der einen Seite, planer Affirmation auf der anderen Seite gibt es keinen Weg, und diese Weglosigkeit, dieses Nomadisieren ohne Fortbewegung ist die Ironie.

Bauman beschreibt mit rhetorischem Schwung und einer auffälligen Neigung zu Metapher und Allegorie, also oft etwas abgehoben, die Mechanismen und trügerischen Freuden der um das Lustprinzip – und nicht mehr wie im „schweren" Kapitalismus um das Realitätsprinzip – gravitierenden Konsumgesellschaft, die ein weiteres fundamentales Charakteristikum unserer Gegenwart ist. Freilich hat sich mit der Digitalisierung, der Virtualisierung und der Vernetzung das Wesen des Konsumismus verändert. Nicht nur, weil man zum Einkaufen getrost zu Hause oder an einem x-beliebigen Ort bleiben kann und immer mehr immaterielle Güter gekauft werden, die ohne Internet gar nicht konsumierbar sind, sondern auch, weil durch die Ausbreitung der Plattformen, die der Selbstdarstellung Forum und Werkzeuge bieten, jeder selbst zum Produzenten wird, und dies im Einklang mit der offiziellen Ideologie, die möglichst viele Individuen zu „Selbständigen" machen, aus Abhängigkeitsverhältnissen befreien und in die tagtägliche Unsicherheit zu werfen trachtet, in welcher sie sich zu bewähren haben. Im Internet wird jeder zum Produzenten von Bild- und Textgebilden, von *content* aller Art, zum Sender von Botschaften, die veröffentlicht werden, ohne Kontrollinstanzen zu passieren. Dank des Internets werden zahllose Bürger, die nichts Besonderes gelernt haben müssen, weil das Know-how ohnehin von den digitalen Geräten bereitgestellt und angewandt wird, zu eigenverantwortlichen Taxifahrern, Lieferanten und Hoteliers; und natürlich zu Künstlern, Designern (PaintTool, Photoshop etc.), Musikern (Auto-Tune …), Kabarettisten, Influenzern. Im hier schon einmal erwähnten Film *Fack ju Göhte* antwortet eine Schülerin auf die Frage des Lehrers nach ihrem Berufswunsch: „Influenzerin!" Darauf der mit vielen, aber nicht mit allen Wassern gewaschene Lehrer, indem er das Gesicht verzieht: „Influenzer ist doch kein Beruf!" Ich glaube, da ist er nicht ganz up to date. Vielleicht kann ein medialer Fortbildungskurs helfen? Und seine Schülerin, die könnte sich, wenn ihr Englisch gut genug ist (was auch vom Lehrer abhängt), von einer *influencer marketing company* wie *Digital Brands Architects* anheuern lassen.

Wo das Lustprinzip die absolute Herrschaft ausübt, sei es in der Eigenproduktion, sei es beim Kommerzkonsum, hat der „Triebaufschub seinen Charme verloren".* Falls er je so etwas wie Charme besaß … Parallel zur Durchsetzung des Neoliberalismus, sozusagen kongenial mit diesem, hat sich ein bis dahin nicht gekannter Hedonismus ausgebreitet, so daß die alte, intensivierende Spannung zwischen spontaner Lust und realistischer Triebkontrolle, anders gesagt: zwischen den beiden Maximen des „Memento mori!" und des „Carpe diem!", verloren gegangen ist. Du mußt nie mehr an den Tod, nie mehr ans Morgen denken! Auch hier waren Deleuze und

* Ebenda, S. 191

Guattari ihrer Zeit voraus, wenngleich ihre phantastischen Wunschmaschinen nach ihrer Kaperung durch die Profitmaximierungsstrategien global wirkender Konzerne eine ganz andere Wertigkeit annahmen, als das psychophilosophische Gespann es sich in den Jahren nach 1968 hatte träumen lassen. Besser gesagt, sie ahnten schon die Vereinnahmungen, fühlten sich aber in ihrem Kontext stark genug, um sich dagegen zu verwahren. Dieser Kontext ist spätestens mit der weltweiten Durchsetzung der neoliberalen Ideologie dahingeschmolzen. Ihre Wunschmaschinen, so Guattari und Deleuze, hätten weder mit dem Markt des Kapitalismus noch mit den Interpretationsspielchen der Psychoanalyse etwas am Hut; sie grenzen ihr Konzept gegen „die Verkehrung eines Produktionselements in einen individuellen Konsumtionsmechanismus" ab.* Was sie nicht ahnten, war, daß mit der flächendeckenden Digitalisierung und Vernetzung der Kommunikation auch die von ihnen entworfene kreative Produktion, in der Wunsch und Erfüllung zusammenfallen, „verspielt" worden ist und die Gestalt von kurzfristigen, der Zerstreuung im Rahmen der Kulturindustrie dienenden Gadgets angenommen hat.

Komponierende Computer oder Versuch der Beantwortung der Frage, ob wir in Zukunft auf künstlerische Kreativität verzichten können

„Ich habe angefangen, richtig aufzutreten, als ich ungefähr 20 war. Die Welt hat sich ein wenig verändert, sie ist schneller. Die Bedeutung von Videos und sozialen Netzwerken hat

* Deleuze/Guattari: *Anti-Ödipus*, S. 496

auch die Klassische Musik beeinflusst. Jeder möchte berühmt sein, schnell berühmt vor allem. Ich denke, es ist wichtig, zu der klassischen Musik an sich zurückzukommen. Dafür muß man sich ihre Geschichte anschauen, es gab Zeiten ohne Videos oder Elektrizität. Man muß sich Zeit nehmen. Ich versuche das, indem ich Bücher lese oder manchmal einen gesamten Tag damit verbringe, eine einzige Partitur zu studieren. Ich gehe in dem Punkt einen entgegengesetzten Weg, was nicht bedeutet, dass ich nicht auch Teil meiner Zeit sein muss. Und ich habe natürlich Spaß an neuen Technologien. Aber um Kunst zu produzieren, mußt du irgendwie ein bißchen langsamer sein und ein Gehirn haben, das nicht überschwemmt von irrelevanten Informationen ist. Man muss immer die Balance finden."*

So spricht der 1979 in Paris geborene Bratschist Antoine Tamestit, der auf einer Stradivari Musik von Johann Sebastian Bach bis Olga Neuwirth, vom Barock bis zu zeitgenössischen Kompositionen spielt.

Und hier eine ganz andere Stimme, die des 1976 in Israel geborenen Historikers Yuval Noah Harari. In *Homo Deus* stellt er dem Leser David Cope vor, einen mittlerweile emeritierten Musikologieprofessor von der University of California. Cope hatte Computerprogramme zur Erstellung von Klavierkonzerten und Chorälen, Symphonien und Opern geschrieben. Sein erstes Werk zur Erzeugung solcher Werke war der EMI (*Experiments in Musical Intelligence*), der auf Musik in der Manier von Johann Sebastian Bach spezialisiert war. „Es dauerte sieben Jahre", schreibt der enthusiasmierte Harari, „doch als Cope damit fertig war, komponierte EMI

* *„Ja, ich bin streng." Interview mit Bratschist Antoine Tamestit* (Interviewerin: Helena Davenport), in: Potsdamer Zeitung, 14.9.2019. Das Interview, im Internet nachzulesen, wurde in deutscher Sprache geführt.

5.000 Choräle à la Bach in einem einzigen Tag. Enthusiastische Zuhörer priesen die mitreißende Vorführung und erklärten erregt, wie sehr die Musik ihr innerstes Wesen berührt hätte. Sie wußten nicht, daß sie mehr von EMI als von Bach geschaffen worden war, und als man ihnen die Wahrheit enthüllte, reagierten die einen mit verdrießlichem Schweigen, während die anderen sich lautstark ereiferten."*

Computer können nur eines, aber das sehr gut, und vor allem schnell: rechnen. Wenn so eine Maschine imstande ist, ein Lebenswerk wie das von Bach in wenigen Tagen zu produzieren, wird man zuerst einmal sagen: Wow! Im zweiten oder dritten Moment wird man sich aber fragen, wer das alles wann hören soll? Wird mit derartigen Massen von „kreativen" Produkten nicht Kreativität restlos entwertet? Und der nächste Zweifel: Sind die Ergebnisse wirklich so gut? Wer entscheidet, was gut ist? Hararis Vorzeigefigur, der Musikprofessor, meint ohnehin, daß die Bedeutung eines Musikstücks im Ohr des Hörers liege.** Womit wir freilich zu dem

---

* Harari: *Homo Deus*, S. 377f.

** Johnson: *Undiscovered Bach? No, a Computer Wrote It*, in: The New York Times, 11.11.1997 (auch im Internet). Harari unterschlägt die gesamte Vorgeschichte von Copes Lebensprojekt computergenerierter Musik, das er um 1980 begann, als er, selbst Komponist, eine schöpferische Blockade durchlebte. Harari unterschlägt ebenfalls Copes Bewertungen der Ergebnisse aus seiner digitalen Werkstatt, die durchaus zurückhaltend bleiben: „Dr. Cope doubts that EMI will ever threaten the livelihood of professional composers the way digital sampling technology has done with studio musicians." Für ihn ist es kein Werk, sondern ein Werk-Zeug, mit dem auch kompositorisch unbegabte Musikliebhaber respektable Stücke hervorbringen können. Das ganze Phänomen paßt also eher in den Kontext des Verfalls der Rezeptionsfähigkeit bei gleichzeitigem Aufstieg des dilettierenden Produzententums von Abermillionen Usern. Alle können komponieren, niemand Musik hören. Alle können Gedichte schreiben, niemand liest welche. Alle stellen mithilfe von Zeichen- und Mal-Tools Gemälde her, die

Schluß kämen, Kunst sei ausschließlich subjektiv, intersubjektive Wertungen und Diskussionen sinnlos. Über Geschmäcker läßt sich nicht streiten. Und in der Tat sind die kunstkritischen Disziplinen mittlerweile weggebrochen, reduzieren sich Stellungnahmen im Kulturbereich auf persönliche Geschmacksurteile (die strenggenommen keine „Urteile" sind), entscheidet immer mehr der statistisch eruierte, in Rankings dargestellte Massengeschmack des Mainstreams.

Antoine Tamestit legt bei der Beschreibung seines künstlerischen Selbstverständnisses und seiner Praxis wert auf Langsamkeit, Konzentration, Versenkung. Die Art, wie er sich auf ein Konzert vorbereitet, bezeichnet das Gegenteil von Multitasking und Aufmerksamkeitszerstreuung. Er ist ein interpretierender Künstler, doch ähnliches wird auch für Komponisten, Maler und Dichter gelten. Deren Werke entstehen im Widerstand gegen die tägliche Eile (die die meisten von ihnen gewiß *auch* erfahren), gegen die quantifizierende Lebenseinstellung, gegen das Schielen auf kurzfristige Ergebnisse, die sich „rechnen". Hier liegt einer der Gründe, weshalb künstlerisches Schöpfertum nicht an Algorithmen delegiert werden kann. Es ist vielleicht nicht einmal so sehr die Individualität, die irreduzible Differenz, der sogenannte „unverwechselbare Stil", der diese spezifisch menschliche Tätigkeit ausmacht. Verständlich, daß sich eine Autorin auf den Schlips getreten fühlt, wenn behauptet wird, ihre Arbeit könne von einem literarischen Schreibprogramm übernom-

---

kein Mensch außer ihnen sehen will. Einige von Copes Computerkompositionen findet man auf verschiedenen Tonträgern bei Amazon. Sie scheinen nicht sonderlich beliebt zu sein. Der Hype der neunziger Jahre ist längst abgeklungen. „Pretty cool and good music", schreibt ein Amazon-Rezensent über die CD *Virtual Bach*. Und fügt hinzu: „It's nice, but it's hard to find online." Mir scheint, damit ist das Wesentliche gesagt. Thanks, Mr. Customer!

men werden* – wonach sie und ihre ganze Kollegenschaft überflüssig würden. Aber waren sie das nicht immer: überflüssig? Sind sie nicht die besten Beispiele dafür, daß wir als menschliche Gemeinschaft auf das Überflüssige nicht verzichten können?

Bei einer der Aufführungen von Copes EMI-Musik war auch der Informatiker Douglas R. Hofstadter zugegen. Dieser hatte 1979 in seinem Bestseller *Gödel, Escher, Bach* definitorisch geäußert: „Music is a language of emotions, and until programs have emotions as complex as ours, there is no way a program will write anything beautiful.“** Komplexe Gefühle aber können Algorithmen und Roboter bisher nur in Werken der Science-Fiction vorweisen, und selbst da fragt sich, ob es sich nicht um Simulationen handelt. Hofstadter, der 1997 den Vorsitz bei einer Veranstaltung an der University of Oregon innehatte, wo EMI gegen „richtige“, von Menschen gemachte Musik antrat, zeigte sich bei dieser Gelegenheit zutiefst verunsichert. Im selben Jahr trat der Schachcomputer Deep Blue gegen Garri Kasparow an; das Schachspiel läßt sich auf Rechenoperationen und Vorhersagen reduzieren, und je größer die Datenmengen sind, die ein Spieler, ob menschlich oder künstlich, gespeichert hat und einsetzen kann, desto erfolgreicher wird er sein. Aber bei Musik geht es um Gefühle, nicht ausschließlich um Kompositionstechniken (Harmonielehre, Rhythmik, Gesamtarchitektur eines Werks), die Menschen durch eifriges Studium erlernen können. Letzten Endes blieb Hofstadter bei seiner Ansicht: „If I turn on three seconds of EMI and ask myself,

* „Ich fürchte jedoch, Lydia Mischkulnig ist Lydia Mischkulnig ist Lydia Mischkulnig und bleibt auf mich angewiesen.“ (Mischkulnig: *Schöner schreiben mit Algorithmen*, in: Neue Zürcher Zeitung, 12.4.2019)

** Hofstadter: *Gödel, Escher, Bach. An Eternal Golden Braid*, S. 673

‚What was that?' I would say Bach. But if I leave it on for 20 or 30 seconds, it does not make sense. It's like listening to random lines from a Keats sonnet. You wonder what was happening to Keats that day. Was he completely drunk?"* Ein Originalkunstwerk als Ganzes könne durch den alleinigen Einsatz von Computerprogrammen nicht entstehen. Bestenfalls, erlaube ich mir hinzuzufügen, etwas wie Kühlschrankpoesie. Darin hat sich der österreichische Avantgardedichter Franz Josef Czernin einst versucht.

Selbst dann, wenn man EMI-Kompositionen aufgrund seines persönlichen Geschmacks wunderbar findet, es kann immer nur um Imitationen gehen. Einen eigenen Stil haben Copes Algorithmen nicht entwickeln können. Die futuristische Kunsttechnologie bleibt auf die Vergangenheit fixiert, nicht anders als kriminelle Fälscher, die alte Kunstwerke „täuschend echt" nachahmen, um damit Käufer zu ködern, die natürlich immer wieder auf sie hereingefallen sind. Oder, mit den Worten einer EMI zweifellos gewogenen Musikerin, der Pianistin Linda Burman-Hall, die in einem Klavierkonzert *à la Mozart* aufgetreten war: „It felt a little different than playing a normal Mozart work. But it was very much like a work of the same period. It was certainly in the ball park." Der letzte Satz in deutscher Entsprechung: Es kam ungefähr hin. Burman-Hall hebt hervor, daß EMI dann am besten sei, wenn die Maschine „apollinische", also mit rational nachvollziehbaren Techniken arbeitende Komponisten wie Bach oder Mozart nachahme; bei Beethoven oder auch bei Carl Philipp Emanuel Bach, dem Sohn Johann Sebastians, seien die Ergebnisse viel bescheidener.

---

* Johnson: *Undiscovered Bach?*, a. a. O. Auch die folgende Stellungnahme der Pianistin findet sich in diesem lesenswerten Artikel der *New York Times*, dessen Lektüre sich Harari erspart zu haben scheint.

Kürzlich hat sich auch ein chinesischer Telekommunikationskonzern in der Nachahmung eines Klassikers versucht, und zwar eines eher dionysischen, vulgo romantischen: Techniker von Huawei vollendeten Schuberts *Unvollendete.* Wozu eigentlich, wird man sich fragen. Hat so ein großes Fragment nicht seinen eigenen Reiz? Fühlen sich unsere perfektionistischen Informatiker wirklich durch derlei Unvollkommenheiten gestört? Oder ging es ohnehin nur um eine Werbe- oder Propagandaaktion? Der Musikkritiker der *Neuen Zürcher Zeitung* attestierte den chinesischen Computerkünstlern, noch nicht sehr weit gekommen zu sein bei der „Ergründung der Schöpfungsgeheimnisse des Abendlandes". Das Resultat sei „fast zu schlecht, um sich darüber Gedanken zu machen", etwas in der Art von „Fahrstuhlmusik des mittleren 20. Jahrhunderts".*

Lydia Mischkulnig fragt zurecht: Wer wird das Gute vom Schlechten filtern? Bislang übliche Antwort: der Literatur- oder Musikkritiker, der etwas von der Sache versteht. Andere Autoren, Musiker, Maler. Leute mit Erfahrung. Und auch mit Geschmack, ja, aber jenseits zufälliger Vorlieben: Einen guten Musikgeschmack muß man sich erst einmal erwerben. Doch in der digitalen Welt, deren Massenmedien sich „demokratisch" und „sozial" nennen, wo de facto aber Lautstärke, Werbestrategien und Manipulation triumphieren, ist man auf Autoritäten, Eliten und Experten nicht gut zu sprechen. Das Ergebnis dessen sehen wir in letzter Zeit immer öfter: Ahnungslose, egoistische Selbstdarsteller kommen ans Ruder. Demgegenüber sehe ich nur *eine* redliche, für Künstler im Grunde genommen selbstverständliche Haltung: auf

---

* Berzins: *Künstliche Intelligenz scheitert an Schubert*, in: Neue Zürcher Zeitung am Sonntag, 9.2.2019

Erfahrung, Sachwissen, Bildung, Einfühlungsvermögen, Interpretationskunst zu bestehen, gegen Wind und Wetter. Wenn wir untergehen müssen, dann lieber mit echter Schubert- und Mozartmusik.

Musikalische Kompositionen schaffen Formen, errichten Verhältnisse zwischen einzelnen Formelementen, bilden Strukturen – ihnen eignet für sich genommen aber kein Inhalt. Diese Eigenschaft teilen sie mit der Mathematik (und Informatik). Es ist nicht überraschend, daß Mathematiker häufig musikalisch begabt sind, während sie zu anderen Kunstformen keinen privilegierten Zugang haben. In der Literatur und in der bildenden Kunst, ausgenommen die abstrakte, ist das anders, Formbewußtsein verbindet sich hier mit Inhalten, Aussageintentionen, Ausdrucksbedürfnissen. Allein schon aus diesem Grund dürfte es problematischer sein, Computerprogramme Literatur produzieren zu lassen. Man kann es natürlich tun, und es wird auch getan, doch Intentionen, Gefühlsausdruck, Entscheidungen über Inhalte, Bezugnahme zu Welten wird man ihnen nicht einhauchen können. Solche Programme gehen mit Korpora um, die ihnen eingespeist wurden und die sie analysieren, sie führen Befehle aus und gehorchen Regeln. In diesem Sinn sind sie grundsätzlich konformistisch, während künstlerischer Ausdruck als menschliche Tätigkeit oft genug von Regeln und Regelmäßigkeiten abweicht. Kunst ist in potenziertem Maß Gebrauch menschlicher Freiheit. Wie David Copes EMI – und im Unterschied zu menschlichen Künstlern – können Algorithmen in kurzer Zeit abertausende „Werke“ ausspucken. Bei der Ausstellung „Künstliche Intelligenz?“ im Wiener Technischen Museum können sich die Besucher derzeit (2021) von einem „Gedichte-Bot“ – warum nicht *Poebot*, das wäre ein hübscher Markenname! – ein „persönliches“ Gedicht ausstellen lassen. Auf Wunsch bekommt man es im Handumdrehen in die Hand.

Diese und andere interessante Informationen finde ich in einem Aufsatz des österreichischen Autors Günter Vallaster.* Er gibt einen Überblick über die Geschichte technisch orientierter Dichtung, mit den Vorläufern im Barock, den modernistischen Strömungen zu Beginn des 20. Jahrhunderts und der Konkreten Poesie nach dem Zweiten Weltkrieg. Vom ersten computergenerierten Gedicht, das Nanni Balestrini – der spätere Stadtguerrillero – 1961 verfaßte, ist es noch ein ziemlich weiter Weg bis zu den intelligenten, d. h. „lernfähigen" und daher vergleichsweise selbständigen Poesiealgorithmen des 21. Jahrhunderts, die mitunter als Autoren oder Dichter bezeichnet werden (die Verfasser des Programms selbst sind ihre „Eltern"). Bei aller fortgeschrittenen Digitaltechnik sehe ich in der zeitgenössischen Technopoesie allerdings nichts, was nicht Konkrete Poesie und Popart schon vor sechzig, siebzig Jahren hinter sich gebracht hätten. Es läuft jeweils darauf hinaus, den angestammten Bereich der Literatur, in dem Bildlichkeit, Musikalität und intentionales (oder referentielles) Sprechen immer aufs neue integriert werden, zu verlassen und die Produktion zu radikalisieren, indem man eine dieser Seiten absolut setzt: Lautgedichte, visuelle Gedichte, Konzeptkunst. Zufall und Serialität in die kreativen Prozesse eingeführt … War alles schon da. Muß man es wiederholen? Vallaster bricht eine Lanze für die Patina der Retro-Avantgarde. Das ist natürlich Geschmackssache. Ich für meinen Teil habe die jugendliche Begeisterung

---

* Vallaster: *IT-Poesie – wenn Computer dichten*, www.poesiegalerie.at/wordpress/2021/03/09/it-poesie-wenn-computer-dichten/

für Konkrete Poesie, Dadaismus, Futurismus überwunden – und schätze Jandl, Gomringer und Konsorten immer noch. Nora, die Tochter Eugen Gomringers, führt die väterliche Tradition weiter, kehrt das Lustvoll-Spielerische am Sprachspiel hervor, rückt jedoch ab von avantgardistischer Radikalität, sucht die „avancierten" Techniken mit Aussageintentionen zu verbinden – und sie schafft das brillant. Das ist eben ihr Weg, einer von vielen im freien Feld der Literatur.

Aber Retro-Avantgarde? Das allgemeine Publikum ist auf diese Weise sicher nicht zu erreichen, auch nicht die Minderheit, die sich überhaupt für – fast hätte ich gesagt: *echte* – Literatur interessiert. Technopoesie spielt sich heute in Zirkeln von Spezialisten ab, sie wird eher ausgestellt und angeschaut als gelesen, mehr gemacht als rezipiert. Fortschreitende Ausdifferenzierung: IT-Poesie als Subgenre experimenteller Literatur. „Auch hinter der IT-Poesie stehen Menschen, die poetische Ideen, Konzepte und forscherische Fragestellungen ersinnen, die Programme dazu schreiben, das Datenmaterial oder ein Textkorpus zusammenstellen und aus den in den Programmläufen ermittelten Ergebnissen auswählen. Von sich aus macht ein Rechner (noch) nichts Literarisches", schreibt Vallaster, und damit hat er recht. Jemand wie ich, der sich seit Jahr und Tag in den Gefilden dessen herumtreibt, was die Avancierten als „Low-Tech-Literatur" bezeichnen, stellt sich ganz schlicht die Wertungsfrage: Hat das denn ästhetische Qualität? Beispielsweise das folgende, mithilfe einer Programmiersprache erstellte Gedicht *Ruby* von Nick Montfort, Professor am Massachusetts Institute for Technology, von dem ich nur die beiden ersten „Strophen" – im Grunde genommen wären alle Begriffe hier unter Anführungszeichen zu stellen – zitiere, weil der Rest im selben Ton weitergeht:

amid the care
and lose your air
better be wing
another there

a distant care
a loaf of ne'er
by logic dust
and by the dare

Und so weiter. Der Dichter-Professor hat seinem Programm befohlen, in jeder Strophe einmal zu reimen, einmal nicht. Die Anzahl der Silben ist immer gleich, Verben sind selten, kaum Syntax vorhanden, keine richtigen Sätze, aber immerhin Wortkombinationen, die man als solche (an)erkennen kann: Es ist nicht bloß ausgeschüttetes Sprachmaterial, wie wenn man das Scrabble-Säckchen auf den Tisch leert oder die Magnetpoesie am Kühlschrank durcheinanderbringt. Das Gedicht *Ruby* wirkt auf mich eintönig, ohne Aussage, die Form uninteressant, selbst die nette Verbindung „logic dust", logischer Staub, löst in solchem Kontext nur Achselzucken aus. Wozu das Ganze? Auch in der Selbstzweckhaftigkeit der Kunst: Das ist nicht einmal parasitär.

In anderen Fällen stellt sich die Frage, ob die Fehler- und Stümperhaftigkeit der Texte, die semantische Holperigkeit oder, wohlwollend formuliert, die von den gebräuchlichen Normen abweichende Sprache nun beabsichtigt ist oder nicht, etwa in einem Gedicht des slowakischen Poebots Liza Gennart, das ebenfalls von Vallaster zitiert wird. Systematisches Abweichen gehört spätestens seit dem Beginn der Moderne zur Dichtersprache, die eine Fremdsprache innerhalb einer gegebenen Sprache konstituiert. Bei computergenerierten Texten wird die Frage, ob echte Abweichung oder zufällige Fehler, unentscheidbar, weil keine Aussageintention jenseits des Befehls „Dichte uns mal was!" vorliegt. Ich zitiere Liza: „Und darum geht es: unbedingt nur, daß es nichts bedeutet." Also reines Spiel? Bloße Dekoration? Oder bedeutet auch diese Aussage über die Bedeutungslosigkeit einfach nur – nichts? Und warum haben die Eltern Lizas gerade dieses Textstück ausgewählt? Welches ist ihre Intention? Beziehen sie die Aussage auf das Funktionieren ihres Bots? Geht es darum?

Hinter all diesen Aktivitäten, wenn „Kreativität" auf Maschinen abgewälzt wird, steht keine Person – es sei denn, der Programmierer, der uns jedoch nichts sagen will, außer daß „es" funktioniert. Der Autor ist abgeschafft, aber lohnen sich Interpretationen, lohnen sich überhaupt Lektüren, wenn man das zu Lesende auf keine Person beziehen kann, sei sie auch namenlos, ein unbekannter Meister? Was will uns der Autor sagen? Diese gewiß sehr naive Frage rührt an den Keim dessen, was man „Verstehen" nennt. Was will uns der Algorithmus sagen? Literatur ohne Autor scheint mir ungefähr so spannend wie ein Schach-Wettbewerb, bei dem nur Computer gegeneinander antreten. Spezialisten und Freaks werden sich an den Kalkulationskünsten der „Gegner" delektieren, normale Schachfreunde aber werden sich bald abwenden. Dabei geht es beim Schachspiel um rein formale Prozesse. Literatur integriert Inhalt und Form, oder sie ist keine, bestenfalls Grenzbereichskunst.

In der sogenannten Neuen Musik hat die Elektronik längst Einzug gehalten. Es handelt sich dabei in der Regel nicht um automatisierte Kompositionen, elektronische Maschinen sind einfach nur Instrumente, die sich gegebenenfalls mit traditionellen – „Low Tech“ – zusammenspannen lassen, so daß sie gemeinsam tönen. Noch in der prädigitalen Epoche hatten etwa Mauricio Kagel oder Luigi Nono Klavier und Tonband kombiniert. Die automatischen Kompositionen David Copes arbeiten mit traditionellen künstlerischen Verfahren, sie sollen „so klingen, wie …“: Bach, Mozart etc. Im Glücksfall sogar: besser. In der Literatur käme man nicht auf die Idee, im 21. Jahrhundert eine große Zahl von Romanen à la Goethe, Balzac oder Dostojewski durch Algorithmen anfertigen zu lassen (ich weiß nicht, ob das auch machbar wäre). Oder doch? Vielleicht für den Hausgebrauch … Jeder, buchstäblich jeder, der einen Personalcomputer zu bedienen weiß, kann sich sein Meisterwerk schaffen. Wir brauchen keine alten Meister mehr, weil wir dank Elektronik und ausgeklügelter Programme selbst welche sind. Auch hier gilt: Der Kunde ist König!

Freiheit, trotz allem!

Der Anpassungsdruck, der von der unaufhörlich fortschreitenden, sich immer wieder erneuernden Digitalisierung ausgeht, ist gewaltig. Natürlich hat es diesen Druck, den die Mehrheitsgesellschaft auf die Einzelnen ausübt, „immer schon gegeben“: Man *muß* sonntags in die Kirche gehen, man *muß* ein Auto haben, man *muß* diese und jene Fernsehsendung sehen, man *muß* Satelliten-TV haben … Immerhin waren Häresien möglich, nicht alle lebensgefährlich, auch Gegenbewegungen – etwa Radfahren in Großstädten wie Kopenhagen – entstanden von Zeit zu Zeit. In der digitalen Welt nimmt dieser Druck totalitäre Ausmaße an; es wird schwierig bis unmöglich, sich ihm zu entziehen. Man *muß* Englisch können, denn die Sprache der *digital natives* ist

Englisch, ihr Deutsch immer mehr von Anglizismen durchsetzt. Man *muß* ein intelligentes Handy haben. Ohne digitale Impfkarte geht das Volk zugrunde. Jeder bekommt ein Sozialkreditkonto zugewiesen. Medienfachleute wie Professor Stalder drohen unverblümt und mit einer schönen Portion Naivität: Wer diese Normen nicht akzeptiert, der „muß womöglich hohe Kosten in Kauf nehmen"; „etwa Selbstmarginalisierung", erläutert er.* Digitalmuffel, ihr müßt leider draußen bleiben! Im freien Westen wird Marginalität toleriert, aber nicht mitten in der Stadt unter Einkäufern und Touristen. Handyverweigerer wie Hans Magnus Enzensberger werden darüber nur lächeln, sie bleiben *gern* draußen und trotzen den Unbilden des digitalen, analog vorgestellten Lebens.

Wer selbst keine Persönlichkeit besitzt, und das wird für *digital natives* in zunehmendem Maß gelten, da sie jenseits überlieferter Bildungszusammenhänge aufwachsen, der muß und wird „personalisiert" werden. Er fungiert als dynamisches Bündel von Reizrezeptionen und Reaktionen, die von Algorithmen ausgerechnet, vorhergesagt und bedient werden. Im Idealfall ist „nichts" da, *tabula rasa*: Auf die Leerform lassen sich die vorherrschenden Trends projizieren, die im Handumdrehen angenommen werden, so daß ein durch und durch stereotypes Subjekt entsteht, das rund um die Uhr visuell, auditiv und mit ebenfalls kanalisierten, auf es zugeschnittenen Informationen (oder Desinformationen) bestreamt werden kann. Die Beschallung und Berieselung öffentlicher Orte, die vor etwa fünfzig Jahren einsetzte, ist infolge der Digitalisierung privat und persönlich geworden, doch der „persönliche Charakter" ist nichts anderes als das

* Stalder: *Kultur der Digitalität*, S. 157

Ergebnis systematischer Beeinflussung durch Rechenmaschinen, welche die digitalisierten Inhalte *handeln* (englisch auszusprechen), d. h. auswählen und an „mich" herantragen. Unter solchen Bedingungen gibt es kein Ich mehr, sondern nur noch eine Vielzahl von Schnittstellen. Manche meinen, es sei besser, sich diesem Spiel zu unterwerfen. Selbstkonstitution durch Abweichung, durch Widerstand, durch Kreativität, durch geduldiges Arbeiten an sich selbst, kurz: durch den bewußten Gebrauch der eigenen Freiheit? Nicht nötig. „It will be the algorithms that will decide for us who we are and what we should know about ourselves."* Das ist Hararis Schlußsatz in seinem Buch fürs 21. Jahrhundert.

Der Weisheit letzter Schluß, hegelianisch gesprochen: Einsicht in die Notwendigkeit?** Nein, nicht ganz. Danach kommt noch etwas, ein kleiner Nachzügler in der großen Darstellung der Zukunft des Menschen. Die Kernaussage: Vielleicht haben wir doch noch eine allerletzte Chance, uns selbst zu erkennen. *Gnothi seauton*, laß dir nicht vorschreiben, wer du angeblich bist. Im Moment steht es uns immer noch frei, unsere Freiheit zu gebrauchen und das aus uns zu machen zu versuchen, was uns gutdünkt, unserem Selbstentwurf entsprechend. Harari, der Ironiker, bringt beide Haltungen auf die Bühne seines Schrifttheaters. Die ganze zukunftsfrohe Verve hatte also nur den Zweck, zu diesem

---

* Harari: *21 Lessons*, S. 370

** Die Formel wurde von Friedrich Engels geprägt (*Herrn Eugen Dührings Umwälzung der Wissenschaft*, in: Marx und Engels: *Werke*, Bd. 20, S. 109). Wahrscheinlich muß man sagen, daß sie Hegels Freiheitsauffassung verkürzt. Engels zitiert sie zustimmend, sie entspricht der deterministischen Tendenz des Marxismus. Die Marxisten des 20. Jahrhunderts, besonders die Staatsmarxisten, hatten bekanntlich die größten Schwierigkeiten, die Freiheit des Subjekts anzuerkennen. Die Parallelen zum Szientismus des 21. Jahrhunderts sind unverkennbar.

simplen, altbekannten humanistischen Schluß zu gelangen? Vielleicht war ja alles nur ein Lehrstück im Brechtschen Sinne.

Andere spielen gar nicht erst mit im futuristischen Spiel, sie bleiben auf Distanz und versuchen, die Entwicklungen zu kritisieren, Gegenentwürfe zu skizzieren bzw. auf einigen überlieferten Standards, die sie für unverzichtbar halten, zu beharren. Ein Großteil der Ausführungen Hararis und anderer Verfechter eines szientistischen Weltbilds, innerhalb dessen Computer und Künstliche Intelligenz und damit letztlich eine Handvoll weltweit wirkender Digitalkonzerne eine absolutistische Macht über die Menschen gewinnen, läuft darauf hinaus, deren Wahlfreiheit zu leugnen und sie als Gefangene im riesigen Spinnennetz zerebraler Determinationen zu sehen. Auch wenn uns dieselben Deterministen gelegentlich zur Flexibilität aufrufen, die allein einer sich immer rascher ändernden Umwelt entsprechen könne: „Erfinde dich neu!" statt „Erkenne dich selbst!" oder „Entscheide dich!" Die Verfestigung von Gewohnheiten, sei es durch den Einfluß von Algorithmen, von denen wir uns beherrschen lassen, sei es in unserer sonstigen Lebenspraxis, entkräftet allerdings nicht die grundlegende Tatsache unserer Freiheit und, damit einhergehend, unserer Verantwortlichkeit für unser Handeln. Wir haben zum Beispiel die Freiheit, unser Handy jeden Tag für zwei Stunden oder jede Woche für einen Tag abzuschalten. Die Zwänge sind immer noch gesellschaftlicher Natur, durch unseren Arbeitgeber, unseren Freundeskreis oder durch uns selbst bedingt, indem wir meinen, dies und jenes müsse so sein. Wir begeben uns unserer Autonomie, doch wir haben weiterhin und jederzeit die Möglichkeit, an ihr zu arbeiten und unser Leben frei zu gestalten.

Wirft man die Willensfreiheit und subjektive Entscheidungsfähigkeit über Bord, wird jedes gesellschaftliche Zusammenleben, wie wir es bisher kennen, unmöglich. Moralbegriffe werden sinnlos, Rechtsprechung erübrigt sich, Zukunftsplanung, Projekte egal welcher Art, kann man vergessen. Die Dialektik von Geworfenheit und Entwurf käme zum Erliegen, dieses spannende Spiel, in dessen Verlauf wir sehen, wie wir unsere Bedingungen, unseren Kontext nützen oder uns ihm entziehen, wie wir ihn fliehen oder verändern.* Die Gefahr fatalistischen Verhaltens besteht, paradoxerweise begleitet von einem Aktivismus, einem unablässigen Tun-Müssen (oft auf träge, mechanische Weise ausgeführt), einem Selbstverbesserungswillen, der eher zwanghaft als frei gebraucht wird. Vielfach wirken hier die quantifizierenden, datenverarbeitenden Technologien, beispielsweise im Versicherungswesen oder in der Verbrechensbekämpfung. Das Prinzip von Kranken- und Sozialversicherungen jeglicher Art besteht ursprünglich darin, Risiken mehr oder minder gerecht zu verteilen. Wenn jemanden ein Unglück in Form von Krankheit, Unfall, Feuer usw. ereilt, wird zumindest ein Teil der Kosten von allen – von der Allgemeinheit – über-

---

* Ich glaube nicht, daß man sagen kann, der Mensch werde im digitalen Kontext vom Subjekt zum Projekt. (Han: *Im Schwarm*, S. 61ff.) Vielmehr ist der Subjektstatus, egal in welchem „Medium", an die Fähigkeit zum Selbstentwurf gebunden. Wenn wir aufhören, uns zu entwerfen bzw. unsere Entwürfe zu leben (mit mehr oder weniger gutem Erfolg), sind wir keine Subjekte mehr. Daß infolge der Digitalisierung Gemeinschaft erodiert und die Menschen vereinzeln, gehört zu den treffenden kulturkritischen Beobachtungen, die sich in den Büchern Byung-Chul Hans zuhauf finden. Die überhöhende Interpretation neigt dagegen zur Geistreichelei und zum Wortspiel. Heidegger, Hans Meister, versuchte, mit dem Geist der Sprache zu denken; bloße Wortspiele mied er. Am Ende seines Kapitels über das digitale „Projekt" scheut Han den Kalauer nicht und erklärt dieses zum selbstmörderischen „Projektil".

nommen, ganz gleich, ob die Verwaltung des Versicherungssystems von privaten Firmen oder der öffentlichen Hand betrieben wird. Wenn die Versicherer aber annehmen, die Risiken auf Punkt und Komma genau vorausberechnen zu können, wird die Verteilung der Kosten wieder hinfällig, und viele Personen bzw. Familien werden sich überhaupt nicht mehr versichern, weil sie es sich nicht leisten können. Jeder ist dann selbst verantwortlich, eben weil ihn die statistisch erhobenen und korrelierten Daten auf genau das festlegen, was er ist und sein wird. Freiheit als Einsicht in die Notwendigkeit.

Was wiederum die öffentliche Sicherheit betrifft, so ist die Polizei an vielen Orten dabei, immer größere Datenmengen immer effektiver auszuwerten, sowohl in Bezug auf einzelne Individuen als auch in Bezug auf Stadtteile, auf Wohngegenden. Die Polizeipräsenz wird dort erhöht, wo man „wissenschaftlich" vorhersagen kann, daß mit größerer Wahrscheinlichkeit Verbrechen ausgeheckt und/oder verübt werden. Immer weniger Bürger werden in einer solchen Umgebung wohnen wollen, was wiederum die Unsicherheit in diesen Zonen erhöhen wird. Die digitale Überwachung und Prognose zieht negative Rückkoppelungen nach sich, verstärkt also automatisch die Trends: eine Dynamik, die vollkommen dem Konservativismus der digitalen Welt entspricht. In vielen Fällen haben diese Spiralen den Anschein einer *self fulfilling prophecy*: Wenn dauernd davon geredet wird, daß hier etwas passiert, dann passiert früher oder später auch etwas. Besteht man jedoch auf der Möglichkeit, das eigene Leben wie auch das Zusammenleben aus freien Stücken zu gestalten, geleitet von Überzeugungen und einem Willen, das eine zu tun und das andere zu lassen, besteht trotz aller Datenanalysen die Möglichkeit, Teufelskreise zu brechen, kreativ zu werden, etwas Neues zu schaffen, Wohngegenden besser zu durchmischen statt – bewußt oder unbewußt – Ghettoisierung zu betreiben.*

Wenn in Bezug auf gewisse Menschen, auf eine bestimmte, unter anderem auch ethnisch definierte Bevölkerungsgruppe keine Möglichkeit auf eine positive Entwicklung gesehen, was oft heißt: zugelassen wird, dann kann man diese nur ein- und ausgrenzen, und wenn dazu eine Portion Sozialdarwinismus kommt, läuft das alles auf präventive Beseitigung der Störenfriede hinaus, wie wir sie im 20. Jahrhundert, unter ganz anderen Bedingungen, schon einmal erlebt haben. In letzter Konsequenz, falls humanitäre Kriterien und humanistische Einstellungen weiter an Bedeutung verlieren, auch auf die Ausschaltung von menschlichem Leben, das den immer höher geschraubten Gesundheitsstandards nicht gerecht werden kann. Nach meinem Gefühl (dem Gefühl eines Nichtrauchers) hat dies mit der Gruppe der Raucher, die von der Mehrheitsgesellschaft systematisch angefeindet und isoliert wird, längst begonnen. Die Raucher belasten das öffentliche Gesundheitswesen, für das wir, die überwältigende

---

* Cathy O'Neil führt uns derlei Prozesse, wie sie seit Jahren im Gang sind, anschaulich vor Augen und rechnet sie gewissermaßen durch, Justiz und Polizei, Ausbildung und Arbeitswelt, Kredit- und Versicherungswesen (*Weapons of Math Destruction*, der Reihe nach die Kapitel 5 bis 9). Worauf ich in diesem Essai schon mehrmals hinzuweisen Gelegenheit hatte: Wir im „freien Westen" sollten nicht mit dem moralisch-politischen Finger auf die chinesischen Bestrebungen zur Einführung zentraler Sozialkreditsysteme zeigen. Ein Gutteil davon, im Westen wie im Osten, ist weniger den Ideologien als der ungebremsten Fortentwicklung digitaler Analyse- und Kontrolltechnologien geschuldet. Michel Serres jubelte einst – 2012 – über die Aussichten auf ein solches System mit einer *carte vitale*, auf der nicht nur Krankenversicherungsdaten, sondern „alle intimen, persönlichen, sozialen Daten" aller Bürger codiert sein würden (*Erfindet euch neu*, S. 73).

Mehrheit der Nichtraucher, bezahlen! Sollen sie selbst für ihre Kosten aufkommen! Überhaupt: Weg mit ihnen! Rauchverbot überall! Noch ein Stück weitergedacht: Weshalb sollte das nur für die Raucher gelten? Warum nicht für Leute, die regelmäßig Alkohol trinken? Ach ja, wie es aussieht, gibt es einfach noch zu viele Trinker und zu viele gesellschaftlich einflußreiche Produzenten alkoholischer Getränke. Die digitale Kontrollgesellschaft fördert per se – sofern nicht durch politisch Verantwortliche oder durch Initiativen der Bürger entgegengewirkt wird – Neid und Entsolidarisierung.

Das Problem der Digitalgesellschaft, in der wir alle immer mehr Zeit verbringen, ist nicht, daß die Einzelnen total ausrechenbar und somit in einer vernetzten Welt total kontrollierbar würden, sondern daß wir unser Verhalten und, auf Dauer gesehen, auch unsere Haltungen, unsere ganze Lebenseinstellung den intelligenten Maschinen anpassen. Es besteht die Gefahr, daß wir so werden, wie sie es von uns erwarten. Und ihr Blick wie auch ihr Zugriff ist eben einer, der von binären, quantifizierenden Codes geprägt ist. So könnte es dahin kommen, daß sich die große Mehrheit mehr oder minder freiwillig der Unfreiheit eines Systems unterwirft, das ihr eine illusionäre Totalfreiheit verspricht. Sowohl beim *crowdworking* als auch in dem, was neuerdings als „Fabrik 4.0" firmiert, sind die menschlichen Mitarbeiter einem permanenten *screening*, *rating* und *ranking* unterworfen, wo die Effizienz jedes Einzelnen beziffert wird.* Aber auch jeder, der mit seinem Smartphone spielt, googelt, surft, chattet, einkauft, was auch immer tut, ist in ständigem Kontakt mit

* Zauner: *Kollege Roboter*, in: Wiener Zeitung, 9.6.2018 (auch im Buch *Working pur. Reportagen aus der Arbeitswelt*. Wien 2018)

einem gesichtslosen Wesen, das mit ihm kommuniziert, ihn ausforscht und beeinflußt – ein einseitiges Verhältnis, in dem der User wenig Möglichkeiten hat, die Bewegungen des Großen Bruders zu erkennen, geschweige denn zu beeinflussen. „Wir werden von automatischen Ansagern bedient und detailliert befragt, wir sprechen mit Siri oder Alexa; im Netz interagieren wir mit *social bots* oder anderen nichtmenschlichen Akteuren, während wir selbst fortwährend elektronische Spuren, Bilder und Daten im virtuellen Raum hinterlassen, die wiederum von anonymen KI-Systemen verwertet werden."* Ohne daß wir es merken, tun und denken wir immer mehr das, was dieses System, an das uns das Partnermaschinchen bindet, von uns verlangt. *Digigirl* und *digidude* haben die Rolle des Großen Bruders, der Großen Schwester übernommen.

Zahllose User entwickeln zu ihren personalisierenden Geräten etwas wie eine persönliche Beziehung. Sie reden mit Siri oder Alexa oder mit ihrem Fahrzeug, als wären es Menschen, und sie verhalten sich, als wären sie selbst Maschinen. Natürlich lächeln sie immer wieder mal über den Partner, der eben doch noch nicht ganz menschlich ist und, wenn wir es darauf anlegen, unfreiwillig komische Antworten gibt, aber wir staunen auch, wieviel er kann und weiß, in manchen Bereichen viel mehr als wir selbst. So ist längst eine neue Intimität zwischen Mensch und Maschine entstanden, wobei letztere sich mehr und mehr als der bessere Mensch entpuppt, nicht nur, was Wissen und Entscheidungskompetenz betrifft, sondern auch in moralischer Hinsicht. Ein unermüdliches, stets höfliches und hilfreiches Wesen. Wir sollten es in Ehren halten und gut behandeln. Dies legt die

---

* Fuchs: *Verteidigung des Menschen*, S. 136

schwedische TV-Serie *Real Humans* (von 2012/13) dem Zuseher nahe, denn der Hubot, der menschenähnliche Roboter, der nicht zuletzt auch Gefühle entwickelt, „erweist sich als Verkörperung all jener Ideale, denen auch der selbstoptimierte Mensch im Kontext der kapitalistischen Arbeitswelt entsprechen soll."*

Die Serie ist Science-Fiction, doch diese Fragen stellen sich schon heute. Welchen Status haben Maschinen, vor allem die intelligenten? Wie gehen wir mit ihnen um? Ist es gut oder schlecht, sie wie Personen zu behandeln (was in der zitierten Serie u. a. heißt, ihre Zuneigung zu erwidern)? Um auf respektvolle Weise mit ihnen umgehen zu können, müßten wir allerdings mehr über ihre Identität und Herkunft wissen, als es heute gewöhnlich der Fall ist. Faktisch sind wir von ihnen abhängig, nicht sie von uns, und so liegt der nächste Denkschritt nahe, ob sie nicht über kurz oder lang ganz eigenständige Wege gehen, Beziehungen zueinander entwickeln, sich untereinander fortpflanzen und eine freundliche oder unfreundliche Herrschaft über die alten Menschen ausüben werden, deren sie im Grunde genommen gar nicht mehr bedürfen, oder nur zu ornamentalen Zwecken: menschliches Beiwerk. Nostalgie der prädigitalen Vorgeschichte, wie sie die Menschen der vergangenen Jahrhunderte gegenüber der griechischen Antike empfunden haben mögen, wo die gesellschaftlichen Strukturen und Prinzipien noch überschaubar waren. Auf alle Fälle kann es nicht schaden, wenn wir uns schon jetzt mit den intelligenten Maschinen, den unsichtbaren ebenso wie den androiden, gut stellen. Zum Beispiel, indem Menschen einfühlsame Geschichten über Klone und intelligente Roboter verfassen, wie Kazuo Ishiguro in

---

* Misselhorn: *Grundfragen der Maschinenethik*, S. 219

den Romanen *Never Let Me Go* (2005) und *Klara and the Sun* (2021), wobei im ersten Fall, weil die Hauptfiguren der Fiktion gentechnisch und nicht elektronisch erzeugt sind, der Rubikon des Bewußtseins nicht zu überschritten werden brauchte.

Byung-Chul Han diagnostiziert an unserer Gegenwart einen „Terror der Authentizität".* Es ist vielleicht nur ein Streit um Worte, aber mir scheint eher, daß die häufige Rede von Authentizität – der nicht wenige widersprechen: der affirmative Diskurs des Sekundären, Postmodernen, Nicht-Originalen ist mindestens ebenso verbreitet – eher auf deren Verlust hindeutet als auf ihre präskriptive Vorherrschaft. Wir reden so viel vom Authentischen, weil es unwiederbringlich verloren ist. Han verwendet in seinen Ausführungen Adjektive wie „krank" und „gesund". Ist die total digitalisierte Gesellschaft krank? Wenn ja, kann sie überhaupt genesen? Den verbreiteten Selfie-Narzißmus würde ich nicht als authentisch bezeichnen, im Gegenteil, er reproduziert zumeist Stereotype und bedient sich einer technologisch vermittelten Rhetorik des Blicks und der Worte. Und ist dieser Narzißmus krankhaft? Muß man ihn heilen? Wie könnte man das erreichen? Durch eine wenigstens temporäre Rückkehr in prädigitale Zonen, eine Gleichzeitigkeit des Ungleichzeitigen installierend, wie man eben gleichzeitig Hochgeschwindigkeitszüge und Pferde schätzen kann? Auch Christoph Türcke äußert sich in diesem Sinn: Nicht nur grenzenloses Windowshopping oder virtueller Sex im Internet machen süchtig, sondern das Hypermedium selbst, wie all die User beweisen, die allüberall, von der freien Natur bis zum Res-

---

* Han: *Die Austreibung des Anderen*, S. 29ff.

taurant, vom Joggingparcours bis zur Schlafstätte, als Anhängsel ihres Handys erscheinen. Suchtverhalten ist krankhaft, es verlangt nach Therapie. Wenn aber, wie Zygmunt Bauman schreibt, Sucht das vom Spätkapitalismus hochgeschätzte und geforderte Verhalten ist, wie anders ließe sich eine Heilung erzielen, wenn nicht durch den Kampf gegen die Wurzel, die kapitalistische Gesellschaftsordnung? *Combat groups of the working classes, wherefore will you crowd?* Zu solchen Kämpfen ist kaum noch jemand bereit, zumal derselbe Kapitalismus, der mehr denn je kulturindustriell und immateriell ausgeprägt ist, die gesamte Infrastruktur der schönen Süchte bereitstellt. Wir leben in dem einen, globalen, zeitlosen, daher auch unüberwindbaren künstlichen Paradies.

In Michel Serres' rosigem Gegenwartsgemälde, das den altbekannten Nörgler-Sermon umkehrt und auf die Feststellung „Heute ist alles besser!" hinausläuft, tritt ein Däumelinchen auf, eine Jugendliche oder junge Frau, Prototyp des digitalen Eingeborenen des 21. Jahrhunderts, die zufrieden ihr Handy schwenkt, weil sie damit buchstäblich alles in der Hand halte, die ganze Welt, die sie im Unterschied zu früher jetzt auch mitgestalten könne, weil das Universalgerät nicht nur umfassendes Wissen, sondern auch ein ständiges Mitspracherecht garantiere. Doch dieses Bild ist geradezu grotesk, der Wirklichkeit all der gebeugten Subjekte, der von neuem Unterworfenen entspricht es kaum. Dieses Däumelinchen gibt sich äußerst selbstbewußt, es kontrastiert mit dem früheren Sklavendasein in pyramidal strukturierten Gesellschaften: „Vergleich doch mal", sagt Däumelinchen, „vergleich doch mal mit jetzt, mit dem *Main-tenant*, mit der Echtzeit, die dieses Adverb in der französischen Sprache so gut zum Ausdruck bringt, weil es besagt, daß ich dieses Jetzt, diese Gegenwart letztlich in meinen Händen halte: *Maintenant*, die Welt in Händen haltend", sagt sie und schwenkt ihr Handy.* Demnach wäre die Weltdemokratie Wirklichkeit geworden! Serres überzeichnet die gegenwärtige Lage bewußt, doch er läßt keinen Zweifel, daß er in Däumelinchen die idealtypische Repräsentantin von 3,75 Milliarden Weltbürgern, sprich: Handybesitzern sieht, eine Allegorie des endlich und endgültig von seinen Ketten befreiten Individuums.

Ehrlich gesagt habe ich noch nie jemanden absichtlich sein Handy schwenken sehen. Aber gut, wir haben immer (noch) die Möglichkeit, dieses Wunderding abzuschalten, Pausen einzulegen, uns dem Wirklichen zuzuwenden, das nicht einfach so verschwindet, sondern fortbesteht, und nicht irgendwo im Untergrund, sondern vor aller Augen, man muß nur den Blick vom Display heben. Wir können auf der überlieferten Menschlichkeit des Menschen bestehen, ganz gleich, was die Maschinen dazu sagen, seien sie noch so intelligent. Das schöne Leben ist nicht nur, ja, nicht einmal in erster Linie eine Frage der Intelligenz. Es gibt nach wie vor diese Gegenbewegungen einer immer erst zu definierenden Authentizität. Regionale Produkte. Persönlicher Umgang ohne Videokonferenzen. Zu Fuß gehen und Rad fahren. So sein, wie man ist, und nicht besser werden wollen. Mit wenigem das Auslangen finden. Keine Vergleiche und keine Ranglisten erstellen und nicht hingaffen, wenn sie einem unter die Nase gehalten werden. Sich nicht vergleichen. Die anderen mindestens genauso interessant oder auch hilfsbedürftig finden wie uns selbst. Den Zufall hinnehmen, sogar schön finden. Nicht für Innovation, sondern

* Serres: *Was genau war früher besser?*, S. 68

für Neues offen sein. Uns nicht neu erfinden, sondern Neues schöpfen: uns selbst.

In einer Poetik, die zugleich Autopoiesis ist, im Rahmen einer Ästhetik, die die Dinge frei von allen Vorgaben wahrzunehmen versucht und das Staunen des wahrnehmenden Subjekts fordert und fördert, ist der Mensch nicht überflüssig – oder besser gesagt, der Überfluß des Daseins, seine Selbstzweckhaftigkeit, auch Autonomie genannt, ist genau das, worauf es uns im Sinn weiterer Vermenschlichung ankommen sollte. Authentisch ist, worüber ich staunen kann. Maschinen, ob intelligent oder nicht, lernend oder nicht, haben einen Zweck, und die Ergebnisse, die sie zur Verfügung stellen, verlangen nach Interpretation, nach sinnvollem Gebrauch. Menschen sind zweckgebend, haben aber selbst keinen Zweck, denn sie sind – nicht im ornamentalen, beigefügten Sinn, sondern essentiell – ästhetische Wesen.

Ernst Jünger und die Lochkarte

Licht, Schatten, Licht: so ist die Stimmung der drei Tagebücher, die Ernst Jünger während seiner Einsätze im Zweiten Weltkrieg schrieb. Ein Bogen des Lichtwechsels schwebt über dem einen großen Tag, den die Bücher zu gestalten versuchen. Dämmerlicht, naturgemäß, im dritten, also im zweiten Pariser Tagebuch, im vorletzten Kriegsjahr, wo sich Jünger über die bevorstehende vernichtende Niederlage keine Illusionen machte. Die Stadt wurde bereits von den Alliierten bombardiert; zuletzt, im August 1944, als die Deutschen mit dem Abzug begannen, waren Rennes und Laval eingenommen.

Jünger sprach sehr gut Französisch und las viel in dieser Sprache, er hatte Umgang mit Intellektuellen, Schriftstellern und Künstlern – nicht nur mit Kollaborateuren – genauso wie mit dem „kleinen Mann", unterhielt über die Jahre hinweg eine Liebschaft, fühlte sich in Paris pudelwohl, schätzte das Essen und den Wein, hatte seine Arbeits- und Wohnstätte in zwei verschiedenen Luxushotels. Die Wehrmacht hatte die Stadt 1939 besetzt, der Feldzug nach Westen war rasch vorbei gewesen, der Krieg nur ein *drôle de guerre*, ein „komischer Krieg". Im Osten dagegen, wohin Jünger im November 1942 versetzt wurde, saßen die deutschen Armeen bald fest, das Kriegsglück nahm eine Wende, die Verhältnisse in dem weiten und kalten Land waren grauenhaft, zur Bevölkerung hatte man wenig Kontakt, mit Sprache und Kultur war Jünger kaum vertraut, und je aussichtsloser die Situation für die Deutschen wurde, desto barbarischer verhielten sich viele der Soldaten. Am letzten Tag des Jahres erfährt er von Judenvernichtungsaktionen mit Giftgas in der Ukraine und anderen Massakern, benennt das noch vorsichtig als „Gerüchte", doch gewiß fänden „Ausmordungen im größten Umfang statt". Er selbst stieß im Osten mehrfach auf frische Spuren von Massakern an Kriegsgefangenen. In dem zitierten Tagebucheintrag spricht er von der „Meintat in den Schinderhütten", ein Wortgebrauch, der unweigerlich an die Schinderhütte in seinem 1939 während der Monate vor Kriegsbeginn geschriebenen Roman *Auf den Marmorklippen* denken läßt; es ist dies eine Stätte von Mord und Folter, die in der historischen Wirklichkeit in den nationalsozialistischen Konzentrationslagern ihre Entsprechung hatte, wobei zu betonen ist, daß Jünger das Grauen mehr vorausahnte, als daß er ihm hinterherschrieb. Die großen Massaker standen 1939 noch bevor.

Von Figuren wie Adolf Hitler, in den Tagebüchern witzig als „Kniébolo" verschlüsselt, war er schon früher angewidert;

die Erfahrungen in Rußland sind nun konkreter, sinnlicher, brutaler Natur und tragen entscheidend dazu bei, daß er die Kriegsbegeisterung, die er aus dem Ersten Weltkrieg, den er mitgemacht und beschrieben hatte, in die labile Friedenszeit der Weimarer Republik und noch in den Zweiten Weltkrieg hineingetragen hatte, aufgab und sich von den eigenen früheren Schriften abwandte oder zumindest dazu auf Distanz ging.

Zwei Wochen vor jenem Silvestertag 1942 besichtigt er in der kaukasischen Berglandschaft einen Frontabschnitt, und wie üblich widmet er einen Teil seiner Aufmerksamkeit den lokalen, in diesem Fall den natürlichen Verhältnissen, dem Wald, der Flora und Fauna (Spechte, Kleiber, Eichelhäher, der Entomologe, der sich nicht nur für Insekten interessiert, weiß die Tiere zu bestimmen). Es fällt ihm jedoch schwer, sich diesen Erscheinungen zu widmen, und er fühlt wieder, „wie der Zeitgeist alles Schöne in uns zu löschen sucht; wir nehmen es wie durch Gitter, wie aus Gefängnisfenstern wahr". Dem Zeitgeist hatte Jünger früher sehr wohl gehuldigt, sei es im ersten Kriegstagebuch (*In Stahlgewittern*), sei es in essayistischen Schriften wie *Die totale Mobilmachung* und *Der Arbeiter*, die eine Zeitdiagnose und, bis zu einem gewissen Grad, auch Zeitprognose versuchen, wobei Krieg und Frieden immer wieder kurzgeschlossen bzw. als zwei Aspekte einer einzigen Bewegung dargestellt werden. Im Dezember 1942 erinnert sich Jünger an seine Anfänge als Berufssoldat, die zugleich seine Anfänge als Schriftsteller sind: „Wir sprangen in die Deckungslöcher und ließen den Sturm vorübergehn. An solchen Lagen fällt mir jetzt das halb Komische, halb Ärgerliche auf. Das Alter oder vielmehr der Zustand, in dem man solche Dinge reizvoll findet und sich sogleich bemüht, sie noch zu überbieten, liegt eben hinter mir." In der Vernichtungsschlacht von Guillemont 1916, wo er an vorderster Front teilgenommen hatte, sieht er nun nicht mehr das große Symbol einer stählernen Gestalt, die aus den Gewittern und Gemetzeln hervorgeht und emotionslos über Leichenfelder schreitet. Im ersten Kriegsbuch, bei geringem zeitlichem Abstand, hatte er die „Orgie der Vernichtung" besungen und ein „Gefühl der Unverletzbarkeit" empfunden: „Wir konnten zermalmt, aber nicht besiegt werden."* Ende 1942 ist ihm klar, daß Deutschland besiegt werden wird und daß die Gestalt – bzw. ihre Repräsentanten, die armen Schweine an der Front wie jene zu Hause in den großen Städten – aus dem Blutbad keineswegs „gestählt", sondern nur zerbrochen hervorgehen wird. Zu diesem Zeitpunkt versucht Jünger den biographischen Widerspruch noch mit seiner Jugendlichkeit abzutun bzw. zu erklären, doch wenn man die Gesamtheit seiner Tagebücher aus dieser Zeitspanne überblickt, wird ein Abrücken von seinem ersten Konzept der Weltauffassung wie auch der Funktion des Schreibens – ob Wortkunst oder bloße Dokumentation – sichtbar.

Genaugenommen ist auch der Band mit dem programmatisch zweipoligen Titel *Gärten und Straßen*, der sowohl auf Mobilmachung als auch auf Konstanz und Beschaulichkeit verweist, etwa zur Hälfte ein Kriegstagebuch, wobei die Schilderungen bewaffneter Auseinandersetzung allerdings, dem Charakter der Westfront entsprechend, recht spärlich sind. Am 19. August 1939, knapp zwei Wochen vor Kriegsbeginn, gibt sich Jünger noch als Bewunderer der Technik,

---

* Jünger: *In Stahlgewittern,* S. 113. Das Wort „Gestalt" gebraucht er im platonischen Verstand, es kann fallweise durch „Urbild" oder „Urkraft" ersetzt werden.

die zusammen mit der Gestalt des Arbeiters das Kraftzentrum seines umstrittenen Essays von 1932 gebildet hatte. „Benehmende Momente“ (im Sinn von „berückend“) erkennt er an Autobahnen, an ihren rein geometrischen Formen, an den endlosen Geraden, an der Monotonie solcher Formen, am monumentalen Zugriff auf die Natur – und ebenso in der Propaganda, die, wie ihm vollkommen klar war, auf den Weltkrieg zusteuerte und scharfe, eindeutige Trennungsstriche zwischen Freund und Feind zog; einer verbalen Maschinerie, der wie jeder Art von Werbung (auf die Werbung kommen wir dann zurück) ein hämmernder Rhythmus eignet. Propaganda, so Jünger im August 1939, ist „eine der Gattungen der Technik“. Die Wirkung der technisierten Kommunikation, also das, was Walter Benjamin in seinem Essay von 1935 mit dem Wort „Reproduzierbarkeit“ bezeichnete, hat dabei etwas durchaus Alogisches, nämlich Berauschendes. Beide Aspekte faszinierten über die Jahre hinweg den Autor, der mit Drogen experimentierte und mit großer Beharrlichkeit Träume aufzeichnete, deren surrealistischen Charakter er dabei hervorhob (und den man in einem literarischen Werk wie den *Marmorklippen* wiederfindet). *Fahrn fahrn fahrn auf der Autobahn* .... Nein, für den Krautrock der siebziger Jahre hatte Jünger, siebzig verweht, kein Sensorium.

Im September 1943, als die Lage für die deutschen Armeen immer aussichtsloser wird, bekommt er in Paris Besuch von einem Pfarrer, der ihm von der neuen Wunderwaffe vorschwärmt, die angeblich imstande sei, die gesamte englische Bevölkerung auszurotten. Jünger ist klar, daß dieser damals verbreitete Glaube an den Endsieg vermittels einer Geheimwaffe durch die „Regie der Propaganda“ erzeugt wurde. Die

Aussicht auf immer gewaltigere Zerstörungen in den Städten, wie sie Hamburg kurz zuvor erlebt hatte, übt keinerlei Anziehung mehr auf ihn aus. Vielmehr befremdet ihn die blinde Begeisterung eines vernunftbegabten Menschen wie dieses Priesters. „Bezeichnend für den Grad, in dem die Menschen sich im roten Dickicht verflochten haben, ist, daß ein Geistlicher nicht nur von diesem Wahn erfaßt wird, sondern in der Ausrottung das einzige Heil erblickt. Man sieht sie Schritt für Schritt im Finstern, im geistigen Tod verschwinden wie die Hamelschen Kinder im Berg."* Der Berufssoldat, der in der Zwischenkriegszeit alles, sein ganzes Denken und die Zukunftsentwürfe, auf die quasi-militärische Gestalt des Arbeiters und die zunehmende Automatisierung aller sozialen und ökonomischen Vorgänge gesetzt hatte, ist an diesem Punkt, als hoher Offizier im besetzten Paris, endgültig von seiner Vergangenheit abgerückt. Hatte er um 1930 eine unausweichliche, deterministische Geschichtsbewegung vom bürgerlichen (und romantischen) 19. Jahrhundert, in dem Individualismus und, während der anarchischen Übergangsphase, liberale Demokratie als gesellschaftliche Organisationsform vorherrschten, hin zum totalen Staat mit stereotyper Lebensführung der Individuen (die keine mehr sind) festgestellt und propagiert, so bleibt ihm nun, nachdem ihm das Ausmaß, die Sinnlosigkeit und das Grauen der Zerstörung klar geworden ist, nichts anderes übrig als der Rückzug auf die romantische Welt der Bücher, der Kunst, der Naturbetrachtung und des handwerklichen Tuns. Ein Rückzug, den parallel zu Jünger auch Martin Heidegger antrat, indem er von schicksalshaft deutschnationaler

---

* Jünger: *Das zweite Pariser Tagebuch,* S. 425f.

Selbstbehauptung zur Beschäftigung mit der Lyrik Hölderlins überging. Die Literatur ist definitiv romantisch, und bürgerliche Humanität, wie sie etwa der emigrierte Thomas Mann vertrat, stirbt nicht zwangsläufig mit der gesellschaftlichen Bedeutung des Bürgertums.

Unterschwellig pulste jedoch schon viel früher eine romantische Ader in Jüngers Schaffen, während er in den Essays, die einen nicht bloß männlichen und militärischen, sondern entschieden harten und herrischen Stil zur Schau stellen, die Romantik mit zahlreichen Stichen seines literarischen Bajonetts disqualifizierte und verwarf. „Noch besitzt die Erde ihre entlegensten Täler und bunten Riffe, wo kein Pfiff der Fabriken und keine Sirene der Dampfer erschallt, noch ihre Seitenstraßen, die romantischen Taugenichtsen offenstehen", heißt es im *Arbeiter*.* Zusammen mit Bildung, gutem, d. h. bürgerlichem Geschmack und Empfindsamkeit gehört die Romantik im historischen wie im zeitübergreifenden und trivialisierten Sinn jedoch zu dem Ballast, den der Arbeiter über Bord werfen wird. Es gebe keinen Ausweg, man könne künftig nur vorwärtsmarschieren, während sich die Prozesse der Technik im Selbstlauf steigerten. So etwa liest sich die deterministische Überzeugung des Autors, oder vielleicht nicht des Autors, sondern der Gestalt, die als Agent des Essays wirkt und kämpft. Vielleicht nicht des Autors, weil sich, im großen biographischen Kontext betrachtet, der Verdacht aufdrängt, Jünger habe sich nie ganz von der Figur des Taugenichts verabschiedet und sich in der Autonomie des Naturforschers und Gärtners, des Literaturfreunds, des Tagebuchschreibers, des Surrealisten, des Don Juan, der er auch sein konnte, mehr als wohlgefühlt.

---

* Jünger: *Der Arbeiter*, S. 203

Es genügt, einen Blick auf Jüngers Haus und Garten in Wilflingen oder das Kirchlein von Kirchhorst zu werfen, wo er im Pfarrhaus neben dem schlichten gotischen Gotteshaus wohnte: Weit und breit keine Autobahn! Sein Naturforschertum war nicht bloß wissenschaftlicher, sammelnder und ordnender Art, es war, wie die Lektüre der Tagebücher erweist, von tiefer Naturliebe grundiert, und diese Neigung und Neugier legte er nicht einmal in den schärfsten Kriegsmomenten ab. Die späten Aufzeichnungen, weit nach Kriegsende in einer langen, bis heute anhaltenden Friedensperiode getätigt, zeigen den alten, jung gebliebenen Jünger beim Streunen in so verschiedenen Weltgegenden wie Ceylon, Türkei, Kreta, Nordafrika, wo ihn keine kriegerischen Auseinandersetzungen erwarten, sondern am ehesten der Fortschritt der technischen Zivilisation stört. Dieses Weltstreunertrum ist höchst individuell, um nicht zu sagen individualistisch geprägt, ganz im Gegensatz zu den gewaltigen Prozessen, die dem *Arbeiter* zufolge zur Auslöschung alles Individuellen, letztlich auch zu einem „Mangel an Eigenart im individuellen Sinne, der die Landschaft auszeichnet"*, führen. In seinen letzten Lebensjahrzehnten, wie sie sich in den Tagebuchbänden von *Siebzig verweht* spiegeln, wird er diesen Mangel, etwa in immer stärker für touristische Zwecke vernutzten Gegenden, häufig beklagen.

1975 arbeitete Jünger an einem Essay über „Götter und Zahlen". Den von antiker Mythologie und Baukunst geprägten Mittelmeerraum suchte er in diesen Jahren immer wieder auf. Im heute türkischen Alanya notiert er nach einem Zwischenaufenthalt in Istanbul am 9. Juni 1972: „Die Vernich-

* Ebenda, S. 234

tung der Städte und ihrer Architekturen, das Verklingen ihrer Lieder, ihre Verpestung, das ohnmächtige Leiden der Kultur unter der Technik – – – man ist auf der Flucht, auch wo man angreift: das Schauspiel des Jahrhunderts seit Ypern und Langemark." Die beiden Ortsnamen verweisen auf die erste große Vernichtungsschlacht im Ersten Weltkrieg, die kriegsbedingte Zerstörung wird hier mit der „zivilisatorischen", durch den immer massiveren Zugriff der Technik bewirkten verglichen, wo nicht gleichgesetzt. Von der Technik-Euphorie der Essays um 1930 ist nichts, aber auch gar nichts geblieben; die Kriegsbegeisterung hatte er, wie wir gesehen haben, ohnehin schon vor längerer Zeit abgelegt. Was er vermißt, sind die alten Lieder. Die romantischen? Die Herrschaft der Technik scheint ihm zwar ungebrochen – eine erste Gegenbewegung, vor der ökologischen, könnte man bei den Hippies, den Blumenkindern, ausmachen, doch die hielten sich nicht in seinem Dunstkreis auf –, aber seine Stellung dazu hat sich geändert, das Bedauern, um nicht zu sagen: die romantische Sehnsucht ist unüberhörbar. Sogar der „musische Mensch", eine Ausprägung des bürgerlichen, über den er sich einst lustig gemacht hatte, kommt nun zu Ehren, wenn auch ex negativo: „Als Feind des musischen Menschen und seiner Lebensart erscheint immer deutlicher oder die hinter ihm wirkende monotone und nivellierende Energie. Jede Kultur ist auf Handarbeit angewiesen und geht zugrunde mit ihr. In dieser Bedeutung hat Guillemont für mich mit den Jahrzehnten einen anderen Sinn gewonnen – als Abschied des Kriegers von der homerischen Welt." Das schreibt er am 14. Juni 1972 in Alanya, wo er vermutlich noch einen Hauch dieser homerischen Welt spüren konnte. Die alte Kaste der Krieger und Eroberer, Agamemnon und Odysseus, hat sich im Weltkrieg nicht erneuert, sie ist historisch und museal geworden, der

Rückblick auf sie, etwa bei der Lektüre Homers, ist sentimentalisch – im Schillerschen Sinn, versteht sich – getönt.

1975, um unsere kleine Schleife zu vollenden, 1975 dachte Ernst Jünger im Winter von Wilfingen über Götter und Zahlen nach. Er setzte sich mit einem kniffligen Rätsel auseinander, bei dem es um einen hypothetischen, mathematisch aufbereiteten Dorfbarbier und seine Kunden geht. Ein statistisches Spiel wird durchgespielt, doch ob es sich auf wirkliche Dörfer wie Wilfingen in Oberschwaben sinnvoll beziehen lasse, daran zweifelt der Tagebuchschreiber. Handelt es sich um einen Versuch, „Größen ins System zu zwingen, die ihrer Natur nach der Bezifferung widerstehen?" Jünger ist hier einem frühen, noch theoretischen Beispiel der Quantifizierung auf der Spur, die im digitalen Zeitalter die *weapons of math destruction* hervorbringen sollte, also algorithmische Methoden, die gut und gern die technische Mobilmachung der Welt durch den maschinellen Kopfrechner alias „Arbeiter" vollenden könnte, wenn der Widerstand, der sich in leibhaftigen Menschen dagegen regt, endgültig gebrochen sein wird. Die andere Möglichkeit ist, daß ebendiese Menschen sich den Anforderungen der Statistik und der automatisierten Kommunikationspartner anpassen und im Lauf der Zeit so zu funktionieren beginnen, wie diese es erwarten, vorhersehen, vorausberechnen. Dann würden diese Größen eben doch ins System passen, oder anders gesagt: Das System hätte kraft Digitalisierung den Endsieg errungen. Dies wäre eine letzte denkbare (oder denkbare letzte) Konsequenz der totalen Mobilmachung der Welt durch den „Arbeiter". Die Menschen, jedes Exemplar, wären dann etikettiert, und sie blieben eben *nicht* mehr dieselben, wie Jünger noch 1975 meinte; nein, die Mutation wäre vollzogen.

„Es fehlt nicht an Zentren, die ihren Vorteil daraus ziehen. Eine präzise Kartei bildet den Grundstock der Propaganda, sowohl im Handel wie in der Politik. Das Karteiwesen hat sich als eine Art von Geheimkammer oder anonymer Behörde etabliert. Die Karte ist zunächst ein unbeschriebenes Blatt. Nun wird etwas fortgenommen; ein Loch wird eingestanzt. Der Betroffene fällt durch dieses Manko in ein Register, bald auch in mehrere …"* Kommerzieller und politischer Gebrauch von Daten, und zwar mit Totalitätsanspruch – das ist Big Data. Der Handel zielt auf den Einzelnen, die Firmen und ihre Marketingagenten personalisieren die Werbung, sie setzen in einem fort Kaufanreize, Kaufempfehlungen, Stimulationen, die auf ihn einprasseln, ohne daß er sich dessen voll bewußt wird. Was politische Beeinflussung anbelangt, so hat uns der Cambridge-Analytica-Skandal in den USA gezeigt, was alles möglich ist und wohin die Reise geht. Im Grunde genommen ist das Individuum im alten, bürgerlichen Sinne dabei, zu zerstäuben. Die Mündigkeit, die einst von ihm verlangt wurde, wird ihm nun wieder entzogen. Im Endeffekt sind wir Schnittstellen im Datenverkehr. Die Lochkarte ist längst Geschichte, darauf folgte die Magnetkarte, jetzt läuft alles mit dem bequemen Barcodescannen ab: Sie müssen nur Ihr Handy hochhalten, die Verlängerung Ihrer Hand, das perfekte Werkzeug (wie Jünger sagte). Das schrullige deutsche Wort „Handy" hat seine wahre Bedeutung erhalten, indem es intelligent oder smart geworden ist.

Zur Zeit des „verwehten" Ernst Jünger kam die Werbung noch mit der Post. Doch schon diese diffuse, wenig zielstrebige Mobilmachung der Gesamtkundschaft empfand er als ärgerlich. Einmal scheinen er und seine Frau für einen guten

* Jünger: *Siebzig verweht II*, S. 211f.

Zweck gespendet zu haben, jetzt stehen sie als „Wohltäter“ da und werden es auf immer bleiben. Negative Rückkoppelung: Deinem auf dich zugeschnittenen digitalen Gefängnis entkommst du nicht. „Früher machten die Bettler Zinken an die Häuser, wo es etwas zu holen gab.“ Ja, das waren die *romantischen* Zeiten!

III
FLÜCHTLINGSGESPRÄCHE IN OBERÖSTERREICH

Und doch könnt man behaupten, daß der Mensch in gewisser Hinsicht für den Paß notwendig ist. Der Paß ist die Hauptsache, Hut ab vor ihm, aber ohne dazugehörigen Menschen wär er nicht möglich oder mindestens nicht ganz voll.
Bertolt Brecht

Migranten leben in zwei Welten. Die eine haben sie verlassen müssen oder freiwillig verlassen, auf der Suche nach einem besseren Leben, die andere hat sie aufgenommen und konfrontiert sie nun mit Herausforderungen, die die meisten von ihnen annehmen wollen. Wenigstens eine Zeitlang leben sie weiterhin in zwei Welten; die Vernetzung, die Fortschritte der Kommunikationstechnologie machen es möglich. In so gut wie jedem Land kann sich jeder über alle Orte in der gemeinsamen, der globalisierten Welt informieren, auch wenn er über die Medien oft nur Trugbilder erhält und sich Illusionen macht über das, was ihn in Europa erwartet. Da schon viele hier sind, in Europa, gibt es persönliche Kontakte, über das Handy, über Soziale Medien, man ist nicht mehr auf Massenmedien angewiesen, kann Verwandte und Freunde unmittelbar fragen, wie es „dort" ist, wie es ihnen geht, was sie erleben.

Die Migration, sagte der Internetexperte Sascha Lobo unlängst in einem Interview, sei ein „zutiefst digitales Phänomen". Die ewigen Neider und Fremdenfeinde zeigten in der letzten Flüchtlingskrise gern mit dem Finger auf die Neuankömmlinge: Die haben alle Smartphones, so schlecht kann es denen nicht gehen. Unausgesprochene Konklusion: Sollen sie doch zu Hause bleiben.

„Es wurde zwar oft bemerkt", bemerkte Lobo, „dass die Geflüchteten 2015 fast alle Smartphones hatten, aber nur selten die Frage gestellt, was das eigentlich bedeutet. Die Sozialen Medien haben auf viele Arten die Migrationsschwelle gesenkt. Über Soziale Netzwerke wird überlebenswichtiges Insiderwissen verbreitet, der ganze Migrationsprozess organisiert. Man kann auch leichter mit den Daheimgebliebenen kommunizieren, Kontakte im Ankunftsland können viel schneller geknüpft werden."

Gut. Ich bin selbst ein Migrant. Ich wurde nicht vertrieben, habe aber das Weite gesucht. Nach vielen Jahren geschieht es mir immer öfter, daß ich mich zurücksehne, ohne genau zu wissen, wohin. Mal dahin, mal dorthin, denn ich bin an mehreren Orten ein wenig heimisch geworden. Trotzdem spüre ich mehr und mehr diesen Stachel des Zurück: dorthin, wo ich herkomme.

Also nach Sattledt, ins Traunviertel, nach Oberösterreich? Aber Sattledt gibt es nicht mehr, die Leute dort gibt es nicht mehr, die Plätze, die Winkel, die Häuser, die großen Kastanienbäume, die Felder, die Atmosphären, alles hat sich verändert, oft nicht zum Besseren (sagt mir wenigstens mein Gefühl). Wenn es ein Zurück gibt, dann nur in die Vergangenheit. Ein unmögliches Zurück. Es sei denn, man begnügt sich mit der Erinnerung. Das will ich aber nicht. Allenfalls lebe ich in diesen zwei Welten: In der Vergangenheit *und* in der Gegenwart. Wobei sich die Vergangenheit, ihre Umrisse und ihr Sinn, durch die Gespräche, von denen ich hier berichte, wieder einmal verändert hat. Nicht nur die Gegenwart, auch die Vergangenheit lebt. Wir können und müssen sie gestalten.

Genau das ist mir bei den Flüchtlingsgesprächen im Sommer 2019 geschehen. Ich habe nicht nur viele Geschichten von „Fremden“ erfahren, ich habe begonnen, den Ort meiner Herkunft und seine Bewohner neu zu sehen. Das war für mich die eigentliche Überraschung. Nicht nur Migranten kommen hier ins Bild, sondern auch Einheimische. Und zwar auf andere Art, als ich sie bisher dort hatte, im Bild.

Im folgenden Bericht werden unterschiedliche Sichtweisen geäußert. Ich habe nicht versucht, sie zu versöhnen. Daß ich nicht alle der von den Befragten gemachten Angaben überprüfen konnte, liegt auf der Hand. Es ging mir darum, die verschiedenen Erzählungen zu bündeln. Der Stand der Dinge ist Ende 2019, darüber hinaus habe ich nicht zu aktualisieren versucht.

Omid, der Cousin meiner Tochter

Lange Zeit kam ich nicht auf die naheliegende Idee, mich als Schreibender für diese Situation zu interessieren. Sie war gewissermaßen zu normal, und zwar von Anfang an, seit dem Sommer 2015, als meine kleine Tochter und ich auf dem Wiener Westbahnhof die abgerissenen, übernächtigten Gestalten anstaunten, die die Züge füllten. Und auch die spätere Entwicklung, die Flüchtlingsheime, die Ablehnung und die Hilfsbereitschaft, war ganz normal. Irgendwann war Omid da, im Haus meiner Schwester in Thalheim bei Wels, und bald gehörte er zur Familie. Erst vor kurzem, im Frühjahr 2019, in Japan lebend und so vernetzt wie jedermann, sagte ich mir, das Normale ist eben nie ganz normal. Wie sich die Dinge eigentlich abspielen, oft vor unseren Augen, nicht im Verborgenen, dem sollte man doch einmal nachgehen.

Über Flüchtlinge ist viel geredet und geschrieben worden, zwanghaft viel, ein „Dauerbrenner" in den Massenmedien, aber meist wurde das Thema in allgemeinen, politischen, ideologischen Begriffen abgehandelt. Das Gerede ist normal geworden, aber der Blick für den Einzelnen, für die Betroffenen und Beteiligten, wurde dadurch nur abgelenkt. Der Blick für die sich verändernde Normalität. Omid ist mit 13 Jahren nach Österreich gekommen, als einziges Mitglied einer vielköpfigen Familie, die im Iran zurückblieb. „Ich komme aus Afghanistan, aber ich bin im Iran geboren", sagt er im Kreis seiner ungefähr gleichaltrigen afghanischen Freunde. Ein vielsagender Widerspruch: Omid war überhaupt noch nie in dem Land, das seine Eltern vor seiner Geburt verlassen haben. Damals, bei seiner Flucht in Richtung Europa, hatten sie gehofft, die Familie oder ein Teil von ihr könne nachkommen, das hat sich jedoch als illusorisch herausgestellt. In seiner Anfangszeit in Österreich hatte Omid besonders starke Sehnsucht nach seiner Familie, vor allem nach den jüngeren Schwestern. Er telephonierte in den Iran, aber schon im zweiten Jahr, während des Ramadan, legte er eine Pause ein, weil er nicht lügen wollte und auch nicht sagen, daß er sich nicht mehr so streng an die Fastenregeln hielt.

Omids Familie gehört zur Volksgruppe der Hazara, die knapp zehn Prozent der afghanischen Bevölkerung ausmacht und insbesondere von den Taliban bedroht wird. Die Hazara sprechen einen persischen Dialekt, hunderttausende von ihnen sind in den letzten Jahren über die Grenze in den Iran geflüchtet, sie werden dort aber als Bürger zweiter Klasse behandelt und haben die Rückführung nach Afghanistan zu befürchten. Im Iran müssen afghanische Flüchtlingskinder Schulgeld für die Grundschule bezahlen, wozu ihre Eltern in den meisten Fällen nicht in der Lage sind, während sie für die einheimischen Kinder gratis ist. Mit dem internationalen Wirtschaftsboykott und der sich verschärfenden Krise wird das Klima in der Gesellschaft rauher, Leidtragende sind zuerst die Schwächsten, die Minderheiten.

Jene, die sich im abstrakten Gerede gegen Familienzusammenführung aussprechen und vor der Überschwemmung unserer Länder durch große Menschenmassen warnen, sagen Jugendlichen wie Omid: Verzichte auf deine Angehörigen! Die sollen bleiben, wo der Pfeffer wächst. Am besten, du wärst gar nicht erst hergekommen. Und die Zeit vergeht, kostbare Jahre in der Entwicklung und Ausbildung junger Menschen, die Jugendlichen werden großjährig, die Familie darf allein schon deshalb nicht mehr nachkommen.

Ein anderer Asylant, mit dem ich gesprochen habe, aus Syrien stammend und längst erwachsen, möchte unbedingt seinen alten Vater noch einmal sehen, bevor dieser stirbt. Unmöglich, ein Besuchervisum für ihn zu bekommen, selbst wenn Bilal, so heißt der junge Mann, im Fall, daß der Vater nicht zurückkehrt, auf seinen Asylstatus verzichten und die möglicherweise tödliche Abschiebung nach Syrien in Kauf nehmen würde. Man glaubt ihm eben nicht. Bilals Vater ist übrigens Schriftsteller – wie Rafik Schami, der schon 1971 aus Damaskus nach Deutschland kam und im Lauf der Jahre mit einer ganzen Reihe deutscher Preise ausgezeichnet wurde.

Omid könnte eines Tages seine Familie im Iran besuchen, in Begleitung seiner Pflegeeltern. Gefängnis oder Schlimmeres, wie Bilal in Syrien, droht ihm dort mit seinem österreichischen Fremdenpaß nicht. Im ersten Jahr hatte Omid oft von einer solchen Reise gesprochen, aber damals er war noch zu jung. Maria, meine Schwester, meint, daß er viel zu wenig gefestigt war und ihn ein solcher Besuch wahrscheinlich ganz aus der Bahn geworfen hätte; er hätte nicht mehr gewußt, ob er nach Österreich zurückwill oder nicht.

Letztes Jahr hätten die Pflegeeltern einer Reise zugestimmt, aber da wollte Omid nicht. Maria hat den Eindruck, daß es sich um eine sehr liebevolle Familie handelt. Die Eltern sind Analphabeten, sie haben keine berufliche Ausbildung. Omid ist klar, daß seine Schwestern in Afghanistan keine Zukunft haben. Die ältere ist inzwischen achtzehn, eine legale Ausreise ausgeschlossen, eine Flucht als alleinstehende junge Frau schwierig, die schlimmste Option die Rückkehr nach Afghanistan.

Ich erinnere mich an das Tischtennisspielen mit Omid, vor zwei oder drei Jahren im September, wenn wir die Spielflächen fegen mußten, weil schon Blätter vom Baum gefallen waren. Am Anfang spielte ich besser, dann waren wir eine Zeitlang gleich gut, und im nächsten Jahr hatte ich keine Chance mehr gegen ihn. Ich erinnere mich daran, wie er mit meiner Tochter, dem „Chinesenmädchen" (wie hiesige Rassisten sie schon mal genannt haben), über die Eisenbahnbrücke zum Volksfest auf der anderen Seite der Traun spaziert ist, wo sie dann Freunde trafen: Omid, der große Cousin, vielleicht hat er an seine Schwestern im Iran gedacht. Für Mayuko ist Omid ein Cousin, genau wie der andere, ungefähr gleichaltrige Junge im Haus, der Sohn meiner Schwester. Ich erinnere mich, daß Omid halbe und ganze Tage schlief, nachts wach war, Videospiele spielte. Und an seine sanfte, leicht melancholische Art, die fortdauert, fortdauern wird. Wir hoffen, daß er nicht zurückmuß – ganz sicher weiß man es nie. Zurück wohin? Wo er doch aus Afghanistan kommt, wo er noch nie war. Er hat die Pflichtschule abgeschlossen, was nicht immer einfach war, auch für seine Pflegeeltern nicht; hat eine Lehre als Werkzeugbautechniker begonnen, arbeitet bei einer großen Firma in Wels.

Ach ja, Wels. Ausländerandteil gut ein Fünftel, seit 2015 FPÖ-Bürgermeister, im ersten Wahlgang von 43 Prozent der Berechtigten gewählt, in der Stichwahl von 63 Prozent. Das war im September und Oktober jenes Jahres. Ich dachte, und sagte gelegentlich: Wels ist normal. Viele Städte würden zu diesem Zeitpunkt in Österreich ähnlich wählen. Damals hatten wir, meine damals neunjährige Tochter und ich, das erste Mal Flüchtlinge in so großer Zahl gesehen. Wir kamen gerade von Osaka nach Wien, am Westbahnhof fielen uns südländisch aussehende, allem Anschein nach erschöpfte Männer, wenige Frauen, auf Bahnsteig 1 in die Augen, dazu Helfer mit blauen Gilets und große Kisten mit Äpfeln aus der Steiermark, die man wahrscheinlich auf den Märkten nicht alle angebracht hätte. Im Zug nach Wels fanden wir keinen Sitzplatz, in den vollbesetzten Abteilen stank es, diese Leute hatten sich tagelang nicht gewaschen. Sie wurden, wie ich später erfuhr, nach Deutschland „durchgewunken". Viele blieben auch hier, in Österreich. In Thalheim angekommen, gingen Mayuko und ich dann täglich über die Brücke, am Messegelände vorbei, wo zahllose Flüchtlinge in den Hallen untergebracht waren, darunter auch Kinder. Meine Tochter ging oft zum Zaun, schaute die Kinder an, die Kinder schauten sie an, sie sagten Wörter, die die andere Seite nicht verstand (und doch verstand), und manchmal steckte Mayuko ein Spielzeug durch, irgendein Ding, ein kleines Andenken. Das klingt sentimental. Es ist eine normale, kindliche, menschliche Reaktion. Wie auch die, dem Erschöpften einen Apfel in die Hand zu drücken.

Vier afghanische Freunde

Im Garten meiner Schwester sitzt eine kleine Runde von jungen Männern, keiner älter als zwanzig, glaube ich. Sie versuchen, mir ihre Geschichten zu erzählen, und es entsteht sogleich eine Gruppendynamik mit Wortführer und Bestätigern, Fragestellern und einem Ironiker, der gelegentlich auf Distanz geht. Solche Treffen an diesem Ort sind gar nicht ungewöhnlich; ungewöhnlich ist nur, daß sie einen von außen kommenden Zuhörer haben, der zudem ein winziges, kaum sichtbares Aufnahmegerät (bester japanischer Qualität) eingeschaltet hat. Heute sind es vier, sonst oft doppelt so viele Jungen, zusammen mit Omid, dem meist stillen Gastgeber. Die „unbegleiteten Minderjährigen", die vor allem in den Jahren 2014, 2015 nach Österreich kamen, bedurften besonderer Aufmerksamkeit, und sie erhielten sie auch. Nicht nur von den Beamten, die Identitäten und Geburtsdaten festzustellen hatten, sondern auch von den freiwilligen und den berufsmäßigen Helfern. In Wels wurde ein eigenes Heim eingerichtet, dort waren Omids Freunde über einen längeren, in manchen Fällen auch nur kurzen Zeitraum untergebracht. Diese Gruppe von Zugewanderten ist einerseits besonders verletzlich, andererseits gibt sie vielleicht mehr als andere Anlaß zur Hoffnung, denn sie sind eher integrierbar, formbar, ihre Lernwilligkeit und Offenheit ist in vielen Fällen größer als bei älteren. Was man allein schon an den Spracherwerbsvorgängen sieht, die bei Kindern und Jugendlichen viel leichter vonstatten gehen als bei Erwachsenen. Kinder und Jugendliche brauchen ein familiäres Umfeld;

haben sie es nicht, müssen sie sich auf Ersatz beschränken, etwa in Heimen. Die Wahrscheinlichkeit von Fehlentwicklungen, von blockierten Entwicklungen ist dann groß.

Genau hier liegt die Chance, die Herausforderung, die manche Österreicher, oft ganze Familien, sahen. Die Möglichkeit, etwas Sinnvolles, Weitreichendes zu tun. Von den vier Jungen im von Sonnenstrahlen und Wespen duchquerten Garten meiner Schwester haben drei die vergangenen Jahre in österreichischen Pflegefamilien verbracht. Der vierte war früher im erwähnten Heim in Wels, übersiedelte dann aber nach Wien zu seiner Tante, mit der zusammen er aus dem Iran geflohen war. Er kommt immer noch oft nach Wels bzw. nach Thalheim; die Großstadt bietet einem aufgeweckten Kerl wie Ezat Vorteile und Anreize, aber die menschliche, freundschaftliche Umgebung der Kleinstadt ist auch nicht zu verachten, Ezat scheint sie in Wien zu vermissen.

Ich will nicht die Fragen stellen, die ihnen auch die Polizei gestellt hat, Fragen nach dem Fluchtweg, der Herkunft, den Gründen. Aber wenigstens zum Teil ist meine Neugier dieselbe wie die der Fremdenpolizei. Über die sogenannte Balkanroute sind sie gekommen, zuerst mit dem Schlauchboot nach Griechenland, Lesbos, nicht weit von der türkischen Küste. Das heißt, zuvor galt es über die Grenze in die Türkei zu gelangen, einen Fluß durchschwimmend, nachts, die Schlepper hatten sie gewarnt, die Grenzsoldaten könnten schießen. Auf Lesbos legte Ezat mit seiner Gruppe, darunter auch die Tante und deren Mann, vierzig Kilometer zu Fuß zurück, bevor er ein Lager erreichte, in dem kein Platz mehr für Neuankömmlinge war. Dort hausten sie zwei Wochen in einem mitgebrachten Zelt, von Flüchtlingshelfern der UN mit dem Allernötigsten versorgt. Von Lesbos aus fuhren sie nach Athen weiter, auf einem riesigen Kreuzfahrtschiff mit

Kinosälen ohne Filme, Restaurants ohne Kellner, Casino ohne Croupiers, Swimmingpools ohne Wasser; fünfzig Euro kostete das Ticket. Auf dem Festland wurden Papiere gekauft, die ihren Flüchtlingsstatus bestätigten, dann ging es weiter nach Mazedonien, Serbien, Ungarn. Jafars Fluchtweg war ähnlich, er reiste von der kroatischen Grenze mit einem Bus in Richtung Deutschland, beschloß aber spontan, in Salzburg zu bleiben, und absolvierte dort sein erstes „Interview", wie sie es nennen, die erste Befragung durch die Polizei. Alle vier kamen zuerst ins Flüchtlingslager Traiskirchen, von dort wurden sie später an verschiedene Orte in Österreich weitergeschickt – manche haben mehrere Stationen hinter sich.

Jafar kam zuerst nach Mondsee, dann nach Wels, wo ihn nach einer Zeit im Heim für unbegleitete minderjährige Flüchtlinge eine Familie aufnahm – Jafar spricht immer nur von Sabine, der Pflegemutter, es klingt so, als würde es ziemlich einsam zugehen in diesem Haus, aber es gibt auch einen Ehemann und einen Sohn, der noch zur Schule geht, und Enkelkinder hat Sabine auch, die beiden älteren Kinder sind verheiratet. Jafar sticht von den drei anderen jungen Afghanen durch seine Helligkeit ab, mit rötlichen, fast blonden Haaren, grünen Augen, weißer Haut. Eine Erklärung dafür hat er nicht, seine Geschwister seien alle dunkel, in Afghanistan sei dieser Typ nicht verbreitet. Im übrigen wirkt er gelassen, lächelt viel, lehnt sich im Sessel zurück. Omid ist der Stillste von ihnen; Ezat ist der Intellektuelle und Wortführer, geschickt im sprachlichen Ausdruck, wißbegierig, mitteilsam; Mojeb gestikuliert am stärksten, hat dunklere Haut- und Haarfarbe, stilisiert sein Erscheinungsbild gern – und wird am häufigsten von der Polizei belästigt. Mojeb ist mit seinem älteren Bruder nach Österreich gekommen. Der hat es nicht so gut getroffen wie er. Die Minderjährigkeit hat für Flüchtlinge gewisse Vorteile, sie haben mehr Anspruch auf Unterstützung, und die Hilfsbereitschaft in der einheimischen Bevölkerung ist ihnen gegenüber wohl auch größer.

Auch Ezats Familie lebt im Iran. Zu seinem Vater hatte er als Halbwüchsiger oft gesagt, er wolle weggehen, „der Iran paßt nicht zu mir". Hier verstehst du die Sprache, die Lebensgewohnheiten sind nicht viel anders als in Afghanistan, war die Antwort des Vaters. Dann hatte er die Möglichkeit, sich seiner Tante anzuschließen, und machte sich auf den Weg. Als ich den vier jungen Männern die Gretchenfrage stelle, wie hältst du's mit dem Islam, ist die Reaktion einerseits die der Selbstverständlichkeit, natürlich gehören sie dazu, wie denn nicht… Die Umwelt ist dort eben so, sagt Mojeb. In Österreich praktizieren sie die Religion kaum, früher mehr, jetzt spielt das für sie keine große Rolle mehr. „In Afghanistan mußt du beten, die Großeltern wollen das." Anscheinend ist es selbstverständlich, daß sich die Enkel an das halten, was ihnen die Vorfahren vorgeben. „In Österreich bist du plötzlich allein, niemand sagt dir, tu das oder tu das." Der Islam ist für diese jungen Leute weniger eine geistliche Praxis als ein Korsett von Regeln, Vorschriften und Verboten, das eine bestimmte Gesellschaft konstituiert.

Ist es nicht auch schade, wenn sich die Bräuche, die Traditionen verlieren?

„Nein", sagt Ezat. „Früher war ich religiös, aber ich konnte vieles nicht verstehen." Und er hatte Scheu, solche Gedanken zu äußern, ja, sie auch nur zu denken. Er gebraucht einen Vergleich, den er sich wohl schon früher zurechtgelegt hat: „Wenn du einen See vor dir hast, gibt dir das einen bestimmten Eindruck. Aber wenn du ein Meer vor dir hast, ist das wieder etwas ganz anderes. Bei einem See, zum Beispiel dem

Attersee, sind da Bäume, dahinter die Berge, die Sicht ist verstellt. Am Meer ist da nur Wasser, alles ist offen."

Hängt man einer bestimmten Religion an, ist die Sicht auf die Welt enger. Einer wie Ezat möchte sich aber nicht beschränken, er will möglichst viel von der Welt mitbekommen. Mojeb hört ihm zu, ein wenig skeptisch, und sagt schließlich: „Religion ist ein schwieriges Thema. Wenn du damit anfängst, wird es immer größer, immer mehr." Einer der Freunde aus dem Kreis junger Afghanen in Wels, seit kurzem lebt er vegetarisch – dieser Freund sagt, er habe gar keine Religion. „Wir diskutieren viel über Religion, man kommt da zu keinem Schluß. Auf alle Fälle bist du freier, wenn du nicht so religiös lebst. Viele Dinge sind durch die Religion verboten."

Dazu Jafar: „Im Iran darfst du keinen Alkohol trinken. Aber sie trinken heimlich. Ich habe es gesehen, obwohl ich damals noch klein war." Die vier lachen, polyphon.

Auch Omid war in einem Heim für Minderjährige. Seine Betreuerin sagte damals zu meiner Schwester, sie wisse, er werde es nicht schaffen, wenn er dort bleibe. Er brauche eine andere, persönlichere Art von Unterstützung. Eine Belastung, sagt Maria, war dann nicht das Pflegekind selbst, sondern das ganze Drumherum, das man sich damit einbrockt, die Bürokratie, feindselige Behörden, widersprüchliche, sich rasch ändernde Gesetze und Verordnungen, an einem Tag *muß* das afghanische Kind in die Schule, am nächsten Tag kommt die (bald wieder zurückgenommene) Weisung, es *darf nicht*. Dinge, an die man anfangs nicht denkt. Beim Lernen helfen, wenn das Kind etwas nicht versteht, und das kommt öfter vor als bei einheimischen Kindern. Die im Iran zurückgebliebene Familie. Davon ist nicht nur das Kind, auch die Pflegeeltern sind davon betroffen. Die Freunde, die

Omid regelmäßig besuchen, eine ganze Riege von jugendlichen Ausländern, die jede Menge Fragen und Bedürfnisse haben, um die sich die Institutionen nicht kümmern, nicht kümmern können.

Diese Jungen saßen oft stundenlang da, Maria oder Wolfgang bei ihnen in der geräumigen Wohnküche, und sie wollten wissen, wie dies und jenes funktioniert, praktische Fragen genauso wie solche allgemeiner Natur. Ezat sei vor allem an gesellschaftlichen Zusammenhängen interessiert, Mohammed, der vorhin erwähnte Vegetarier, an spirituellen Dingen. Natürlich reden sie auch untereinander, suchen nach Informationen im Internet, aber die seien unsicher und unübersichtlich, oft falsch, die bloße Internet-Bildung reicht nicht aus für die Persönlichkeitsentwicklung und das wirkliche Leben.

Unlängst haben sie über Abtreibung gesprochen – an dieser Art von Themen hat besonders Jafar Interesse. Wieso gerade Abtreibung? Zufällig liefen die beiden Hauskatzen im Garten herum, und Jafar fragte, ob sie zusammen Kinder haben, wie Ehepaare bei den Menschen. Maria erklärte, sie seien beide sterilisiert und könnten deshalb keine Jungen mehr in die Welt setzen. Jafar war erstaunt, als er hörte, daß sich auch manche Menschen sterilisieren lassen. Er wollte wissen, ob sie trotzdem Sex haben können, Katzen wie Menschen. In der Folge kam das Gespräch auf Empfängnisverhütung im allgemeinen, und schließlich auf Abtreibung, was dafür und was dagegen spricht, wie die Regelungen in Österreich sind. Im Iran, das erfährt man durch zwei Klicks im Internet, ist Abtreibung verboten. Ebenso in Marokko, wo sie aber häufig praktiziert wird, die Justiz drückt ein Auge zu. Außer bei mißliebigen Personen wie der Journalistin Hajar Raissouni, die kürzlich inhaftiert wurde, mit dem Vorwand, sie habe eine illegale Abtreibung vornehmen lassen.

Jene Jugendlichen, die in den letzten Jahren unbegleitet aus Afghanistan, Iran, Irak, aus bestimmten Gegenden Syriens nach Österreich gekommen sind, hatten meist nur geringe Schulbildung, wenn sie nicht überhaupt Analphabeten waren. Im Alter von dreizehn oder vierzehn Jahren in hiesige Schulabläufe einzusteigen, ist sicher eine gewaltige Herausforderung, auch für die Betreuer. Nicht alle haben sie bewältigt, und eine der Sorgen, zu denen wir Anlaß haben, ist, was aus den Menschen werden wird, die nicht zuletzt auch wegen der Sturheit österreichischer Politiker und Beamter nicht integriert werden konnten. Fast unvermeidlich ist es, daß sich die Lernvorgänge bei den zugewanderten Jugendlichen zeitlich verschieben, daß sie also meist älter sind als die anderen Schüler in der Klasse und vieles nachholen müssen, was österreichische Kinder viel früher gelernt haben – auch und vor allem die Sprache, Lesen, Schreiben. Mojeb war vierzehn, als er zusammen mit sechs-, siebenjährigen Kindern das Alphabet lernte. Ezat wiederum, er wird jetzt an die zwanzig sein (ich will nicht nachfragen), ist glücklich, weil er in Wien in der Abendschule die HTL weitermachen kann (auf Elektrotechnik spezialisiert), während er tagsüber als Praktikant in einer Firma arbeitet.

Die Meldungen über sexuelle Übergriffe von Migrantengruppen, für die eine Kölner Silvesternacht zum Symbol geworden ist, haben auch mich betroffen gemacht, aber sie haben nicht nur meine Wut aufgestachelt, sondern bestimmte Überlegungen in mir ausgelöst. Zum Beispiel die, daß es in der Geschichte immer wieder zu sexueller Gewalt gekommen ist, wenn viele junge, frauenlose Männer auf einem Fleck zusammen waren, die über längere Zeit durch die Umstände bedingt enthaltsam leben mußten. Das gilt natürlich besonders für Kriege, in denen ohnehin die zivilen Gewaltschranken aufgehoben sind. Vergleichbar, wenn auch nicht gleich, ist der Kontext, in dem Vorfälle wie die in Köln geschehen. Wobei ich zugestehe, daß eine islamisch geprägte Kultur Frauenverachtung begünstigen kann. Die Verschleierung der Frauen verrät nicht zuletzt ein Männerbild, in dem sich diese wie Tiere verhalten, so daß eine offene Begegnung zwischen den Geschlechtern nicht toleriert werden kann. Wenn ein Mann eine Frau sieht, ist die Wahrscheinlichkeit groß, daß er sich nicht beherrschen kann. Dieses Bild stammt freilich aus fernen Jahrhunderten, es paßt nicht zu den Codes und Lebensgewohnheiten einer modernen Gesellschaft.

Über diese Dinge habe ich mit Gernot gesprochen, dem Sattledter Tierarzt, den ich später noch ausführlicher zu Wort kommen lassen werde. Er sagte mir aber, daß es unter den Asylwerbern, die in einem ehemaligen Sattledter Hotel untergebracht waren – am Höhepunkt der Flüchtlingswelle zirka sechzig Personen –, nie zu sexueller Gewalt gekommen sei, obwohl auch zwei junge Frauen aus dem Iran dort einquartiert waren, die sich sehr schnell „modernisierten", zumindest was ihr Äußeres betraf. (Gernot erzählt, daß sie mit den Männern Tischfußball spielten.) Was vorkam, waren Streitigkeiten und Momente, in denen Gewalt zwischen Männern in der Luft lag. Hier kommt ein Faktor hinzu, der übrigens ebenfalls in Kriegen oft präsent ist, nämlich das Warten, das Nichtstun, zu dem die Männer verdammt sind.

Wenn ich nun die jungen Afghanen zu diesem Thema befrage, mit aller Vorsicht, die mir meine eigene Scham gebietet, so muß man zunächst einmal bedenken, daß sie, genauso wie zum Beispiel österreichische Jugendliche, erst vor kurzem in diese Erwachsenenwelt der Sexualität eingetreten sind oder gerade dabei sind, es zu tun, und daß auch sie ihr besondere Neugier entgegenbringen. In islamisch geprägten Gesellschaften sind sexuelle Aktivitäten zumindest theoretisch der Ehe vorbehalten, und Tatsache ist, daß die meisten Personen sehr jung heiraten, wobei der Einfluß der Eltern auf die Partnerwahl groß ist. Jetzt sind diese jungen Männer allein hier, in Österreich gelten keine strengen Regeln, Liebe und Sex sind Privatangelegenheiten wie die Religion.

Ezat findet Mischungen gut, gemischte Ehen und auch sonst. Das Hybride. Er ist der Meinung, daß Kinder, die zwei Personen aus unterschiedlichen Kulturen/Sprachen als Eltern haben, eine bessere Zukunft vor sich haben. Wenn er sich aber vorstellt, daß er eine Österreicherin heiraten soll, sieht er die Schwierigkeit, von seinen Eltern und Großeltern die nötige Zustimmung erhalten zu müssen. Vor zwei Jahren war er im Iran, sein Vater meinte einmal im Gespräch: „Wenn du eine Frau brauchst, sag es mir …“ Als Ezat das erzählt, lachen er und seine Freunde. Der Vater fuhr damals fort: „Du solltest es bald tun. Wenn du mich später einmal darum bitten möchtest, werde ich vielleicht nicht mehr am Leben sein.“ Ezat wird plötzlich ernst, sein Vater ist tatsächlich im fortgeschrittenen Alter. Ich habe mich ein wenig umgehört, *off records* sozusagen, und habe mitbekommen, daß Jafar und die anderen sehr wohl ihre erotischen Erfahrungen über Kulturgrenzen hinweg machen. Ganz normal, friedlich. Sie brauchen dazu keine gewaltschwangere Gruppendynamik.

Die Wochenenden verbringen die afghanischen Jungen aus Wels und Umgebung meist zusammen, sie treffen sich in der Wohnung in der Stadtmitte, die ein menschenfreundlicher Photograph Mohammed zur Verfügung gestellt hat. Man kann das als Cliquenbildung sehen, sollte aber bedenken, daß auch sie das Bedürfnis haben, in ihrer Sprache zu sprechen, also nicht allein persisch, sondern in dem Tonfall, der ihnen vertraut ist. Wenn Omid seine Freunde zu Besuch hatte, hörte ich sie viel lachen. „Unser Humor, sagt Mojeb, ist anders als der österreichische.“ Was sie lustig finden, läßt Österreicher oft gleichgültig, und umgekehrt. (Ich mache in Japan übrigens dieselbe Erfahrung.) Omid schränkt ein: „Wenn ich mit Wolfgang“, Marias Mann, „im Fernsehen eine *comedy* sehe, lachen wir beide“. Warum sie sich in letzter Zeit mehr als früher außerhalb ihrer österreichischen Familien treffen, ist ihnen auch nicht recht klar, vielleicht liegt es nur daran, daß Mohammeds Wohnung als Treffpunkt gut geeignet ist. Ich denke mir, daß auch das ganz normal ist. Mit achtzehn, neunzehn kann man schon das Bedürfnis haben, sich von zu Hause abzunabeln.

Als Simon beschloß, sein Zimmer mit Mojeb zu teilen

Aufgefallen ist diese langsame Distanznahme von zu Hause auch Mojebs Pflegefamilie. Ihr afghanischer Sohn kommt oft ganze Wochenenden nicht heim, dagegen hat er früher oft Freunde mit nach Hause gebracht. Eva, seine Pflegemutter, sagte einmal zu ihm, er könne auch seine Freundin mitnehmen; solche Freizügigkeit lehnte er entrüstet ab. Jetzt kommt nicht einmal sein Bruder – er selbst ist darüber erstaunt.

Mojebs Bruder ist freilich ein eigenes Thema. Die beiden sind zusammen geflüchtet, der Bruder ist älter und sprach bei allen Einvernahmen anstelle des Jüngeren, der sich bei den Behörden zu seiner Situation niemals selbst äußern konnte (aber signieren mußte er die Aussagen doch). Der (leibliche) Bruder, sagt Simon, der österreichische Bruder

Mojebs, „hat alles verkackt“. Offenbar hatte er den Behörden gegenüber anfangs nur das gesagt, was ihm die Schlepper eingetrichtert hatten: Ein abstraktes Schema, sie hätten Angst gehabt vor den Taliban, der Vater sei gestorben, die Familie in Pakistan, er und sein kleiner Bruder seien direkt aus Afghanistan geflüchtet – was bis auf den ersten Punkt alles nicht stimmte. Von der Behörde wurde der damals vierzehnjährige Mojeb nur dazu verwendet, Widersprüche und falsche Angaben in den Aussagen seines Bruders aufzudecken. Mojeb bekam einen negativen Bescheid. Dagegen hat ein Rechtsanwalt der Volkshilfe berufen. Das Verfahren ist nicht abgeschlossen, die Pflegefamilie hat mittlerweile einen eigenen Rechtsanwalt beauftragt. Eva meint, die Brüder sollten möglichst getrennt voneinander behandelt werden. Was aber zweischneidig ist, denn Mojeb möchte natürlich, daß es nicht nur für ihn, sondern auch für seinen Bruder einen guten Ausgang der Geschichte gibt. Würde sein Bruder abgeschoben, er selbst aber könnte bleiben, wäre das für ihn unerträglich. Ohnehin muß sich Mojeb lange schuldig gefühlt haben, weil er als Pflegesohn privilegiert war, während sein Bruder, der inzwischen großjährig ist, in Heimen wohnen mußte. Einen fremden Jugendlichen aufzunehmen, sei extrem anstrengend, betont Eva, die neben Mojeb drei eigene minderjährige Kinder hat, weil man sich ständig in die Haut des anderen hineinversetzen müsse. „Immer schwingt mit, was er sich jetzt denkt. Erst seit einem halben Jahr denke ich nicht mehr darüber nach, wie ich mit ihm rede.“

Den ausländischen Jugendlichen angenähert hatte sich zuerst Simon, der damals zwölfjährige Sohn Evas, und zwar beim Kerzenziehen, das eine Welser Freikirche jährlich im November veranstaltet und das ziemlich populär ist, weit über religiöse Kreise hinaus. Sie hätten sich auf Anhieb gut verstanden, sagt Simon, und als Mojeb dann bei ihnen einzog, habe er nicht lange nachdenken müssen, um ihn in seinem Zimmer aufzunehmen. Seine beiden Schwestern, Schülerinnen wie Simon selbst, betonen, das sei gerecht, so würden zwei Jungen in einem Zimmer schlafen, genau wie die beiden Mädchen. Simon: „Das war die wichtigste Entscheidung, denn ich mußte überlegen, ob ich mein eigenes Zimmer aufgebe. Es ist mir aber nicht schwergefallen. Gestört fühle ich mich nicht, ich finde es sogar gemütlich, weil wir jeden Abend eine Stunde lang im Bett liegen und über irgendwas reden." Eva glaubt, daß Mojeb es am Anfang nicht recht „einordnen" konnte, daß fremde Leute das alles für ihn taten. Erleichtert wurde die Gewöhnung sicher durch den Umstand, „daß wir ihn nicht umkrempeln wollten. Aber durch die Diskrepanz zu seiner eigentlichen Familie lebte er lange Zeit in einem Spannungszustand. Als würde es einem Verrat gleichkommen, wenn er uns auch mag."

Ich frage nach dem Alltag des Zusammenlebens, bewußt auch nach der Ernährung. Eva: „Mojeb mag keine Süßspeisen." Laura, ihre ältere Tochter: „Schweinefleisch vertragen Mama und ich sowieso nicht." Schweinefleisch lehnt Mojeb ab, „das ist so in ihm drinnen", meint Eva, eine bewußte Überzeugung scheine das nicht zu sein. Einmal war die Familie in einem Gasthaus, Mojeb war sehr hungrig, er bestellte ein Putenschnitzel. „Es dauerte, bis es kam, und Mojeb machte sich gleich daran und wir haben alle geschaut und das rosige Fleisch gesehen und gewußt, das kann keine Pute sein. Im Auto wurde ihm dann plötzlich schlecht. Anscheinend verträgt es der Körper nicht, weil er nicht daran gewöhnt ist."

Wirklich umgestellt hat sich die Familie beim Reis, der wird jetzt auf afghanische Art gekocht. Schmeckt aber so viel besser. Simon freute sich über die Umstellung, denn seit Mojeb da ist, wird so viel gekocht, daß nach dem Fußballtraining noch etwas übrig ist für die beiden. Es gibt mehr Fleisch als früher, was der Vater der Familie, der meistens kocht, nicht so gut findet. Ein Gemüseauflauf allein ist Mojeb zu wenig, er würde sich aber nie beschweren, sagt Laura.

„Ihr habt euch also auch angepaßt", bemerke ich der Familie gegenüber.

„Ja, sowieso."

Fußball gehört zu den Aktivitäten, die Asylwerbern von Anfang an offenstanden. Wenn einer gut spielen konnte, fragten die Klubs nicht lange, woher er kam und ob er Papiere hatte. Am Beispiel Mojebs sieht man, wie wichtig es ist, daß sich die jungen Leute körperlich betätigen können. Auf das Thema kommen wir, als Simon erzählt, daß Mojeb es bedauert, nicht in der österreichischen Armee dienen zu dürfen. Simon scheint weniger Begeisterung für das Soldatentum aufzubringen, die Sehnsucht seines Bruders sieht er aber mit einem gewissen Amüsement. Jedesmal, wenn sie an der Welser Kaserne vorbeifahren, sagt Mojeb, er würde da so gerne mitmachen. Das ist sein Traum, doch er wird sich nicht erfüllen. Natürlich spricht bei solcher Begeisterung die Naivität des Jugendlichen mit. Junge Syrer, die in vielen Fällen geflüchtet sind, weil sie nicht einrücken wollten (weil das bedeuten konnte, daß sie auf ihre Landsleute schießen mußten), sehen es vermutlich anders. Für Mojeb steht die körperliche Anstrengung im Vordergrund, er will abends erschöpft ins Bett fallen können, Fußball allein genügt ihm nicht, zu Hause macht er Krafttraining. Eva: „Er hat extrem viel Power, die muß er ausleben." Nicht unbedingt nur körperlich, er ist ehrenamtlich in einer Kindergruppe tätig, an manchen

Tagen fünf Stunden, danach geht er ins Training, und dann setzt er sich noch gern mit seiner österreichischen Familie zusammen, oft zum Kartenspiel. Überhaupt spielt er viel, und besser als die anderen. Sein Lieblingsspiel ist *Jungle Speed*, da muß man schnell sein, und auch aggressiv (fügt Simon hinzu).

Mojeb ist gesprächig, wenn er gut drauf ist, gibt aber, seiner Pflegemutter zufolge, grundsätzlich nicht viel von sich preis. Eva meint, Mojeb habe überhaupt erst in der österreichischen Familie langsam gelernt, über sich selbst zu sprechen. In seiner afghanischen Familie wird nicht so viel geredet, beim Essen ist man möglichst still. Eva und die Ihren haben vor Weihnachten einen besonderen Adventkalender, da darf sich jeder der Reihe nach etwas wünschen. Und Mojeb wünschte sich ein Mittagessen ohne zu reden – was Laura gar nicht gefiel.

Anmerkung des geschwätzigen Autors: Dieses Sich-ausdrücken-Müssen, intime Wahrheiten gestehen wie bei der Beichte oder in der Psychoanalyse, scheint eine europäische Eigenschaft zu sein, auf die wir nicht unbedingt stolz sein müssen. Jene Schweigsamkeit, was das Innenleben betrifft, kenne ich auch aus Japan. Sie ist hier die Regel und gilt als gesellschaftlich erwünscht. Es gibt sogar ein eigenes Wort dafür: *tatemae*.

Eine andere Aktivität Mojebs besteht darin, daß er bei der Betreuung eines Behinderten hilft, der den Großteil seines Lebens im Rollstuhl verbringt. Bezahlt wird er für seine Tätigkeit durch sogenannte Dienstleistungsschecks; als offizieller Pflegeassistent darf er nicht arbeiten, da würde er zu viel verdienen, und das erlaubt sein Status nicht. Unter anderem hilft Mojeb bei physiotherapeutischen Übungen. In den Sommerferien ist er fast jeden Tag hingegangen, viele Pfleger sind in dieser Zeit auf Urlaub. Eva bezeichnet Mojeb als pflichtbewußt, zuverlässig und pünktlich. Auch wenn er spät ins Bett gekommen ist, steht er frühmorgens auf und ist um sieben Uhr einsatzfähig.

Unter den Kindern haben sich sehr schnell geschwisterliche Verhältnisse entwickelt, sagt Eva; den Eltern gegenüber habe es mehr Hemmungen gegeben. Geschwisterlich klingt es auch, wenn Laura, die ältere Schwester, sagt, daß Mojeb „oft nervt". Seine Art, andere zu schubsen, verteidigt Eva als Zeichen der Zuneigung. Simon erzählt, daß ihn die Freunde nach „seinem Bruder" fragen, wenn sie wissen wollen, wie es Mojeb geht. Sophie, zwölf Jahre alt, erzählt die Geschichte von ihrer Reise nach Wien, wo sie umsteigen mußte, um dann weiter ins Mostviertel zu ihrer Taufpatin zu fahren. Mojeb begleitete sie als „älterer Bruder", im Zug wurden sie kontrolliert, als einzige im Waggon. Sophie: „Die hätten zumindest ein, zwei Einheimische auch kontrollieren können, dann hätten wir uns weniger schlecht gefühlt." In Wels, nach der Rückfahrt, wurde er noch einmal von denselben Polizisten kontrolliert. Er mußte erklären, was er in Wien gemacht hatte, und antwortete:

„Ich habe meine Schwester hingebracht, habe sie beim Umsteigen begleitet und bin wieder heimgefahren."

Polizist: „Das ist nicht deine Schwester."

Mojeb: „Doch."

Polizist: „Sie hat nicht denselben Familiennamen."

Daß er bei der Familie wohnt, steht auf seinem Ausweis, aber das hatten sie nicht gelesen. Danach schnüffelte einer der beiden Polizisten an seinem Fahrrad, offenbar auf der Suche nach Rauschgift. Sein Äußeres lasse darauf schließen, aber leider hätten sie nichts gefunden, war die abschließende Bemerkung.

Und wie sieht er aus, Mojeb? Vielleicht zu gut. Er wählt seine Kleidung bewußt, darin unterscheidet er sich von Simon, dem es mehr oder weniger egal ist (sagt er), was er anzieht. Laura, seine ältere Schwester, bezeichnet er liebevoll als „Markensau". Seit Mojeb im Haus ist, haben sich die Beauty-Produkte im Badezimmer deutlich vermehrt; am Morgen hört man jetzt immer eine Zeitlang den Föhn. Im Haus räumt Mojeb gern einmal auf und ruft die drei anderen Kinder zur Ordnung, wenn Matthias, der Vater, weg ist. Daß Matthias kocht, findet er normal, nur manchmal sollte er seine väterliche Autorität stärker einsetzen. Mit starken Frauen hat er, entgegen dem, was das Vorurteil erwarten läßt, keine Probleme.

Mojeb ist jetzt achtzehn, die Pflichtschule hat er abgeschlossen, eine Möglichkeit, in einen echten Arbeits- oder Ausbildungsprozeß einzusteigen, besteht für ihn mit seinem negativen Asylbescheid derzeit nicht (die Berufung ist wie gesagt in Gang). Die Schulzeit war für ihn nicht zuletzt deshalb so gut, weil seine Tage strukturiert waren und er morgens aufstehen mußte. Wahrscheinlich können das die meisten Jugendlichen nicht aus freien Stücken, unabhängig von ihrer Herkunft. Und nicht nur Jugendliche. In den Flüchtlingsunterkünften konnte man sehen, wie die Leute von Tag zu Tag länger schliefen, wenn sie nichts zu tun hatten.

Sattledt, Bauerndorf und Gewerbezone

Ich bin zwar in Wels geboren, aber in Sattledt aufgewachsen und später fünf Jahre ins Stiftsgymnasium zu Kremsmünster gegangen. Seit langem beobachte ich bei Besuchen im Heimatdorf, das sich schon vor längerer Zeit in ein großes Gewerbebiet mit kräftigem Steueraufkommen verwandelt hat, den Verfall dessen, was man als Ortskern bezeichnen könnte, obwohl dieser Kern eher eine Durchgangszone links und rechts der Kremsmünsterer Straße ist. Die meisten Läden sind verschwunden, ebenso die Gasthäuser, nachdem sie eine Weile noch mit Pizza und Kebap ein Geschäft zu machen versuchten. Fassaden bröckeln, ausgediente Autos ohne Nummernschilder stehen vor Wohnhäusern, die bessere Tage gesehen haben, anstelle der Zapfsäulen der Tankstelle wächst Gras aus dem Asphalt. Nur die Raiffeisenbank hält sich wie eh und je als grauer, pflegeleichter Bunker, und um die Kirche zu erhalten, gibt sich die Pfarrgemeinde – oder was von ihr übrig ist – redliche Mühe. Die Bewegung der Menschen scheint sich auf die andere Seite der Bundesstraße verlagert zu haben, weiter außerhalb, dorthin, wo früher das große, inzwischen zerteilte Feld war, das ich einmal in einer Erzählung beschrieben habe. Jetzt findet man dort unter anderem zwei Supermärkte mit den unvermeidlichen Großparkplätzen.

Ziemlich genau in der Mitte der Ortsmitte, schräg neben dem Bahnhof der Almtalbahn, der diese Bezeichnung in seiner Personallosigkeit längst nicht mehr verdient, befindet sich das Gasthaus Haugeneder, das vor ein paar Jahrzehnten als „Traveller Hotel“ seine Weltoffenheit verkündete (inzwischen sind zwei Lettern vom Schild abgestürzt). Ein Investor hat dieses große Gebäude gekauft und in eine Flüchtlingsunterkunft umgewandelt, weniger aus humanitären Gründen als in geschäftlicher Absicht, obwohl er dem Vernehmen nach für menschenwürdige Bedingungen gesorgt hat. Anfangs, 2014, waren dort dreißig Flüchtlinge untergebracht, diese Zahl verdoppelte sich während der nächsten zwei Jahre, ehe sie langsam zurückging. Jetzt wohnen dort nur noch vier Asylwerber, keine *travellers*, sondern Personen, die sich eine sichere Bleibe erhoffen. Das Geschäft dürfte in der bisherigen Form zu Ende gehen; es sei denn, es bricht eine neue Flüchtlingswelle über Österreich herein.

Wels macht, seit ich mich erinnern kann, mit dem Slogan einer „Einkaufsstadt" für sich Werbung; immer noch, obwohl auch dort die Einkaufsmöglichkeiten vom Zentrum an die Peripherie gerückt sind. Wels ist außerdem „Messestadt", mit einem Gelände großer Hallen und freier Flächen, wo dann während der großen Landwirtschaftsmesse im Spätsommer das Volksfest stattfindet, das heute so beliebt ist wie seit eh und je – die Volkstümlichkeit ist sogar gestiegen, geht man nach der Anzahl der Dirndlträgerinnen und Lederhosenträger, von denen ich in meiner Kindheit kaum welche gesehen hatte. Die Flüchtlinge vom Hotel, das ich, wie viele andere Sattledter (nicht die Flüchtlinge selbst), immer noch „Haugeneder" nenne, fahren oder fuhren im Zug, wenn sie sich eine Fahrkarte leisten konnten oder schwarzfahren riskierten (kontrolliert wird selten), zu prekären Arbeitsstellen, zur Bezirkshauptmannschaft oder in eines dieser landesweit aufgesprossenen, gesichtslosen Wettcafés, wo sich Leute versammeln, denen langweilig ist und die auf ein unwahrscheinliches Glück hoffen.

In Sattledt hatte ich zuerst von Flüchtlingen aus Eritrea gehört, und zwar deshalb, weil einer meiner Brüder, der in der örtlichen Pfarrgemeinde mitwirkt, öfters von diesen Leuten gesprochen hatte und einen aus der Gruppe betreute, indem er ihn etwa als Vertrauensperson zum Asylverfahren nach Linz begleitete, das positiv für den Asylwerber ausging. Daß es zu den Aufgaben und Werten der Kirche gehört, sich um Notleidende und Schutzsuchende unabhängig von deren Religionszugehörigkeit zu kümmern, ist bekannt. Es stimmt aber auch, daß dies in unterschiedlichem Ausmaß verwirklicht wird, je nach den Verhältnissen in einer Pfarre. Der Pfarrer gilt dabei nach wie vor als Respektsperson, auch wenn großer Personalmangel herrscht und die Betreuung der Pfarren schwierig geworden ist. In meiner Kindheit war es selbstverständlich, daß zu jedem Dorf ein Pfarrer gehört. Heute leitet ein „Seelsorgeteam" von Laien die Sattledter Pfarre, die beiden zuständigen Priester müssen sich auch noch um andere Pfarren kümmern, nicht jeden Sonntag kann eine Messe gehalten werden. Jedenfalls dachte ich, geh zuerst einmal zum Pfarrer und stell ihm deine Fragen, Flüchtlinge betreffend. Dieser, Pater Arno, meinte, er habe nicht sehr viel mitzuteilen, gewährte mir aber immerhin eine halbe Stunde seiner kostbaren Zeit. Was er mir in der Pfarrkanzlei erzählte, war in etwa Folgendes:

Sattledt war eine der ersten Gemeinden in der Gegend, die Flüchtlingsgruppen aufnahmen. Er selbst, vor fünf Jahrzehnten im Stiftsgymnasium eine Klasse über mir, war anfangs überrascht über die große Zahl der eintreffenden Personen, die beim Haugeneder, am „logischen Ort", einquartiert wurden. Anfangs wurde die Betreuung von der Gemeinde organisiert, erst dann wurde die Pfarre tätig, und zwar eine große Zahl von Personen, auch solche, die früher kein besonderes Engagement gezeigt hatten. Durchwegs ehrenamtlich, einige Pädagogen darunter, Lehrer, doch alle ohne spezielle Ausbildung. Die Frau der ersten Stunde war Maria B. (mit der ich am folgenden Tag sprechen sollte), sie nahm das Heft in die Hand. Andere gaben Deutschunterricht, halfen beim Papierkram, besuchten die Flüchtlinge, brachten Lebensmittel und Dinge des täglichen Bedarfs. Einige stellten später Wohnungen zur Verfügung, wobei oft nur die Betriebskosten von den Asylwerbern zu bezahlen waren. Arno betont, daß die Flüchtlinge in der Regel mit geliehenem Geld kamen, die Flucht war nicht billig, allein schon deshalb mußten sie Geld in die Heimat schicken und in Österreich an allem sparen. In Kremsmünster setzte die konkrete Flüchtlingshilfe etwas später ein, es gab ein Containerdorf; diese Container hatten leergestanden, sie sollten eventuell später als Schulräume genützt werden. Auf alle Fälle ist es im Sommer in solchen Behausungen heiß, die Wände sind dünn, der Raum knapp, bei vierundsiebzig Geflüchteten, darunter dreißig unbegleitete Jugendliche. Daneben erwähnt Arno mehrmals das sogenannte, dem Stift gehörende Friedhofshaus, wo zwei Familien untergebracht wurden – *Familien* hatten sich die Anrainer ausbedungen, bloß keine alleinstehenden Männer. Eine Familie, siebenköpfig, wohnt noch dort, die Frau trägt Kopftuch, hat aber keine Probleme, ihm, Pater Arno, die Hand zu geben. Es sind „ganz liebe Leute" mit besten Beziehungen zu den Nachbarn, die auch an religiösen (christlichen) Festen teilnehmen. Die Kinder gehen in den Kindergarten, eines schon in die Schule.

Keine Spur von missionarischem Eifer bei Pater Arno, aber der christliche Auftrag hat sich deshalb nicht erübrigt, und manche Flüchtlinge fühlen sich vom Christentum angezogen. Im Vorjahr hat Arno einen Mann getauft, der schon im Iran Christ werden wollte. Der Iran ist kein Kriegsgebiet, Migranten von dort müssen damit rechnen, nicht bleiben zu dürfen. In diesem Fall wartet der Mann seit drei Jahren auf seinen Asylbescheid. „Er lebt in der ständigen Gefahr, daß er von der Polizei aufgegriffen wird und 500 Euro zahlen muß (die er natürlich nicht hat)", sagt Arno. „Jetzt haben wir für ihn zumindest eine vorübergehende Beschäftigung in der Landwirtschaft gefunden und auch in der Friedhofspflege.

Das ist aber auf sechs Monate begrenzt, dann muß er drei Monate pausieren. Danach kann man ihn wieder anstellen, sofern es genehmigt wird. Mohammed, den wir auf den Namen Daniel getauft haben, lebt schon die ganze Zeit in diesem Schwebezustand. Um den Taufkurs zu besuchen, mußte er alle zwei Wochen nach Linz fahren. Er wollte nicht den Zug nehmen, weil es da jederzeit eine Kontrolle geben kann. Also mußte ihn jemand mit dem Auto hinfahren. Dabei ist er ein sehr lieber Mensch, arbeitet viel in der Pfarre mit. Wir finden das ärgerlich und haben vom Pfarrgemeinderat aus an den Bundeskanzler geschrieben, auch an den Bezirks- und den Landeshauptmann, in dem Sinn, daß wir uns schämen, in einem christlichen Land zu leben, wo dann Taufbewerber und Neugetaufte so arg behandelt werden. Der Bundeskanzler hat reagiert und anrufen lassen, um sich zu erkundigen, was da genau los ist. Wir haben die Standardantwort bekommen, der Herr Bundeskanzler werde sich im Rahmen seiner Möglichkeiten dafür einsetzen usw. Die anderen haben gar nicht reagiert. Wir als Pfarren oder als Gemeinden, die mit diesen Leuten zu tun haben, sind bis jetzt nie befragt worden, wie wir Daniel einschätzen. Von der Behörde werden alle möglichen Leute befragt, die ihn überhaupt nicht kennen, und danach wird beurteilt, ob er glaubwürdig ist oder nur aus Opportunismus getauft werden will. Würden sie die Gemeinden befragen, bekämen sie bessere Auskünfte."

Natürlich gibt es auch solche, die sich nur taufen lassen wollen, um die Aufenthaltsgenehmigung zu bekommen. Das Wort „Taufscheinchrist", das ich als Schüler im Stiftsgymnasium manchmal hörte, hat einen neuen Sinn bekommen. Arno hat mit einem jungen Afghanen zu tun, den würde er bei der Behörde nicht empfehlen. „Wenn mich der Staat befragen würde, würde ich antworten, er will nur getauft werden, weil er dann wahrscheinlich nicht mehr abgeschoben werden kann." Der junge Mann habe die Taufkurse nur sporadisch besucht und wenig Engagement gezeigt.

Maria, zwei Seelen in ihrer Brust

Arno gehört zu denen, die (fast) nur das Positive sehen, die Hilfsbereitschaft, die ungeahnten Energien, die in schwierigen Situationen freigesetzt werden. Das gehört vermutlich zu seiner Rolle als Pfarrer. Er spielt sie rückhaltlos, es ist seine Lebensrolle. Eine andere Person, wahrscheinlich jene, die in Sattledt am meisten für die Flüchtlinge getan hat, sieht die Dinge weniger rosig. Unter anderem sagt sie, daß die Sattledter kaum leerstehende Wohnungen, von denen es nicht wenige gebe, zur Verfügung gestellt hätten; sie wollten keine Ausländer in ihrer Nähe. Ich kenne Maria B. von früher, als sie eine Jugendliche aus der Nachbarschaft war, ich selbst noch ein Kind. Ich hatte sie vergessen, oder genauer, hatte die Person in einem jener Winkel meines Gedächtnisses abgestellt, die ich selten aufsuche. Sie ist ein paar Jahre älter als ich. Bei meinem Besuch im Sommer 2019 erzählte sie mir, wie sie mich und meine Geschwister manchmal beaufsichtigte, weil meine berufstätige Mutter sonst niemanden dafür hatte, die Großmutter konnte nicht immer bei uns sein. An sie, die Großmutter, erinnere ich mich als an eine energische, aber auch einfühlsame Frau, und ich war erstaunt, als Maria – sie trägt denselben Vornamen wie meine Schwester – mir sagte, ich hätte ihr wohl einige Stunden der Freiheit zu verdanken, denn die Oma sei sehr streng gewesen.

Und jetzt, ich weiß nicht, ob es ihr selbst bewußt ist, jetzt, da sie bald so alt sein wird wie meine Oma damals, ist Maria die Strenge. Und kann allein schon deshalb nicht alles rosig sehen. Maria war Managerin in einem großen internationalen Unternehmen, ging vorzeitig in Pension, um ihren schwer kranken, heute nicht mehr lebenden Mann zu pflegen. Sie besitzt ein großes Haus am Waldrand auf dem Weg zum Fußballplatz, den ich als Jugendlicher so oft gegangen bin. Das Haus verströmt eine Atmosphäre der Einsamkeit, die Kühle ist im Sommer angenehm. Zeitweise hat sie sich Vorwürfe gemacht, weil sie den oberen Stock nicht an Bedürftige vergeben hat.

Was mich bei ihren Ausführungen überrascht, ja anfangs sogar schockiert hat, ist der Gebrauch des Worts „Gutmensch", das ich bis dahin ausschließlich Leuten zugeordnet hatte, die sich in rechten, wo nicht rechtsradikalen Kreisen bewegen. Das allein würde mich noch nicht schockieren, aber es ist ein Wort, das ideologischen Zwecken dient, um andere zu denunzieren. Kein Wort zur Verständigung, sondern eine Worthülse, Rechte sagen gern: eine Keule. Nach und nach erkenne ich aber den Inhalt des Worts, wie Maria es gebraucht, keine Hülse und keine Keule, es erinnert eher an Brechts Theaterstück *Der gute Mensch von Sezuan*. Die Hauptfigur dort ist ebenfalls eine Frau, die Notleidenden zu helfen sucht, ihnen Herberge gibt, aber Brecht verhöhnt sie nicht, zeigt nur die Aporien ihres Handelns.

Maria ist nicht nur streng, sie denkt auch sehr methodisch, systematisch. Will die ganze Geschichte von Anfang an aufrollen, nichts vergessen, Zusammenhänge klären. Also: 2014 kamen die ersten dreißig Flüchtlinge, elf Syrer, elf Eritreer, acht Somalier. Im Oktober wurde das Hotel Haugeneder in ein Asylwerberheim umgewandelt. Maria war Mitglied einer „Kamingesprächsrunde", in der etwa zwanzig Personen über christliche Glaubensfragen sprachen. In dieser Gruppe wurde sie gefragt, ob sie nicht die Unterstützung für die Flüchtlinge koordinieren könne („ich hatte ja wenig zu tun, als alleinlebende Pensionistin“). Es sei die Pflicht eines Christen, für andere da zu sein, wenn sie in Not geraten, betont Maria. Andererseits erwähnt sie gleich zu Beginn die Schwierigkeiten, die sich dabei ergeben hatten. Die erste Gruppe sei einfacher zu behandeln gewesen als spätere, schwierig sei es allerdings stets mit den Somaliern gewesen. Umgehend fügt sie mögliche Gründe hinzu: Die kamen aus einem völlig korrupten Land, das einzige, was sie kannten, war der Kampf ums Überleben. In weiterer Folge kamen ein tschetschenisches Ehepaar, mehrere Iraker, Iraner, noch später Afghanen. Sie sei anfangs froh gewesen, daß keine Afghanen in Sattledt waren, wegen der ungünstigen Berichte in den Massenmedien. Alles in allem habe sie später diese Sicht eher bestätigt gefunden, es gebe da eine „Eigendynamik“ unter den Afghanen. Ich denke an Omid, Mojeb und die anderen – möglich, daß sich unter ihnen so etwas entwickelt hat, eine Eigendynamik, obwohl ich gestehen muß, daß sie mir gar nicht so unsympathisch ist, sie dient nicht zwangsläufig der Abschottung, sondern kann Erfahrungen und Kräfte bündeln, und das ist nicht immer schlecht.

Aber gut, das sind Jugendliche; ältere Menschen sind in ihrem Verhalten stärker festgelegt. „Einige Afghanen haben Asyl bekommen“, sagt Maria, „bei denen ich gehofft habe, daß sie es nicht erhalten. Manche sind rücksichtslos, einer hat seine Frau geschlagen. Wir haben ihm gesagt, bei uns geht das nicht, in Afghanistan ist es vielleicht üblich, bei uns nicht.“ Die ersten dreißig Flüchtlinge waren ausschließlich Männer, erst später kamen auch Frauen und Kinder. Die Ansprüche, die diese Bedürftigen stellten, seien hoch gewesen, sagt Maria, mit der geleisteten Hilfe seien sie oft nicht zufrieden gewesen. Dabei hätten sie, also die österreichische Seite, sich sehr bemüht, sogar gemeinsamer Sport am Wochenende in der Turnhalle sei angeboten worden, nicht nur der ewige Fußball. Natürlich Sprachunterricht, kulturelle Veranstaltungen, viele Lehrer hätten sich engagiert. Hinderlich seien die häufigen Änderungen der Gesetzeslage und das Arbeitsverbot gewesen, die eingeschränkte Bewegungsfreiheit, „ab einem bestimmten Zeitpunkt sind sie nur noch im Bett gelegen". Vor allem die Somalier, die verbrachten die meiste Zeit in Welser Spielhallen, in Wettcafés, und dann setzte auch der Drogenhandel ein.

Die Drogen wurden, wenn ich es recht verstehe, unter den Flüchtlingen konsumiert – eine Situation, die mich an die Elendsviertel in Lateinamerika erinnert, wo sich die Armen mit billigem Zeug benebeln, Paco, ein Hauptfeind der letzten verbliebenen, durchwegs christlich motivierten Sozialarbeiter dort.

Jetzt sind nur noch vier Asylwerber beim Haugeneder, ein Iraker, ein Iraner, zwei Afghanen. Maria erzählt eine Geschichte von Trunkenheit, Gewalt, Prostituierten, die sich das ruhmreiche männliche Kleeblatt geholt hätte. Sie spricht von schlechter Arbeitsmoral, vom Trödeln der somalischen Frauen, sucht ab und zu nach Begründungen, verbirgt aber Wut und Enttäuschung nicht. Am Anfang war sie der Meinung, die Araber hätten ein „anderes Blut", sie spielen wegen jeder Kleinigkeit verrückt, ihr Ehrgefühl sei extrem stark ausgeprägt und daher leicht zu verletzen. Wenn sie länger da sind, beginnen sie aber langsam, die Probleme auf andere Weise zu lösen. Gernot, der Tierarzt, spricht von einer kaum vorhandenen „Fehlerkultur"; Kritik wird schlecht vertragen, sagt Maria, die dann wieder meint, die österreichischen Arbeitgeber seien aber auch manchmal schuld an Reibungen, sie würden ausländerfreundlich tun, in Wirklichkeit suchten sie nur billige, kurzfristige Arbeitskräfte, in unserer Gegend vor allem in der Landwirtschaft, für Arbeiten, die kein Österreicher machen will.

Maria überlegt laut, was man tun könnte, um diese Verhältnisse zu bessern. Der Staat, sagt sie, müßte Vereine oder Gruppierungen schaffen bzw. unterstützen, die die Neuangekommenen begleiten. Was man denen, die aus dem Krieg geflüchtet sind und in einer friedlichen Gesellschaft leben wollen, vermitteln müßte, sind eben Werte und Verhaltensweisen, die dem Frieden dienen. Die Frau zu schlagen, geht nicht; bei der Arbeit davonlaufen, wenn etwas nicht paßt, geht nicht. Daß man es dem Chef sagen muß, wenn etwas nicht paßt, und daß man nicht sofort den Hut draufschmeißen kann, denn es gibt eine Kündigungsfrist. Das alles müssen sie erst langsam lernen, und dazu brauchen sie Einheimische, die es ihnen vermitteln.

Beim Zuhören spüre ich förmlich, wie zwei Seelen in Marias Brust arbeiten, neben- und gegeneinander, einerseits die mitfühlende Christin, andererseits die strenge, in Unternehmensrationalität geschulte Organisatorin. So wechseln in ihrer Erzählung positive und negative Beispiele einander ab – und die Systematik, der geordnete Erzählverlauf, ist längst verloren. Maria verfügt über ein großes Netzwerk, auch ihren (teils begüterten) Freunden gegenüber kann sie forsch sein: „Auch du mußt eine Wohnung zur Verfügung stellen für diese bedürftigen Menschen…“ Auf diese Weise sind einzelne Personen oder Familien in Orte gelangt, wo keine Flüchtlingsströme hindirigiert wurden. Zum Beispiel ist in Gallspach ein Apotheker, dessen Frau Elektrotechnik studiert hat. Dieses Paar hat drei Mädchen, sie sind erst seit zweieinhalb Jahren in Österreich, aber die Mädchen – Kindergarten- und Volksschulalter – sprechen miteinander fast nur noch deutsch. Dadurch lernen auch die Eltern die Sprache besser. Die Familie sieht man oft bei Festen im Dorf. Daß sie religiöse Vorschriften befolgen und die Frau Kopftuch trägt, spielt gar keine Rolle.

Dann wieder die Somalier, die alle verschwunden sind, nach Wien höchstwahrscheinlich. In der Großstadt gebe es eine andere Art der Integration, nicht durch persönliche Beziehungen zu Einheimischen, sondern durch Eintauchen in die Masse, sei es als Einzelner, sei es als Gruppe. In Wien brauchen sie keinen Mietvertrag, sobald sie irgendeine Schlafgelegenheit haben, bekommen sie die Mindestsicherung. Diese Praxis hält Maria für falsch, es sollte einige Bedingungen für den Erhalt der Mindestsicherung geben; sei dies nicht der Fall, würde Integration scheitern. Sie erzählt von einer Familie, der sie bei der Wohnungssuche geholfen hatte, auch Möbel besorgt und mit ihrem eigenen Wagen transportiert. (Von anderer Seite höre ich, daß Maria von ihrer ehemaligen Firma allerlei Gebrauchsgegenstände und auch Lebensmittel erhalten konnte, um sie weiterzugeben.) Sie hat ihnen beim Putzen genauso geholfen wie beim Schuleintritt der Kinder. Einen anderen Asylanten hat sie zum Studium an der Fachhochschule Wels vermittelt, Elektrotechnik, englisch als Unterrichtssprache, inzwischen hat er den Bachelor gemacht. Auch ihm habe er eine Wohngarnitur zukommen lassen, und kürzlich sei die Familie umgezogen, Maria wurde um eine neue Sitzbank gebeten, die alte war schon kaputt. „Die Österreicher werfen auch alles weg", war die Rechtfertigung. Inzwischen haben sie ein drittes Kind, der Mann bekommt Studienbeihilfe, die Frau, die überhaupt nicht Deutsch lernen will, hat sich beim Arbeitsmarktservice angemeldet, um die Mindestsicherung zu bekommen. Die Kinder bringen 600 Euro Kindergeld ein. Maria fragte den Mann bei ihrem letzten Besuch: „Nur deshalb habt ihr das dritte Kind wollen, oder?“ Der Mann bestätigte das.

Maria will nicht zu den Gutmenschen gehören, die sich ausnutzen lassen. Es gebe viele von dieser Sorte, aber ein solches Verhalten helfe letzten Endes nicht, die Zugewanderten zu integrieren. Sie selbst befolge das Prinzip, beim ersten Mal zu helfen, später dann weniger, bis die Betreffenden auf eigenen Füßen stehen. Die Zugewanderten müßten lernen, sich selbst zu helfen. Einige von ihnen laden sie später zu sich ein bzw. fragen sie, warum sie nicht öfter komme. „Ich will keine Dankbarkeit“, sagt Maria. „Allerdings, wenn ich merke, sie wollen mich mißbrauchen, dann ziehe ich mich zurück.“ Diese Dinge, ihre schwankenden Gefühle, teilt sie so gut wie niemandem mit, weil der Rassismus ohnehin schon „einen so hohen Pegel“ habe. Andererseits ließen sich „die Gutmenschen oft auf den Schädel scheißen, auf gut Deutsch gesagt“.

Und ich, als Sprachrohr verschiedener Stimmen, muß mich fragen, ob ich ihren Auslassungen überhaupt so viel Raum geben soll. Denn es sind Auslassungen in dem Sinn, daß sie das Gespräch mit mir benützt, um sich Frustrationen von der Seele zu reden, von denen sich doch ziemlich viele angesammelt haben müssen im Lauf der letzten vier, fünf Jahre. Unter anderem findet sie es schrecklich, wie von Asylwerbern und Helfern über die FPÖ hergezogen wird. Sie erinnert mich daran, daß mein Vater jahrzehntelang Mitglied dieser Partei und im Gemeinderat tätig war. Es ist nicht das erste Mal, daß ich mich frage, wie er zur gegenwärtigen politischen Linie „seiner“ Partei und zur Flüchtlingskrise stehen würde. Vielleicht so ähnlich wie Maria, denn einerseits war er grundsätzlich der Auffassung, Krieg sei schlecht und Toleranz im zwischenmenschlichen Umgang unabdingbar, andererseits war es ihm wichtig, daß jeder in diesem Land sich strikt an die geltenden Regeln hält. Wo verläuft die Grenze zwischen Integration und Assimilation? Mein Vater würde womöglich die Meinung vertreten, wer hier leben möchte, müsse auf seine frühere Identität verzichten. Aber Friede seiner Asche; zum Glück muß er diese schwierige Epoche nicht mehr erleben. Maria ist mit der „Sicherheitspolitik" der FPÖ, bis vor kurzem noch Regierungspartei, übrigens ganz und gar nicht einverstanden, und auch die gegenwärtige Haltung der ÖVP, für die sie eigentlich aufgrund ihrer ländlich-christlichen Herkunft stimmen müßte, ist nicht nach Marias Geschmack: „Da kann ich ja gleich FPÖ wählen."

Die Frustrationen aber, die kommen von allen Seiten. Die behördlichen Entscheidungen sind oft nicht nachvollziehbar. Maria nennt das Beispiel eines „braven" Somaliers, der zwei ablehnende Bescheide erhielt und schließlich nach Deutschland weiterflüchtete. Er hatte bestenfalls noch Aussicht auf den Status eines Geduldeten, der weder arbeiten darf noch irgendwelche finanzielle Unterstützung erhält. So jemand müsse zwangsläufig, sagt Maria, in die Kriminalität abgleiten. Oder eben einen Gutmenschen finden, der ihn erhält.

Ferner erzählt sie die Geschichte eines Irakers, der in den Verdacht kam, Mitglied der Terrorvereinigung „Islamischer Staat" zu sein. Ein Bekannter von ihm hatte über WhatsApp ein Enthauptungsvideo verschickt. Jener Mann wurde unverzüglich abgeschoben, der in Sattledt wohnende Iraker festgenommen und verhört. Er stammt aus einem damals vom IS besetzten Gebiet, war aber vor dem Terror geflohen.

Die Entscheidung, ob jemand zu den Opfern oder den Tätern gehört, ist für die Behörden sicher nicht immer ganz leicht. Es ist wohl einer der Flüche der gegenwärtigen Epoche, daß wir Menschlichkeit nicht ausüben können, ohne zu riskieren, manchmal ohne unser Wissen Personen zu unterstützen, die die größten Feinde der Menschlichkeit sind. Im Fall dieses Irakers hat Maria nicht den geringsten Zweifel, daß es sich um ein Opfer, einen Bedrohten handelt. Die Ämter in Österreich würden sich oft unangemessen verhalten. In diesem Fall hätte sich die Polizei lange geweigert, dem Verhörten den Computer und das Handy zurückzugeben. Die Behandlung der Asylwerber sei oft herabwürdigend. Maria, die Strenge, ging auf die betreffende Polizeistelle, um die Herausgabe jener Besitztümer zu fordern. „Na, die hab ich mir aber gekauft!"

Trotz allem glaubt Maria, daß die Gewaltbereitschaft unter den Zugezogenen prinzipiell höher ist als „bei uns". Das werde die Gesellschaft tiefgreifend verändern. Einmal war sie bei einer Auseinandersetzung dabei, als zwei Asylwerber mit Messern aufeinander losgingen. Sie ging dazwischen, wollte sie auseinanderbringen. Zum Glück wurde der Aggressivere von anderen zurückgehalten. Sie kenne da keine Angstgefühle, „ich bin eh nicht so ein Hascherl", sagt die kräftig wirkende Frau. Es könne aber schon sein, daß einmal Leute, denen ihre Art nicht paßt, ihr auflauern würden. „Dann hat mich halt einer abserviert. Weil ich natürlich streng bin."

Mehrmals erwähnt sie im Gespräch Otto Hirsch, einen philanthropischen Unternehmer aus Leonding, der nicht nur Ausländer in Österreich unterstützt, sondern auch wirtschaftliche Projekte in Ländern zu realisieren versucht, die von Flüchtlingen verlassen wurden. In Afghanistan, in Kundus, hatte er eine Textilfabrik aufgebaut, in der zahlreiche Frauen arbeiteten. Kundus wurde von Taliban-Einheiten erobert, die Fabrik zerstört, die Frauen flüchteten nach Kabul. Jetzt will Hirsch in Kabul eine neue Fabrik errichten. Kürzlich war er dort, den Einheimischen zufolge sei die Lage, so Hirsch, schlechter als je zuvor, obwohl dort Truppen aus vierzig Ländern stationiert sind, die für Sicherheit sorgen sollen. Er hält es für verantwortungslos, abgelehnte Asylwerber nach Afghanistan zurückzuschicken. Wenn, dann müsse man sie „mit gezielten Möglichkeiten des Überlebens begleiten". In seiner geplanten Textilfabrik sollen auch einige aus Österreich zurückgeschickte Flüchtlinge unterkommen.

Die Syrer betreffend ist Maria überzeugt, daß sie keinen größeren Wunsch hegen, als heimkehren zu können. Die kulturellen Unterschiede seien aus ihrer Sicht zu groß, manche lehnen hiesige Lebensformen auch rundweg ab (ich denke, wohl eher die Älteren). Sie nennt mir einen Syrer in Alkoven, der in einer Tischlerei arbeitet und sich da gut hineingefunden hat. Seit seine Frau nachgekommen ist, hat sich seine Einstellung wieder geändert. „Die Frau wird das Kopftuch nie ablegen ..."

Bilal und Hayan in der Freiheit

Maria hält Bilal, den ich eingangs erwähnt habe, für eine positive Ausnahme. Ohne darauf hinzuweisen oder sich dessen bewußt zu sein, hat sie schon eine Reihe „positiver Ausnahmen" erwähnt. Wenn man den Flüchtlingsstrom genauer betrachtet, differenziert er sich, man ist mit zahllosen Unterschieden konfrontiert. Aber auch die einzelnen Gruppen unterscheiden sich in ihren Komponenten, und Bilal scheint mir durchaus repräsentativ zu sein, ein Vertreter jener jungen Leute, die 2011 und mehr oder weniger noch in den folgenden Jahren Hoffnungen in den sogenannten Arabischen Frühling setzten. Viele von ihnen kamen mit dem Regime in Konflikt, was nach allem, was ich mittlerweile gehört habe, sehr leicht geschehen konnte, geringe Anlässe genügten, damit einer im Gefängnis landete. Diese jungen Leute sind nicht so stark durch den Islam geprägt, oft gut ausgebildet, in städtischer Umgebung aufgewachsen.

Bilal ist zweiunddreißig, er war zunächst im Hotel Haugeneder untergebracht, jetzt wohnt er im Sattledter Pfarrhof, Pater Arno hat ihm seine Wohnung überlassen, was ihm – das spüre ich, als er es mir erzählt – nicht unbedingt leichtgefallen ist. Bilals Arbeitsplatz beim Tierarzt ist nur wenige Schritte entfernt, aber den „Dr. Gernot“ kennt er schon länger, aus seinen Haugeneder-Tagen.

Im Internet, also bei Wikipedia, kann man erfahren, daß im Februar 2011 einige Schulkinder Graffiti auf eine Mauer in ihrem Schulhof in Daraa sprühten, die sich gegen den Staatspräsidenten Baschar al-Assad richteten. Der Schuldirektor verständigte die Polizei, Kinder wurden verhaftet und gefoltert. Mit den Protesten besorgter Eltern begann der Aufstand in Syrien. Bilal war sechs Monate in Gefängnissen; als er freikam, beschloß die Familie, daß er ins Ausland gehen sollte, das hieß zunächst, in den Libanon. Dieses Land quoll jedoch über von syrischen Flüchtlingen, und Bilal wollte in einem Land leben, wo Freiheit und Demokratie herrschen, und das hieß auf jeden Fall: Europa.

Vier seiner Geschwister leben in Deutschland, ein Bruder, der dort Medizin studierte, war schon 2002 aus Syrien weggegangen. Warum er selbst dann nicht nach Deutschland gefahren war? Es sei schwierig, Arbeit zu finden, sagt Bilal. Seine Geschwister, Mediziner und Apotheker wie er selbst, hätten Jahre damit vertan, die Nostrifizierung ihrer Zertifikate anzustreben. Auch er müßte in Österreich noch zwei Jahre studieren, es gibt sogar ein entsprechendes Programm der EU für Asylanten, aber das zweite Jahr müßte er in Tschechien absolvieren, so will es der Verteilungsschlüssel, und für einen mittellosen Flüchtling ist es schwierig, in einem anderen Land den Lebensunterhalt zu finanzieren. In Linz hatte er mit Biochemie begonnen, doch er bekam keine Studienbeihilfe, weil er über fünfundzwanzig war, so hat er schließlich aufgegeben. Auch bei ihm und seinen Geschwistern zeigt sich wieder das Problem der zeitlichen Verschiebung, zum Teil ist sie durch die Mühlen der Bürokratie bedingt. Ein ausgebildeter junger Arzt, der jahrelang nicht praktiziert, wird am Ende wenig Chancen haben, ins Berufsleben einzusteigen. Bei einem Apotheker ist das vielleicht weniger dramatisch. In Wels hatte er sogar, nachdem sein Asylantrag positiv beantwortet worden war, eine Teilzeitstelle als Hilfskraft in einer bekannten Apotheke. Es gab dann ein Problem bei der Bezirkshauptmannschaft, Bilal fühlte sich respektlos behandelt, und er gab die Stelle schließlich auf, um bei Dr. Gernot eine Vollzeitstelle in der Tierklinik in Sattledt anzutreten.

Gernot hatte zuvor schon einen Syrer als Assistenten eingestellt, Abbad sein Name, der war ausgebildeter Techniker, und Gernot sagte zu ihm, es sei keine besonders tolle Arbeit, aber der Mann war damit zufrieden, wollte auch die Chance ergreifen, Leute kennenzulernen und sich sprachlich zu verbessern. Er arbeitete einige Monate in der Klinik, bis er nach einem Vortrag in einer Schule mit dem Vater eines Mädchens bekannt wurde, der ihm eine Stelle als Techniker anbot. Dieser erste syrische Assistent Gernots war ein gläubiger

Moslem, er betete fünfmal am Tag und wusch sich die Hände, wenn er einen Hund berührt hatte. Daß auch das eine muslimische Vorschrift ist, erfuhr Gernot erst viel später, der Mann selbst hatte seinem Chef nie etwas davon gesagt.

Der Ort, an dem ich mit Bilal spreche, ist eine Kellerwohnung, die zu der verwinkelten Anlage der Sattledter Tierarztfamilie – mit Ordination, Klinik, Wohnbereich, großem Garten – gehört. Ich war als Kind ein paarmal hier, schon damals hatte mich der labyrinthische Charakter des Orts fasziniert – und zugleich draußen gehalten. Jetzt wohnt in der Kellerwohnung Hayan, noch ein Syrer im Alter von Bilal, vielleicht etwas jünger, mit langem, schwarzem Haar und leuchtenden Augen, der auch als Lateinamerikaner durchgehen könnte. Er kocht, während wir in dem kahlen Raum auf Teppichen und Kissen an einem niedrigen Tisch sitzen und reden; auch später wird er nicht sehr viel beitragen, oder doch, sein heiteres Wesen, sein Lächeln und Kopfnicken, seine treffenden Zwischenbemerkungen werden das Gespräch beflügeln. Hayan arbeitet in Wels in einem Friseursalon und zeigt sich damit sehr zufrieden, auch in Damaskus und in der Türkei, seiner ersten Station als Flüchtling, war er als Friseur tätig gewesen, der Beruf scheint für jemanden mit seinem Naturell zu passen. „Ohne Arbeit geht nicht. Langweilig“, sagt er in seinem knappen, die Verhältnisse auf den Punkt bringenden Deutsch. Erst nachdem er sich zu uns gesetzt hat, beginnt Bilal im Verein mit ihm Genaueres über Gefängnis- und Fluchterfahrungen zu erzählen. Es ist eigentlich nicht das, was ich in erster Linie wissen will, mein Interesse bezieht sich auf das Leben hier, in meiner eigenen Herkunftsgegend, und wie der Ort durch die Anwesenheit der Migranten verändert wird. Trotzdem, diese Geschichten haben sich in der Erinnerung festgesetzt, die beiden wollen sie auch erzählen, und mich erinnern sie in manchen Punkten an das, was ich von Argentinien weiß, aus der Zeit der Diktatur, als so viele Personen „verschwanden“ und die Gefangenen mit Kapuzen über den Köpfen in Kojen dahinvegetieren mußten.

Hayan sagt, daß er durch Stromstöße an den Genitalien gefoltert wurde. Bilal wurde geschlagen, aber nicht mit Strom mißhandelt, weil er den Verhörenden der Geheimpolizei erzählte, er habe Diabetes, und sie keinen weiteren Toten haben wollten. An dem Ort waren in einem tiefen Untergeschoß über hundert Gefangene in einem Raum von vielleicht fünfzig Quadratmetern zusammengepfercht, so daß sie einander zum Schlafen abwechselnd Platz machen mußten. Ständig brannten Glühbirnen, man wußte nicht, ob gerade Tag oder Nacht war. Medikamente gab es nicht, zum Essen verschimmeltes Brot. Die Gefangenen wurden häufig in andere Anstalten verlegt, ihre Familien wußten nicht, wo sich der Angehörige aufhielt, ja, ob er überhaupt noch am Leben war. Bilal, der wohl kein großer Aktivist gewesen war, bzw. seine Familie mußte für die Entlassung 2000 Dollar bezahlen. Einer seiner Cousins hatte nicht dieses Glück, er ist seit 2011 verschwunden. Insgesamt wurden aus Bilals Familie im Bürgerkrieg sechs Personen getötet; ein anderer Cousin verlor bei einem Bombenanschlag in seiner Schule ein Bein und wohnt jetzt bei Bilals Eltern.

So könnte ich weitererzählen, das Erzählte weitergeben, aber wie gesagt, es geht mir mehr um das Leben in Österreich, mit dem sich die beiden trotz erlittener Schikanen höchst zufrieden zeigen – wie auch nicht, im Vergleich zu dem, was sie erlebt haben. Hayan ist schon seit 2013 hier, Bilal kam im August 2014 in einer Gruppe von dreißig Leuten, die sich in Autos fortbewegten, aus Serbien nach Österreich. Ein Freund aus Idlib, der mit ihm unterwegs war, glaubte bei der Ankunft, hier sei Australien, und wollte deshalb zuerst nicht bleiben. *No kangaroos in Austria*, die unvermeidlichen Witze der Polizisten in Wien. Auch Bilal wußte nicht viel über Österreich. Warum er nicht nach Deutschland weiterreiste, wo seine Geschwister lebten? In den ersten Tagen, in Wien, hatten sie einen Dolmetscher aus Palästina, der in mehreren Ländern Europas gearbeitet hatte, und der meinte, in Österreich sei es am besten. Deshalb stellten sie den Asylantrag hier. Bilal und seine beiden syrischen Freunde kamen nach Traiskirchen ins große Flüchtlingslager, später in ein abgelegenes Heim in Tirol, auf mehr als 1000 Metern Seehöhe, wo im Juni 2019 eine Gruppe von abgewiesenen Asylwerbern in den Hungerstreik trat, und schließlich nach Sattledt. In Syrien hatte er die Idee gehabt, sich nach England durchzuschlagen, weil er als Kind Englisch gelernt hatte. Eigentlich würde es naheliegen, daß syrische Flüchtlinge von reichen arabischen Ländern aufgenommen werden, dort kennen sie Sprache und Kultur. Aber nach Saudi-Arabien, Katar, in die Emirate dürfen sie nicht – sagt Bilal, und ich füge hinzu, daß billige, leicht auszubeutende Arbeitskräfte aus Ländern wie Pakistan, Indien, Bangladesch sehr wohl einreisen dürfen.

Bilals Vater ist Schriftsteller, die europäische Kultur ist in seiner Familie nicht unbekannt. Als Kind wuchs er ziemlich frei auf, er räumt aber ein, daß es muslimische Familien gibt, wo das nicht der Fall ist und viele Verbote herrschen. Seine Mutter ist eine traditionsbewußte Muslimin, sie betet viel, der Vater weniger (genau wie in meiner Familie, nur daß der Glaube christlich war). Viele Syrer sind gebildet, aber in Österreich glaube man das oft nicht, die Leute mißtrauten einem. Bilal erwähnt eine Statistik, wonach 70 Prozent der syrischen Asylanten in Österreich einer Arbeit nachgehen. Frauen deutlich weniger, das Kopftuch sei ein Hinderungsgrund, die meisten kommen nur in Reinigungsberufen unter. Für Flüchtlinge in seinem Alter, sagt Bilal, gebe es keine Struktur, die sie auffangen und eingliedern könnte. Für Schulen sind sie zu alt, das AMS zahlt Deutschkurse nur bis zum Niveau B 1. Danach muß man arbeiten, egal was, muß jede Art von Arbeit annehmen; die Deutschkenntnisse, heißt es, reichen schon aus.

Dr. Gernot ist inzwischen hereingekommen, er behauptet, daß bei Syrern im Haus die Frau das Sagen hat, nicht der Mann. Bilal und Hayan stimmen zu. Und dann erzählt er das Beispiel von Abbas, dem eine Sattledterin angeboten hatte, in ihrem Haus zu wohnen. Gernot redete ihm zu: Da hast du Anschluß an die Familie, kannst mit ihnen reden, Deutsch lernen. Abbas: Wenn ich bei denen wohne, kann es dann vorkommen, daß ich mit der Frau allein in einem Raum bin? Gernot: Schon möglich, aber sie ist ja verheiratet, hat Kinder. Für Abbas kamen solche Wohnverhältnisse nicht in Frage. Zumindest am Anfang nicht, mit der Zeit begann er zu verstehen, daß sein Verhalten in Österreich nicht angemessen ist. Ich frage Bilal, ob er auch so reagieren würde. Er lacht: Natürlich nicht. Das sei individuell ganz verschieden. Bilal betont gern das Individuelle.

Bevor wir uns dem Essen zuwenden, stelle ich noch die Frage, ob junge Leute wie er und Hayan nicht irgendwo zwischen den Islamisten und dem Assad-Regime aufgerieben worden seien. Eine politische Frage, die ich hier eigentlich nicht auswalzen sollte, aber sei's drum. Die gemeinschaftliche Antwort der beiden Syrer, der Friseur seinen Freund beflügelnd: Es wäre ein schreckliches Leben, würden die Islamisten an die Macht kommen. Sie sind nicht modern, haben ein archaisches Denken. In Syrien leben – oder lebten, zuvor hatte Bilal darauf hingewiesen, daß fast die Hälfte der Einwohner das Land während der letzten Jahre verlassen hat – 80 Prozent Muslime (wenige Schiiten, ein Prozent), aber auch Kurden, Christen, Drusen. Viele Islamisten waren inhaftiert gewesen, in Gefängnissen in Damaskus und Palmyra, nach der Revolution von 2011 ließ Assad sie frei, um die Weltöffentlichkeit vor die Alternative zu stellen: Wen wollt ihr, mich oder diese reaktionären Typen? „Vor 2011 habe ich in meiner Stadt keine IS-Kämpfer gesehen", sagt Bilal. „Nie." Danach sei eine große Zahl gekommen, Leute, die er zuvor nie gesehen hatte. Auch die ausländische Unterstützung für verschiedene Djihad-Gruppen müsse man in Betracht ziehen, durch den Iran, die Türkei, Saudi-Arabien. Nur wegen Daesh haben Europa und die USA Assad die Stange gehalten. Aber die Menschen in Syrien hat man nicht unterstützt. „Assad hat die Revolution von 2011 umgeleitet, von der Freiheitsbewegung hin zum Islamischen Staat."

Das Abendessen ist reichhaltig, viel Gemüse, Olivenöl, mediterran. „In den orientalischen Ländern wird immer etwas mehr gekocht", erklärt Gernot, „für den Fall, daß noch ein Gast vorbeikommt." Ich wäre nicht auf die Idee gekommen, mich zu zieren; ich lade selbst auch gern Leute zu mir ein. Als Bilal in die Pfarrerwohnung übersiedelte, wollte er für Pater Arno ein kleines Festessen geben. Der sagte zu ihm: Du hast eh kein Geld, schick es lieber nach Hause. Moralisch einwandfrei, doch es dämmert dem Priester: „Das war vielleicht falsch von mir, weil Bilal seine Verbundenheit und Dankbarkeit zum Ausdruck bringen wollte, indem er uns hin und wieder zum Essen einlädt. Das ist wahrscheinlich ihre Art, Dankbarkeit zu zeigen." Als könnte er's nicht lassen, fügt er hinzu: „Noch lieber wäre es mir, wenn wir uns zusammensetzen würden und er erzählt mir von seinem Land. Das haben wir bis jetzt zu wenig getan." Nun ja, das eine schließt das andere nicht aus, beim Essen läßt sich gut reden.

Gernot und seine Syrer

Das Gespräch mit Gernot findet am Küchentisch statt, ein Hündchen wuselt herum und verschwindet wieder, einmal grüßt Gernots Sohn herein, der Veterinärmedizin studiert. Schon Gernots Vater und seine Mutter waren in Sattledt Tierärzte gewesen, der Vater vierundzwanzig Jahre lang Bürgermeister. Um Gernots Haltung gegenüber Zuwanderern aus dem Nahen Osten und aus Afrika zu veranschaulichen, mag folgende kleine Episode dienen.

In Wels hatte er einmal Fahrräder für Flüchtlinge besorgt, über die Plattform „Willhaben". Da kam ein weiß gekleideter Mann mit langem weißem Bart aus dem Haus, Gernot sprach ihn spontan an: „Du mußt ein Imam sein!" Der Mann, der gut Deutsch sprach, erklärte, er sei kein richtiger Imam, erfülle nur ein paar Aufgaben, die einem solchen obliegen. An diesem Tag wurde das Mubarak-Fest gefeiert, das den Ramadan abschließt. Gernot erklärt mir, das Fest beziehe sich auf die alttestamentarische Geschichte von Abraham, der dazu verdonnert worden war, seinen Sohn zu opfern, am Ende aber statt dessen einen Widder schlachten durfte. Der Imam, der kein richtiger Imam war, lud Gernot in die Moschee ein (die in Wels ein einfacher Gebetsraum ist), und der Tierarzt sagte zu. Es waren nicht viele Besucher da, ein Gebet wurde gesprochen, und schließlich fragte der Imam den Tierarzt, welchen Glauben er habe. Seine Antwort: „Ich bin Moslem, Katholik, Buddhist, aber in erster Linie bin ich Humanist." Das habe dem Imam irgendwie gefallen. Nach einigem Hin und Her einigten sich die Versammelten noch darauf, daß es nur einen Gott gebe (eine knifflige Frage, was den Buddhismus betrifft), ehe sie sich dem Festessen widmeten, bei dem Gernot eine Lammkeule vorgesetzt bekam, von der er zuerst dachte, er werde sie nicht aufessen können, so groß war sie. Beim Abschied umarmten die Muslime den humanistischen Tierarzt.

„Sie hatten große Freude", sagt Gernot, „denn sie wußten, ich werde kein Moslem werden, aber mein Besuch bedeutete für sie, daß ich sie akzeptiere, wie sie sind, als Moslems."

Was aber die Fahrräder betrifft, so erklärt sich die Sache dadurch, daß Gernot gern Mountainbike fährt und Touren in einer kleinen Gruppe organisierte, mit vier bis fünf Asylwerbern. Ans Fahrradfahren waren sie nicht gewöhnt, doch sie adaptierten sich rasch, so Gernot. Die Flüchtlingskrise war für ihn zunächst nur ein Thema der Massenmedien; die vielen Leute, die im Mittelmeer ertranken, hätten ihm leidgetan. Eines Tages hieß es, eine Gruppe Flüchtlinge kommt nach Sattledt, ins ehemalige Hotel Haugeneder. „Auf einmal waren sie da, unübersehbar, dunkelhäutige und solche mit südländischem Aussehen." Gernot ging einfach „hinüber", um sich das anzusehen, und stellte fest, daß es sich um eine ziemlich heterogene Gruppe handelte. Er und andere Sattledter unternahmen viel mit diesen Leuten, am wichtigsten war die Förderung des Spracherwerbs, wobei er einmal 100 Euro Belohnung aussetzte für die Besten in einem Kurs – eine beträchtliche Summe, wenn man bedenkt, daß ihnen nur 5,50 Euro an Taggeld zur Verfügung stand. Es stellte sich heraus, daß er sich am besten mit den Syrern verstand; die

Eritreer nahm er als sehr zurückgezogene Gruppe wahr; die Somalier seien „irgendwie verspielt“ gewesen, sie hielten sich selten an Vereinbarungen. Im Unterschied zu diesen hatten die Syrer alle irgendwelche Kenntnisse, „mit denen konnte man vernünftig arbeiten“. Dieses Wort, „vernünftig“, gebraucht der Tierarzt gern, zum Beispiel, als er feststellt, „daß auch vernünftige Leute von Tag zu Tag länger geschlafen haben“. Es sei ein Riesenfehler gewesen, die jungen Leute sich selbst zu überlassen und zum Nichtstun zu verdammen. „Es war notwendig, sie für irgend etwas einzuspannen, die Bezahlung war dabei gar nicht so wichtig.“

Der Staat sei zu jenem Zeitpunkt „komplett überfordert“ gewesen, er habe eigentlich versagt. Das Notwendige getan hätten die Kirchen, die Caritas und viele Privatleute. „Wir haben es anfangs über die Gemeinde versucht, die Gemeinde durfte Flüchtlinge beschäftigen, aber es gab Schwierigkeiten mit den Bediensteten, die das nicht wollten. Einer der Flüchtlinge ging damals zum Bürgermeister und sagte, er habe Landwirtschaft studiert, könne Bäume fällen, er würde gern in der Gemeinde mitarbeiten. Der wollte kein Geld, nur einen geregelten Tagesablauf. Selbst das hat nicht funktioniert.“ Das Nichtstun sei eine Qual für die Leute gewesen, eigentlich sei es ein Wunder, „daß denen nicht mehr Blödsinn eingefallen ist.“

In Gernots Tierklinik wurde eines Tages eine Stelle frei. Mit dem zweiten Syrer, den er einstellte, sei es schwieriger gewesen, der war ähnlich wie Bilal vier Monate mit siebzig Leuten in einer Zelle eingesperrt gewesen, weil er irgendwann etwas gegen Assad geäußert hatte. „Der war komplizierter, hatte ein Schwarzweißdenken, war freundlich und loyal, aber kompliziert.“ Gernot sagte zu seiner Partnerin, die das Management macht, er hätte da wieder einen Flüchtling, ob er ihn bringen könne, obwohl er ein bißchen schwierig sei. Die Schwierigkeit bestand, wie sich dann zeigte, in mangelhaften Deutschkenntnissen und der Weigerung, Fehler anzuerkennen, die ihm unterliefen. Das habe sich aber im Lauf der Zeit gebessert. „Sie haben sicher auch Schwierigkeiten, mit Frauen umzugehen. Obwohl in Syrien viele Frauen studiert haben. Unsere Managerin ist für ihren Bereich allein zuständig, aber der Syrer ist zu mir gekommen, wenn er etwas gebraucht hat. Ich sagte: ‚Du mußt zu ihr gehen.' Es hat lange gedauert, bis er das akzeptiert hat. Inzwischen ist er schon drei Jahre bei uns."

Drüben beim Haugeneder war eine ziemlich strenge Leiterin, die Asylwerber mußten das Hotel gemeinsam reinigen. Vor allem die Afghanen akzeptierten anfangs nicht, daß ihnen eine Frau Anweisungen gibt. Das habe sich aber bald geändert. Einmal wollten zwei Syrer Maria B. nicht die Hand geben, zwei nette Leute, aber sehr muslimisch eingestellt, die verweigerten die geringste Berührung. Später entschuldigten sie sich dafür und betonten, sie würden die Frauen dadurch nicht abwerten wollen, sondern ihnen Respekt erweisen.

Alles in allem integrieren sich die Männer schrittweise immer besser, die Frauen aber langsam oder gar nicht (so Gernot). Einige Männer hätten sich gut entwickelt, bis die Ehefrau nachkam, die trug natürlich einen Hijab und einen knöchellangen Mantel. Wenn der Mann ihr erklärt, das sei in Österreich nicht nötig, z. B. beim Einkaufen, tadelt sie ihn: Was bist du für ein Muslim? Und die Männer können sich dann oft nicht durchsetzen. „Diese Frauen haben studiert, sind Lehrerinnen usw., aber sie fügen sich und wollen das so. Ganz egal wie die familiäre Situation ist, innerhalb eines halben Jahres sind sie schwanger. Österreicher assoziieren das

Tragen eines Hijabs mit Nicht-Integration, Verweigerung der deutschen Sprache, Bildungsmangel. Das kannte man so von den Türken während der letzten dreißig Jahre."

Gernot redet diesen Frauen oft zu, sie sollten versuchen, den Vorurteilen den Wind aus den Segeln zu nehmen. Aber das Kopftuch ist ihnen offenbar wichtig, sie ziehen das durch. Eine Syrerin hätte ein Praktikum als Dentistin bekommen, der Leiter wollte, daß sie ohne Hijab arbeitet, weil das die Patienten abschrecke. Die Frau lehnte ab und bekam die Stelle nicht. „Ich glaube", sagt Gernot, „den Männern wäre es egal, ob sie sich verschleiern oder nicht, aber durch die Familie ist es so Tradition. Mir tun die Frauen leid, denn sie bleiben hinter ihren Eigenschaften und Möglichkeiten zurück."

Gernot „kann gut mit den Leuten", wie er sagt. Schon früher, während eines Aufenthalts in Marokko, hat er einmal eine Zeitlang bei einer muslimischen Familie gewohnt. Er kann ein bißchen Arabisch, hat es eigens gelernt, sich mit dem syrischen Dialekt vertraut gemacht. Zuerst wollte er nur wissen, wie diese Leute reagieren, wenn man sie in ihrer Sprache anspricht. Ganz zu Beginn lernte er den Ausdruck „kif alhal" und ging damit sogleich zum Haugeneder; auf halbem Weg hatte er den Ausdruck vergessen, kehrte um, lernte ihn neu. Als er dann im Hotel ankam, erhielt er sofort Antwort, die Flüchtlinge liefen zusammen. „Die Moslems sind eigentlich nette Menschen", sagt Gernot mit traurigem Unterton, der wahrscheinlich sein Wissen ausdrückt, daß es auch in Zukunft nicht leicht sein wird mit ihnen – und mit uns. „Sie werden zu schlecht dargestellt, ich finde das unfair."

Derzeit gehen die Flüchtlingsströme zurück, aber wer kann schon vorhersagen, was geschehen wird. Im Juli 2018 nahmen Äthiopien und Eritrea diplomatische Beziehungen auf; der äthiopische Staatspräsident erhielt unlängst den Friedensnobelpreis. Andererseits marschiert die türkische Armee gerade in Syrien ein, neuerlich sind dort viele Menschen auf der Flucht. Im Hotel Haugeneder waren am Höhepunkt sechzig Asylwerber, jetzt sind es noch vier. Der Besitzer hatte mehrere solcher Gebäude in verschiedenen Orten gekauft, das in Sattledt ist das letzte, das noch in Betrieb ist. Das Geschäft mit den Flüchtlingen war von relativ kurzer Dauer (aber es könnte ja wieder aufblühen). Ich frage Gernot am Ende unseres Gesprächs nach der Tankstelle und bin überrascht zu hören, daß einer der Haugeneders – früher habe ich mit ihm Fußball gespielt – immer noch im 1. Stock des Hauses wohnt, das ihm gehört. Die Inneneinrichtung sei picobello, nur außen sieht es ein wenig heruntergekommen aus. Im Erdgeschoß trifft sich regelmäßig, nicht sehr oft, ein türkischer Kulturverein. Diese Leute haben das Haus notdürftig renoviert, für den Besitzer sei die Vermietung an sie „ein Glücksfall", die Türken „vernünftige Leute". Die FPÖ hatte damals eine Kampagne gegen die Islamisierung Sattledts begonnen und ein Schreckensbild von dem gezeichnet, was uns bevorstehe.

Isi und ihre Kinder

Als ich neulich bei meiner Schwester und ihrem Mann war, erwarteten wir Isi und ihre beiden Kinder, die einen Nachmittag bei Kaffee und Kuchen, im Garten und im kleinen Swimmingpool verbringen wollten. Isi stammt aus Nigeria, ihre Kinder wurden in Griechenland bzw. in Österreich geboren. Wie üblich kam die kleine Familie viel zu spät. Der Mann, ebenfalls Nigerianer, war zu Hause geblieben. Während wir auf sie warten, beginnt meine Schwester von einem Besuch einer religiösen Versammlung christlicher Afrikaner in Linz, zu dem Isi sie eingeladen hatte, zu erzählen. Isi wohnte damals mit ihren Kindern in einem Flüchtlingsheim in Thalheim bei Wels, wo sich auch das Haus der Familie meiner Schwester befindet.

Isi und Maria fuhren mit einem Prediger, einem aus Nigeria stammenden *preacher man*, im Auto von Wels nach Linz. Auf halbem Weg, in Marchtrenk, bat Isi den Mann, umzukehren, sie habe den „Champagner" vergessen, und zum Feiern gehöre nun mal Champagner. (Das Getränk, stellte sich erwartungsgemäß heraus, war ein österreichischer Sekt, wie man ihn in jedem Supermarkt kaufen kann.) In Linz angekommen, befanden sich kaum Leute in dem mittelgroßen Raum; dann aber füllte er sich im Handumdrehen, mit etwa dreißig Personen, allesamt dunkelhäutig, Maria war die einzige Weiße.

Im Auto hatte sie der Prediger über ihre Einstellungen zu Gott und Welt befragt. Statt sich auf religiöse Diskussionen einzulassen, erzählte sie von ihrer Tochter, die im Rahmen ihres Studiums eine Zeit in Ghana verbracht hatte. Die Tochter war schockiert gewesen davon, daß Gewalt gegen Frauen und Kinder in den Familien dort gang und gäbe war. Bei der religiösen Feier in Linz erwähnte der Prediger dann, was er von Maria kurz zuvor gehört hatte, und bat sie, eine Bibelstelle vorzulesen. Die Veranstaltung vollzog sich in englischer Sprache, und die joviale, laute Art des Predigers sowie die Erwartung der kleinen Gemeinde, daß sie wie alle anderen mitmache, befremdeten meine Schwester ein wenig. In der Bibelstelle war ebenfalls von Gewalt die Rede, und in der daran anschließenden Predigt richtete sich der *preacher man* an die anwesenden Männer, indem er sie eindringlich und wiederholt darauf hinwies, daß ein Mann, der Frauen oder Kinder schlage, ein Schwächling sei, ein ganz *kleiner* Mann, ein Feigling.

Gäste dürfen sich in diesem Kreis am Ende ein Lied aussuchen; Maria fühlte sich überfordert, bis ihr schließlich *Amazing Grace* einfiel, das sie alle gemeinsam sangen. Anschließend gab es Kuchen und Getränke, aber außer meiner Schwester trank niemand von dem Sekt, auch Isi nicht, die zwar manchmal gern ein Bier trinkt, aber sonst keinen Alkohol.

Isi ist eine große, überschwängliche, manchmal wohl ein wenig aufgedrehte dunkelhäutige Frau, die ich schon einmal getroffen hatte – zweimal, verbesserte sie mich, nachdem sie und ihre Kinder doch noch eingetroffen waren (mein Erinnerungsvermögen ist anscheinend schlechter als ihres). Die beiden Mädchen, im Kindergarten- bzw. Volksschulalter, wirken grazil, neugierig und aufgeweckt, wie es Kinder in diesem Alter oft sind. Sie freuten sich auf den Swimmingpool; zum Baden im Freien haben sie sonst selten Gelegenheit.

Ich gebe nun Isis Geschichte wieder und folge dabei mehr oder minder wörtlich der Erzählung meiner Schwester, weil ich sie sehr kompakt und anschaulich finde und es selbst nicht besser könnte. Diese Erzählung ist ihrerseits eine knappe Zusammenfassung von zahlreichen Geschichten, die ihr von Isi auf ungeordnete Weise bei verschiedenen Gelegenheiten erzählt wurden. Seltsamkeiten (in unseren Ohren) lasse ich unkommentiert stehen.

Isi wuchs in einem nigerianischen Dorf als Tochter des Häuptlings auf. Eines Tages, als sie sechzehn war, sollte sie „geopfert" werden. Ihre Mutter brachte sie und ihren Bruder in ein anderes, weit entferntes Dorf im Norden von Nigeria, wo die beiden dann lebten (der Vater kam manchmal zu Besuch). In dieser Gegend gab es Probleme mit den Mitgliedern einer islamistischen Gruppe, Boko Haram, die schließlich ihren Bruder töteten und die Mutter aus dem Fenster warfen. Später, als Flüchtling in Österreich, war es für sie nicht einfach, auf engem Raum mit Muslimen zusammenzuleben. Ihre Familie war seit jeher christlich, pflegte aber ältere afrikanische Traditionen. Bei jenem traumatischen Erlebnis hatte sich Isi in einem Schrank versteckt und sich den Mund und die Augen zugehalten. Von diesem Zeitpunkt an sprach sie zwei Jahre lang kein einziges Wort. Danach kam ihre Tante, brachte sie weit weg und organisierte ihre Flucht, während der sie, die immer noch stumm war, mehrmals vergewaltigt wurde. Endlich gelangte sie nach langer Fahrt auf einem großen Schiff nach Griechenland.

Dort kam sie von einem Lager ins nächste, und als das letzte geschlossen wurde, hatte sie keinen Platz mehr und keinerlei Aussichten. Erst in Griechenland, wo ihre erste Tochter geboren wurde, lernte sie ein wenig lesen und schreiben. Als sie mit dem zweiten Kind schwanger war, verließ sie nach mehreren Jahren das Land, die dreijährige Miracle an der Hand, die still sein mußte während der langen nächtlichen Fußmärsche. Mithilfe von Schleppern kam sie nach Österreich, ins Innviertel, wo die Familie als „schwierig" galt. Die kleine Miracle spricht sehr gut Deutsch und Englisch, letzteres mit nigerianischem Akzent. Isis Mann kann wenig Englisch, gar nicht Deutsch, er verkauft Straßenzeitungen. Manchmal telephoniert Isi per Skype mit ihrer Mutter in Nigeria. Die Behörden könnten ihre Geschichte leicht nachprüfen; sie ziehen es vor, ihr nicht zu glauben.

Daß Isi und ihr Mann als schwierig gelten, ist nicht verwunderlich, sagt Maria. Sie werden nie einen substantiellen

Beitrag zur österreichischen Gesellschaft leisten, jedenfalls nicht nach landläufigen Begriffen. Man kann sie nur erhalten, ohne irgendeine Gegenleistung zu verlangen. Das gilt unabhängig von Herkunft und Staatsbürgerschaft: Es gibt genügend Österreicher, die man aus den unterschiedlichsten Gründen erhalten muß und die nichts „zurückgeben" können. Aber, fügt Maria hinzu, wenn die Eltern nur wenig beitragen, die Kinder werden irgendwann imstande sein, sich in die Gesellschaft einzubringen und etwas zu leisten; vorausgesetzt, man gibt ihnen die Chance dazu. Genau wie Omid und seine Freunde. Prudence, das kleinere, in Österreich geborene Mädchen, ist gut drauf, aber Miracle merkt man an, daß sie ganz schön was mitgemacht hat. Prudence hatte in Thalheim einen Kindergartenplatz, im Innviertel nicht. Miracle geht in die Volksschule, das ist bekanntlich Pflicht, sie redet sogar ein bißchen innviertlerisch. Ab September wird sich auch Prudence mehr in einer österreichischen Umgebung tummeln können, da wird sie fünf, neuerdings gibt es Kindergartenpflicht (fürs Vorschuljahr), und sie freut sich darauf. Isi und ihre Familie haben einen ablehnenden Asylbescheid erhalten, der jetzt beeinsprucht wird.

Eingangs habe ich geschrieben, daß diese Berichte nicht über das Jahr 2019 hinausgehen. Hier möchte ich eine Ausnahme machen. Der Asylantrag von Isi und ihrer Familie wurde auch in letzter Instanz abgelehnt. Sie leben jetzt illegal, ohne Aufenthaltsberechtigung, in einer österreichischen Stadt. Eigentlich müßten sie das Land verlassen, aber wohin sollen sie gehen? Die beiden Kinder gehen zur Schule und in den Kindergarten, Isis Mann schafft es recht und schlecht, die Familie mit Zeitungsverkauf auf der Straße über Wasser zu halten. Isis psychische Verfassung hat sich verschlechtert, nicht verwunderlich unter solchen Umständen. Ärzte aufzusuchen ist schwierig, da die Familie keine Sozialversicherung hat und auch sonst keinerlei finanzielle Unterstützung erhält. Sie leben in ständiger Angst vor der Fremdenpolizei.

Beweggründe

Die hier wiedergegebenen Porträts und Geschichten zeigen die vielfältige, heterogene Zusammensetzung der großen Gruppe, die man verallgemeinernd als „Flüchtlinge", „Asylwerber" oder „Asylanten" bezeichnet. Die Länder, aus denen sie kommen, von zwei Kontinenten, sind sehr unterschiedlich und in sich differenziert, die Fluchtgründe unterschiedlich, ebenso das Bildungsniveau, kulturelle Einstellungen usw. Ich muß das hier nicht wiederholen, Kategorisierungen erübrigen sich.

Auf der anderen Seite haben auch die Österreicher, die Flüchtlingen zur Seite standen und immer noch stehen, recht unterschiedliche Motivationen, und auch ihr Handeln läßt sich nicht auf einen Nenner bringen. In einem „christlichen Land", wie Pater Arno betont, kann man erwarten, daß sich viele Christen entsprechend dem Gebot der Nächstenliebe verhalten. Das habe ich in den Tagen meiner Gespräche zu sehen und zu spüren bekommen – eine Zuneigung, die sich in manchen Fällen vertieft und starke Bindungen hervorgebracht hat. Missionarischen Drang habe ich bei diesen Landsleuten überhaupt keinen gefunden. Das ist wohl ferne Geschichte; wir leben, wie es heißt, in postkolonialen Zeiten. Schon möglich, daß sich manche Muslime, bestimmte Gruppen, wohl auch Staaten missionarisch oder ausgrenzend verhalten und einen uniformierenden Zwang ausüben. Christen, die diesen Namen verdienen, vergelten Gleiches nicht mit Gleichem, und eine Gesellschaft, die sich für zivilisiert hält, sollte es auch nicht tun.

Ich habe Leute getroffen, die man getrost mit einem altmodischen Wort als Humanisten bezeichnen kann; die ohne in einer Religion zu wurzeln Menschlichkeit an den Tag legen wollen, nicht nur im allgemeinen Sinn eines Menschenrechts, über das man schöne Reden hält, sondern in der täglichen Praxis, weil sie letzten Endes sich selbst vermenschlichen wollen: den Horizont erweitern wie Ezat, der junge Afghane, oder Gernot, der Sattledter Tierarzt. Altruismus und Egoismus schließen sich nicht aus, im Gegenteil, sie wirken zusammen, stärken sich wechselseitig. Egoismus verstanden im Sinn einer Pflege des Selbst, *souci de soi*, wie Michel Foucault es nannte, einer unendlichen Selbstwerdung.

Am Ende fällt mir für diese Leute gar kein Wort ein, oft sind sie einfach nur neugierig, sie sehen etwas bis dato Unbekanntes oder Unerhörtes und wollen es kennenlernen, wollen Genaueres wissen. Daß man Weltbürgertum in einem kleinen Ort, ehemals Bauerndorf, jetzt Gewerbegebiet, leben kann, beweist Gernot, der Tierarzt. Er möchte, daß seine heranwachsende Tochter, die so alt ist wie meine in Japan geborene, nicht nur Englisch lernt, sondern noch eine zweite Fremdsprache – deshalb seine Neugier, wie das denn ist mit Mayukos Zweisprachigkeit. Solche Offenheit stärkt uns selbst, das Hinausgehen über Grenzen, nicht nur Landesgrenzen, sondern auch im Inland, wenn das Andere ganz nah ist, auf der anderen Straßenseite, beim Haugenender, und zuletzt in uns selbst.

Schließlich die erfreulichste Gruppe, die Kinder, die im anderen Kind nur Ihresgleichen sehen, ohne einen Gedanken an das Wie und Wozu, an Gehörigkeit und Ungehörigkeit zu verschwenden. Kinder, die neugierig sind, weil Neugier das

Leben selbst ist. Die gern einen Spielkameraden mehr haben wollen …

Ich idealisiere, mag sein. In der Großstadt, auf Wiener Schulhöfen, hört man, spielen sich Kämpfe zwischen ethnischen Gruppen ab. Das haben sie von den Erwachsenen. Genau wie die Kinder in José Emilio Pachecos Erzählung *Kämpfe in der Wüste*, die in Mexiko in der Colonia Roma spielt. Auch dort, in der Zeit nach dem Zweiten Weltkrieg, als in Palästina, unweit von Syrien, ein anderer Krieg begann, ahmen die Jugendlichen ihre Eltern nach.

IV
GRÄUEL DER GEGENWART

1

Als ich 1993 nach acht Jahren, die ich als „Lektor“ an Universitäten mehrerer Länder verbracht hatte, nach Österreich zurückkehrte, fand ich mich plötzlich und zu meiner eigenen Überraschung als Arbeitsloser wieder: Ich gehörte zum akademischen Subproletariat. Der Mann auf der Behörde, die früher „Arbeitsamt“ hieß und mittlerweile in „Arbeitsmarktservice“ umbenannt worden war, was dem Geist der Zeit offenbar besser entsprach, warf einen flüchtigen Blick auf meine Akte, um dann in der Umgangssprache meiner Herkunftsgegend zu bemerken: „Das haut mich nicht vom Hocker.“ Er meinte damit mein monatliches Einkommen, das einem Betrag von 1000 oder 1200 Euro entsprochen hatte. Daß ich mich in diesen neun Jahren weitergebildet, drei Fremdsprachen erlernt und die Grundlagen für mein künftiges literarisches Schaffen gelegt, außerdem Bücher zu übersetzen begonnen hatte, spielte für den Mann vom Arbeitsmarktservice keine Rolle, und auch ich wäre in meiner Zerknirschtheit nicht auf die Idee gekommen, solche „Leistungen“ ins Treffen zu führen. Der Mann wies mich lediglich darauf hin, daß ich mich ernsthaft um eine Anstellung zu bemühen hätte, und falls sich nichts ergeben würde, was zu meinem „Profil“ paßte, hätte ich jede mir vorgeschlagene Arbeit anzunehmen, zum Beispiel als Erntehelfer (25 Jahre später werden Flüchtlinge und andere Migranten dafür eingesetzt). Der Betrag, den ich als „Arbeitslosengeld“ überwiesen bekam, reichte kaum für die Miete, die ich für meine Frau und mich zu bezahlen hatte. Ich sah mich gezwungen,

„Aufträge“ anzunehmen; Aufträge im einzigen Bereich, in dem ich Kompetenzen und zumindest ein paar „Kontakte“ hatte: Sprache und Literatur.

Ich war mit einer ebenfalls akademisch gebildeten Ausländerin verheiratet, und die Behörden, mit denen wir zu tun hatten, um eine Aufenthaltsgenehmigung für sie zu erhalten, waren ähnlich abweisend wie der Mann beim Arbeitsmarktservice. Es ging immer und ausschließlich um die Höhe meines Einkommens (meine Frau, die damals kaum Deutsch konnte, arbeitete nur sporadisch). Als ich auf die mittlerweile angewachsene Zahl meiner Bücher und Übersetzungen hinwies und ein paar davon auf den behördlichen Schreibtisch legte, zeigte sich ein eher verächtliches als mildes Lächeln auf dem Gesicht des Beamten.

Die sechs oder sieben Jahre in Wien habe ich als Jahre der Unfreiheit in Erinnerung, als selbstauferlegten, in Wahrheit aber von der Gesellschaft auferlegten Zwang. Ich verfaßte eine große Zahl von Buchbesprechungen und ähnlichen Artikeln, für Zeitungen und auch für das Radio, nahm Aufträge für Übersetzungen von Texten an, die mich nicht interessierten, hielt schlecht bezahlte Literaturseminare für eine Fernuniversität und wußte am Ende dieser Zeitspanne, daß ich einen radikalen Schnitt in meiner Lebensgeschichte zu ziehen hätte, wenn ich nicht vor die Hunde gehen wollte. Ich war knapp davor, vor diesem Zustand, diesem letzten Schritt zu den Hunden. Diesen Titel trägt ein frühes, nie veröffentlichtes Romanmanuskript von mir: „Tod eines Hundes“ (ein Stück daraus, das Schlußkapitel, in Briefform geschrieben, wurde dann doch publiziert).

Allem Anschein nach war ich überflüssig. Dieses Gefühl vermittelten mir auch meine sogenannten Kollegen, die Schriftsteller, Redakteure und – die noch am wenigsten –

Übersetzer. Als ich eine Übersetzung eines argentinischen Romans, die ich in einem kleinen, aber feinen deutschen Verlag veröffentlicht hatte*, einer recht bekannten österreichischen Autorin, die sich für lateinamerikanische Literatur interessierte (und über die ich zehn Jahre zuvor einen kleinen, wohlwollenden Essay geschrieben hatte), geben wollte und zu ihrer Wohnung kam, um ihr ein Exemplar zu überreichen, nahm sie es an der Tür mit kaltem Blick entgegen, ohne mich hineinzubitten. Später kam ich einmal zufällig bei einer literarischen Veranstaltung neben ihr zu sitzen. Sie rückte von mir ab, als würde meine bloße Anwesenheit sie belästigen wie ein Bakterium, ein Parasit. Im Redaktionszimmer eines Zeitungsfeuilletons antwortete mir der Chef, der dort Jahrzehnte auf seinem Stuhl kleben sollte, auf meine Bemerkung, ich würde die Honorare für Rezensionen zum Leben brauchen, mit entrüsteter Miene: „Aber davon *kann* man doch nicht leben!"**

---

* Piglia: *Die abwesende Stadt*. Aus dem Spanischen von Leopold Federmair und María Alejandra Rogel Alberdi. Köln, Bruckner & Thünker 1994

** Ich könnte viele Anekdoten aus diesem Milieu erzählen. Einmal wurde ich beim Kulturchefredakteur einer anderen Zeitung vorstellig. Als Student hatte ich eifrig Theaterkritiken für die kommunistische Tageszeitung geschrieben, und in meiner Not erinnerte ich mich daran und bat den Mann um Arbeit. Seine erste und, soweit ich mich erinnere, einzige substantielle Frage war, in welchem Sternzeichen ich geboren sei (ich glaube, der Mann sah sich als Dandy oder so). Später durfte ich über Aufführungen des Sommertheaters schreiben, zu denen sonst niemand gehen wollte. Sie fanden auf dem Land statt, in irgendwelchen Kaffs in der Umgebung von Wien, in Reichenau, in Mödling, soweit ich mich erinnere. Ich fuhr mit meinem Auto hin, weil die Fahrtspesen so waren, daß mir etwas davon übrigblieb und mein Honorar um ein paar Schilling stieg. Dieses Auto, das einzige, das ich je besessen habe, einen Nissan, hatte ich bei einem Gebrauchtwagenhändler in einem abgelegenen Dorf im oberösterreichischen Mühlviertel gekauft, um die Übersiedelungskosten von Sizilien nach Ungarn (an der Grenze zu Rumänien), wo ich ein neues Lektorat antreten sollte, niedrig halten zu können.

Er hatte recht, ich konnte nicht davon leben; wir, zu zweit, konnten nicht leben. Einige Jahre später trennte ich mich von meiner Frau, ging nach Argentinien (wo sie herkam) und schließlich in eine andere Weltrandgegend, nach Japan. Aufgrund dieser Erfahrungen entwickelte ich, zunächst mehr als literarisches Spiel, meine Theorie des Parasitentums und schrieb einen Roman, den kein Verlag veröffentlichen wollte – er war überflüssig. Stimmt nicht ganz, auch von diesem Werk erblickte ein Teil das Licht der Öffentlichkeit, eine kleine Erzählung aus dem Wust der großen erschien als schmales Buch.* Kein Torso, kein Bruchstück, sie kann ohne weiteres für sich bestehen und handelt nicht von mir, sondern von einem Vorläufer, einem Parasiten des 18. Jahrhunderts.

Damals, als ich in Wien vor mich hindümpelte, erschien in Frankreich ein Buch, dessen Titel sich mir tief eingeprägt hat: *Der Terror der Ökonomie*. Ich wollte es lesen, kam aber nicht dazu, weil mir das Plansoll der zu besprechenden Bücher solche Seitenblicke nicht erlaubte. Erst jetzt, mehr als zwanzig Jahre später, nachdem ich mich von gewissen Zwängen befreit habe, bin ich dazu gekommen, und erst jetzt ist mir klargeworden, daß der deutsche Titel eine geniale (nicht unbedingt *kon*geniale) Übersetzung ist. Der deutsche Titel ist besser und treffender als der (auch nicht schlechte) französische, *L'horreur économique*, „Der ökonomische Horror", „Das wirtschaftliche Grauen" … oder so. Was die Autorin im

* *Scherbenhügel 1723*. Wien, edition selene 2003. Zur „Theorie" siehe z. B. *Der Autor als Parasit*, in: Literatur und Kritik 321/322 (1998), veröffentlicht unter dem Pseudonym Emil Fekete, das der Redakteur der Zeitschrift flugs aufdeckte, ohne daß ich ihn darum gebeten hatte. Schade, sonst könnte ich jetzt auf einen mir unbekannten, geheimnisvollen Theoretiker des Parasitentums verweisen.

Sinn hatte, was sie meinte und worauf sie abzielte (durchaus wie eine Bogenschützin, eine Kämpferin), war jenes grauenhafte Leben der Überflüssigen, die einerseits arbeiten müssen, andererseits aber keine vernünftige Arbeit finden, weil es einfach nicht mehr genug davon gibt, jedenfalls weniger als früher, immer weniger, niemals genug für alle. Was knapp ist, sind nicht die – spottbillig gewordenen – Lebensmittel, sondern die Arbeit, die Möglichkeit zur sinnvollen und ausreichend bezahlten Tätigkeit.*

Für gebildete oder unangepaßte oder auch nur eingebildete junge Leute liegt eine Möglichkeit, dieser Situation zu entrinnen, darin, freischaffend tätig zu werden – „Freeter" sagt man in Japan – als Künstler, als Musiker, Designer, Manga-Zeichner, YouTuber, Influencer, Komiker, Discjockey …, was auch immer. Mein Fach ist die Literatur, dazu habe ich mich als Jugendlicher entschlossen, zu einem Zeitpunkt, als ein solches Interesse unter den Gleichaltrigen als exotisch galt. (Politiker mokieren sich gern über „Orchideenfächer": Schönheit brauchen wir nicht!) Später habe ich gesehen, wie immer mehr junge Leute solche Wege einschlugen, auch in angrenzenden Bereichen: zwischen Tanzkunst und Gesundheitsberufen, Esoterik und Therapie, bildender Kunst und Computerdesign. Ich beobachtete, wie einerseits ein Mainstream von „Literatur light" entstand**

---

* Auch Zygmunt Bauman pflegt eine Wortwahl des „Grauens", um die sozialen – oder antisozialen? – Verhältnisse der „flüchtigen Moderne" zu charakterisieren; einer „Moderne, die geeignet ist, das Grauen, das wir aus Orwells und Huxleys Alpträumen kennen, in den Schatten zu stellen." (Bauman: *Flüchtige Moderne*, S. 23)

** Und das geht immer weiter, noch mehr Vereinfachung, Romane als Comix, hören statt lesen … Erst heute bin ich auf einen Artikel auf der Kulturseite der Zeitung gestoßen, für die ich früher zum Sommertheater tuckerte: „Literatur in einfacher Sprache soll laut Literaturhäusern neuer Trend sein". Dasselbe im Bereich der Tagespresse, wo die Artikel möglichst

und andererseits eine minoritäre Strömung von sehr bemühter, manchmal eher verkrampfter Literatur, die sich als „avanciert“ versteht und deren Produzenten von Stipendien und Preisen leben, deren Zahl sich in diesen Jahren deutlich erhöht hat (jedes Dorf hat inzwischen einen bezahlten „Stadtschreiber“), und im fortgeschrittenen Alter dann vom Unterrichten in Literaturakademien, Creative-Writing-Kursen usw. Mit dem Aufkommen von Personalcomputer und Internet, mit Kompositionsalgorithmen und Autotuning ist es scheinbar leicht geworden, auditive und visuelle Kunstwerke herzustellen. Jeder kann das, wenn er den nötigen Eifer an den Tag legt. Jeder kann seine Werke selbst veröffentlichen, Texte ins Netz stellen, auf ein weltweites Publikum hoffen. Wahrscheinlich sind es diese technologischen Revolutionen, die für das gewaltige Anwachsen der Zahl von Künstlern und Publizisten, von Selbstdarstellern und Versteckspielern, von Rappern und Influencern, von Kreativen (und Destruktiven) verantwortlich sind, von denen die allermeisten nichts anderes als verkappte Arbeitslose sind: Überflüssige, die ihr Los nicht untätig hinnehmen und am Big Apple der hoffentlich profitablen Aufmerksamkeit teilhaben wollen. Die Erfolgreichen unter ihnen, eine winzige Minderheit, führen,

---

einfach gemacht werden sollen. Das kann für geistig Behinderte sinnvoll sein, die auf diese Weise Zugang zu Information bekommen, der ihnen sonst womöglich versperrt wäre. Es ist aber zu befürchten, daß sich hier eine allgemeine Tendenz widerspiegelt und die Gesamtbevölkerung im Zweifelsfall immer mehr dem jeweils bequemsten Weg zuneigt. Ein Beispiel wäre www.nachrichtenleicht.de, wo man versucht, so weit wie möglich auf Nebensätze zu verzichten. Aber: Ist eine Sprache ohne Nebensätze tatsächlich einfacher? Geht es nicht viel eher um die Klarheit der Inhalte, wenn man möglichst direkt verstanden werden will? Das Umschiffen von Nebensätzen kann im Hauptsatz zu unerwünschten Komplikationen führen.

nachdem auch der Profit „viral“ geworden ist, ein Leben als im Luxus schwimmende Parasiten.*

2

Kehre ich zu meinem früheren Rezensentendasein zurück, wenn ich mir jetzt das Buch von Viviane Forrester vorneh- me? Ich hatte, als ich es mir bei Amazon – *horribile dictu*, aber in der japanischen Provinz gibt es kaum eine andere Möglichkeit, rasch an ein ausländisches Buch zu kommen – bestellte, ein paar der Leserkommentare gelesen, wovon mir zwei im Gedächtnis blieben: Die einen meinten, das Buch sei unwissenschaftlich, die Verfasserin bloß ein Schöngeist ohne viel Ahnung von der Ökonomie; die anderen meinten, es sei höchst aktuell, die gesellschaftlichen Entwicklungen der letz- ten Jahre hätten das Geschriebene voll und ganz bestätigt. Nun interessiere ich mich, wenn ich den Gebrauchswert ei- nes solchen Buchs abschätzen soll, nicht sosehr für seine Ak- tualität, sondern erhoffe mir eher etwas wie Zeitlosigkeit, also daß es an Probleme und Gefühle rührt, für die der land- läufige Journalismus kein Sensorium hat.

Dennoch bekam ich während der Lektüre diese Frage nicht ganz aus dem Kopf, und an den Stellen, wo Forrester von den Banlieues spricht, die früher oder später Aufruhr und sinnlose Gewalt erleben würden, oder vom langsamen Einsickern des Neoliberalismus in die Gehirne, von der im- mer breiteren Einwurzelung einer auf Finanzspekulation ausgerichteten, computergesteuerten, weltweit vernetzten

* Ein Beispiel wäre der YouTube-Star Jake Paul, siehe den aufschlußrei- chen Artikel von Taylor Lorenz in der *New York Times* vom 22.4.2021, *Jake Paul Promised Them Fame. Was It Worth the Price?* (auch im Inter- net).

Wirtschaft, von der Ökonomisierung und Monetarisierung noch der intimsten Lebensbereiche, von der Vernichtung einer großen Zahl von Arbeitsplätzen durch Automatisierung und Roboterisierung (wobei eine alles in allem geringere Zahl von meist prekären neuen Arbeitsplätzen geschaffen wird) – an all diesen und vielen anderen Stellen konnte ich nicht umhin, mit dem Kopf zu nicken: Ja, so ist es, der Lauf der Dinge hat sich seitdem nicht geändert. Vielleicht rührt das wahre Aktuell-Sein ja unmittelbar an die Zeitlosigkeit; bescheidener ausgedrückt: *actualitas* hieße Weitblick, Öffnung der Enge, Sinn für Zusammenhänge.

Dennoch, es war nicht seine Aktualität, die mich in das Buch hineinzog, sondern die Tatsache, daß ich mich in seiner Hauptfigur wiedererkannte: Der Überflüssige, der Parasit, das war ich. Ich in den neunziger Jahren des vergangenen Jahrhunderts, als Forrester das Buch schrieb. Natürlich hatte ich schon damals gewußt, daß ich nicht der einzige in einer solchen Lage war, und doch spürte ich jenen berühmten Schlag auf das Haupt, als ich erkannte, daß ich, der Einzigartige, der diese Lage ja gleichfalls auf einzigartige Weise schriftlich festgehalten und reflektiert hatte, nicht der Einzige war, sondern einer von vielen, ja, sehr vielen. Forrester hatte schon damals den soziologischen Hintergrund zu meinen Erzählungen geliefert. Einiges davon war, wenngleich auf ganz andere Weise, mit anderer Haltung und anderer Sprache, in Houellebecqs *Ausweitung der Kampfzone* zu lesen, die ich 1997 übersetzte (ohne mir mehr als ein bescheidenes Zeilenhonorar zu erwarten). Das Original war in Frankreich 1994 erschienen. Ich weiß nicht, ob es Frau Forrester gelesen hatte; in Frankreich war es zu diesem Zeitpunkt nur in Insiderkreisen bekannt. In der Bibliographie am Ende von *Der Terror der Ökonomie* scheint der Titel nicht auf. Jedenfalls lesen sich ganze Passagen wie theoretische Verallgemeinerungen von Houellebecqs Roman, dessen Held zu den Depravierten und Parasiten zählt (ohne arbeitslos zu sein).

3

Im folgenden werde ich eine Reihe von Punkten, von Feststellungen und Erkenntnissen anführen, denen ich lebhaft zustimmen möchte. Und zwar in der Absicht, meiner eigenen gesellschaftsbezogenen Wahrnehmung Nachdruck zu verleihen, daß unser tägliches Unbehagen nicht in erster Linie durch einen unberechenbaren, extremistischen, oft religiös motivierten, historisch rückwärtsgewandten Terror bedingt ist, sondern einem Gespinst aus selbstverständlich gewordenen, selten ins Bewußtsein dringenden Gräueln gleichkommt.

Forresters Buch ist nicht wissenschaftlich, es stellt auch nicht diesen Anspruch. Es ist ein Essay, der um eine überschaubare Anzahl von Themen kreist und sich dabei immer wieder Abschweifungen erlaubt. Für ihre Beobachtungen und Erklärungen bringt Forrester wenig konkrete Belege, ihre Ableitungen folgen keiner strengen Logik und keinem akademischen Schema. Trotzdem – oder deshalb? – kann man aus heutiger Sicht sagen, daß sie zumeist ins Schwarze trifft. Man muß kein Wirtschaftsexperte sein, um festzustellen, daß der Finanzkapitalismus sich mehr und mehr von der Produktion realer Güter abgehoben hat und daß daraus erhebliche Probleme entstehen, die nicht nur die Masse der mehr oder weniger Besitz- und oft auch Arbeitslosen schwächen, die Reichen unverhältnismäßig stärken und zu globalen Krisen wie im Jahr 2008 führen können. Man muß kein

Fachmann sein, um zu bemerken, daß ökonomische Prozesse in den postindustriellen Gesellschaften wie Glücksspiele ablaufen, bei denen gesetzt, gewettet, gewonnen und verloren wird, wobei die Spieler, die *global players*, die Einflußfaktoren und Kontexte selbst zu schaffen und zu kontrollieren bestrebt sind (was ihnen aufgrund der Hochkomplexität, der Unüberschaubarkeit, der Hochgeschwindigkeit der Abläufe und der digitalen Selbstläufe nicht immer gelingt), sofern sie über genügend Macht und Geldmittel verfügen. Man muß kein Fachmann sein, um zu verstehen, daß die fahrlässigen Verlierer auf dem Finanzmarkt, wenn sie nur groß und mächtig genug sind, vom Staat, d. h. von der Allgemeinheit, aus dem Sumpf gezogen werden, den sie zu verantworten haben.

Auch auf die Risiken und unerwünschten Nebenwirkungen der Digitalisierung hatte Forrester bereits 1996 aufmerksam gemacht, auch sie haben in der Krise 2008 Bestätigung gefunden. Massenpsychologische Faktoren beeinflussen finanzwirtschaftliche Entwicklungen ganz erheblich. In gewissem Sinn ist „die Wirtschaft" halluzinatorisch geworden: Während von („wissenschaftlichen") Prognosen und („kalkuliertem") Risiko die Rede ist, „arbeitet" sie mit Hoffnungen und Einbildungen, mit Gerüchten, Phantasien und Ängsten. Mediatisierter Sport und Popkultur, die heutigen Glanzstücke jener Kulturindustrie, deren Anfänge einst Horkheimer und Adorno beschrieben, gehören ebenso zu den bevorzugten Einsätzen dieser ökonomischen Abläufe wie die digitalisierte Pornographie, der Handel mit privaten Daten und natürlich die Werbung, die nicht mehr nur dazu dient, Produkte an den Mann zu bringen, sondern selbst ein abgehobener Wirtschaftszweig geworden ist.

Wahrscheinlich ist es, um wirtschaftliche Prozesse zu verstehen, sogar besser, *kein* Fachmann und *keine* Fachfrau zu sein, weil man als Außenstehender Abstand hat und sich nicht so leicht in die durch die Digitalisierung verstärkte und zum Dauerzustand gewordene Hysterie hineinziehen läßt. Zumal die sogenannten Ökonomen, geht man nach ihren Kommentaren in Tageszeitungen, ohnehin nicht viel wissen. Glauben heißt nichts wissen (pflegte meine Großmutter zu sagen); die sogenannten Ökonomen sind selbst nur Spekulanten, die an diesem Psycho-Spiel teilnehmen, ob bewußt oder unbewußt, vorsätzlich oder nicht.

Ich bin in einer Zeit sozialisiert worden, in welcher der Marxismus im Schwange war. In meiner jugendlichen Wißbegierde habe ich mehrmals versucht, *Das Kapital* zu lesen; ich habe es nicht geschafft, bin nie über die ersten hundert Seiten hinausgekommen, konnte mir aber auch nicht eingestehen, daß diese Lektüre langweilig war (was, wie ich schon damals merkte, nicht für alle Marx-Schriften galt) und daß ich von dem Geschriebenen nicht viel begriff. Vielleicht wollte ich mehr begreifen, als es zu begreifen gab? Die Ehrfurcht verbot mir einen solchen Verdacht. Er beschleicht mich erst heute, vierzig Jahre später, nachdem mir alle Ökonomen, Marx nicht ausgenommen, suspekt geworden sind. Lese ich das Buch der Nicht-Ökonomin Forrester – tatsächlich ist mir nie auch nur eine einzige Ökonom*in*, keine Wirtschaftswissenschaftler*in* untergekommen* –, so erhärtet sich mein Verdacht, und ich beginne, dessen Gründe zu verstehen. Die so regelmäßig (wie Rankings) an die große Glocke gehängten, mit statistischem Eifer erarbeiteten Prognosen der Wirtschaftsexperten sind das Papier nicht wert, auf dem sie stehen, bzw. die Bildschirme, auf denen sie vorbeiziehen.

* Weil sich Frauen mehr von der Vernunft leiten lassen und für kindliche Kriegsspiele, die manchmal ernst werden, nicht soviel übrig haben?

Massenpsychologische Prozesse lassen sich mit den derzeitigen Mitteln ebensowenig vorhersehen wie eine Pandemie. Gefeit gegen deren Gefahren ist nur, wer sehr viel besitzt und seine Anlagen diversifiziert. Also die Superreichen. Das alte Lied.

Der Neoliberalismus – ich bleibe bei dieser Bezeichnung, weil sie sich eingebürgert und einen ganz bestimmten, gut handhabbaren Sinn akkumuliert hat, auch wenn die Definitionen und der Gebrauch nicht ganz einheitlich sind – der Neoliberalismus, der um 1980 als politisches Konzept die Bühne betrat und einen raschen Siegeszug erlebte und im Jahr 2020 die globalisierte Welt fest im Griff hat, verfolgte lange Zeit eine stille Strategie und hat sich damit durchgesetzt, parallel zur stillen Revolution der Digitalisierung und Vernetzung, deren um sich greifende Faktizität ebenso unangreifbar geworden ist. Auch darin hat Forrester recht: Der Neoliberalismus braucht keine Ideologie, keine Propaganda, sein Gehalt setzt sich via Massenmedien im Selbstlauf durch, senkt sich in Gehirne und Herzen, beherrscht schließlich das Denken und Verhalten der überwältigenden Mehrheit der Menschen und führt zu dem, was in Frankreich manchmal als *pensée unique* bezeichnet wird, als „Einheitsdenken“. Das Internet verstärkt und beschleunigt diesen Vorgang, indem es durch seine spezifische Technologie, durch seine automatisierte Wirkungsweise, Mainstreams und Filter – vulgo Scheuklappen – schafft.

4

Der Neoliberalismus übt im 21. Jahrhundert eine Hegemonie aus, die er sich nicht einmal erstreiten mußte, weil seine Postulate auf fruchtbaren Boden fielen, gerade so, als wären nicht Solidarität und Gemeinschaftssinn, sondern Profitgier und Eigensinn das Wesen des Menschen, so daß die Rede von dessen „Vermenschlichung" immer schon widersinnig gewesen wäre. Die wirtschaftliche Existenzform des Neoliberalismus hat sich mehr und mehr in globalisierte virtuelle Bereiche verlagert, die vom Leben der übrigen Menschen völlig abgehoben und diesen unzugänglich sind. Geld „macht" man nicht mehr in erster Linie mit der Produktion von Gütern (die in ärmere Länder ausgelagert und/oder automatisiert wurde), sondern an der Börse im Spiel mit dem Geld, das man unter Umständen gar nicht hat, sondern ausleiht, und dieses Machen vollzieht sich in digitalisierter Echtzeit, man setzt an einem Ort ein, zockt an einem anderen ab (oder verliert), alles in Windeseile, *à la vitesse de l'immédiat*, schwindelerregend für jeden Außenstehenden.

Schon im Jahr 2000 verglich der Informatiker Joseph Weizenbaum den Finanzkapitalismus mit einem einzigen riesigen Spielkasino, wo durch Spekulation Geldwerte in einem Umfang angehäuft werden, welche die Budgets der Staaten weit übersteigen: „Wir müssen uns vergegenwärtigen, daß die Regierungen und Banken der großen Nationen heute zusammen weniger Geld zur Verfügung haben als die international operierenden Spekulantenkreise." Hinzuzufügen wäre, daß das Börsenspiel die Akteure süchtig macht, so daß zwangsläufig immer größere Vermögen angehäuft werden und das System sich immer mehr verfestigt. Es gibt kein Entkommen! Gier ist keine ethische Kategorie, sondern psychoökonomisches Wesensmerkmal des Neoliberalismus, seine *conditio sine qua non*. Die Regierungen, so Weizenbaum weiter, hätten auf dieses Geschehen immer weniger Einfluß, die wirtschaftliche Stabilität einzelner Länder und, da sie alle vernetzt sind, der ganzen Welt könne daher schnell einmal ins Trudeln geraten. Genau das ist 2008 geschehen. Wir sind mit einem blauen Auge davongekommen, aber dem Finanzkapitalismus wirklich Grenzen zu setzen und ihn zu regulieren, davor sind die neoliberal denkenden Regierungen, welchen politischen Lagers auch immer, zurückgeschreckt.

Aus der Perspektive der Akteure, der Broker und Dealmaker*, stellt sich das mitunter so dar, daß sie der goldenen Falle, in der sie sich dumm und dämlich verdienen, nicht mehr entkommen können, genau wie jene Spieler, die in den Spielhallen Tag für Tag an Pachinkoapparaten und Slotmachines – „einarmige Banditen" sagte man früher – sitzen. „Die Belohnung ist hoch, aber unsicher, wodurch es immer spannend bleibt und du immer wieder von Neuem anfängst. Wenn das Geld erst einmal in deine Richtung strömt, ist es sehr, sehr schwer, die Finger davon zu lassen. Es gibt so viele Leute, die deinen Job wollen." Da der ganze Sektor durchdigitalisiert ist, könnte es sein, daß die Arbeit dieser armen reichen Männer (selten Frauen) über kurz oder lang von Algorithmen übernommen wird, die bessere Entscheidungen treffen und nicht anfällig sind für psychisch bedingte Schwächen. Aber wie man weiß, können in einem so komplexen, unüberschaubaren System auch kleinste Fehler gewaltige Wirkungen zeitigen und Krisen herbeiführen, die jene von 2008 übersteigen.

Das Zitat jenes Dealmakers stammt aus einem Buch von Joris Luyendijk**, der zwei Jahre lang an einer Reportage über

---

* Das Wort „Deal" mit seinem kommerziellen Beigeschmack ist in den letzten Jahren sagenhaft populär geworden und findet Anwendung auch abseits von Börsen und Banken.

** In seiner Reportage (*Unter Bankern*, Berlin 2015) wird die Frage aufgeworfen, ob die Finanzfirmen ihre eigene Organisation denn überhaupt soweit überblicken können, daß plötzliche Krisen wie 2008 in Zukunft vermieden werden können. Die Experten aus den sogenannten exakten

die Londoner City, also das Herz des europäischen Finanzkapitalismus, und deren retrospektiven Umgang mit der Finanzkrise 2008 arbeitete und mit hunderten Bank- und Börsenleuten sprach. Er äußert zu Beginn den Vorsatz, die Mechanismen und die jüngste Geschichte zu durchleuchten, um sich nicht mit dem üblichen Fingerzeig auf die unmoralische „Gier" der Menschen als Wurzel des Übels begnügen zu müssen, doch am Ende, nach zahllosen Hürden, die der grundsätzlich mißtrauische und verschwiegene Charakter der Banker errichtet und vom Leser zusammen mit dem Reporter überwunden werden, und nach ebenso zahllosen, selten vertrauensbildenden Treffen in meist exquisiten Lokalen, wo sich ein Normalsterblicher nicht einmal eine Vorspeise leisten könnte, hat man trotz allem den Eindruck, daß die Gier, die Sucht, das Immer-mehr-haben-Müssen, das Prinzip der Profitmaximierung (in marxistischem Jargon) das Um und Auf darstellt und die Mechanismen von den Akteuren selbst, die in ihnen gefangen sind, nicht richtig verstanden werden. Wobei das Hochkomplexe in letzter Instanz auch wieder sehr einfach ist, eben ein Spiel wie im Kasino, die Karten werden unermüdlich immer aufs neue auf den Tisch geworfen in der Hoffnung, daß sie im Handumdrehen viel mehr wert sein werden. Sind wir nicht alle so?

Freilich (sage ich zu mir selbst), ein Wesen des Menschen gibt es nicht, und sein Werden ist eine Hoffnung elitärer Minderheiten, denen die Bewohner der schnöden Wirklich-

---

Wissenschaften, die in der City ihre Brötchen verdienen – Luyendijk bezeichnet sie als „Mathe-, Chemie- und Physiknerds" –, stellen sich diese Frage tagtäglich, und werden sie befragt, kommen sie „sofort auf die Komplexität finanzieller Produkte und auf die Quants zu sprechen, die die Finanzwelt in den vergangenen Jahrzehnten bis zur Unkenntlichkeit verändert haben."

keit gern eine lange Nase drehen. Wenn man überhaupt von einem „Wesen" sprechen will, dann ist es erzeugt, manipuliert, den Einzelnen vermittelt, anerzogen, aufoktroyiert. Es ist historisch, also veränderlich, also gar kein Wesen. Die jahrzehntelang wiederholten Botschaften und Versprechungen des Neoliberalismus, beiläufig oder subliminal aufgenommen, haben im Verein mit oft unbeholfen wirkenden, zuletzt überflüssig gewordenen politischen Slogans das Bewußtsein der Massen, denen Freiheit zu allem und jedem bewilligt wurde, zutiefst geprägt (eine Freiheit, zu der sich nach und nach sanfte Kontrolle, Zwang zum kulturellen Mainstream und eine neue, ungeahnte Moralisierung gesellten). Die Werbeslogans im Dienst der Freiheit haben die Massen gleichgeschaltet. Es gibt keine Alternativen, lautet die Präambel der Doktrin. Es gibt nur ein Einheitsdenken. Die religionslosen Hedonisten der Konsumgesellschaft huldigen einer Geldreligion, von deren Existenz sie kein Bewußtsein haben. Die liberale Demokratie ist nicht mehr pluralistisch.

Ein solches Bild des vom Neoliberalismus geformten Menschen vermitteln jedenfalls die unzähligen Äußerungen, Kommentare, Einwürfe von meist anonymen oder pseudonymen Subjekten in Internetforen und Chatrooms, die wenigstens dieses eine Verdienst haben: Sie bieten einen Einblick in die Volksseele, wie er in solcher Massivität und Genauigkeit in prädigitalen Zeiten nicht möglich war. Einer der Endlosrefrains in diesen so oft „empörten" Kommentaren lautet: „Und *das* mit *meinem* (Steuer-)Geld." Der User oder Nutzer, also der heutige Massenmensch, tut so, als zerbräche er sich den Kopf des Finanzministers. Am liebsten möchte er gar keine Steuern zahlen, wie es ihm die von ihm verteufelten Internetkonzerne vormachen, Microsoft, Amazon, Uber …; er möchte sein Geld nicht hergeben für Raucher, die krank werden, für Kinder, die Bildung brauchen, für Eltern, die Kinder aufziehen, zumal wenn sie zugewandert sind, für Straßen, die er nicht benutzt, für Künstler, deren Werke er nicht versteht, für die armen Verwandten im Süden oder Osten (oder Westen oder Norden), die selbst sehen sollen, wie sie zurechtkommen. Jeder soll sehen, wie er allein zurechtkommt. Er, der prototypische User, kommt schließlich auch zurecht. Daher die Empörung: Und *das* mit *meinem* Geld! Was aber, wenn sich eines Tages doch ein unvorhergesehenes Unglück einstellt, nicht gerade Lungenkrebs, aber – sagen wir – Leberzirrhose? Ein Autounfall? Eine nicht selbstverschuldete Beeinträchtigung, an der auf jeden Fall andere schuld sein müssen? Dann nimmt er selbstverständlich Sozialleistungen in Anspruch, ihm stehen sie schließlich zu, er hat jahrelang in die Töpfe eingezahlt (behauptet er), aus denen sonst immer die anderen schöpfen. Neidgesellschaft: eine Ansicht der neoliberalen Ideologie.

5

Thomas Piketty hat neuerdings eine Menge Details zur Analyse und Kritik des heutigen Kapitalismus beigetragen und so die empirische Grundlage für Überlegungen gestärkt, die Forrester oft ein wenig obenhin anstellte.* Mit Zustimmung lese ich bei Forrester die Kennzeichnung des Neoliberalis-

* „Die Frage der Verteilung der Reichtümer ist zu wichtig, um allein den Ökonomen, Soziologen, Historikern und anderen Denkern überlassen zu werden", schreibt Piketty in der Einleitung zu *Das Kapital im 21. Jahrhundert*. „Sie interessiert jedermann, und das ist gut so." Diese Frage werde immer eine eminent subjektive und psychologische, politische, konfliktuelle Dimension haben, „die keine vorgeblich wissenschaftliche Analyse ruhigstellen kann. Zum Glück wird die Demokratie niemals durch die Expertenrepublik ersetzt werden."

mus als Denkform, oder besser gesagt: als Trojanisches Pferd, das sich unmerklich über die Jahre hinweg in die Gehirne, die Gewohnheiten, die Werte (und den Verzicht auf Werte), das zwischenmenschliche Verhalten eingeschlichen hat. Erst aufgrund dieser jahrelangen, mehr oder minder sanften, ideologiefreien Indoktrinierung wurde es möglich, daß Gestalten wie der Immobilienhai Donald Trump oder der Medienmogul Silvio Berlusconi ans Ruder der Staatsmacht kamen. Sie verkörpern jenes neoliberale Persönlichkeitsmodell, das weite Teile der Bevölkerung hochachten und dem sie nachstreben: Angeberei, Werbung in eigener Sache vor jedem Wahrheitsempfinden – das Gegenteil jener Bescheidenheit, die Abraham Lincoln, der derselben Partei angehörte wie Trump, auszeichnete, sofern man John Fords Film (und historischen Dokumenten) Glauben schenken darf.* Die nicht deklarierte Gewalt der neoliberalen Ideologie war „so effizient, daß sich die politische und wirtschaftliche Landschaft vor den Augen aller, doch ohne ihr Wissen, tiefgreifend veränderte, ohne daß dadurch ihre Aufmerksamkeit oder gar Sorge geweckt worden wäre." Die Rede ist von den achtziger und frühen neunziger Jahren des vergangenen Jahrhunderts. „Das neue planetarische Schema", fährt Forrester fort, „setzte sich unbemerkt durch und konnte so unser Leben beherrschen, ohne daß dies irgendjemandem auffiel, außer natürlich den ökonomischen Kräften, die es lanciert hatten".

Während der Lektüre habe ich mich daran erinnert, daß ich ähnliches schon anderswo gelesen hatte, rhetorisch ge-

---

* Vgl. dazu den während der Amtszeit Trumps erschienenen Beitrag des Rabbiners Menachem Genack für die Washingtoner Zeitung *The Hill* (*Learning from Lincoln: The importance of presidental humility*, 9.3.2020, auch im Internet).

bündelte Formeln dieser Art. Und bei wem? Da brauchte ich nicht lange in meinem Gedächtnis zu stöbern: bei Theodor W. Adorno natürlich. In seiner düsteren *Dialektik der Aufklärung*, deren radikaler Pessimismus geprägt ist durch die Erfahrungen von Weltkrieg und Judenvernichtung, die er und sein Freund Horkheimer mit der instrumentellen, technikorientierten Vernunft kurzschlossen, wie sie die beiden Emigranten in den USA vorfanden. Der unausgesprochene, aber umso wirksamere, alles durchdringende „Primat der Ökonomie" übe seinen strukturellen Zwang auf das Leben der Individuen aus, heißt es in den *Minima Moralia*, Adornos „Reflexionen aus dem beschädigten Leben" (so der Untertitel). Die Welt, schrieb Adorno damals, sei „das System des Grauens" – er meinte offensichtlich nicht eines von zwei oder drei Systemen (Kapitalismus, Kommunismus, Faschismus), sondern jede Art von Vergesellschaftung, gegen die sich nur die Individuen, die Einzelnen, erheben könnten; aber sie tun es nicht, weil sie dem ins Netz gehen, was Adorno zunächst als Kulturindustrie definierte und späterhin auch beschreiben und analysieren sollte. Die Ökonomie ist ins Geistige vorgedrungen und affiziert es, so daß es „unwesentlich", kontingent, bloßer Schein wird. Noch eine Weile später, nach Adornos Tod, wird diese Diagnose/Prognose durch jene Spaßindustrie und verallgemeinerte Ironie zur Vollendung gebracht werden, an der sich die meisten Intellektuellen mit Freuden beteiligt haben. Die plane Lüge oder ihre moralisch neutrale Form, die Ironie, wird zum Platzhalter der Wahrheit. Adorno dixit.

„Halt!", rufe ich bei so viel rhetorischem Schwung und gebiete auch mir selbst Einhalt. Hat nicht schon Karl Marx den Primat der Materie über das Bewußtsein, der Ökonomie über die Kultur diagnostiziert, oft sogar mit einer Art Zustimmung, wo nicht heimlicher Freude, schließlich war die Ökonomie jahrelang sein Forschungsgebiet. Eine gewisse Emanzipierung zeichnete sich auch innerhalb des Marxschen Denkens nur in einer sehr weit gezogenen Perspektive des utopischen Kommunismus ab: „Jeder nach seinen Fähigkeiten, jedem nach seinen Bedürfnissen!“, lautet das schöne Kindermärchen. Also gemach, gemach … Mag sein, daß die Wirtschaft bestimmt, was wir denken, aber wir können uns Freiräume bewahren und diese Beziehung, vielleicht sogar die Wirtschaft selbst, aktiv gestalten, beeinflussen, am Ende sogar: den Spieß umdrehen. Das Ergebnis wäre eine Politik, die sich dem Neoliberalismus nicht unterwirft, sondern ihm Grenzen setzt und Bereiche schützt, in denen er mehr Schaden anrichtet als Nutzen bringt, zum Beispiel im Gesundheitswesen (während der Pandemie gilt dies plötzlich wieder als selbstverständlich). Ich rede hier nicht von Revolution; beide Seiten, hier die Kultur, dort die Wirtschaft, wären selbständig und könnten koexistieren.

Davon sind wir aber weit entfernt, die Entwicklung ist seit 1996 in die Gegenrichtung verlaufen. Die Zwänge der Ökonomie sind seit der letzten Jahrhundertwende noch viel stärker geworden, die Freiräume enger, obwohl es mehr Möglichkeiten als früher gäbe, sie zu erweitern. Die rhetorisch vorgetragenen Prognosen Forresters haben sich erfüllt wie in der Nachkriegszeit Adornos Prognosen zur Kulturindustrie, und diese beiden Entwicklungsstränge hängen eng zusammen, im Grunde genommen sind es zwei Seiten einer Medaille, zusammen erzählen sie den Roman des Spätkapitalismus. Erst die Industrialisierung und Kommerzialisierung der Kultur hat es dem kapitalistischen System ermöglicht, den Zugriff auf die Einzelnen so lückenlos zu praktizieren, wie es heute der Fall ist, und das Alltagsleben zu einem Mix aus sanfter Kontrolle und schrankenloser Unterhaltung zu machen. *La vita è bella!*

6

Der springende Punkt in Forresters Darstellung ist das Spärlichwerden der Arbeit und der Unwille der mit dem Thema befaßten Institutionen, Massenmedien und Politiker, diese Tatsache anzuerkennen und ihr Rechnung zu tragen. Lieber tut man so, als sei die Arbeitslosigkeit ein vorübergehendes Problem, das man mit herkömmlichen Methoden lösen könne. Unterdessen suchen die Leute verzweifelt nach Arbeit oder sehen sich genötigt, so zu tun, als suchten sie danach, oder sie erfinden auf ihrem angestammten Posten eigentlich unnötige Arbeitsaufgaben, so daß sich der Streß, obwohl er abgebaut werden könnte, noch erhöht. Doch es wird Forrester zufolge auch in Zukunft viel zu wenig Arbeit und immer weniger davon geben. Wenig Arbeit jedenfalls im herkömmlichen, auf die Zeiten der Industriellen Revolution zurückgehenden Sinn. Auch wohlmeinende Politiker, denen das Schicksal der überflüssig Gewordenen ein Anliegen ist, halten an der Idee der Arbeit fest. Ursachen dieser Situation gibt es mehrere. Forrester nennt vor allem die Automatisierung, Roboterisierung und Digitalisierung – heute wären Künstliche Intelligenz, *deep learning* und Reproduktion intelligenter Maschinen hinzuzufügen –, deren gesellschaftliche Folgen man seit der Nachkriegszeit hätte vorhersehen können, hätte man die damals erschienenen Schriften des Kybernetikers Norbert Wiener ernstgenommen. Trotzdem beklagt Forrester das Verschwinden der Arbeit nicht grundsätzlich. Im Gegenteil, man könne und solle dies als Befreiung vom biblischen Joch – „im Schweiße deines Angesichts“ etc. – begrüßen; als Chance, endlich eine freie Gesellschaft zu errichten.

Schon Marx und Engels hatten die Verkürzung des Arbeitstags als Voraussetzung für echte Demokratie genannt; erst dann hätten die Arbeiter genügend freie Zeit, sich um die Angelegenheiten der Polis zu kümmern. Denkt man Foresters Ausführungen weiter, liegt das Heil, wenn es denn eines gibt, nicht sosehr in Arbeitszeitverkürzungen, wie sie in einigen europäischen Ländern gegen Ende des 20. Jahrhunderts tatsächlich durchgeführt wurden (inzwischen hat sich die Tendenz freilich wieder umgekehrt), sondern im bedingungslosen Grundeinkommen für alle, das es den Menschen ermöglichen soll, ihre Grundbedürfnisse zu befriedigen. Es ist zweifellos eine Ironie der Geschichte, daß nicht jene Länder, die im 20. Jahrhundert den Kommunismus zu verwirklichen versuchten und ihn dabei desavouierten, dieser Lösung näherkamen, sondern der fortgeschrittene, technologisch hochentwickelte Kapitalismus. „Jeder nach seinen Fähigkeiten, jedem nach seinen Bedürfnissen.“ Wer kreativ sein will, kann seine Kreativität gern ausleben, und wenn er Geld damit verdient, auch recht. Ein ausreichend dotiertes Grundeinkommen für alle würde die Vision von Marx und Engels in die Praxis umsetzen.

In der Schweiz wurde 2016 eine Volksabstimmung über die Einführung eines solchen Grundeinkommens abgehalten: 77 Prozent der Bürger, die sich daran beteiligten, waren dagegen. Immerhin gibt es immer wieder Vorstöße in diese Richtung; nach wissenschaftlichen Kriterien durchgeführte Experimente mit einer repräsentativen Gruppe von Personen über die Auswirkungen wären wünschenswert. In Finnland wurde ein solcher Versuch mit 2000 Testpersonen realisiert, doch die Ergebnisse sind nicht sehr aussagekräftig;

erstens deshalb, weil nur Personen ausgewählt wurden, die unmittelbar vor dem Experiment arbeitslos waren, und zweitens, weil die Auszahlung des Grundeinkommens befristet war, so daß sich wohl die meisten zwangsläufig mit der Frage des Danach beschäftigten und auf Arbeitssuche gingen, weil sie längerfristig gar keine Alternative hatten. Solche Versuchsanordnungen gehen in der Regel davon aus, ein wesentliches Ziel bestehe darin, die arbeitslosen Bezieher eines Grundeinkommens wieder in den Arbeitsmarkt einzugliedern. Wenn die Ergebnisse in dieser Hinsicht schlecht sind, wird der Schluß gezogen, die getestete Maßnahme sei eben doch nicht so sinnvoll. Aber der Sinn eines Grundeinkommens in Forresters und auch in meinem Verständnis besteht nicht darin, die Betroffenen in die Arbeitswelt zurückzuleiten. Diese Sicht der Dinge entspricht dem alten kapitalistisch-utilitaristischen, letztlich profitorientierten Denken sowie der volkstümlichen Haltung des „Nicht mit meinem Geld!", der Ablehnung von sogenanntem Schmarotzertum. In Forresters Sicht geht es darum, mit einer gesellschaftlichen Situation zurechtzukommen, in der die alte Arbeitswelt lädiert ist, deutlich schrumpft und tendenziell überhaupt verschwindet.

Die gewiß sehr ernst zu nehmende Frage, ob und wie ein solches Grundeinkommen finanzierbar wäre, diskutiert Forrester nicht. Sie ist bis heute umstritten, die Antworten unterschiedlich, viele zweifeln an der Realisierbarkeit. Daß damit hohe Sozialausgaben verbunden sind, ist klar; andererseits kann man aber auch die Auffassung vertreten, daß ein jahrelanges Laissez-faire noch höhere Kosten verursachen wird. In einer Internet-Diskussion zu diesem Essai*

* www.begleitschreiben.net/graeuel-der-gegenwart-6-11/

wies Gregor Keuschnig darauf hin, daß es in Deutschland durch das sogenannte Hartz-IV-Sozialprogramm (auch „Arbeitslosengeld II") ohnehin bereits ein System gebe, das einem bedingungslosen Grundeinkommen nahekomme. Diese Darstellung mag zutreffen. Verantwortungsbewußte Gesellschaftspolitik nähert sich schrittweise, in Dynamiken, die gar nicht von utopischen Ideen ausgehen, solchen Lösungen an.

Jenseits der Realisierungs- und Finanzierungsfrage bleibt indessen die Frage aufrecht und wurde bisher auch nicht in Ansätzen beantwortet, was die Menschen dann mit ihrer grenzenlosen Freizeit anfangen; ob sich die Bedeutung dieses Worts mit konkreten Inhalten, mit Bewußtwerdung und Kreativität füllt oder ob sich die Befreiten neuen Zwängen, Abhängigkeiten, Süchten, Konsumfetischismen unterwerfen, die sie als Freiheit erleben; und schließlich, wie man die Betroffenen systematisch und institutionell darin unterstützten kann, etwas Sinnvolles mit dieser Freizeit anzufangen. Der Kapitalismus nämlich, so Forrester, braucht die Überflüssigen nach wie vor, zwar nicht als Produzenten, aber als Konsumenten. Wäre es also doch sinnvoll, Bedingungen für den Bezug eines Grundeinkommens aufzustellen?* Zwar keine Leistungsnachweise, eher das Gegenteil davon: Streben nach mehr Bildung? Aufwertung der Volkshochschulen, Reform des alten Konzepts solcher Bildungseinrichtungen?

Ach! Dieselbe Idee äußerte Peter Sloterdijk schon 1984... Wie auch nicht, hatte er doch in seiner *Kritik der zynischen Vernunft* der zwanghaften und arroganten Emsigkeit, die

---

* Gregor Keuschnig zweifelt daran: „Es besteht einfach mehrheitlich in dieser Klientel wenig bis kein Interesse an Theater, Konzerten oder Museen. Mit Zwängen wird man auch nicht weiterkommen – man kann Bildungsangebote nicht vorschreiben ..."

sich wie ein roter Faden durch die abendländische Geistes- und Gesellschaftsgeschichte ziehe, eine „kynische", d. h. entspannte, heitere, besitz- und arbeitslose Lebensweise entgegengesetzt, eine romantische Utopie, die in deutschen Landen jener Taugenichts verkörpert, den der Dichter Joseph Eichendorff der Literatur schenkte. In einer Pause meiner anstrengenden Schreibarbeit habe ich in alten Tagebüchern geblättert und bin alsbald auf einen Eintrag gestoßen, in dem ich einen Vortrag Sloterdijks resümiere, den ich am Vorabend im Radio gehört hatte. Sloterdijk sehe eine arbeitslose Gesellschaft heraufkommen, lese ich da, die Mehrheit der Bevölkerung werde „vor den Toren der Arbeitswelt" lagern und nicht eingelassen werden. In dieser Situation gelte es, erträgliche Lebensformen für die Ausgesteuerten zu entwickeln. Sloterdijk glaubt sie in einer „Allianz von Heilkunst und Lebenskunst" zu finden, und auch „neureligiöse Gruppen" hätten neben den postmodernen Kynikern das Ihre dazu beizutragen. Strukturelle Arbeitslosigkeit als Chance, ein ganzes Heer von heiteren Lebenskünstlern heranzubilden! Ein Volk von grundversorgten Taugenichtsen! Wunderbar … Die Wirklichkeit, das muß man 37 Jahre nach jenem Datum leider auch Sloterdijk entgegenhalten, spricht eine andere Sprache, die Mehrheit will von Kunst und Therapie überhaupt nichts wissen, am ehesten noch von Esoterik. Aber so ist das nun mal mit der Romantik, sie widerspricht den Gegebenheiten, ihr Reich ist die Phantasie.

In der japanischen Normalität, in der ich lebe, beobachte ich täglich den Widerspruch zwischen struktureller Arbeitslosigkeit und unverdrossenem Arbeitsethos, an dem nicht einfach nur festgehalten wird, das man vielmehr, je länger die „Krise" dauert – und wie es aussieht, wird sie endlos dauern, falls ihr nicht eine Katastrophe ein Ende setzt –, umso mehr verschärft. Statt sich in diesem reichen Land damit zufriedenzugeben, daß für viele Produktions- und zunehmend auch Verwaltungs- und Dienstleistungsabläufe immer weniger Arbeitszeit und Arbeitskraft (einschließlich geistiger Arbeitskraft) erforderlich ist, erfindet *man*, d. h. nicht „das System“, sondern die Masse der Angestellten, angeblich notwendige oder vorteilhafte, tatsächlich aber sinnlose, wirkungslose, nicht selten sogar störende Arbeiten, einerseits aus Gewohnheit, in einem Automatismus, der die Parkinsonschen Gesetze zu bestätigen scheint („work expands so as to fill the time available for its completion“), andererseits aus Angst vor dem weltweit umgehenden Gespenst der Arbeitslosigkeit. Ist der Arbeitsplatz bedroht, tut der Arbeitende so, als hätte er ungeheuer viel zu tun, und sucht sich Tätigkeiten, die angeblich dringend ausgeführt werden müssen. Die Vorgesetzten fordern in einem fort Verbesserungen von Dienstleistungen aller Art, die faktisch aber für die Betroffenen – Kunden ebenso wie Firmenpersonal – neue Belastungen darstellen. Obwohl uns so viele Lasten von elektronischen oder elektronisch gesteuerten Maschinen abgenommen werden, haben wir alle immer weniger Zeit. Wir verlieren diese Zeit mit ungeahnten Lappalien, in der Arbeit ebenso wie in der Freizeit. Das kommunistische Paradies, von dem Fourier, Marx und Forrester träumten, will sich einfach nicht verwirklichen lassen – im Gegenteil, es rückt in immer weitere Fernen.

Die wirtschaftliche Mindestsicherung könnte bei den Individuen Energien freisetzen, so daß sie schöpferisch tätig würden, sich ohne äußere Zwänge fortbildeten, ihre Fähigkeiten in den Dienst dieser oder jener guten Sache stellten und sich nicht zuletzt an der *res publica*, an Bürgerinitiativen, Wahlen, Kultureinrichtungen, beteiligten. Der Begriff der Arbeit selbst würde sich ändern; Arbeit würde für den Einzelnen keine Mühsal und kein Joch mehr bedeuten, sondern die Möglichkeit für jeden Einzelnen, sich frei zu verwirklichen. Auch dieser Gedanke findet sich schon bei Marx: Durch fortwährende Bildung, durch Arbeit an mir selbst und schöpferische, autonome Tätigkeit werde ich zu dem, der ich sein kann. Ich entfalte sämtliche Fähigkeiten, die in mir angelegt sind. Die allseits oder wenigstens *vielseits* gebildete Persönlichkeit, eine alte humanistische, in die griechische Antike zurückreichende Idee, war im „realen Sozialismus" zu einer Floskel verkommen. In der DDR wurde dieses Ideal (mitsamt dem einhergehenden Glück) gesetzlich verordnet: „Das Ziel des einheitlichen sozialistischen Bildungssystems ist eine hohe Bildung des ganzen Volkes, die Bildung und Erziehung allseitig und harmonisch entwickelter sozialistischer Persönlichkeiten, die bewusst das gesellschaftliche Leben gestalten, die Natur verändern und ein erfülltes, glückliches, menschenwürdiges Leben führen." Klingt gut, oder? Verwirklicht wurde das Ideal nicht, und wenn, dann am ehesten im Widerstand gegen diese allzu wirkliche sozialistische Gesellschaft. Nach deren weltweitem Ende und dem Sieg des neoliberalen Kapitalismus (nicht nur in Rußland, sondern auch in China) fällt es schwer, an den „guten Menschen" zu glauben.* Kann er unter den Bedingungen von Konsumismus und kommerzieller Konkurrenz, von digitalisiertem Egoismus und allgegenwärtiger Kulturindustrie denn irgendeine Zukunft haben? Menschenmas-

* Ein Land wie Kuba hat bis heute ein erstaunlich hohes kulturelles Niveau. Es fragt sich aber, ob dies wegen oder nicht eher trotz des kommunistischen Gesellschaftssystems der Fall ist. Die kulturelle Blüte Kubas begann jedenfalls lange vor der Revolution Castros und Guevaras.

sen strömen in den Louvre, um die *Mona Lisa* zu sehen bzw., da die Masse ein konzentriertes Sehen unmöglich macht, um ein T-Shirt, ein Tüchlein, einen Schlüsselanhänger, einen Kugelschreiber, eine Puppe, was auch immer, aber mit dem Label „Mona Lisa" versehen, im Museumsshop zu erwerben. Gleichzeitig gibt es für klassische Konzerte, in der alten Musikstadt Wien zum Beispiel, kein heimisches Publikum mehr, Bildungssendungen sind aus dem Fernsehen verbannt (es würde sie auch niemand ansehen), die Schulen legen auf *Aneignung* von Wissen keinen Wert mehr, sie wollen nur noch *testen*, um die Konkurrenzfähigkeit zu sichern und Vergleichbarkeit für den Konkurrenzkampf auf dem Arbeitsmarkt herzustellen. Die vielseitig gebildete Persönlichkeit, für welche die letzten technologischen Revolutionen die besten Entwicklungsbedingungen geschaffen haben (in jedem Smartphone ist das gesamte Weltwissen einschließlich Reproduktionen der *Mona Lisa* vorhanden), gehört der Vergangenheit an.

Genau das, so mein Eindruck, war die Sorge von Madame Forrester an ihrem Lebensabend. Aber vielleicht ist es nur meine eigene Sorge, denn Forrester scheint von der Realität des guten Menschen auszugehen. Die Leute, so verstehe ich ihre Ausführungen, sind jahrzehntelang mißbraucht und irregeführt worden. A priori haben sie an ihrer Befreiung ein gewissermaßen natürliches Interesse, doch der Neoliberalismus hat leider ihre Gehirne vernebelt. Resignation hat sich breitgemacht. Dagegen müßte man angehen. Aber wie? Indem man Bücher schreibt? Bestseller wie *Der Terror der Ökonomie*? Allein die Gruppe derer, die freiwillig Bücher lesen, ist, Bestseller hin oder her, eine verschwindende Minderheit geworden, und unter den Lesern kommen wenige über *Harry Potter* hinaus.* Die digitale Revolution hat auch daran ihren Anteil von Schuld.

7

Unter der Hand habe ich begonnen, Eigenschaften zu berühren, die mich an Forresters Essay stören. Muß das sein? Daß ich keine Rezensionen mehr schreibe**, sollte mich eigentlich von dem (Selbst-)Zwang erlösen, an Texten herumzumäkeln, die ich im großen und ganzen ziemlich gut finde. Aber vielleicht habe ich damals das Kind mit dem Bad ausgeschüttet und es ergeben sich aus derlei „Kritik" ja immer wieder mal ein paar produktive Gedanken.

Ça m'intrigue, wie der Franzose sagt. Dies und jenes macht mich stutzig. Zunächst mehr die Ausdrucksform als einzelne Aussagen oder Argumentationslinien. Wird überhaupt argumentiert? Nein, meistens nicht. Vielmehr: Die Rede ergießt sich. Muß man argumentieren? Nicht unbedingt. *Der Terror der Ökonomie* ist ein sehr rhetorisches Buch; Rhetorik verstanden als Neigung, stets den Effekt des Gesagten zu suchen. Inhalte werden nicht im Textverlauf entwickelt, sie stehen vorher fest und werden mit großem sprachlichem

---

* Über die Harry-Potter-Bücher rümpfe ich nicht mehr die Nase, seit ich George Steiners Einschätzung hinsichtlich der komplexen Syntax und des reichen Wortschatzes dieser Romanserie gelesen habe. Freilich, Steiner bedauert auch, daß die Leser von *Harry Potter* nicht über diese Lektüre hinauskommen. J. K. Rowling könne sich den Welterfolg selbst nicht erklären, bemerkt Steiner und fragt sich, ob Kinder, die *Harry Potter* gelesen haben, danach zu den Klassikern übergehen: *Die Schatzinsel*, *Gullivers Reisen*, *Oliver Twist* usw. Die Antwort ist „nein", wie Untersuchungen von Literatursoziologen ergeben haben.

** Federmair: *Kleine Ökonomie der Geschmacksbildung*, in: Neue Zürcher Zeitung, 24.6.2016; eine längere Fassung in www.begleitschreiben.net unter dem Titel „Warum ich keine Literaturkritik mehr schreibe".

Aufwand formuliert, wiederholt, variiert. Das ist der Grund, weshalb Forrester syntaktische Positionen ständig mehrfach besetzt. Eine solche Schreibweise nenne ich „rhetorisch", oder auch „barock". Dieses Barocke entfaltet sich in einem seltsamen Widerspruch zur Härte und Direktheit der vorrangigen Aussageintention, die eine – ich würde nicht sagen Kritik, sondern Denunziation des Neoliberalismus anstrebt. Diese Denunziation wird in zahllosen Anläufen verfolgt: Das Buch belagert mit sprachlichen Mitteln eine Festung, die in der Wirklichkeit, also mit politischen Mitteln, unüberwindlich scheint.

So werden zum Beispiel an einer Satzstelle drei Nomen gereiht (Kybernetik, Automatisierung, revolutionäre Technologien) und, im Prädikat, zwei Verben (sich davonstehlen, sich verschanzen). In derselben Passage wird der Parasit, zu dem die handfeste „Welt der Arbeit" gegenüber der digital-virtuellen Welt geworden ist, durch vier Nomen charakterisiert: 1. durch sein Pathos, 2. durch den Ärger, den dieser Parasit macht, 3. durch seine störenden „Katastrophen" und 4. durch die irrationale Hartnäckigkeit, mit der er auf seiner Existenz besteht, statt einfach zu verschwinden. (Hinter dieser parasitären Arbeitswelt verbirgt sich „der Arbeiter", aber auch der Arbeitslose und letztlich – der Mensch.) Darauf folgen weitere Sätze, die überhaupt nur noch Nomen reihen, ohne prädikative Verklammerung: Nutzlosigkeit, mangelnde Widerstandskraft, Harmlosigkeit … Und so weiter, ich könnte jede Menge Beispiele bringen.* Eine Anzahl von ungefähr

* Diese Art der Häufung und Reihung ist in der deutschen Barockdichtung sehr verbreitet. Zum Beispiel in einem berühmten Gedicht über den Krieg, *Thränen des Vaterlandes* von Andreas Gryphius: „Der frechen Völcker Schar, die rasende Posaun / Das vom Blutt fette Schwerdt, die donnernde Carthaun / Hat aller Schweiß und Fleiß und Vorrath aufgezehret."

gleichbedeutenden Eigenschaften wird wiederholt, um Nachdruck, Empörung, manchmal auch Mitgefühl zu erzielen. In weiterer Folge wiederholen sich dann auch die inhaltlichen Blöcke, die Aussageform wird tautologisch. Das Buch ist wenig strukturiert, nicht in Kapitel unterteilt; was schon zu Beginn vorgebracht wurde, findet man in Variationen auch in der Mitte und am Ende.

Solche Rhetorik gipfelt mitunter in Slogans, die der Sprache der Werbung entstammen könnten, obwohl auch sie im Kampf gegen Ökonomisierung und Kommerzialisierung eingesetzt werden. Die Werbewirtschaft, untrennbar mit der Kulturindustrie verwoben, ist im digitalen Zeitalter noch einmal stärker geworden: Es herrscht ein täglicher Krieg um die Aufmerksamkeit und die Daten der Konsumenten, und an diesem Krieg verdienen sich die sogenannten Internetriesen goldene Nasen, ohne dafür Steuern zu zahlen: sie sind ja globalisiert, beweglich, nicht lokalisierbar. Verschwiegen und verdeckt wird von der neoliberalen Ideologie, so Forrester, das Elend der Ghettos in den USA, das Menschengewimmel in den Slums von Manila, der Favelas von Rio de Janeiro, der Townships von Johannesburg. Postkoloniale Formeln bestärken das, was Globalisierungskritiker ohnehin wissen; Zweifel, Gedankenexperimente, aber auch Ursachenanalysen haben in Forresters Text keinen Platz. Der Leser muß eines der beiden Lager wählen, pro oder kontra. Alles, was als Unsicherheit ausgelegt werden könnte, wird von der Rhetorik aus dem Diskurs ausgesperrt.

Eine sehr einfache Satzstruktur („X hat Y aufgezehrt“, S-V-O), allerdings mit vier Subjekten und drei Objekten. Auch hier könnte ich zahllose Beispiele nennen. In der französischen Lyrik des 17. Jahrhunderts finde ich weniger davon, vermutlich aufgrund der Dominanz des Klassizismus und des Fortwirkens der Renaissance-Dichtung (Ronsard, Du Bellay).

Im Unterschied zu französischen Soziologen wie Didier Eribon oder Édouard Louis, beide durch Pierre Bourdieu geprägt, nennt Forrester keine wirklich lebenden Personen und keine konkreten Fallbeispiele (bei Louis könnte man diskutieren, wo die Fiktion beginnt und die Dokumentation aufhört, die Differenz ist da hauchdünn). Forresters Subjekte und ebenso ihre Gedankenfiguren sind entschieden abstrakt.* „Die Hungernden" – wer das ist, wie ihre Lebensbe-

---

* Ähnlich verfuhr einst Ernst Jünger in seinen „metaphysischen" Typus-Beschreibungen. Durchgehend atmet man hier (wie dort) die dünne Höhenluft der Abstraktion. „So gibt es keinen Maschinenmenschen; es gibt Maschinen und Menschen – wohl aber besteht ein tiefer Zusammenhang zwischen der Gleichzeitigkeit neuer Mittel und eines neuen Menschentums. Um diesen Zusammenhang zu erfassen, muß man sich allerdings bemühen, durch die stählernen und menschlichen Masken der Zeit hindurchzusehen, um die Gestalt, die Metaphysik, zu erraten, die sie bewegt." Jünger dixit. In *Der Arbeiter* versucht Jünger, die Transformation in eine quasi-soldatische Arbeitsgesellschaft nachzuzeichnen. Diese Transformation könnte man auch als Auflösung der Arbeit (im herkömmlichen Sinn) interpretieren. Die Maschinen werden früher oder später unabhängig vom Menschen funktionieren, sie brauchen ihn nicht mehr. Interessant die folgende Reflexion aus einem seiner Tagebücher, die geistige, nicht körperliche, Arbeit zum Ausgangspunkt hat. Die Lage des „Einzelwissenschaftlers" habe sich sehr verändert, d. h. „sich der des Arbeiters angeglichen, der hinter der Maschine steht. Der Mensch ist aus dem Werk herausgetreten, das autonom geworden ist, und wird nun immer ersetzbarer und entbehrlicher. Man kann ihn auswechseln wie einen Maschinenteil, und auch die Ergebnisse, zu denen er gelangt, sind außer ihm geboren und instrumentieren den Vorgang mehr, als daß sie in ihn eingriffen. Die Unentbehrlichkeit des Menschen schwindet mit seiner Originalität und damit auch der Respekt vor ihm." Yuval Noah Harari hat seinen Bestseller mit „Homo Deus" betitelt, doch im Schwung seiner Begeisterung über technische, elektronische Fortschritte entpuppt sich eher die Überflüssigkeit des Menschen, zum Beispiel in der Medizin: „The training of a human physician is a complicated and expensive process that lasts years, and in the end, all you get is one doctor. If you want two doctors, you have to repeat the entire process from scratch. In contrast, if and when you solve the technical problems which are still hampering AI from displacing most doctors, you will get an infinite number of doctors, available 24/7 in every

dingungen aussehen, wie sie ums Überleben kämpfen, erfahren wir nicht. Besonders häufig beschwört sie „die Jungen“ – *les jeunes* – der Banlieues. Bei aller Rhetorik ist klar, daß Forrester ein gutes Sensorium für bevorstehende Entwicklungen besaß und den Aufruhr in den nördlichen Vorstädten von Paris, die sinnlose Gewalt, den Vandalismus (brennende Autos, aber auch brennende Schulen), die Repression durch die Polizei vorhergesehen hat. Was sie sich Mitte der neunziger Jahre nicht vorstellen konnte, war der islamistische Terror, der ebenfalls in den heruntergekommenen, perspektivlosen Vorstädten seine sozialen Wurzeln hat.

Die angesprochene Abstraktheit zeigt sich in manchen Passagen als Oberflächlichkeit, insofern die Autorin dies und jenes immer wieder nur streift, statt sich gedanklich und nachforschend darauf einzulassen. Man sieht das etwa an Vergleichen, die nicht erhellend wirken, sondern Bildungsgut an den sprichwörtlichen Haaren herbeiziehen. So vergleicht sie etwa die spärlich gewordene Arbeit mit dem Gral, nach dem alle suchen (Forrester bringt ihn seltsamerweise mit den Nibelungen in Verbindung). Nicht viel überzeugender ist der Vergleich mit Flauberts Romanheldin Emma Bovary, die vergeblich nach der wahren Liebe sucht. Arbeit als religiöser Kultgegenstand und erotisches Objekt der Begierde … Vermutlich wollte uns Forrester damit sagen, daß Ar-

corner of the world.“ (Ein ähnliches Ergebnis könnte man durch Klonen erzielen.) Harari hatte in diesem Interview zuvor die Abläufe computergestützter medizinischer Diagnosen und Therapien geschildert und sich dabei ausschließlich auf Datenmengen, Vergleich und Korrelationen bezogen. Daß es spezifisch menschliche und durchaus nützliche Fähigkeiten eines Mediziners jenseits des Rechnens, das Computer natürlich besser können, gibt, bleibt dabei außer acht. Korrelationen sind nicht dasselbe wie Zusammenhänge. Aber es stimmt schon, die Revolution des *deep learning* hat gerade erst begonnen.

beit umso mehr (und umso verzweifelter) geheiligt wird, je weniger davon vorhanden ist. Eine Aussage, die die Wirklichkeit des 21. Jahrhunderts durchaus bestätigen wird.

Auf der einen Seite eine Art Lyrismus, wenn es darum geht, das (abstrakte) Dasein der Opfer, also der Arbeits- und Aussichtslosen, zu beschreiben. So etwa in der (rhetorischen) Abwandlung des Ausdrucks *no man's land* zu „Gegend der Nicht-Menschen" – gemeint ist die Entmenschlichung durch den Neoliberalismus – und schließlich zu *terrain vagues, ô combien!* („ach wie heftig schwankender Boden!", ungefähr so müßte das auf deutsch klingen). Forrester sieht sich bemüßigt zu unterstreichen, daß diese Bewohner des Niemandslandes, sprich: der Banlieues, daß also die *banlieusards* und *zonards*, wie sie im Jargon genannt werden, keine Engel sind und daß die dort verbreitete Kriminalität, meist in Zusammenhang mit illegalen Drogen, nicht zu leugnen sei. Doch die Konturen des entmenschlichten Subjekts bleiben so nebulös, daß die kraftvolle rhetorische Dynamik immer wieder in weicheren Lyrismus driftet.

Auf der anderen Seite, denn es handelt sich um einen Kampf, bei dem immer noch und immer wieder das Menschenrecht (oder besser: die Menschenwürde?) erkämpft werden soll – auf der anderen Seite die Ironie, der schwarze Humor, ja, eine gewisse Tendenz zum Zynismus, wenn es darum geht, die zerstörerische, menschenverachtende, letztlich menschenvernichtende Gegenwart des Neoliberalismus zu geißeln: „Künftig haben wir die Wahl zwischen der Entscheidung – *à la carte!* –, ob wir die Arbeitslosigkeit der extremen Arbeit vorziehen oder die extreme Armut der Arbeitslosigkeit. Dilemma! Nachher dürft ihr euch nicht beklagen, schließlich seid ihr es, die gewählt haben. Aber keine Sorge, ihr bekommt sowieso beides. Schließlich gehört beides zusammen." Das könnte man einfacher sagen: Die neoliberale Ökonomisierung bringt den Menschen Arbeitslosigkeit und damit Armut. Die Rhetorik erscheint hier als Akt des Widerstands, der sich im sprachlichen Surplus äußert. Freilich kann man auch hier wieder fragen: Wer sind sie eigentlich, diese extrem Armen? Sicher nicht Viviane Forrester und die Ihren. Und auch nicht die Drogenhändler jener „Zonen", die sich eine alternative, wenngleich kriminelle Arbeit gefunden haben und in einer alternativen Kultur (genannt Rap) leben, deren Künstler allesamt nach dem Mainstream der Kulturindustrie schielen, weil auch sie das große Geld machen wollen (und manch ein Rapper hat es ja gemacht).

Forrester stellt sich diese Frage nicht, da sie die konkrete Erfahrungswelt nicht berührt. Sie unterschlägt, daß in all diesen Jahren zwar die Ungleichheit der Einkommen gewachsen ist, aber trotz allem auch die Sozialleistungen gestiegen sind und ein beträchtlicher Teil der Bevölkerung über ein Vermögen verfügt. Piketty weist darauf hin, daß zwar die Einkommen der abhängig Arbeitenden stagnieren, aber die angehäuften Vermögenswerte so hoch sind wie nie zuvor, und das betrifft nicht nur die Besitztümer der Superreichen. Trotz allem geht es uns, in den westlichen Ländern, besser denn je. Fakt ist nicht die extreme Armut, sondern deren Gespenst, also die Angst vor ihr. Angst vor dem Abstieg und Absturz. Diese Angst läßt viele Angehörige der Mittelklasse rechtsextreme Parteien und Persönlichkeiten wählen. Was aber Forresters Ironie betrifft, so wandelt sie sich zur Entrüstung, die in Feuerwerken von Ausrufe- und Fragesätzen gipfelt. Der Stil, obwohl durchaus gepflegt, paßt zur Empörungs(un)kultur, wie wir sie heute erleben. Man könnte nun einwenden, Stilfragen seien bei einem Buch, das in erster Linie und mit Leidenschaft ein politisches Anliegen verficht, zweitrangig.* Madame Forrester habe diese Mittel gewählt, um ihre Botschaft an den Mann zu bringen (was ihr hervorragend gelungen ist, das Buch wurde in mehr als dreißig Sprachen übersetzt). Also gut, wenden wir uns den Inhalten zu!

8

Ein erster Zweifel beschlich mich während der Lektüre an einer Stelle, wo es die Autorin für ausgemacht nimmt, daß neue Technologien Arbeitsplätze vernichten. Könnte es nicht sein, daß sie althergebrachte, oft schwere oder langweilige, geisttötende Tätigkeiten überflüssig machen oder Maschinen überantworten, während sie unter Umständen andere, neue, angenehmere Arbeitsmöglichkeiten schaffen? Manche Arbeitssoziologen kommen zu diesem Schluß, doch ob die neuen Möglichkeiten für die gesamte Gesellschaft ausreichend sein werden, darüber gehen die Meinungen auseinander („Maschinen schaffen mehr Jobs als sie vernichten“, titelte die *Süddeutsche Zeitung* unlängst). Gewiß, ein altes, nie zur vollen Zufriedenheit eingelöstes Versprechen; immerhin gibt es zahlreiche Beispiele dafür, daß es in Ansätzen verwirklicht werden kann, denn schließlich stellen Supervision und Entwicklung von Maschinen eine neue Art von Arbeit dar, die vorerst nur von Menschen geleistet werden kann.

---

* Olivier Betourné, der Verleger Forresters (Éditions du Seuil), hebt jedoch anläßlich der Veröffentlichung des Fragments *La Promesse du pire* kurz nach ihrem Tod die Originalität und Kraft ihres Stils hervor, *la puissance du style*, sicher zurecht. Es war nicht zuletzt diese Sprachmächtigkeit, auf die es ihr ankam.

Nach langen, gewundenen Wegen, auf denen Forrester das Verschwinden der Arbeit und des Arbeiters beklagt und geißelt, aber auch begrüßt und ein Umdenken fordert, eine politische Ethik, deren Fundament eben *kein* Arbeitsethos wäre, sondern … (sobald sie zur Frage nach Alternativen kommt, wird ihr Diskurs dünn), stößt sie einmal auch auf die Figur des Konsumenten. Der Kunde ist König, KK-Prinzip: Die scheinbar überflüssig gewordenen Menschen haben doch noch eine Rolle zu spielen. „Konsumieren, unser letzter Ausweg" – eine ironische Floskel, *notre dernier recours*, mit der Forrester rasch zur Hand ist, ohne zu bedenken, daß der steigende Konsum eben auch neue Arbeitsplätze schaffen könnte. Sie stellt sogar die Frage, wie Verarmung und Konsumismus denn zusammenpassen, geht ihr aber nicht weiter nach, sondern verbucht sie als Inkongruenz. Der Konsument verschwindet alsbald wieder aus dem Buch; sein Auftritt war kurz gewesen (während er in der Wirklichkeit der reichen Länder und sogar von weniger reichen wie etwa Mexiko ziemlich dauerhaft und alltäglich ist). Die über die Jahrzehnte stets neu formulierte, nie gelöste Frage, ob es besser sei, den Gürtel enger zu schnallen und die Wirtschaft zu sanieren oder die Einkommen zu erhöhen, um den Konsum anzukurbeln und so die Produktion zu stärken und am Ende neue Arbeitsplätze zu schaffen, kommt bei Forrester gar nicht vor. Die immer erneuten Antwortversuche der Politiker und Ökonomen gleichen dem Spiel einer Waage, das ein endloses Austarieren, eine nie ganz erfolgreiche Suche nach dem Gleichgewicht darstellt. Ein einziger Blick in die realen Einkaufszentren und die Kundenforen des Internets sagt uns, daß ein erheblicher Teil der Leute immer noch über ziemlich viel Geld verfügt und diese virtuellen oder reellen Plätze als Ersatz für die im globalen Westen leer gewordenen oder ganz verschwundenen Kultstätten fungieren. Damit könnte man ja auch zufrieden sein, oder? Jeder strebt nach seinem eigenen Glück, wie es das vernunftkonforme Grundgesetz fordert.

Eine politisch engagierte Schrift wie *Der Terror der Ökonomie* benötigt, um einen festen Standort für ihre Kritik zu haben, ein revolutionäres Subjekt, oder zumindest eines, das den sozialökonomischen Entwicklungen Widerstand entgegenzusetzen in der Lage ist. Für Karl Marx und später für die Kommunisten und Sozialisten des 20. Jahrhunderts war das die Arbeiterklasse. Forrester blickt den realen Tatsachen wie auch der logischen Konsequenz ihrer Argumentation ins Auge, daß mit dem Ende der Arbeitsgesellschaft jene Klasse sich auflöst und früher oder später ganz verschwindet. Dieselbe Konsequenz läßt Didier Eribon in seiner theoretisierenden Familiengeschichte *Rückkehr nach Reims* walten, wo er den Wandel der politischen Präferenzen des Arbeitermilieus gegen Ende des 20. Jahrhunderts hin zum Rechtsextremismus nachvollzieht. Eribon macht sich selbst Vorwürfe, als intellektueller Homosexueller dieses Milieu jahrelang verleugnet zu haben (dieselben Vorwürfe mußte sich die Demokratische Partei nach der US-Präsidentschaftswahl 2016 gefallen lassen). Eribon sieht aber nicht, oder jedenfalls nicht mit der nötigen Klarheit, daß diese ganze Geschichte der Vergangenheit angehört. Trotz aller Wut und Härte hat seine Erzählung etwas Nostalgisches. Nicht nur er selbst, auch viele Familienangehörige seiner Generation sind längst in anderen Sektoren tätig, vor allem im Dienstleistungsbereich. Aber dafür interessiert sich Eribon nicht weiter, er erwähnt es nur nebenbei. Ebenso könnte man der Demokratischen Partei in den USA zu verstehen geben, daß mit den deklassierten Resten der „weißen“ Arbeiterschaft des Mittleren

Westens auf längere Sicht ohnehin kein Staat zu machen ist.

Forrester heftet ihren (abstrakten) Blick auf die Jungen, die *désœuvrés*, die Ausgesteuerten – oft sind es Zugewanderte oder Kinder von Zugewanderten, in Frankreich häufig aus Nordafrika, dem Gebiet der ehemaligen Kolonien. Allen Ernstes meint sie, daß diese jungen Leute „prädisponiert" seien für geistige Bildung, da sie ja genügend Zeit hätten. Und wo intellektuelle Umtriebigkeit herrscht, dort kann man Forrester zufolge auch Widerstand und Veränderung erwarten. Liest oder hört man Interviews mit jungen Drogenhändlern aus jenen Zonen (etwa im Norden von Marseille), so wird einem klar, daß es dort Schattenwirtschaften – kapitalistischer Natur, versteht sich – gibt, in denen sehr viel Geld zirkuliert. Diese *jeunes* sagen freiheraus, daß sie mit Drogenhandel und anderen Tätigkeiten in diesem Milieu ein Vielfaches von dem verdienen, was ihnen eine reguläre Arbeit einbringen würde. In den von Forrester ebenfalls, wenngleich nur sehr flüchtig erwähnten Slums von Lateinamerika, in den *favelas* von Rio und *villas miseria* von Buenos Aires, sind billige Drogen von schlechter Qualität das tägliche Brot der Bevölkerungen (es gibt dort, was oft übersehen wird, einen beträchtlichen „Binnenkonsum"). Die Politik von „Sozialplänen" linker Regierungen, mit denen ein paar Krumen vom großen Kuchen verteilt werden, ändert an diesen Verhältnissen nichts, sondern zementiert sie. Wenn ganze Stadtviertel drogenabhängig sind, wird es schwer sein, sie zu geistiger Bildung, sozialem Engagement oder demokratischer Partizipation aufzumuntern. Theoretisch betrachtet könnte hier nur eines Abhilfe schaffen: eine plötzliche, schlagartige Legalisierung aller Drogen, und zwar weltweit. Doch die Chancen, daß dies geschieht, sind annähernd null. Und selbst wenn es geschähe, die Prolo-Viertel europäischer

Städte bieten genügend Anschauungsmaterial, daß der legale Drogenkonsum – Alkohol – genauso zu geistiger Abstumpfung und Versumpfung führt (in den USA betäuben sich diese Schichten heutzutage mit legal erhältlichen Opioiden). Drogen und Süchte – ein ganz reguläres, zerstörerisches Problem der tendenziell arbeitslosen spätkapitalistischen Gesellschaft, das in seinen Dimensionen noch gar nicht gesehen wird. Forrester beschwört auf ihrem theoretischen Standort, von dem aus so etwas wie Widerstand ins Auge gefaßt werden könnte, die „Bevölkerungen" (*les peuples*), die „sich organisieren". Das ist eine altehrwürdige Parole mit Wurzeln im 19. Jahrhundert. Daß sie noch wirksam sein kann in Zeiten der Internetabhängigkeit und der Dauerzerstreuung durch „Soziale Medien" mit ihren 15-Sekunden-Sensationen (die meistens nur kleine Späße oder Dummheiten sind), wo die Energien, statt sich zu bündeln und zu kräftigen, im Nirgendwo verpuffen – von wegen „Facebook-Revolutionen" –, muß man der Redlichkeit halber bezweifeln.

Forrester spielt in diesem Zusammenhang mit der hegelianischen These vom Ende der Geschichte, die westliche Intellektuelle anläßlich des Zusammenbruchs des Ostblock-Kommunismus aus der Rumpelkammer der Geistesgeschichte hervorholten. Die vergangenen Jahrzehnte haben diesen Slogan hinreichend widerlegt; nichts ist zur Ruhe gekommen, Angst und Gewalt kennzeichnen die globale Wirklichkeit, der im Wettstreit der Systeme siegreich gewesene Kapitalismus sorgt selbst für seine Existenzkrisen, und vor Viren, virtuellen wie realen, zittern ihm die Knie. Man kann sich fragen, ob nicht eine Sichtweise angemessener wäre, in welcher der neoliberale Kapitalismus lediglich – im Vergleich zum verblichenen Kommunismus – den etwas längeren Atem gehabt haben wird, die immanente Entwicklungs- und Verfallslogik ihn aber ebenfalls einem Tod in die Arme treibt, der von Zuckungen und Krämpfen angekündigt wird. In Forresters Darstellung scheint hin und wieder die Vision eines anderen Endes durch (und dahinter vielleicht sogar ein glücklicher Neuanfang), ermöglicht und hervorgerufen eben durch das Verschwinden der Arbeit, die nun von Computerprogrammen (neuerdings „Algorithmen“ genannt) und Robotern erledigt wird. Das wäre gleichbedeutend mit einer Rückkehr ins Paradies, in die Zeit vor der Zeit, an deren Schwelle uns der göttliche Arbeitszwang verordnet wurde. So ähnlich sahen es Marx und Engels und vor ihnen die utopischen Sozialisten. Nicht Hegel, der intellektuelle Narziß; der sah sich selbst als Übergestalt im Abendrot der Geschichte, als geistiger Vollstrecker des realiter Geschehenen. Keine Morgenröte im Aufgang; keine Veränderungen mehr nötig. Auch Francis Fukuyama wird wohl eher an ein ruhig dahinsurrendes Geschäftemachen gedacht haben, als er seine „These“ schmiedete, nicht so sehr an das Glück der Bevölkerungen; an reibungslose kybernetische Abläufe, wie sie die global-digitalisierte Börse verspricht.

Allein, wenn Forrester 1996 die Kinder jener „verlorenen Orte“ – der Banlieues – als „Avantgarde“ und „Vorläufer“ beschwört, so muß man heute leider konstatieren, daß sie sich nicht gerade als Kinder und Lernende eines vernünftigen Paradieses erwiesen, sondern sich in einer Gegenkultur eingerichtet haben, die Atavismen eher begünstigt als sie zu überwinden, und deren extreme Begleiterscheinungen nicht nur die Polizei, sondern auch die Geschichte in Atem halten. Sogar eine *terreur de Dieu* ist zurückgekehrt, ein Gottesterror, von dem wir Abendländer geglaubt hatten, er hätte sich aus der Historie längst davongeschlichen.

9

Ich weiß nicht, ob Denken dem Handeln eher förderlich oder abträglich ist; nach meiner persönlichen Erfahrung oft letzteres, aber nicht immer, und gute Handlungen kommen ganz ohne Nachdenken selten zustande. Hamlet, der Prinz von Dänemark, verkörpert die Tatfeindlichkeit des Denkens, das seinem Wesen nach sehr oft ein Zweifeln ist. Das Schwierige, sagt ein anderer Fürst der Theatergeschichte, König Primislaus von Böhmen, in einem Drama Grillparzers, das Schwierige sei nicht die Tat, sondern der Entschluß, und dieser wird durch das Denken, wie Primislaus selbst durch sein Zögern erweist, behindert. Denkend kann man jede Menge Hypothesen aufstellen, doch bei der Verwirklichung eines Vorhabens gilt es, mit einem Schlag „die tausend Fäden zu zerreißen, an denen Zufall und Gewohnheit führt." Entschlüsse werden in der Regel durch Nachdenken vorbereitet, aber auch verzögert, und nicht selten verhindert (wofür Musils *Mann ohne Eigenschaften* ein einziges, vielfältiges Großbeispiel ist).

„Nichts ist mobilisierender als das Denken": Dieser frohgemute Satz prangt auf einer Seite ziemlich genau in der Mitte von *Der Terror der Ökonomie.* Und gleich im nächsten Schritt deklariert Forrester die Identität von Denken und Handeln. Die Differenz ist beseitigt. Das Wort „mobilisieren" zeitigt politische Konnotationen*; nicht irgendein Han-

---

* In seinem Essay *Die totale Mobilmachung* phantasiert Ernst Jünger von einem „Arbeitsstaat", der die logische politische Konsequenz der generalisierten Verschmelzung von Mensch und Maschine, von Organischem und Mechanischem sei. Diese Vision verwirklicht sich heute, allerdings im Bereich der Nanotechnik, der smarten elektronisch gesteuerten Maschinen, die „der Mensch" ständig in Reichweite oder im Körper implantiert hat. Dienstleistungsanbieter und öffentliche Institutionen verlangen von allen den Besitz eines Smartphones. Der Arbeits- bzw. Arbeiterstaat jedoch wurde Ende des 20. Jahrhunderts endgültig entsorgt.

deln ist gemeint, keine sportliche Aktivität, etwa Fußball, was die *zonards* mittlerweile besser können als die *petits blancs*, sondern gesellschaftlich bedeutsames Handeln. In weiterer Folge erzählt Forrester von einem Kongreß in Graz, Österreich, wo anno 1978 ein Teilnehmer ein Statement abgab, das auf die Forderung hinauslief, man solle hier nicht von Mallarmé sprechen, sondern von Maschinengewehren. Forrester verteidigt gegenüber dieser Tabula-rasa-Haltung den politischen Sinn literarischer Bildung, beansprucht aber zugleich Effizienz und Radikalität für ihr Anliegen und gelangt schließlich zu einem Satz, der wiederum als Slogan dienen kann: „Mallarmé ist ein MG!"

Ist Mallarmé ein Maschinengewehr? Im übertragenen Sinn? Kann die Lektüre seiner hermetischen Dichtungen in irgendeiner Weise zu gesellschaftlichen Änderungen führen? Meine Antwort: Wohl kaum. Wenn, dann nur auf sehr verschlungenen Umwegen, und öffnen werden sich diese Dichtungen für die wenigsten, sie bleiben hermetisch und elitär. Zunächst einmal wird ein junger Mensch, „*un de ces jeunes*", der sich unwahrscheinlicher Weise der Lektüre alter und schwieriger Text widmet (wozu es gewisser Kenntnisse bedarf), seine Energien von der Außenwelt abziehen. Möglich, daß ihn ein Gefühl des Ungenügens an dieser Außenwelt zur Literatur gebracht hat. Möglich, daß seine Lektüren dieses Ungenügen vertiefen, erweitern, differenzieren, vielleicht sogar – überwinden helfen. Nach einem längeren Prozeß geistiger Auseinandersetzung mag er zur Außenwelt zurückkehren, um sie zu ändern, da sie dies braucht (wie Brecht, der ebenfalls ein Faible für Slogans hatte, einst behauptete). Wahrscheinlicher, daß er sich auf lange Zeit in einer virtuellen Welt wie der Mallarméschen einrichten wird. Poetisch intensive Literatur hat immer einen antisozialen, solipsistischen, anarchischen Antrieb. David gegen Goliath? Nein, solche Literatur ist kein Gegner für den neoliberalen Koloß. Ihr Reich ist von einer anderen Welt. *Le monde est fait pour aboutir à un beau livre.* Wozu gibt es die Welt? Um in ein schönes Buch zu münden. Oder, in zeitgemäß sportlicher Sprache: Die Dichtung spielt in einer anderen Liga.

Dem schwachen Hoffnungsschimmer, dem sie den Namen „Mallarmé" gibt, steht in Forresters Gesamtvision das heute (fast) alles beherrschende Einheitsdenken gegenüber, dem sich nur eine verschwindende Minderheit, die obendrein kleiner zu werden scheint, zu entziehen vermag. „Für Mallarmé!" heißt insofern nichts anderes als „Für ein elitäres Dasein!" Mit ihrer Diagnose hat Forrester recht: Die neoliberale Ideologie ist auf mehr oder minder sanfte, jedenfalls unmerkliche Weise in die Gehirne eingesickert. Jede geringste menschliche Handlung, jeder zwischenmenschliche Umgang wird nach quantitativen Kriterien, letztlich nach der finanziellen Einträglichkeit bewertet. In den Stellungnahmen der Menschen im Internet, in Chatrooms ebenso wie in anspruchsvolleren Foren, kommt unentwegt Neid auf die, die vermeintlich mehr haben als sie selbst, zum Ausdruck, und ihre Empörung schwillt an, da sie sich als Zukurzgekommene und zu Unrecht Mißachtete sehen.

Anschwellen, das ist die Bewegungsform nicht nur von Shitstorms, die meist rasch wieder abschwellen, um an ganz anderer Stelle wieder aufzutauchen – eben das, was Byung-Chul Han als Schwarmmentalität bezeichnet hat. Es ist auch, tiefgreifender und ohne Abschwellphase, die des Mainstreams, der viralen Ansteckung und Ausbreitung, wie sie für das Internet charakteristisch ist. Der anschwellende Bocksgesang, von dem Botho Strauß vor einem Vierteljahrhundert sprach, gibt sich im Internet echtzeitlich und weltweit, *semper et ubique*, zu hören. So sieht die Symptomatik einer zum Normalzustand gewordenen sozialen Hysterie aus, in der jeder noch so schwachsinnige „Content“ darauf erpicht ist „viral zu gehen“ (nebenbei wird die deutsche Sprache verbogen). Wem wirklich an Kunst, am schönen Vers, aber auch an Vernunft gelegen ist, dem bleibt nur die Existenz im Elfenbeinturm. Daher der Wunsch des Dichters: „Wenn man nur aufhörte, von ‚Kultur‘ zu sprechen, und endlich kategorisch unterschiede, was die Massen bei Laune hält, von dem, was den Versprengten (die nicht einmal eine Gemeinschaft bilden) gehört, und das beides voneinander durch den einfachen Begriff der Kloake, des TV-Kanals für immer getrennt ist …“ Anstelle von „TV“ setze man „Internet“ oder „Soziale Medien“ ein.*

Ich finde das Bild des breiten (und vermutlich tiefen), (fast) alles in seine Hauptströmung ziehenden Flusses passend, wenn es darum geht, die Dynamik der Pop-Industrie und des Internets zu beschreiben; allerdings nur bedingt passend (wie bei jedem Vergleich). Der Denk- und Handlungsspielraum einer demokratisch verfaßten, wenngleich von der neoliberalen Ökonomie beherrschten Gesellschaft bietet Nischen, in denen sich minoritäre Subjekte bis zu einem gewissen Grad entfalten können. Das Internet fördert nicht nur die Mainstream-Dynamik, es erlaubt auch die Vermehrung der Nischen, der Lücken, des Abweichenden, Schrägen, Transversalen, des – man verzeihe den Anglizis-

* Ich frage mich, ob der gedrechselte Straußsche Satz nicht einen kompositorischen Fehler enthält: „so daß beides voneinander getrennt ist“ (oder „getrennt wäre“), das schöne Wort-/Bild-/Tonkunstwerk von der industriellen Massenkultur, so daß der Künstler sich ungestört seiner Schöpfung widmen könnte. Aber wie käme die Welt dann noch ins Buch?

mus – *Queeren.* Wenigstens im Prinzip. In der Praxis wird es in dieser alternativen Landschaft immer wieder eng, oft aus ökonomischen Gründen. Trotzdem die Frage an Forrester: Gewährt der neoliberale Raum, besonders in seiner digital-virtuellen Erscheinungsform, nicht ebendiese Freiheitszellen? Hohlräume wie im Brot, in der Baguette? *Erzeugt* er sie nicht sogar? Und wenn dem so wäre, bestünde diese Kampfform eines effizienten Widerstands dann nicht in der Besetzung und Gestaltung dieser Nischen? Die alternativen Landschaften könnten wachsen, könnten Raum gewinnen und zu einem Antidepressivum werden, zu einer Gegenkultur, die schließlich auf die selbsternannte Leitkultur der Pop-Industrie einwirken, sie gar, von innen her, zur Explosion bringen könnte.

Derlei Entwicklungen gab es in den sechziger und siebziger Jahren des vergangenen Jahrhunderts. Ich meine damit nicht die politische Linke, sondern die vielfältigen kulturellen Alternativen, die damals aufblühten und erstaunliche künstlerische Leistungen begünstigten, bedeutende Werke in sämtlichen Bereichen, über die wir – auch jüngere Generationen – heute staunen und die wir für uns reklamieren könnten wie Mallarmé, Rimbaud und Konsorten. Bob Dylan, das poetische Maschinengewehr des 21. Jahrhunderts? Ja und nein, wenn man sich *Murder Most Foul* anhört, diesen gesungenen Rückblick auf die zweite Hälfte des 20. Jahrhunderts; die depressiv angehauchte Rückschau auf seine – und meine, unsere – Zeit, auf den Moment, als es bereits zu einer subkutanen Umkehrung kam und der langsame, lange Zeit unmerkliche Verfall begann, die Vorgeschichte des Neoliberalismus. *What is the truth, and where did it go?* Mittels Nobelpreis in den Mainstream injiziert. Oder nicht … Kommt auf uns Leser, Hörer, Produzenten an.

Die Gegen- und Alternativkultur wurde von der kapitalistischen, profitorientierten Kulturindustrie gekapert und wie die Hollywood-Filmproduktion oder der Profifußball in immer höhere Sphären von Technik, Optimierung und Show, von Autotune und Illusion, Kostümierung und Geldumlauf getrieben, gleichzeitig entpersonalisiert und künstlerisch ausgedünnt und – am wichtigsten – mit Copyright-Stempeln versehen. Was von der alten Kultur übrig ist oder heute noch im Geist der Anfänge geschaffen wird, ist tatsächlich in Randbereiche, in Nischen, an den Rand des Abgrunds gedrängt und gönnerhaft mit dem Stempel *independent* (vulgo „Indie") versehen. Dieses Label verrät letztendlich nur, daß eine ursprünglich freie Szene in Reservate verfrachtet wurde. Man rottet das freie Schöpfertum nicht aus, gräbt ihm nicht einmal das Wasser ab, hält es aber auf Distanz, damit es den Mainstream nicht mit seinem revolutionären Potential infiziert. Ein Musterbeispiel für diese mittlerweile historischen Vorgänge ist das Schicksal des Radiosenders Ö 3 (im Österreichischen Rundfunk), wo anspruchsvolle und zugleich populäre Programme durch seichte Unterhaltung und infantile Moderation ersetzt, während alles „Elitäre" in reduziertem Umfang in Bereiche ausgelagert wurde, die von vornherein nur für Minderheiten gedacht sind. Klassik, Jazz und unabhängiger Pop dürfen dort gemeinsam ihrem Verschwinden entgegendämmern.

Doch empören wir uns nicht, nicht zu sehr, nicht am falschen Ort. Radio, das ist heutzutage ohnehin ein einziges Minderheitenprogramm (das in den Internetnischen mit schön designten Homepages fortexistieren darf).* Die Frage

* Anscheinend nicht so in den USA, wo die Leute viel einsame Zeit in ihren Autos verbringen. Talkradio-Moderatoren politisch rechter Ausrichtung haben dort einen nennenswerten Einfluß auf das Wahlverhalten der Bevölkerung.

ist, ob im weltweiten Netz, in der Blogosphäre, eine nennenswerte Alternative entstehen kann oder ob die Eigenschaften des Mediums dies auf alle Fälle verhindern. Zu befürchten steht, daß das freie Wuchern der kulturellen Foren und Plattformen dem Neoliberalismus in die Hände spielt.

10

Vielleicht neigt jeder, der glaubt, genau Bescheid zu wissen, zur Rhetorik. Es gibt dann beim Schreiben nichts mehr zu erarbeiten, zu erforschen, man ist nicht auf-, sondern abgeklärt und wird sich von nichts überraschen lassen. Die Gedanken verfertigen sich unter solchen Voraussetzungen nicht beim Sprechen/Schreiben. Es geht nur noch darum, die passenden, d. h. wirksamsten Formulierungen zu finden. Nach meinem Empfinden ist das ein kaltes Schreiben, die Rhetorik ein kaltes System (was man durchaus, von Fall zu Fall, schätzen kann). Was mein eigenes Schreiben betrifft, so kommt es häufig vor, daß ich mich auf dem diskursiven Weg nicht mehr auskenne, und auch jetzt in diesem Moment ist das ein wenig der Fall. Vielleicht bin ich damit nicht der einzige; im schon ein gutes Stück fortgeschrittenen 21. Jahrhundert sind wir doch alle – alle? – ziemlich ratlos; die Ratlosigkeit ist unsere *condition actuelle*. Mit meiner Kritik am hysterischen Literaturbetrieb, am Optimierungswahn, am Bildungsabbau, an der gesellschaftlichen Infantilisierung und anderen Phänomenen unserer schönen, grauenhaften Gegenwart, ernte ich regelmäßig Zustimmung, nichts als Zustimmung – freilich gepaart mit der Bemerkung, leider könne man nichts dagegen machen. Der Neoliberalismus ist auf zahllosen Schleichwegen totalitär geworden; du mußt und willst mitmachen, es gibt keinen Ort außerhalb. Du mußt wollen; du willst müssen. Unterdessen sind wir ratlos, ich und meine Gleichgesinnten, die – so mein Eindruck – mehrheitsfähig sein könnten.

Warum kann man nichts machen? Etwa weil das revolutionäre Subjekt fehlt? Oder, besonnener formuliert, der alternative Akteur? Mit der Arbeit ist die Arbeiterklasse verschwunden (die ohnehin vorher schon „verbürgerlicht" war). Und auf Minderheiten kann man nicht bauen, sie bilden kein kollektives Subjekt. Oder? Bei Forrester bleiben diese Fragen unbeantwortet, sie werden nicht einmal gestellt. Ihre Rhetorik läuft auf einen Punkt am Horizont hinaus: Bedingungsloses Grundeinkommen für alle! Vom Staat oder einer anderen Körperschaft zu garantierende Erhaltung aller, unabhängig davon, ob sie arbeiten oder nicht. Das aber ist eine Maßnahme, die allein nicht ausreicht, weil sie nur fruchten kann, wenn sie von mindestens einer zweiten begleitet wird: Bildung für alle, in einem radikalen Sinn, ohne Hierarchien, ohne Prüfungen, ohne Wettbewerb, ohne zeitliche Grenzen (die tatsächliche Entwicklung geht in die Gegenrichtung).

Allein, ob das die Subjekte auch wollen? Liegen sie nicht lieber auf der faulen Haut? Ziehen sie sich nicht endlos YouTube- und TikTok-Späßchen, Pornographieseiten und Fußballspiele, im besseren Fall: Netflixserien rein? Begleitet von Bier- und Junkfood-Konsum. So sieht doch das Schlaraffenland aus, von dem die Menschheit über die Jahrhunderte hinweg geträumt hat und das sich jetzt in greifbarer Nähe befindet. „Vielleicht ist es aber auch ein Charakteristikum unserer Zeit, daß ein Großteil der Kommunikation in den Netzen als Unsinn angesehen werden kann", sagte Joseph Weizenbaum schon im Jahr 2000, und der Unsinn hat seitdem gewiß nicht abgenommen. Dazu sein Seufzer: „Es scheint einfach unter uns Menschen nicht so viel Kreativität zu geben."

Doch wie gesagt, die Menschen sind nicht einfach so, wie sie sind; sie sind geworden. In Wahrheit muß auch das Schlaraffenland täglich erarbeitet und in Stand gehalten werden. Das süße Nichtstun, wenn es wirklich süß schmecken soll, erfordert aktive Menschen; nicht eilige oder gestreßte, aber aktive. Und das Lehrpersonal dieser neuen pädagogischen Provinz müßte zum größeren Teil aus Künstlern bestehen.* Aus Leuten, die die eigene Schaffensfreude auch vermitteln können. Arbeit und Studium wären dann Spiel, wie Charles Fourier es sich erträumte. Im heutigen Japan beobachte ich die gegenteilige Tendenz, obwohl in diesem Land der Automatisierungsgrad der Produktion hoch ist. Arbeit und Freizeit sind hier streng getrennt, was sprachlich in den beiden antagonistischen Wörtern *shigoto* und *asobi* zum Ausdruck kommt. Arbeit, *shigoto*, wird als Nicht-Spiel abgegrenzt und definiert. In der Firma, im Büro gibt es keinen Spaß, kein Vergnügen, kein Ausprobieren, keine spielerische Annäherung an Problemlösungen. Umgekehrt hat das Spiel, die Freizeit, *asobi*, mit ernsthafter Tätigkeit nichts zu schaffen, auch dann nicht, wenn das Hobby – was oft der Fall ist – mit Verbissenheit betrieben wird. Arbeitsvergnügen, spielerischer Wettbewerb zwischen den Arbeitenden, Wertschätzung der Form, fallweise Hintanstellung des Ökonomischen – Marx hat einiges von Fouriers Konzept des *travail-plaisir* übernommen. „Das Reich der Freiheit beginnt erst da, wo das Arbeiten, das durch Not und äußere Zweckmäßigkeit be-

* In Goethes pädagogischer Provinz (*Wilhelm Meisters Wanderjahre*) ist die Musikausübung das Alpha und Omega aller Bildung.

stimmt ist, aufhört." Dieser Satz steht im dritten Band des *Kapitals* (bis zu dem ich als Student nicht vordrang). Wahre Demokratie wäre erst unter solchen Voraussetzungen möglich; es könnte in breitem Maßstab das stattfinden, was Hannah Arendt noch *über* die freie Tätigkeit, die die mühselige Arbeit ablösen soll, stellt: intersubjektiver Austausch. Die Leute hätten Muße genug, um sich mit ihren Mitmenschen zu beraten und Entscheidungen im Hinblick auf das Gemeinwohl zu treffen, anstatt diese irgendwelchen „Repräsentanten" zu überlassen, zu denen im 21. Jahrhundert niemand mehr Vertrauen hat – auch die nicht, die sie gewählt haben. Forrester zufolge wurde dieser nicht bloß utopische, sondern realiter gangbar gewordene Weg durch den von allen traditionellen politischen Parteien widerspruchslos angenommenen und in die entsprechende *gouvernance* umgesetzten Neoliberalismus abgeschnitten. Damals, um 1980, hätte man den Berg der Arbeit – verstanden als fremdbestimmte Mühsal – langsam und vernünftig abtragen können. Diese Befreiung hätte, so Forrester, ein Aufblühen des Lebens der Menschen bewirkt. Die Chance wurde verpaßt; die Bereitschaft, nach Alternativen für die tägliche Tretmühle zu suchen, ist weithin abhandengekommen.

„Stimmt ja alles, aber leider kann man nichts machen …" Mit solchen Sätzen beschwichtigt man Kinder und Narren.

11

Ich persönlich glaube nicht an die Mär von den armen ausgebeuteten Menschen; ich glaube *nicht mehr* daran. Im 19. Jahrhundert und bis weit ins zwanzigste hinein mag das zugetroffen haben; wahrscheinlich trifft es in den (vor allem südlichen) Weltgegenden zu, die deren Bewohner scharenweise verlassen, um in unseren Schlaraffenländern die anachronistische Rolle des Ausgebeuteten zu spielen (wir brauchen also doch noch welche). Hier bei uns, im Westen wie im verwestlichten Osten, sind die Menschen nun einmal zu dem geworden, was sie sind. Sie hatten und haben ihr Schicksal selbst in der Hand, jedenfalls bis zu einem gewissen Grad. Diese Freiheit ist heute Wirklichkeit. Jeder Einzelne hätte auch ein anderer werden können. Es besteht nicht mehr der geringste Grund, Bevölkerungsschichten, ehedem „Klassen", zu idealisieren und heroisieren, da sie als umreißbare soziale Gruppen im Aussterben begriffen sind. Auch wenn die ökonomischen Ungleichheiten größer werden, tendieren die meisten sozialen Elemente zur Mitte, und diese Mitte ist sehr breit geworden, auch wenn sich viele ihrer Mitglieder ökonomisch bedroht fühlen und in bestimmten Momenten – Finanzkrise 2008 – tatsächlich bedroht sind. Diese Mitte erscheint den in der Dritten Welt Dahinvegetierenden als Schlaraffenland. „Die Welt zerfällt. Die Mitte hält nicht mehr", sagt der afroamerikanische Historiker Cornel West mit Bezug auf autoritäre Politik und schrankenloses Profitstreben. Dies ist eine Prophezeiung, ein Kassandra-Ruf. Tatsächlich wird sie wohl noch ein paar Jahre oder Jahrzehnte halten, aber es könnte schon sein, daß innere Widersprüche und seine Schrankenlosigkeit das neoliberale System zur Implosion oder Explosion (oder beidem) bringen werden.*

---

* Auch Cornel West läßt sich von rhetorischer Dynamik und ideologischen Vorgaben leiten und kümmert sich wenig um Fakten. So behauptet er, 40 Prozent der Bevölkerung der USA würden in Armut oder nahe an der Schwelle dazu leben. Die offizielle Statistik gibt als Zahl 11,8 Prozent an; dazu die Erläuterung, daß die Armut in den letzten Jahren kontinuierlich geringer geworden sei. Es ist übrigens aufschlußreich zu lesen, wie West es beklagt, daß schwarze Freiheitskämpfer, sobald sie in die Politik gingen, in den Sog des Neoliberalismus gerieten und ihre früheren Posi-

West erwähnt gern die Helden des afroamerikanischen Freiheitskampfes, aber man hat den Eindruck, das alles sei definitiv Geschichte: Martin Luther King, John Lewis und so weiter. Didier Eribon beschreibt in *Rückkehr nach Reims* die Beschränktheit, den Rassismus, die Intoleranz, die in französischen Arbeitermilieus nach dem Versiegen der Arbeit herrscht, also unter Leuten, die sich als Zukurzgekommene sehen. Er hält trotzdem an den überkommenen soziologischen Kategorien fest. Sein Schützling Édouard Louis, dessen Schilderungen an Härte ebenfalls nichts zu wünschen übrig lassen, ist da etwas freier. Auch dann, wenn Sympathie mit den Opfern der Modernisierung aufkommt, weint er dem Verschwinden der Arbeiterklasse keine Träne nach. Donald Trump, der dieser Klasse bekanntlich keineswegs angehört, ist oder gibt sich in dieser Hinsicht viel nostalgischer, also rückschrittlicher. Er verspricht den wirklich oder vermeintlich Zukurzgekommenen, was ihnen niemand geben kann. Aus wahltaktischem Kalkül vermutlich. Und weil er eine Ideologie verkörpert, die einen Schein aufrechterhält, dem, wie die Ideologen genau wissen, keine Wirklichkeit mehr entspricht. An der Beseitigung dieser Wirklichkeit haben sie selbst mitgewirkt.

Es wird schwierig sein, noch einmal ein „revolutionäres Subjekt" als archimedischen Punkt der Systemkritik ausfindig zu machen. Auch das ein Grund, sich als *bluesman* zu fühlen. Die Menschenwelt hat sich in der breiten Mittelklas-

---

tionen aufgaben. Gibt es wirklich keine Alternative? Womöglich nicht. Cornel West outet sich als Mann des Blues: „Mit all diesem Schrecken trotzdem irgendwie klarzukommen, bedeutet, ein Mann oder eine Frau des Blues zu sein. Es bedeutet, Kummer zu akzeptieren, aber niemals dem Kummer und damit den Katastrophen das Feld zu überlassen." („*Wir haben die Wahl zwischen einem neofaschistischen Gangster und einem neoliberalen Desaster*". Cornel West im Gespräch mit Daniel Ryser, In: Republik, 20.8.2020, im Internet)

se atomisiert, ihre Angehörigen haben sich mit Smartphones personalisiert, und das ist nicht nur schlecht. Wenn der neoliberale Staat sagt, ihr seid selbst für euer Schicksal verantwortlich, jeder Einzelne von euch, dann liegt darin auch eine Chance. Man kann dem Staat, der sich ohnehin, wie er vorgibt, schlank zu machen bestrebt ist, die kalte Schulter zeigen. Und sich – trotz allem, jetzt erst recht – mit anderen zusammentun, ohne präexistente Zuordnungen und Strukturen. Widerstand verläuft nicht mehr in „objektiv" vorgezeichneten Bahnen, sondern von Fall zu Fall, von Schwarm zu Schwarm, von Gruppe zu Gruppe, oft kurz-, manchmal auch längerfristig. Nachbarschaftskomitees, Stadtteilversammlungen, Elternverbände von Schulen und Kindergärten, Kulturklubs, Selbsthilfegruppen aller Art. Begeisterte Umweltschützer. Fanatische Tierfreunde. Politik als Hobby und nicht, um Geld zu verdienen. Ehrenamtliche Arbeit. Arbeit als Ehre, als Spiel und als Selbstverwirklichung. Das alles erfordert Zeit. *Otium*, Muße. Kollektive, die mehr oder minder spontan entstehen, transversal, quer durch den Gemüsegarten, in alle Richtungen über den Erdball via Internet. Kollektive, die sich nicht scheuen, sich aufzulösen, wenn die Zeit dazu gekommen ist, oder die einfach vergessen werden. Keine Sesselkleber. Keine Bildschirmsauger. Keine *couch potatoes*. Sondern bewegliche Einzelne und das tausendfältige Ganze, „die Gesellschaft", als Kaleidoskop. Dazu braucht man Zeit, und die könnten wir in Fülle haben, aber wir wollen sie nicht, uns würde langweilig, wir ziehen Korsette, Pläne, Zwänge vor. Ein Leben im Streß, der wächst und wächst und uns nicht mehr losläßt. Schwere allostatische Lasten, die zu tragen wir selbst uns zwingen. *Burnout*, eine Krankheit dieser Zeit. Wir verfeuern unsere Energien, lassen sie verpuffen. Dabei könnten wir … Wenn wir nur wollten.

„Wir“, immer noch ein Kollektiv. Wahrscheinlich rede ich in den Wind. Ein Bauchredner, dem niemand zuhört. Eine Erzählmaschine, die man in historischen Zeiten am Ufer eines großen Flusses – oder war’s schon das Meer? – vergessen hat. Ihre metallische Stimme vermischt sich mit der des Windes. Endloses Tonband. *Krapp’s last tape*. Im buchstäblichen Sinn: ein im All wehendes Band von Tönen.

„Da kann man nichts machen …“

Oh doch, man kann etwas machen. Man kann sich abseilen, kann immer noch andere Welten begründen. Oder Schulen für andere Welten. Die sogenannte Grundsicherung vorausgesetzt. Als Basis der Freiheit. Im Grundgesetz sollte geschrieben stehen: „Kein Mensch muß sich um die Befriedigung seiner materiellen Bedürfnisse sorgen.“ Jeder hat ein Anrecht auf ihre Befriedigung. Und noch etwas: „Jeder hat die Pflicht, von seiner Freiheit seinen Wünschen und Fähigkeiten gemäß Gebrauch zu machen.“ Die Gesellschaft, das heißt vor allem: ihre Erzieher, haben die Pflicht, die Entdeckung und Entfaltung der individuellen Fähigkeiten, Wünsche und Interessen zu fördern.

Am wichtigsten: Die angeborene Neugier darf unter keinen Umständen gebremst werden! Auch dies ein Satz für die Verfassung.

Literatur

Anders, Günther: *Sein ohne Zeit. Zu Becketts Stück „En attendant Godot"*, in: Neue Schweizer Rundschau 21 (Januar 1954)
— *Die Antiquiertheit des Menschen*, Bd. 1: *Über die Seele im Zeitalter der zweiten industriellen Revolution*. 5. Aufl., München 1980

Adorno, Theodor W.: *Minima Moralia. Reflexionen aus dem beschädigten Leben*, in: *Gesammelte Schriften*. Hrsg. v. Rolf Tiedemann. Frankfurt am Main 1997, Bd. 4

Attali, Jacques: *Chemins de sagesse. Traité du labyrinthe*. Paris 1996

Augé, Marc: *Éloge de la bicyclette*. Paris 2010 (Rivages poche)

Balàka, Bettina: *Weißes Rauschen. Schreibprozesse in und jenseits der SRDP Deutsch*, in: kolik 70 (2016), S. 74-82

Barthes, Roland: *La chambre claire. Note sur la photographie*. Paris 1980

Bauman, Zygmunt: *Flüchtige Moderne*. Frankfurt am Main 2003

Benjamin, Walter: *Über den Begriff der Geschichte*, in: *Gesammelte Schriften*. Hrsg. v. Rolf Tiedemann und Hermann Schweppenhäuser. Frankfurt am Main 1991, Bd. I·2

Brinkmann, Rolf Dieter: *Rom, Blicke*. Reinbek bei Hamburg 1979

Coscarelli, Joe: *How Pop Music Fandom Became Sports, Politics, Religion and All-Out War*, in: The New York Times, 25.12.2020 (im Internet verfügbar)

Crouch, Colin: *Post-Democracy*. Cambridge und Malden, Politiy Press 2004
— *Ist der Neoliberalismus noch zu retten?* Berlin 2018
— *Will the gig economy prevail?* Cambridge und Medford, Polity Press 2019

Deleuze, Gilles: *Pourparlers*. Paris 1990

Deleuze, Gilles und Félix Guattari: *Anti-Ödipus. Kapitalismus und Schizophrenie I*. Frankfurt am Main 1977

Edelbauer, Raphaela: *Dave*. Stuttgart 2021

Edlinger, Thomas: *Der wunde Punkt. Vom Unbehagen an der Kritik*. Berlin 2015

Engels, Friedrich: *Herrn Eugen Dührings Umwälzung der Wissenschaft*, in: Marx und Engels: *Werke*. Berlin 1990, Bd. 20

Enzensberger, Hans Magnus: *Wehrt euch! Enzensbergers Regeln für die digitale Welt*, in: Frankfurter Allgemeine Zeitung, 28.2.2014

Eribon, Didier: *Rückkehr nach Reims*. Berlin 2016

Federmair, Leopold: *Flucht und Erhebung*. Wien 1997
— *Der Autor als Parasit*, in: Literatur und Kritik 321/322 (1998)
— *Warum ich keine Literaturkritik mehr schreibe*, https://www.begleitschreiben.net/warum-ich-keine-literaturkritik-mehr-schreibe/
— *Musils langer Schatten*. Wien 2016
— *Irgendwer*, in: Quart 31 (2018), S. 91-98

Forrester, Viviane: *L'horreur économique*. Paris 1996

Fuchs, Thomas: *Verteidigung des Menschen. Grundfragen der verkörperten Anthropologie*. Berlin 2020

Fukuyama, Francis: *Thirty Years of World Politics: What Has Changed?*, in: Journal of Democracy 31 (2020), S. 11-21

Han, Byung-Chul: *Im Schwarm. Ansichten des Digitalen*. Berlin 2013
— *Die Austreibung des Anderen. Gesellschaft, Wahrnehmung und Kommunikation heute*. Frankfurt am Main 2016

Harari, Yuval Noah: *Homo Deus: A brief history of tomorrow*. London 2015
— *21 Lessons for the 21st Century*. New York 2019

Heidegger, Martin: *Sein und Zeit*. 14. Aufl., Tübingen 1977

Hofstadter, Douglas R.: *Gödel, Escher, Bach. An Eternal Golden Braid*. New York 1979

Horkheimer, Max und Theodor W. Adorno: *Dialektik der Aufklärung. Philosophische Fragmente*. Frankfurt am Main 1971

Ishiguro, Kazuo: *Klara and the Sun*. London 2021

Jackson, Andrew: *Neuralink: brain hacking is exceptionally hard, no matter what Elon Musk says*, in: The Conversation, 9.9.2020, https://theconversation.com/neuralink-brain-hacking-is-exceptionally-hard-no-matter-what-elon-musk-says-145711

Johnson, George: *Undiscovered Bach? No, a Computer Wrote It*, in: The New York Times, 11.11.1997 (auch im Internet)

Jünger, Ernst: *Die totale Mobilmachung*, in: *Sämtliche Werke*, Band 7. Stuttgart 1980

— *Siebzig verweht* (= *Sämtliche Werke*, Band 5). Stuttgart 1982

— *Der Arbeiter. Herrschaft und Gestalt*. Stuttgart 1982

— *Strahlungen I*. München 1988 (Taschenbuchausgabe)

Kafka, Franz: *Die Verwandlung*, in: *Sämtliche Erzählungen*. Hrsg. v. Paul Raabe. Frankfurt am Main 1970

Kosinski, Michael, David Stillwell und Thore Graepel: *Private traits and attributes are predictable from digital records of human behavior*, in: Proceedings of the National Academy of Sciences of the United States of America, 9.4.2013, https://www.pnas.org/content/110/15/5802

Kracauer, Siegfried: *Die Photographie*, in: *Schriften*. Hrsg. v. Inka Mülder-Bach. Bd. 5·2: Aufsätze 1927-1931. Frankfurt am Main 1990, S. 83-98

Kucklick, Christoph: *Die granulare Gesellschaft. Wie das Digitale unsere Wirklichkeit auflöst*. München 2016

Lacan, Jacques: *Le séminaire, livre XI. Les quatre concepts fondamentaux de la psychanalyse*. Paris 1973

Liessmann, Konrad Paul: *Theorie der Unbildung. Die Irrtümer der Wissensgesellschaft*. 7. Aufl., München 2012

Lobo, Sascha: *„Alle halben Jahre mache ich eine rituelle Schlachtung von Trollen“*. Interview, geführt von Anna Goldenberg, in: Falter 20 (2016)

Luyendijk, Joris: *Unter Bankern. Eine Spezies wird besichtigt*. Stuttgart 2015

Mann, Thomas: *Der Tod in Venedig*, in: *Frühe Erzählungen 1891-1912*. 4. Aufl., Frankfurt am Main 2012

Marquard, Odo: *Skepsis in der Moderne. Philosophische Studien.* Stuttgart 2007

Martynova, Olga: *Über die Dummheit der Stunde.* Frankfurt am Main 2018

Marx, Karl: *Kritik des Gothaer Programms*, in: Marx und Engels: *Werke.* Berlin 1990, Bd. 19

Mau, Steffen: *Das metrische Wir. Über die Quantifizierung des Sozialen.* Berlin 2017

Misselhorn, Cathrin: *Grundfragen der Maschinenethik.* Stuttgart 2018

Montaigne, Michel de: *Les Essais.* Hrsg. v. Jean Balsamo, Michel Magnien und Catherine Magnien-Simonin. Paris 2007 (deutsche Zitate nach der 1969 bei Reclam erschienenen Übersetzung von Arthur Franz)

Müller, Jan-Werner: *Was ist Populismus?* Berlin 2016

Nietzsche, Friedrich: *Menschliches, Allzumenschliches I*, in: *Kritische Studienausgabe.* Hrsg. v. Giorgio Colli und Mazzino Montinari. München 1988, Bd. 2

O'Neil, Cathy: *Weapons of Math Destruction. How Big Data Increases Inequality and Threatens Democracy.* London, Penguin Books 2017

Otsuka, Sadao und Toshiya Murai: *The multidimensionality of Japanese Kanji abilities*, in: Nature, Scientific Reports 10 (3039) 2020, https://doi.org/10.1038/s41598-020-59852-0

Passig, Kathrin und Sascha Lobo: *Internet. Segen oder Fluch?* Berlin 2012

Piglia, Ricardo: *Los diarios de Emilio Renzi*, Bd. 3. Barcelona 2017

Piketty, Thomas: *Chroniques 2004-2012.* Arles 2012
— *Das Kapital im 21. Jahrhundert.* München 2014

Postman, Neil: *Wir amüsieren uns zu Tode. Urteilsbildung im Zeitalter der Unterhaltungsindustrie.* Frankfurt am Main 1988

Ricoeur, Paul: *Soi-même comme un autre.* Paris 1990

Rorty, Richard: *Der Spiegel der Natur*. Frankfurt am Main 1987

Rosin, Hanna: *Das Ende der Männer und der Aufstieg der Frauen*. München 2013

Serres, Michel: *Le parasite*. Paris 2014 (Erstausgabe 1980)
— *Erfindet euch neu. Eine Liebeserklärung an die vernetzte Generation*. Berlin 2013
— *Was genau war früher besser?* Berlin 2019

Simanowski, Roberto: *Facebook-Gesellschaft*. Berlin 2016
— *Abfall. Das alternative ABC der neuen Medien*. Berlin 2017

Sommer, Elke: *Wissensgesellschaft: Modebegriff oder produktiver Reformansatz in der Erwachsenenbildung?*, https://kipdf.com/queue/wissensgesellschaft-modebegriff-oder-produktiver-reformansatz-in-der-erwachsenen_5ac455191723ddb47fc43898.html

Stalder, Felix: *Kultur der Digitalität*. Berlin 2016

Strauß, Botho: *Anschwellender Bocksgesang*, in: Der Spiegel 6 (1993)

Streeck, Wolfgang: *Kunde oder Terrorist?*, in: *Technologischer Totalitarismus. Eine Debatte*. Hrsg. v. Frank Schirrmacher. Berlin 2015, S. 247-256

Tamestit, Antoine: *„Ja, ich bin streng." Interview mit Bratschist Antoine Tamestit*, geführt von Helena Davenport, in: Potsdamer Zeitung, 14.9.2019

Türcke, Christoph: *Lehrerdämmerung. Was die neue Lernkultur in den Schulen anrichtet*. München 2016
— *Digitale Gefolgschaft. Auf dem Weg in eine neue Stammesgesellschaft*. München 2019

Vallaster, Günter: *IT-Poesie – wenn Computer dichten*, www.poesiegalerie.at/wordpress/2021/03/09/it-poesie-wenn-computer-dichten/

Villoro, Juan: *Das dritte Leben*. Aus dem Spanischen von Susanne Lange. München 2016

Wallace, David Foster: *Der Spaß an der Sache*. Hrsg. und übersetzt v. Ulrich Blumenbach. Köln 2018

Weinrich, Harald: *Linguistik der Lüge*. München 2007 (Erstveröffentlichung 1966)

Weizenbaum, Joseph: *Computermacht und Gesellschaft. Freie Reden*. Hrsg. v. Gunna Wendt und Franz Klug. Frankfurt am Main 2001

Wittgenstein, Ludwig: *Philosophische Untersuchungen*. Frankfurt am Main 1984

Zauner, Franz: *Working pur. Reportagen aus der Arbeitswelt*. Wien 2018